本书系河北省社会科学基金项目“当代历史文学的创作思潮与文化精神”（项目批准号：HB17ZW005）的最终成果

当代历史题材创作的审美意识与文化精神

刘起林 | 著

人民出版社

目　录

下编　现代历史叙事的意义探索与文化实质

绪　论　百年中国文化格局与历史题材创作的审美共通性

一

如果将古代历史和现代历史两类题材的创作纳入统一的学术视野来考察，历史题材创作无疑是百年中国新文学发展历程中最为重要的文学现象。

在现代文学史上，古代历史题材重构中的鲁迅《故事新编》、郭沫若《屈原》，或者形成巨大的“轰动效应”，或者影响了整整几代人；延安文艺和各根据地文艺，初步奠定了当代革命历史题材创作的话语传统。当代文学史上的20世纪50—70年代，革命历史题材创作将体验真实性与精神理想性相结合，满怀激情地表现主流意识形态的合法性与崇高性，造就了当代文学史上的众多“红色经典”；古代历史题材的戏剧和电影也影响巨大，《海瑞罢官》甚至成为“文革”导火索。80—90年代，历史题材创作从题材范围、主题形态到文体特征等方面，均表现出与社会变革、文化转型的时代环境相呼应的丰富性和复杂性，形成了古代历史题材小说、革命历史题材小说和“新历史小说”、历史题材影视剧全面繁荣的局面。21世纪以来，无论是“红色记忆”重述、“红色经典”改编还是古代历史题材创作，都在纸面、荧屏和网络传媒全面展开。抗战史题材叙事更是狂飙突进，一跃成为各类历史题材创作中最为引人瞩目的文学劲旅。

还有一种历史题材创作长期被混杂在革命历史文学和战争文学的范畴之中，直到20世纪90年代中期以来才逐渐引人瞩目地独立出来，就是当代抗战题材创作。十七年时期的抗战题材文学，主要展示了敌后游击战和根据地建设的历史进程，表现了中国军民在共产党领导下不断革命化的思想主题，体现出纪实性与传奇化融为一体的叙事特征。新时期的抗战题材小说创作，从周而复、李尔重等老作家的抗战史全景叙事，到“新历史小说”的正面战场书写与战争人性探索，都与改革开放的时代趋势相呼应，形成了对“十七年文学”认知局限的突破和审美传统的超越。老作家中还出现了大量延续他们十七年时期创作计划和艺术构思的抗战题材“后续性写作”，有力地壮大了抗战题材创作的声势。20世纪90年代纪念抗战胜利50周年征文活动，以充分的题材独立意识和世俗化认知，将当代抗战题材创作推向了新的阶段和境界。此后，从深度开发敌后根据地抗战资源，探究红色英雄复杂的文化底蕴，到还原正面战场历史真相，揭示“抗战老兵”的血战功勋和悲怆命运；从同情性理解沦陷区民间生态，诉说底层百姓的苦难、蒙昧与觉醒，到状写本土抗战的地方志景观和地域文化精神；从表现独特群落或个体的乱世命运与人格状态，到探究南京大屠杀、重庆大轰炸、日本侨民大遣返等重大战难事件的真相与罪责；从国际军事合作与人道救助题材创作的异军突起，到“谍战”“特战”类型化叙事的风行一时，相关创作融汇了十七年时期和新时期相关创作的审美优势，又在弥补、超越其局限与不足的基础上进行了大幅度的创新，从而呈现出与革命历史题材和古代历史题材创作并驾齐驱的状态，甚至大有后来居上之势。

总之，以现代文学史上的相关创作为基础和渊源，当代文学史上有关历史题材的创作、传播和社会影响都超出文学范围，成为包蕴丰厚、深广的社会文化现象。但从大文化的历史视野来看，这些创作虽然从具体题材角度来看各有区别，实际上都处于共同的20世纪中国文化格局之中，而且从创作思潮、审美意识到文本意义建构，都显示出深层次的审美共通性。正因为如此，本书综合20世纪中国文化的整体特征和“历史文学”术语本身的含义，拟不同于学术界的习惯性理解与传统界定，将辛亥革命前的古代、近代历史题材和以阶级革命史、民族抗战史为中心的现代历史题材两类创作，将小说、戏剧、影视文学等各类叙事性文体的相关创作，都纳入统一的学术视野来研究，并以“历史题材创作”的概念来进行总体的界定。

二

长期以来，学术界的传统是只将古代历史题材创作称作“历史文学”，而将现代历史上的中共党史、军史题材创作称作“革命历史文学”，“新历史小说”究其根本性质而言，其实是对党史、军史叙事的解构、重构与拓展。20世纪90年代中期后，“抗战题材文学”逐渐从“革命历史文学”中抽离出来成为独立的创作领域。有鉴于此，本书的研究文献综述从适应当代历史题材创作领域的学术惯性出发，选用“传统历史文学”“革命历史文学”和“抗战题材文学”的区分方法，来从三个方面具体展开。

（一）传统历史文学研究

新中国十七年时期的传统历史文学研究颇为薄弱，仅茅盾的历史剧研究和20世纪60年代初的历史剧讨论形成了一定影响。新时期以来，围绕历史文学新作及相关创作现象的评论与争鸣，产生了覆盖面广泛而蕴涵丰富的社会影响。从70年代末的《〈李自成〉评论集》，到90年代的《名家评说〈白门柳〉》《〈张居正〉评论集》《聚焦“皇帝作家”二月河》等对于历史小说名家巨著的品评；从大量的学术研究论文，到“遍地开花”的历史文学创作谈、访问记，等等，确实形成了多侧面、多层次的丰富学术成果。有关姚雪垠、凌力、二月河、唐浩明、《白门柳》、《张居正》、《大秦帝国》等作家作品的跟踪研究，皆颇为细致和深入。关于二月河作品的“皇权文化”倾向、“明清历史”题材的“权谋文化”叙事、《张居正》的“厚诬历史”、历史影视剧的“戏说”等问题，均展开了激烈争论。对历史文学全局进行史论结合的整体研究，成果却并不丰硕。

吴秀明长期专事传统历史文学研究，作品评论和理论探讨并举，拥有"新时期长篇历史题材小说研究""守望与重塑：当代历史文学生产体制、创作实践和历史观问题的综合研究"等多项国家社科基金课题。童庆炳的2004年教育部重大课题攻关项目"历史题材创作与改编中的重大问题研究"，则形成了5卷本的"历史题材文学系列研究"学术专著，其中当代历史文学分卷为吴秀明、刘起林主编的《中国当代历史文学的创造与重构》。齐裕焜《中国历史小说通史》的现代部分也立论规范而资料丰富。在学术会议方面，以2002年中国作协的"海峡两岸历史文学学术研讨会"、2003年《文学评论》和浙江大学合办的"中国现当代历史题材创作国际学术研讨会"等，学术成果较为丰富，其后会议型学术探讨渐趋沉寂。

传统历史文学研究的局限主要表现在以下几个方面：其一，文本即兴式评论和局部、个案研究居多，具有学理性的综合考察缺乏，尤其是对引起人们困惑乃至不满的创作现象和问题，如创作中的"农民战争史观""皇权叙事""权谋文化"等，缺乏深层学理的回应和对其内在形态、演变规律的揭示。其二，多局限于文学范畴，缺少从时代文化整体格局对历史文学价值、意义和局限的透视，因而对"传统历史文学"独具的审美与文化优势缺乏透彻的把握与阐述。其三，研究方法虽然有或者形而上的文艺理论思辨、或者形而下的具体文本解读，却未能从文化理性高度展开一种审美阐述与文化发掘相结合的研究，亦未能提炼出一种行之有效又能兼顾影视等新型历史文学演绎手段的综合性研究范式。其四，历史文学文本研究本身，也多囿于"历史人物的评价与定位""艺术品性的高雅或通俗""作家的功力或知识性硬伤"等几十年"一贯制"的批评观念和思维套路，研究视角和重心陈陈相因，缺乏与时代崭新思想成果的融汇。

（二）革命历史文学研究

革命历史文学研究一直是学术界的重点和热点。20世纪50—60年代的革命历史文学研究主要是作家作品的同步评论，80—90 年代则以“重写”“反思”方式形成了大量的相关论著。新世纪以来，有关革命历史题材创作与改编的研究、评价与争鸣更为热烈，甚至出现了意识形态权威部门就“红色经典不容亵渎”等问题发布有关文件的现象，还成立了“重大革命历史题材创作领导小组”之类的专门机构。具有代表性的学术思路和研究成果也颇为丰富。陈思和从战争文化心理和民间隐性话语的角度，对革命历史文学进行叙事元素拆解式的文本细读。黄子平解构经典文本主导性叙述的编码机制及其“裂隙”，揭示革命历史小说的人性传达路径及其扭曲、变形的信息。程光炜从民族国家叙事的角度阐述革命历史的文学重构及其影响。李扬从现代性角度对十七年革命历史文学的内在矛盾进行剖析。董之林对十七年小说艺术类型和“历史相关性”展开研究，探索十七年小说的复杂性、多样性及其艺术成因。朱向前对当代中国军旅文学进行全面梳理。这些研究各有理论新意和学术建树。近年来，张均对十七年文学经典文本的历史本事研究，程凯等人的红色经典社会史研究思路，罗岗等人对文艺“人民性”建构的宏观把握，路杨的“情感动员”研究视角，虽然尚处于探索过程中，理论视角却颇具新颖感和启发性。对于“新历史小说”创作思潮和“百年反思”小说优秀文本的研究，更因视野的开阔和立场的宽泛而新见迭出。

革命历史文学研究也存在诸多局限：其一，从某一思想理论出发的评价性研究居多，将不同时期、不同传媒、不同审美焦点和价值立场的文学事实同时纳入研究视野，并从客观存在本身出发提炼具有整合性、贯通性的思想基点与学术框架进行考察则相当欠缺。其二，注重文本本身内涵的阐释，对意蕴形成的内外在机制及其特征，较少全面深入的探讨。其三，局限于回应既成的文学事实和创作问题，未能把“红色历史”作为一种不断被开掘的创作资源、相关创作作为从不同侧面进行开掘的动态历史过程来理解和分析，因此对不断变化的创作实际，缺乏具有融会贯通性的全局指导意义。其四，秉持批判、解构立场的“新历史小说”、“百年反思”题材作品和传统讴歌立场的“革命历史文学”,实际上基于同一历史文化事实和共同的世纪性文化格局,研究者却甚少整合到统一的学术框架中进行考察,两种审美话语之间的对立和隔膜也随之转化成了研究视野的自闭与割裂。

(三)抗战题材文学研究

学术界对当代抗战题材文学的研究很不充分。将其夹杂在革命历史文学和战争题材文学范畴所展开的研究中,沿袭洪子诚的“英雄传奇体叙事”说和黄子平的“革命通俗文艺”说,借鉴陈思和的“民间文化形态”和“民间隐形结构”等学术观念,成为普遍的学术思路。边国立《中国军事电影史》、皇甫宜川《中国战争电影史》中对于抗战题材电影的梳理与分析显示出全局性的学术视野。抗战题材文学的专题研究,在房福贤出版于 1998 年的《新时期中日战争小说论》和 1999 年的《中国抗日战争小说史论》之后逐渐得到展开。随后产生了一些以博士、硕士论文为基础的综合性研究成果。国家社科基金项目中,则仅有“现当代抗战题材长篇小说流变研究”和“孙犁小说研究”等相关选题。具体研究的学术新见中,房福贤以“革命抗战”界定抗战文学的意义建构,汪树东分析其灾难、净化、胜利的叙事模式,逄增玉将总体趋势概括为还原抗战历史真实、反思个体生命与历史真实的关系,孙向阳认为主要突破是英雄理念的转变、人道主义的回归、文化视野的呈现和对民族病态现象的反思,刘金祥认为主要成就是重塑民族形象和揭示人性状貌,赵佃强肯定其战争反思、人性认知和民间话语、个人话语,贺绍俊推崇其世界反法西斯战争眼光、对战争参与者战后命运的关注和以非暴力叙述处理战争等特征,剖析英雄人物世俗化、汉奸和鬼子人性化、地主和土匪形象正面化也成为较有新意的学术着眼点。

研究抗战题材文学创作局限的学术新见,主要集中在从创作现状与方向着眼的评判。顾骧认为关键是没有反映民族抗战的全貌、不敢写战争的残酷,孟繁华认为是以国家和民族的宏大话语遮蔽了人性诉求,陈晓明认为“鬼化”

与“神勇”的二元对立模式掩盖了对战争更内在的认知和反思，贺桂梅认为其中传奇色彩鲜明而历史哲学意识淡薄，逄增玉认为核心是“知日”即对日本的了解和认知不够，吴秀明指出相关的“新历史小说”存在将本体真实与本质真实相混淆的误区。关于未来发展方向，杨义认为应寻找人类的正义感和责任感，探寻民族和国家间正常、健康、友好、互惠发展的历史可能性；王富仁认为应怀有人类意识和终极关怀，传达美好人性、引导人类走向和平与和解。总之，人性意识和人类视野薄弱、难以与世界反法西斯文学对话，成为带普遍性的批评性意见。

综上所述，历史题材创作研究的整体性局限主要体现在以下几个方面：其一，研究对象外延方面，将“传统历史文学”“革命历史文学”“新历史小说”和历史题材影视剧从学理层面作为一个整体进行研究，尚相当匮乏。其二，学术立场方面，往往局促于多元文化矛盾的一端，整体研究缺乏文类比较与文化融合的研究思路，文本分析仅凭文化立场和文化资源定褒贬，甚至出现了许多无谓的学术歧视与论争。其三，思想和学术视野方面，对各类历史文学文本本身的研究相对充分，却甚少扩大、深化到对文本的文化背景与思想资源进行探讨，结果难以从民族文化未来发展的高度，来判断当代历史题材创作的优势与局限、发展潜能与演变方向，也就难以具有宏观的、战略的学术价值和实践指导意义。

本书正力图从各类历史题材创作的实际研究状态、特别是其局限性出发，来寻找学术突破口，确立研究的视角、思路和学术框架。

三

在史传意识向来发达的中国文学与文化传统中，以史为鉴、古为今用成为重要的社会认知、思想建构路径。当代历史题材创作同样是中国知识分子建构民族记忆、传达个体认知与情怀的独特手段。而在20世纪中国从传统向现代转型的“三千年未有之一大变局”中，思想文化发展呈现出多层次、多侧面、多元化的态势与格局。从思想资源角度看，以儒家文化为主导的中国传统文化，以马克思主义为理论基础的革命文化，以民主自由、个性解放为核心观念的西方现代性文化，以及内蕴丰厚而色彩斑驳的中国民间文化，共同构成了20世纪中国文化的基本框架。从政治文化视角看，20世纪中国经历了以独立、解放为主线的“革命文化”和以富强、文明为主线的“建设文化”“执政文化”两个历史发展阶段。在当代中国改革开放的时代环境中，文化整体格局则呈现出主流意识形态文化、知识分子精英文化和都市大众文化既相互矛盾又相互融合的态势。在这样的总体状态中，一方面，每一类文化的内部都蕴含深广、千姿百态；另一方面，各类文化之间往往既相互区别、矛盾和对立，又相互借鉴、吸收与交融。所有这一切，充分显示出20世纪中国丰富而复杂的多维文化关系。这种多维文化关系状态深刻地影响了中国知识分子的精神建构，进而以深层意义格局的复杂性，有力地改变了历史题材创作理性话语的明确性、单一性，历史题材审美创造的最终形态及其社会接受命运，也随之体现出意味深长的嬗变。所以，作家的审美意识及其所体现的文化精神，实为突破题材界域、深层次触及当代历史题材创作之价值内核与意义建构根本特征的学术视角。

以“传统历史文学”为例。从审美意识及其所体现的文化精神看，其中大致可分为以下几个阶段。第一阶段是以新中国开国气象为精神底色的十七年历史文学，主要文体是历史剧和中短篇历史小说。历史剧以颂歌或战歌的审美品格体现和呼应着当代主流文化；历史中短篇小说则以深切的朝野之叹与世道之思，流露出一种以“哀怨”或“美刺”为基调的遗贤文化心态。这类创作实际上仍然沿袭着现代历史文学的审美传统。第二阶段是以革命文化境界为主导的新时期历史文学，主要文体是长篇历史小说。具体包括表现“阶级斗争”的农民起义题材和表现“民族斗争”的抗外御侮题材两种创作类型。姚雪垠的长篇历史小说《李自成》既体现了十七年历史文学呼应、认同新中国开国精神的审美文化特征，又体现了当代政治文化阶级斗争与民族斗争融为一体的思想特征，堪称是第一、二两个阶段的创作高峰和代表性作品。第三阶段是20世纪80年代后期开始秉持执政文化立场的王朝历史叙事，包括卷帙浩繁的长篇历史小说和历史题材影视剧。这类作品所体现的帝王将相题材的兴起，根本特性其实不是文化的复古，而是执政文化精神在历史题材领域的审美反映。第四阶段是新世纪以来的历史题材创作，从题材、体裁到思想意识都呈现出多元分化的态势。综观几个阶段的历史题材创作，虽然每种叙事形态都有其核心价值基础，但对其他类型的文化价值资源进行审美融合与兼收并蓄也是普遍的现象。《李自成》的王朝历史视野、《曾国藩》的个体价值意识、《白门柳》的现代政治文化眼光，就是典型的例证。

正因为如此，本书拟在世纪性文化关系、全球性价值观念的思想视野中，以审美意识与文化精神的复杂关系为学术视角，来展开对当代历史题材创作的研究。为学术思路的清晰起见，在研究框架层面具体分为"古代历史题材创作"和"现代历史题材创作"两个板块，既条分缕析不同历史题材文本的话语建构及其文化资源，又深入探讨各种创作现象中带有共通性、规律性的现象与问题，从而点面结合，达成一种阐发代表性、特殊性文本审美蕴涵和揭示其深层次文化精神兼而有之的学术考察。

在具体研究过程中，本书的学术思路拟从以下几个方向展开。

首先，将当代历史题材创作作为一种体现出丰富文化精神的文学现象来看待，采用文本意义解读和文化精神考察相结合的方法，以其中的关键、要害性问题为中心和枢纽，把各个相关方面连接为有机统一的整体，来进行全面而富于针对性的思考，以期寻找出从整个时代文化语境出发的意义阐释和价值判断思路。

其次，以历史题材创作在民族文化转型期的优势与意义为根本出发点，在微观剖析中显示出宏观的学术视野，高屋建瓴地阐释和评判不同的作家、作品与百年中国文化格局中不同方面的具体联系及其正负面影响，同时对历史题材创作的主体意图、文本内涵与接受状况进行融为一体的理解、评判与价值定位，从而充分呈现出历史题材创作超越理性意识的艺术意蕴和审美意义丰富性。

再次，在研究方法层面，综合运用历史学、文化学、哲学、社会学、文艺学、民俗学等相关学科的研究视角与方法，来对复杂文学现象及其思想文化资源、社会历史路径，进行一种多层次、多侧面的整合性研究。

最后，以民族文化的现代转型及其内在嬗变为思想制高点，来探索怎样认识和对待历史题材创作的成就、特征与局限，才能扬长避短，为中华文化的未来发展提供更有效的价值资源，从而根本性地重新确立同民族文化转型和发展相适应的历史题材创作理解与评价基点。

上　编

古代历史叙事的主体意识与文化底蕴

第一章 革命文化语境与《李自成》的多元话语定势

20 世纪 70 年代末到 80 年代前期,中国文坛形成了一个长篇历史小说创作热。“农民起义与农民战争”题材属于其中最引人瞩目的题材热点和成果亮点,密集涌现出一系列影响广泛的名篇力作。刘亚洲的《陈胜》(1977 年),凌力的《星星草》(1980 年),蒋和森的《风萧萧》(1980 年)和《黄梅雨》(1985 年),杨书案的《九月菊》(1981 年)和《长安恨》(1985 年),李晴的《天京之变》(1981 年)和《天国兴亡录》第一卷《猛虎出柙记》(1985 年),顾汶光与顾朴光合著的《天国恨》(1982 年)和顾汶光的《大渡魂》(1984 年),等等。在中国当代历史题材中具有里程碑意义的长篇历史小说《李自成》,则堪称其中众望所归的翘楚之作。

“农民起义与农民战争”题材的历史小说,从根本上看乃是革命文化谱系中“农民战争史观”的审美体现。不少作品也确实存在概念化地图解这种革命文化史观的现象,但其中杰出之作的审美意蕴性却远非当代政治文化所能涵盖,充分显示出一种与整个 20 世纪中国文化格局相适应的丰富性与复杂性,文本意义建构也随之显示出令人赞叹的审美超越性。《李自成》就是这样一部出类拔萃之作。

第一节 《李自成》文学声誉的流变及其文本"标签"

《李自成》的文学声誉和社会影响,大致经历了众星捧月的鼎盛期、讥议从生的贬损期和风光难再的落寞期三个阶段,毁誉的关键皆在于"歌颂农民起义军"这一价值立场和思想主题。

20世纪70年代末到80年代前期,属于《李自成》文学声誉众星捧月的鼎盛期。姚雪垠"开始动笔写《李自成》,大概在1957年的10月上旬"①,全书各卷均由中国青年出版社出版。1963年出版第一卷,1976年出版第二卷,1977年又出版了第一卷的修订版。因为第一卷"有一个相对独立的主题,即革命运动的领袖人物在遭到严重挫折后应该抱什么态度"②,热情讴歌了李自成起义军在斗争失败的情况下"对革命胜利的坚强信心和百折不挠的精神"③;也因为毛泽东、邓小平等政治高层人物先后对这部作品给予了特别的重视和关照,社会各界随之产生了《李自成》属于"歌颂农民起义军"的总体印象。学术界在20世纪70年代后期根据第一、二卷的情节内容,也对《李自成》作出了"农民革命与农民战争颂歌"的基本判断。古平"波澜壮阔的农民革命战争历史画卷"④、严家炎"气壮山河的农民战争的史诗"⑤的论断,产生了广泛影响。《李自成》第三卷于1981年出版、第二卷于1982年获得首届"茅盾文学奖",

① 姚雪垠:《学习追求五十年》,《姚雪垠文集》(第16卷),人民文学出版社2010年版,第123页。

② 姚雪垠:《〈李自成〉创作余墨》,《姚雪垠文集》(第18卷),人民文学出版社2010年版,第53页。

③ 姚雪垠:《〈李自成〉第一卷修订本前言》,《姚雪垠文集》(第18卷),人民文学出版社2010年版,第7页。

④ 古平:《波澜壮阔的农民革命战争历史画卷——读历史小说〈李自成〉一、二卷》,《武汉师院》1977年第1—2期。

⑤ 严家炎:《〈李自成〉初探》,《北京大学学报》(哲学社会科学版)1978年第3期、1979年第1期。

又将作品的文学声誉推向了一个更高的平台,“农民起义叙事”“农民革命主题”的普遍印象也就变得更加稳固。

20世纪80年代中后期,《李自成》进入了讥议丛生的文学名声贬损期。早在1982年姚雪垠给《李自成》责任编辑之一江晓天的信中,就谈到了“北京有一些毫无根据的谣言,……关于李自成现代化了,太高了等等”①。甚至姚雪垠的老友、台湾作家陈纪滢,也在台湾的《传记文学》第40卷第2、3、4期连载了《记姚雪垠·三十年代作家直接印象记之十》一文,“嘲讽与挖苦”“《李自成》是吹捧毛泽东之作”②。学术界出现了两个直接批评和贬低《李自成》的重要事件。一是在姚雪垠与刘再复就“文学主体性”理论和中国文学传统的争论中③,《李自成》并未被深入分析和探讨,却遭遇了“殃及池鱼”之灾。刘再复在一个回复性质的访谈中,以《李自成》在十七年和“文革”时期“走红”为依据,将这部作品与“帮派文艺”的代表作“样板戏”和“三突出”的代表作《金光大道》联系在一起,指责其不过是“描写古代阶级斗争”④“表现高大完美的农民英雄”⑤的文本,而且“第一卷印象较好,但遗憾的是,《李自成》后来一卷不如一卷,一卷比一卷粗糙,愈写愈差”⑥。二是章培恒将《李自成》与当时火爆一时的金庸武侠小说相比较,认为金庸小说属于传奇中挖掘了人性的“假中见真”之作,《李自成》虽然“热情地歌颂了古代的农民起义”,但并未

① 姚雪垠:《给江晓天·二十一》,《姚雪垠文集》(第19卷),人民文学出版社2010年版,第88页。

② 姚雪垠:《给陈纪滢·二》,《姚雪垠文集》(第19卷),人民文学出版社2010年版,第327页。

③ 姚雪垠在与刘再复的论争中,发表了《创作实践与创作理论——与刘再复同志商榷》(《红旗》1986年第21期)、《继承和发扬祖国文学史的光辉传统——再与刘再复同志商榷》(《红旗》1987年第8、9期)两篇论文,所讨论的问题并不相同。

④ 刘再复:《刘再复谈文学研究与文学论争——兼答姚雪垠先生》,刘再复:《论中国文学》,作家出版社1988年版,第414页。

⑤ 刘再复:《近十年中国的文学精神和文学道路——为即将在法国出版的〈中国当代作家作品选〉所作的序言》,刘再复:《论中国文学》,作家出版社1988年版,第286页。

⑥ 刘再复:《刘再复谈文学研究与文学论争——兼答姚雪垠先生》,刘再复:《论中国文学》,作家出版社1988年版,第417页。

对“人生问题”作出给读者以新启示的独特思考，而且“对以李自成为首的这支农民军作了过分的美化，因而基本上是违反历史的真实，也即违反生活的真实的”，属于“真中见假”之作。① 因为两位作者重要的学术地位（刘当时为中国社科院文学研究所所长，章1985年刚卸任复旦大学中文系主任，正担任古籍研究所所长），这一南一北的两次贬低又都具有契合时代思潮和社会心理的针对性，因而形成了巨大的影响。虽然二者立论的基点不同，但在将《李自成》定位于用“阶级斗争理论”解释“农民革命和农民战争”方面却具有高度的一致性。在中国改革开放、亟盼走向多元化的特定时代语境中，《李自成》被定性为历史文学领域中革命意识形态话语的代表作，文学声誉随即一落千丈。

20世纪90年代之后时移世易，《李自成》进入了备受冷落的文学声誉落寞期。

《李自成》的社会文化影响在这一时期基本消失，相关研究也处于停滞状态。1999年全书五卷完整出版，并相继获得了第8届中宣部“五个一”工程奖、第12届中国图书奖、“向建国50周年献礼10部长篇小说”等各种体制性荣誉。但在文学出版行业内部，这种出版主要是被看作画上了“五百万人都在期待的一个心理上的句号”②；广大读者的阅读激情也没有被广泛地重新唤起；学术界普遍冷落、漠视的状况同样未曾出现大的改变。究其原因，除了可供阅读的作品已极为丰富和广泛，分散了任何一部作品的关注度和阅读量之外，根本原因还在于《李自成》本身。不少读者先入为主地认为作家“年事已高”，而且是用口述录音的方式写作的，所以必定“创造力衰竭”，第四、五卷也必然是“每况愈下”。《李自成》属于“农民战争主题”“革命意识形态话语”之类的80年代既成印象，也在其中起作用。21世纪以来，2000年“姚雪垠书系”由中国青年出版社出版，2003年“姚雪垠长篇历史小说奖”设立，2010年举行“纪念姚雪垠百年诞辰”系列学术活动，学术界才又逐渐展开对《李自成》

① 章培恒：《金庸武侠小说与姚雪垠的〈李自成〉》，《书林》1988年第2期。

② 关正文：《500万人的一个心理句号》，《小说选刊·长篇小说增刊》1999年第1期。

的重新探讨。但这一时期的《李自成》研究，不过是一种文学史“学院派研讨”的状态。

所以，确实是“成也萧何，败也萧何”，“歌颂农民起义军”的阅读印象和“农民革命与农民战争”主题说的学术判断，既是《李自成》在 20 世纪 80 年代前期获得盛誉的“金字招牌”，也是它在随后几十年遭遇异常冷落的外在“标签”。

第二节　《李自成》“农民战争”主题说的无效阐释现象

关于《李自成》文学声誉盛衰的演变，学术界已有不少从客观环境和批评者角度出发的分析，认为诸多“误解、贬抑、无视或遮蔽”的现象中存在一种“跨元批评”的学术误区①，出现这种现象“既是时代政治因素对文学批评制约的结果，也是时代转型引发文学观念嬗变以及批评理论运用等因素对历史小说研究内在作用的结果”②。但我们综观姚雪垠的创作意图和《李自成》全书五卷的审美建构，实际上还可发现，“农民战争”主题说对于这部作品酝酿、创作与接受过程本身的许多客观事实，也不能给以有效的阐释。

首先，“农民战争”主题说形成在解读《李自成》第一、二卷审美蕴涵的基础上，并不是针对全书五卷的总体学术判断。

《李自成》第一卷 52.4 万字，第二卷 87.7 万字，共计 140.1 万字。学术界正是根据《李自成》这两卷的情节内容，作出“农民革命颂歌”“农民战争史诗”等基本判断的。而在《李自成》全书中，1981 年出版的第三卷就达 102.2 万字。第四、五卷直到 1999 年才随全书完整出版而首次面世，后来还作了增

① 阎浩岗：《〈李自成〉：被曲解遮蔽的当代长篇小说杰作》，《中国现代文学研究丛刊》2011 年第 2 期。

② 徐亚东：《〈李自成〉研究的现象及其反思》，《中州学刊》2012 年第 4 期。

补,根据收入内容最全的中国青年出版社2013年版统计,第四卷61.3万字、第五卷45.9万字,共计107.2万字。所以,在《李自成》全书349.5万字中,研究者实际上是仅仅依据前两卷、共计140.1万字的内容来确立"农民战争"主题说的,小说的后三卷中有102.2万字当时根本没出版,还有107.2万字作者压根就没有写出来。以这样一种结论来预估卷帙浩繁的《李自成》全书的审美建构,可靠性当然是大可怀疑的。

其次,姚雪垠在创作《李自成》的过程中,始终存在谱写"农民战争史诗"和建构"社会百科全书"两种审美意图,而将"社会百科全书"作为更全面、更根本的艺术目标。

姚雪垠确实曾不断地表示:"写李自成革命的经验教训和农民战争的基本规律是全书的总主题。"①但早在20世纪70年代中期与文坛泰斗茅盾的私人通信中,他就又表达了一个"只同极少数朋友流露过"②的最初写作意图:"我写此书,原想写出明、清之际各个阶级、阶层的相互关系,动态,通过再现历史的广阔生活场景和各种代表人物描绘出复杂多彩的历史画卷。"③所谓"原想",说明作者最初的、本来的创作意图,其实是描绘"明、清之际……复杂多彩的历史画卷"的全局,李自成只是"各种代表人物"之一,李闯王大起义也只是"各个阶级、阶层的相互关系、动态"的重要组成部分而已,并不是作品唯一的内容,甚至不一定是最主要的内容。

在1976年完成的《〈李自成〉内容概要》中,姚雪垠又特别说明:"这部估计三百万字以上的历史长篇小说中包含一些副主题,但上述一大问题是一个中心问题,是总的主题思想所在。"④从而将《李自成》阐述为一个"中心问

① 姚雪垠:《〈李自成〉创作余墨》,《姚雪垠文集》(第18卷),人民文学出版社2010年版,第53页。

② 茅盾、姚雪垠:《茅盾、姚雪垠谈艺书简》,人民文学出版社2006年版,第109页。

③ 茅盾、姚雪垠:《茅盾、姚雪垠谈艺书简》,人民文学出版社2006年版,第109页。

④ 姚雪垠:《〈李自成〉内容概要》,《姚雪垠文集》(第20卷),人民文学出版社2010年版,第2页。

题”和“副主题”并存的文本意义建构。在1977年4月12日制定的《今后三年半工作规划和说明》中，姚雪垠通过对比表示：“倘若《李自成》只是追求写出来曲折动人的农民战争故事，再继续写170万字不算困难”，但“从动手写第一卷之初，我就决定要在这部规模庞大的长篇小说中用语言艺术的手段再现三百多年前的历史生活”①，又一次流露了与茅盾通信中相似的创作意图。

20世纪70年代末80年代初，“农民战争”主题说成为主流评价，《李自成》因此获得盛誉，姚雪垠仍然坚持表达着“百科全书”的审美意图。他在1977年接受国内学者访谈时强调，《李自成》是“企图通过明末农民大起义这条主线，写出一个历史时代的风貌，反映当时各个阶级、各个阶层、各种不同地位和不同行业的人们的社会生活，使之成为中国封建社会后期的‘百科全书’”②；1984年2月13日给美国芝加哥大学教授艾恺（Guy Alitto）的信中，姚雪垠还是重申，“我写《李自成》，实想通过小说艺术，忠实、广博而又深刻地展现中国17世纪中叶——明、清之际的政治动态、军事活动、社会风貌，从朝堂到战场，从宫廷到民间，从北京到农村，从辽东到江南……各方面的生活画面”，并明确表示“学术界读者和《李自成》研究者称这部小说为中国封建社会后期的‘历史百科全书’，也有一定的道理”。③

关于为什么要将“农民大起义”作为情节主线，姚雪垠的思考也是从总揽明清历史演变的全局出发的，在他看来，“农民大起义”是“小说要表现的客观历史运动的主要矛盾，一个时代的根本问题”④。姚雪垠还曾为“书名问题”

---

① 姚雪垠：《今后三年半工作规划和说明》，《姚雪垠文集》（第16卷），人民文学出版社2010年版，第303页。

② 姚雪垠：《谈〈李自成〉的若干创作思想——与武汉师范学院王毅等人谈话录》，《文艺理论研究》1984年第1、2期。该文是姚雪垠1977年3月接受访谈，1983年12月30日写作“题记”，然后交给《文艺理论研究》发表的。

③ 姚雪垠：《给艾恺》，《姚雪垠文集》（第19卷），人民文学出版社2010年版，第159页。

④ 姚雪垠：《〈李自成〉创作余墨》，《姚雪垠文集》（第18卷），人民文学出版社2010年版，第50页。

而苦恼,“我对开始写的这部小说暂定名为《李自成》,实际我自己并不惬意”①,所以他曾考虑过“皇帝与农民”“明末英雄传”等书名,“我终于决定用《李自成》作为书名,仅仅是由于它比较简单,声音响亮。至于小说的丰富内容非书名《李自成》可以概括”。② 至于为什么对“社会百科全书”的创作追求秘而不宣的问题,姚雪垠也作出过解释:“创作第一卷时,我就有这个追求,但当时不敢讲,怕别人会说是吹牛,也怕自己写不出来。”③

凡此种种可见,在姚雪垠的艺术构想中,“农民大起义”确实是情节主线,但“成为中国封建社会后期的‘百科全书’”才是《李自成》的整体布局和最终目标。

再次,在“农民战争”主题说成为社会流行看法的同时,一些“重量级”文化名人在私人交流中,就已经了解到、并且更看重《李自成》“社会百科全书”性质的审美蕴涵。

茅盾在1974年给姚雪垠的信中就指出,“来函谓全书有五卷之多,逾百万言,想见笔锋所及,将不仅为闯王作传,抑且为明、清之际社会变革绘一长卷,作一总结”④,很明显地将《李自成》的创作追求分成了两个方面。秦牧读完《李自成》第一、二卷后也认为:“这部长篇小说的价值,不仅在于为历史上伟大的农民英雄树立丰碑,而且也在于揭示了封建社会的面貌,提供了历史上阶级斗争的经验”,“具有批判地反映封建社会的百科全书雏形的性质”。⑤《李自成》第二卷出版后,因为情节内容不再“紧贴”李自成农民起义军,有些“习

① 姚雪垠:《学习追求五十年》,《姚雪垠文集》(第16卷),人民文学出版社2010年版,第133页。

② 姚雪垠:《学习追求五十年》,《姚雪垠文集》(第16卷),人民文学出版社2010年版,第133页。

③ 姚雪垠:《谈〈李自成〉的若干创作思想——与武汉师范学院王毅等人谈话录》,《文艺理论研究》1984年第1、2期。

④ 茅盾、姚雪垠:《茅盾、姚雪垠谈艺书简》,人民文学出版社2006年版,第4页。

⑤ 秦牧:《给姚雪垠同志》,《关于长篇历史小说〈李自成〉》,上海文艺出版社1979年版,第32、34页。

惯于看单线发展的长篇小说"[①]的读者产生不满,"第二卷不及第一卷"成为了"有一定的代表性"[②]的意见。茅盾对此的反应是"真怪!"并希望发表他本人与姚雪垠的通信,来"破此重偏见"。[③] 李尔重直接表示,(第二卷)"写得更好,比第一卷更有吸引力"[④]。胡绳同样更推崇第二卷,"我对这第二卷读后的满意程度大大超过第一卷",因为作者"并不只是单纯地反映明末农民起义这一历史事件的过程,而是以这支农民起义军为中心写出一部封建社会的'百科全书'"[⑤];他还热情鼓励姚雪垠:"我希望你放开手来写出封建社会的各个场景,深入地写出各个阶级、阶层的人物来。"[⑥]总之,这些文化名人都很敏锐地发现了《李自成》存在"为闯王作传"和"写'百科全书'"的双重创作目标,而且都对作品"百科全书"性质的审美追求"满意程度大大超过"了"为闯王作传"的追求。

事实上,《李自成》从第一卷到第五卷的文本意义建构,都大量地存在着背离"农民战争"主题框架的现象。

在情节内容展开方面,《李自成》全书开篇为揭示明王朝形势的"北京在戒严中",就显示出并未以"正面主人公"李自成起义军为全书确立基调和框架的特征。第二卷出版后,不够"紧贴"农民起义军已成为"有一定代表性的看法"。第三卷出版后,关于情节内容"难免有若干可以精简而还未能割爱"[⑦]的说法更加流行。如认为"洪水滔滔"情节单元与小说的"农民战争"主

① 茅盾、姚雪垠:《茅盾、姚雪垠谈艺书简》,人民文学出版社 2006 年版,第 110 页。

② 茅盾、姚雪垠:《茅盾、姚雪垠谈艺书简》,人民文学出版社 2006 年版,第 109 页。

③ 茅盾、姚雪垠:《茅盾、姚雪垠谈艺书简》,人民文学出版社 2006 年版,第 113 页。

④ 李尔重:《给姚雪垠同志》,《关于长篇历史小说〈李自成〉》,上海文艺出版社 1979 年版,第 39 页。

⑤ 胡绳:《给姚雪垠同志》,《关于长篇历史小说〈李自成〉》,上海文艺出版社 1979 年版,第 28 页。

⑥ 胡绳:《给姚雪垠同志》,《关于长篇历史小说〈李自成〉》,上海文艺出版社 1979 年版,第 28 页。

⑦ 夏衍:《给姚雪垠同志》,《关于长篇历史小说〈李自成〉》,上海文艺出版社 1979 年版,第 21 页。

题缺乏直接联系,“读来颇嫌沉闷拖沓,结构上也显得臃肿枝蔓”①。第四、五卷中从“农民战争”本位的角度看“走题”现象更为严重。1999 年全书首次出版时,甚至以明王朝为中心的“梦江南”情节单元未曾收入,“北京! 北京!”单元也没有独立出来,这两个助推《李自成》“走题”特征的情节单元多达 8 万余字,到 2010 年出版《姚雪垠文集》时才首次编辑定稿。所以,《李自成》篇幅不断膨胀、故事情节“臃肿枝蔓”,扩大的均非“农民战争”叙事的蕴涵,姚雪垠原设想《李自成》“要写五卷,约 150 万字”,“后来之所以扩大了全书规模,是因为……写作意图又决定‘百科全书’式地反映历史画卷,所以全书规模不得不相应扩大”。②

在人物形象塑造方面,按照“农民战争”主题说的艺术构想,《李自成》应该以李自成为中心、以农民军立场为本位。但学术界公认崇祯形象塑造得比李自成更生动、更丰满、更深入。历史人物形象的丰满与深入是不可能在写作过程中凭灵感爆发而偶然形成的,需要作家从历史知识到艺术创造都下大功夫才有可能实现,所以,李自成与崇祯两个人物形象成功度的差异,至少可以说明姚雪垠在创作过程中的用功更深处之所在。关键还在于,姚雪垠对大力塑造崇祯形象是具有高度审美自觉性的,他是“希望开辟一个新领域”③,“反映出封建社会另外一个方面,而且是一个相当丰富的方面”④。而且,他明知“今天是没有一个人会同情崇祯的”⑤,却在作品中对这个农民起义军的敌人充满同情之心,将其与李自成相提并论,表示“在《李自成》这部历史大悲剧中

---

① 吴秀明:《三百万言写史诗——读〈李自成〉前三卷》,《文艺报》1983 年第 1 期。

② 姚雪垠:《学习追求五十年》,《姚雪垠文集》(第 16 卷),人民文学出版社 2010 年版,第 155 页。

③ 姚雪垠:《关于崇祯形象的塑造》,《姚雪垠文集》(第 18 卷),人民文学出版社 2010 年版,第 135 页。

④ 姚雪垠:《关于崇祯形象的塑造》,《姚雪垠文集》(第 18 卷),人民文学出版社 2010 年版,第 134 页。

⑤ 姚雪垠:《关于崇祯形象的塑造》,《姚雪垠文集》(第 18 卷),人民文学出版社 2010 年版,第 136 页。

有两大悲剧主角:一是李自成,一是崇祯皇帝"①。这显然是与农民革命的思想立场背道而驰的。

《李自成》的创作过程还存在一件足以影响全书整体意义建构的巨大变化。《李自成》虽然在1999年出版了全书,但对照一下姚雪垠在20世纪70年代编写好的《〈李自成〉内容概要》即可发现,此版本的第四、五卷实际上是创作计划中第五卷的拆分,原计划《李自成》的第四卷并未完成。这未完成的整整一卷主要包括以下内容:李自成攻入襄阳,杀了罗汝才,建立"新顺"政权;李自成在潼关内外大败孙传庭督师的明朝军队;李自成进入西安建立中央政权,定国号为"大顺";李自成回米脂祭祖。② 这些属于李自成起义军范畴的情节内容实际上未曾完成,显然在客观上大大削弱了作品中农民战争话语的审美蕴涵。

总之,文本内外的种种事实都表明,《李自成》的审美蕴涵并不是"农民战争"主题说所能概括与涵盖的。

第三节　《李自成》"单元"式结构中的情节内容布局

随着《李自成》第三、四、五卷的陆续出版,学术界"农民革命颂歌"的看法已逐渐有所改变。严家炎、胡德培在第三卷出版后已经认识到,《李自成》的"主题思想异常丰富复杂,远不是简单地用'歌颂李自成起义'所能概括的",作品实际上展开的应该是一部"反映明末农民战争和民族战争的悲剧性史诗"。③ 董之

① 姚雪垠:《创作体会漫笔》,《姚雪垠文集》(第18卷),人民文学出版社2010年版,第211页。

② 以上情节内容概括,系参照《李自成》第五卷开头的注释而作。《姚雪垠文集》(第8卷),人民文学出版社2010年版,第1页。

③ 严家炎、胡德培:《气壮山河的历史大悲剧——〈李自成〉一、二、三卷艺术管窥之一》,《辽宁大学学报》1984年第2期。

林根据《李自成》全书五卷“表现明末总体政治格局”的特征，更进一步提出：“由于明、清王朝在小说描写中所占的分量，特别对各方高层人物的着意刻画，使这部看似表现农民革命的‘水浒传’，毋宁是一部描写明末历史的‘三国演义’。”①这些论断都具有从根本上重新认识《李自成》意蕴格局的意义。

但深层次的问题仍然存在。因为从《李自成》审美建构的最后结果看，不仅有各卷之中都存在的不属于“农民革命”的情节内容，还有许多浓墨重彩的“臃肿枝蔓”之处也不在“三国演义格局”的范畴之内。那么，这种种改变到底将导致作品主题怎样的变化？显然就需要一种从作品全局出发的条分缕析，方才有可能得出令人信服的结论。

“《李自成》是一部头绪复杂的‘长河小说’”②，姚雪垠“为着避免结构琐碎和头绪不清，在开始动笔前决定采取分单元集中描写的方法”③，并具体进行了以下几方面的规划：一，“几章（最多的有十几章）为一个单元”④，将具有思想内涵共同性的历史生活集中在同一个情节单元来叙述，不同情节单元篇幅长短不一，审美地位和意义也各有差别。二，每一卷之内“先确定一条中轴线，然后各种建筑群围绕中轴线星罗棋布，疏密得体，而每一个建筑群中又自成一个完整的格局”⑤。三，各单元之间的关系是“单元独立，前后呼应”⑥，“单元与单元轻重搭配，努力追求笔墨变化，色彩丰富”⑦。四，全书总体布局

① 董之林：《观念与小说——关于姚雪垠的五卷本〈李自成〉》，《文学评论》2008年第2期。

② 姚雪垠：《从历史研究到历史小说创作》，《姚雪垠文集》（第18卷），人民文学出版社2010年版，第231页。

③ 姚雪垠：《〈李自成〉创作余墨》，《姚雪垠文集》（第18卷），人民文学出版社2010年版，第51页。

④ 姚雪垠：《〈李自成〉创作余墨》，《姚雪垠文集》（第18卷），人民文学出版社2010年版，第51页。

⑤ 姚雪垠：《〈李自成〉创作余墨》，《姚雪垠文集》（第18卷），人民文学出版社2020年版，第50页。

⑥ 姚雪垠：《关于创作〈李自成〉的艺术追求和探索》，《姚雪垠文集》（第18卷），人民文学出版社2010年版，第97页。

⑦ 姚雪垠：《〈李自成〉创作余墨》，《姚雪垠文集》（第18卷），人民文学出版社2010年版，第51页。

“大开大阖、有张有弛”①，“第一卷单线条发展，第二卷开始展开，第三卷继续展开，而到第四卷停止向广阔展开，到第五卷逐步收缩”②。五，“每一卷都有一个中心主旨，可以称做相对的副主题，副主题一方面受全书总主题制约，一方面又为它服务”③。所以，我们理解《李自成》的审美建构，就需要、也可以从梳理作品的情节单元入手。

《李自成》第一卷上、下两册共 11 个情节单元。“潼关南原大战”“义送摇旗”“谷城会晤”“崤函疑兵”“商洛潜伏”“从北京到商洛”“张献忠谷城起义”“夫妻会师”等 8 个情节单元，着重表现李自成在失败中卧薪尝胆、坚韧不拔的英雄气概和促成各路农民军共同重举义旗的过程，具有以李自成起义军为主体的叙事特征。首尾以“北京在戒严中”开篇、而以“北京的忧郁”收束，则落笔于明王朝与“流贼”“东虏”两面作战的危机和进退失据的决策，体现出将李自成起义置于明王朝衰变危局中来考察的总体格局。“卢象升之死”描述明朝“主战派”将领独撑危局、抗击清军的故事，也属于超越“农民战争”主题的蕴涵。所以，第一卷表面看来“单线条发展”、审美重心鲜明，呈现出起义军和明王朝两大阵营“对垒”的基本格局，实际上已经存在两方面难以相互融合与涵盖的意义建构特征。

小说的第二卷也分为上、下两册，共 10 个情节单元。“商洛壮歌”“从商洛到鄂西”“李自成星驰入豫”“伏牛冬日”“河洛风云”等 5 个单元，描述李自成起义军苦心经营而迅速壮大的历史图景；“汴梁秋色”“李岩起义”两个情节单元，着重表现李岩的“投闯”经历和富于远见的方略、功成归隐的心愿；“张献忠与左良玉”展示其他起义军的斗争情景，丰富和映衬了李自成起义军的

① 姚雪垠：《关于创作〈李自成〉的艺术追求和探索》，《姚雪垠文集》（第 18 卷），人民文学出版社 2010 年版，第 96 页。

② 茅盾、姚雪垠：《茅盾、姚雪垠谈艺书简》，人民文学出版社 2006 年版，第 109—110 页。

③ 姚雪垠：《〈李自成〉创作余墨》，《姚雪垠文集》（第 18 卷），人民文学出版社 2010 年版，第 68 页。

发展。“紫禁城内外”着重表现明王朝群臣“舍命不舍财”的丑态和崇祯计穷力竭、左支右绌的窘况;“杨嗣昌出京督师”与第一卷的“卢象升之死”相辅相成,体现出明王朝“内乱”与“外患”均陷入绝境、衰亡无可挽回的趋势。所以,第二卷也一主一次地围绕着起义军和明王朝两个叙事重心展开,但相对于第一卷更为视野开阔而层次丰富。

小说的第三卷分为上、中、下册,共有 14 个情节单元。农民军方面,出现了“高夫人东征记”“三雄聚会”“横扫宛叶”“再攻开封”“朱仙镇”5 个内容较少的情节单元。明王朝方面,“燕山楚水”描述杨嗣昌无法指挥骄兵悍将,最后在同农民军的作战中兵败身亡;“洪承畴出关”“辽海崩溃”“燕辽纪事”正面书写燕辽战事,详细描述了洪承畴从抗清到降清的人格演变。在两大政治军事集团的集体活动之外,作者又以“慧梅出嫁”“袁时中叛变”“慧梅之死”和“洪水滔滔”4 个大的情节单元,浓墨重彩地书写了起义军英雄战士和开封城无辜百姓两种悲剧命运,其中仅“洪水滔滔”一个情节单元的篇幅就多达 13 章。于是,《李自成》第三卷就展现出两个足以相互抗衡的意义建构重心,一是农民军与明王朝、明王朝与清王朝三个政治军事集团、两种战争中的重大历史事件,二是明王朝的栋梁之臣、农民军的优秀战士和无辜百姓的个体悲剧命运。而且在明王朝方面,从第一卷的卢象升到第二、三卷的杨嗣昌再到第三卷的洪承畴,实际上已经形成了一个独立描写朝廷重臣命运与人格的人物形象系列。

在最后成书的第四、五卷中,《李自成》的情节线索和意义重心并未“收束”,反而得到了更多层次的展开。农民军方面,第四卷的“甲申初春”“李自成在武英殿”和“决计东征”,叙述李自成陶醉于夺取江山的喜悦,却对即将来临的危机懵懂无知又心存侥幸;第五卷的“兵败山海关”“巨星陨落”和“尾声”,描述了李自成起义军盛极而衰、一败千里直至“巨星陨落”的过程;“悲风为我从天来”则着重描述了李自成的心态变化和李岩的被冤杀、窦美仪的被遗弃。明王朝方面,第四卷原有“崇祯皇帝之死”情节单元,2010 年版本又增补了“梦江南”和“北京，北京”两个情节单元，详尽地探讨了崇祯避免“身死国灭”的可能性和实际上“国君死社稷”的悲剧命运；魏清慧率众投河自尽、费珍娥行刺、窦美仪“从贼”的宫女命运，也得到了令人触目惊心的艺术聚焦。清王朝方面，第四卷的“招降失败”梳理吴三桂入关“勤王”和拒绝李自成招降的内在真相；第五卷中“多尔衮时代的开始”解读了清王朝崛起和取胜的原因，“太子案始末”则揭示了明王朝人心未尽和清王朝入主中原后隐患重重的王朝更替图景。总体看来呈现出多线索、多头绪、多层次的叙事特征。

以上梳理可见，《李自成》虽然第四卷并未完成，但所空缺的主要是叙述李自成起义军演变历程的内容，全书的叙事格局与意义逻辑总体上已经内在贯通、相对完整。其中确实存在农民起义军、明王朝、清王朝三足鼎立的内容格局，但对被乱世环境、历史洪流所裹挟的各类生命个体的书写，各卷合起来也足以构成具有审美独立性的意义支撑点。具体看来，小说的中心线索是李自成起义军，具体描述过程中则是清王朝的篇幅相对较少，明王朝、起义军和各类生命个体都有叙事篇幅足以相互抗衡、思想内容自成逻辑与格局的审美蕴涵。正是这样的叙事格局、思想蕴涵及其相互作用，严重动摇了李自成起义军的叙事主体和意义中心地位，使《李自成》呈现出审美话语多元化的意蕴格局。

第四节　《李自成》思想话语多元化的意蕴建构

通过以上对全书情节内容的梳理可见，《李自成》的意蕴建构明显地呈现出思想话语多元化的特征。具体说来，其中存在着“农民战争”“王朝兴替”和“乱世悲歌”三类思想话语蕴涵，分别体现出当代革命文化、传统史官文化和现代人文文化的精神特征。

“农民战争”的思想蕴涵在《李自成》中的存在是毋庸置疑的。作者以李自成起义军的重大政治军事行动及其战略战术为情节主线，以农民战争的演变轨迹和发展规律为意义核心，第一、二卷着重描述李自成起义军在逆境中积蓄力量、发展壮大的过程，从第三卷开始转向对其失败轨迹和蜕变原因的探寻，全书体现出一种从热情洋溢的颂歌形态向深层次审视的史诗境界的转变与位移。

在具体的叙述过程中，姚雪垠以当代政治文化的农民革命与农民战争史观为基础，鲜明地表现出革命文化的价值立场和话语逻辑。第一、二卷中从“潼关南原大战”的两军对垒，到“谷城会晤”的合作抗敌，从“商洛壮歌”对地主宋文富形象的塑造，到“李自成星驰入豫”对农民起义风起云涌、李自成踌躇满志的讴歌，都是如此。第四、五卷重在揭示李自成政治眼光、战略预见和开国能力等方面的欠缺，也剖析了他那农民式的狭隘短视和患得患失、疑神疑鬼心理。作者反复强调李自成军队进北京虽声势强盛但实际上人数较少、实力较弱，从力量对比出发揭示大明、大顺、大清之间成败的因由，却竭力淡化了刘宗敏在北京城拷虐勋旧、丧失人心的史实，排除了吴三桂“借兵”清军与陈圆圆之间属于个人恩怨性质的关系，表现出对农民起义军观大势而护私德的审美倾向。按照作者的解释是，“一个农民运动或其他各种革命运动的失败，领袖品质是一个问题，但不是最后决定的因素，起决定因素的是敌我力量的对比以及他们的战略、策略是不是符合当时客观形势的需要”①。但区分大势与私德的叙事策略，无疑起到了曲意体谅和维护李自成起义军形象的作用，从中体现出姚雪垠对农民起义军的特殊亲近心理和维持全书革命文化精神统一性的艺术用心。

“王朝兴替”的叙事内容也具有鲜明的情节线索贯穿性和意义建构独立性。对第一卷以“北京在戒严中”开篇和定调，姚雪垠有着相当明确的理性自觉：“我决定从写满洲兵进入北京郊区，北京戒严，作为全书的开始，而以潼关

① 姚雪垠：《谈谈目前对〈李自成〉的评论问题——与海天等的一次谈话》，《姚雪垠文集》第17卷，人民文学出版社2010年版，第374页。

南原大战作为李自成故事的开始”[①]；“北京戒严，清兵进入北京，这和第五卷结尾，清兵进关，占领江南江北广大农村是前后呼应，首尾相照的”[②]。很显然，由此建构的其实是一种明、清之间改朝换代的历史观照视野。《李自成》的第一、二卷以李自成起义军和明王朝的对抗为叙事主体，第四、五卷则大大超越了明王朝遭受农民起义军冲击的历史叙事框架，转换到了对明清之际历史巨变全局的展现。即使是描述李自成军队与清军的山海关大战，体现的也是清军对大顺朝的毁灭性打击，成了王朝政权之争，而非农民起义军另外一种形式的革命斗争。全书的“尾声”描述李自成牺牲后高夫人将抗清斗争直接归到明朝旗帜之下，更体现出是与“北京在戒严中”、而不是与“潼关南原大战”相呼应的艺术思路。而在姚雪垠看来，大明、大顺、大清之间的政权更替，因为“大顺政权还没有形成一个朝代，所以从历史的表面看就反映为‘明清易代’的历史突变”[③]，换句话说，他所描述的这场“王朝兴替”从根本上看应属“明亡清兴”的范畴，“大顺”政权则只是其中的一个转换路径和过渡阶段。

在这种叙事过程中，《李自成》对崇祯满怀同情之心，对清军充满赞赏之情，对李自成起义军反而流露出明显的惋惜、批判之意，“从来不以简单的阶级标准划线”[④]。从“崇祯皇帝之死”对崇祯非“亡国之君”的慨叹，到“太子案始末”对明朝灭亡后民众心有留恋的表现，再到氤氲于文本审美境界的“亡国、亡天下”的悲剧氛围，都体现出一种以明王朝衰亡命运为本位的审美倾向。“梦江南”和“北京，北京”对崇祯迁都江南和守卫北京的不同方案进行论辩式描述，则使作品从单纯展现历史进程深化到了探索王朝兴衰历史可能性

① 姚雪垠：《学习追求五十年》，《姚雪垠文集》（第16卷），人民文学出版社2010年版，第134页。

② 姚雪垠：《关于崇祯形象的塑造》，《姚雪垠文集》（第18卷），人民文学出版社2010年版，第135页。

③ 姚雪垠：《从历史研究到历史小说创作》，《姚雪垠文集》（第18卷），人民文学出版社2010年版，第238页。

④ 姚雪垠：《〈刘再复谈文学研究与文学论争〉一文读后》，《姚雪垠文集》（第17卷），人民文学出版社2010年版，第489页。

的境界。“多尔衮时代的开始”“兵败山海关”着力刻画大清朝上下的朝气、力量、勃勃野心和总揽全局的精明与谨慎，同“李自成在武英殿”“招降失败”“决计东征”等情节单元对李自成得意忘形而手忙脚乱、顾此失彼的描述形成鲜明的对比，更将前者摆脱“狄夷之邦”格局、入主中原的必然性和后者必定难成气候的“流寇”气象，鲜明、有力地展现了出来。于是，《李自成》就突破革命文化话语的“敌我”界限和思想界域，进入了传统史官文化话语审视王朝兴衰、统治得失的意义范畴。

在《李自成》的审美建构中，还明显存在着一种“乱世悲歌”的叙事蕴涵。

中国历史学对于封建王朝的发展与演变，常用“治世”“盛世”和“乱世”“末世”等概念来概括。所谓“乱世”，就其根本特征看是一场人类生存的灾难。从三国时期诸葛亮《出师表》的“苟全性命于乱世”，到明代屠隆《彩毫记·难中相会》的“宁为太平犬，莫作离乱人”，都鲜明地体现出乱世人命如草芥的时代特征。乱世生态在审美层面的反映，则往往如《礼记·乐记》所云：“乱世之音怨以怒，其政乖；亡国之音哀以思，其民困。”《李自成》所展现的历史时代兼具“乱世”和“末世”的特征，姚雪垠正是以“怨以怒”“哀以思”的审美态度，揭示了由此导致的种种社会灾难和人生悲剧。

其一，《李自成》以开封围困战中张秀才一家的悲惨命运为中心，沉痛地揭露了战乱带给无辜百姓的灭顶之灾。第三卷的“洪水滔滔”情节单元以巨大的篇幅展现了这种灾难。虽然作者将水淹开封的不仁举动归为官军的阴谋，还描述了农民军一度有过弃攻开封以保全百姓性命的打算，但不管战争的性质和各方的意图如何，从城中断粮出现人吃人的景象，到滔滔洪水中城内城外死者不计其数的事实，都表明了战争带给平民百姓的灾难之深重。身陷这种战乱困局中，张秀才“百无一用是书生”，不仅本人的科举之梦破灭，全家老少都或早或迟、不同形式地丧失了性命。姚雪垠这种对弱势群体在战乱环境中连基本生存权利都被彻底剥夺的描述，有力地拓展和深化了作品对战争动乱、王朝兴替的历史认知。

其二,《李自成》以慧梅的形象和命运为中心,深刻揭示了农民起义军内部个体理想、个体价值难以真正实现的人生悲剧。姚雪垠"从《李自成》第一卷到第二卷用了许多有声有色的故事情节塑造女将慧梅"①,用意深远地铺展她与张鼐革命加恋爱、政治与情感完美融合的理想人生之路。胡绳阅读后甚至滋生出把"高夫人身边的女兵写成了小资产阶级女性"②的审美感受,精准地敏悟到其中隐含的"五四"文化"个性解放"话语的思想意味。小说的第三卷却以"慧梅出嫁""袁时中叛变""慧梅之死"3个情节单元,大幅度地描述了李自成等为笼络袁时中队伍而牺牲慧梅的爱情,袁时中叛变又令慧梅不得不负孕杀夫和自尽的悲剧,满怀愤懑地揭示了这种人生意义模式的毁灭。一方面,"李自成的起义并没有超越封建社会内部的阶级斗争和武装斗争……他的政治理想和伦理道德观念始终没有超越封建社会的范畴"③,由此形成的集体功利立场和封建家长制观念,必然导致对个体生命价值和个体人生追求的漠视、轻慢与扼杀。另一方面,慧梅"虽然在农民起义的斗争中长大,建立了功勋,但是仍然跳不出封建社会的君权、父权、夫权的罗网,在慷慨悲歌中受制于封建的伦理道德规范"④,"农民起义虽然自古就有妇女参加,却没有解放妇女的历史使命"⑤;而集体价值本位的思想观念,也构成了对她个体人生追求的强大抑制,"大义与私情常常斗争在她的心上……她精神异常痛苦"⑥。多

① 姚雪垠:《创作体会漫笔》,《姚雪垠文集》(第18卷),人民文学出版社2010年版,第222页。

② 姚雪垠:《给胡绳·二》,《姚雪垠文集》(第19卷),人民文学出版社2010年版,第471页。

③ 姚雪垠:《创作体会漫笔》,《姚雪垠文集》(第18卷),人民文学出版社2010年版,第222页。

④ 姚雪垠:《创作体会漫笔》,《姚雪垠文集》(第18卷),人民文学出版社2010年版,第222页。

⑤ 姚雪垠:《给邱胜威·一》,《姚雪垠文集》(第19卷),人民文学出版社2010年版,第296页。

⑥ 姚雪垠:《〈李自成〉内容概要》,《姚雪垠文集》(第20卷),人民文学出版社2010年版,第40页。

方面因素综合作用,导致了慧梅人生选择的不由自主和个体价值的无谓牺牲。作者对慧梅形象与命运的描写,则鲜明地表现出从个体价值出发批判封建伦理观念、揭示集体主义局限的现代启蒙文化精神。

其三,《李自成》以明王朝宫女的“殉节”行为为中心,充分展现了“历史大悲剧”中个体生命“小悲剧”的社会与文化复杂性。明王朝的宫女们虽然个性与心态各不相同,却都未摆脱“殉节”的悲剧宿命。乾清宫的魏清慧和坤宁宫的吴婉容两个“管家婆”在照料皇帝、皇后“殉社稷”之后,竟率领两三百宫女前呼后拥地跳入护城河自尽。宫中第一美女加才女费珍娥觉得徒死无益,决心刺杀李自成为帝、后报仇,李自成中途变卦命她与罗虎成亲,她随即刺杀了李自成的得力爱将罗虎。“决意屠龙翻刺虎,女儿有志报君王”,费珍娥因此表现出令人惊叹的个体精神崇高性。天启朝懿安皇后的女官、诚挚而温顺的窦美仪被李自成选为妃子,却也难逃为战败的李自成“殉节”的悲惨命运。姚雪垠满怀痛惜地描述这种种精神困局中的个体生命悲剧,深切地表达了对“亡国之音……其民困”的“哀以思”。

甚至对护卫明王朝既定社会秩序的历史当事人,姚雪垠也真切地描述了他们的生命意义丧失之痛。除了崇祯形象之外,小说还详细描述了卢象升的血战、薛国观的受屈、杨嗣昌的自杀和洪承畴的降清等情节内容。这些人物在矛盾盘根错节、抉择生死攸关的历史大变局中,个人品格无重大缺陷而悲剧命运身不由己,才干韬略非凡却无力回天,最后都以悲剧收场,甚至落得个身败名裂的结局,作者在对此的描述中,表现出基于人本立场的深切的悲悯情怀。

《李自成》的“乱世悲歌”叙事处于历史大事件格局的边缘,并未形成全书统一的情节线索,所以常常为研究者所忽略,甚至从宏大叙事的角度视之为“臃肿枝蔓”。但恰恰是这种种个体生命灾难与悲剧的审美蕴涵,开阔而深刻地展现了历史大变局中“人们的社会生活”“各方面的生活画面”,表现出姚雪垠传统“民本”意识和现代“个体”观念有机交融的人文精神。

综上所述,《李自成》既展开了历史大事件范畴的“农民战争”和“王朝兴替”叙事，又谱写了各阶层社会生活层面的“历史小人物”的“乱世悲歌”，从而以当代革命文化、传统史官文化和现代人文文化多元话语并置的审美格局，建构起一种既有战争功利叙事、又有无辜百姓存亡忧伤的王朝易代叙事。所以，对于明清之际易代悲剧的战争文化解读，才是《李自成》全书真正的思想主题和价值底蕴。

第五节　姚雪垠青少年经验与《李自成》的发生认识论“图式”

《李自成》审美话语的复杂多元绝不是偶然的，因为它并不是单一文化语境的产物，而是有着深广的发生认识论基础。

发生认识论所关涉的是认识的起源与成长问题。按照发生认识论的观点，“主体所完成的一切建构都以先前已有的内部条件为前提”①，一个人青少年时代独特的知识、经验和认识会形成发生认识论意义上的“图式”，构成他未来认识带有指向性的动力“定势”，驱动他在宽广无垠的客观世界中，只选择与认知定势相一致的目标点产生兴趣、强化认知与体验。审美反映也不例外，同样存在一个审美建构的思维“前结构”。姚雪垠在分析“转向写历史小说的综合条件”②时，曾深有感触地谈道：“每一个有特点的作家都有自己的成长道路：生活的道路和学习的道路”③，“人们治学问，中年以后的重要成果往往起于青年早期的‘滥觞’之微”④，其中所表达的正是发生认识论意义上的

① ［瑞士］皮亚杰：《发生认识论原理》，王宪佃等译，商务印书馆 1981 年版，第 103 页。

② 姚雪垠：《学习追求五十年》，《姚雪垠文集》（第 16 卷），人民文学出版社 2010 年版，第 125 页。

③ 姚雪垠：《学习追求五十年》，《姚雪垠文集》（第 16 卷），人民文学出版社 2010 年版，第 7 页。

④ 姚雪垠：《〈李自成〉创作余墨》，《姚雪垠文集》（第 18 卷），人民文学出版社 2010 年版，第 40 页。

深切体会。

姚雪垠具有《李自成》发生认识论意义的青少年时期知识和体验积累，主要存在于以下几个方面。

首先，姚雪垠对“匪荒”现象造成严重社会灾难的社会现实有着丰富的了解和深切的体验，奠定了《李自成》对“匪荒”、乱世所造成的深重灾难的认识和体验基础。

姚雪垠1910年出生于河南南阳。“在本世纪初和20年代，河南几乎每县都有土匪，而以豫西和豫南最为严重。现在的南阳地区、洛阳地区、陕州地区和许昌地区的西边一部分，在20年代几乎成了土匪世界。我是南阳西南的邓县人，从我做婴儿起就和大人逃反”①。因为“从幼年时就耳濡目染，生活在那样遍地土匪的社会中”②，姚雪垠深切了解匪患造成的巨大社会灾难，“匪荒现象是北中国农村现实的一个重要侧面。它是农村崩溃的产物，反过来又加速和深化农村崩溃”③，“因为匪乱日久，老百姓或死或逃，有许多村落人烟断绝，土地荒芜”④。

姚雪垠对李自成军队的了解，也是从幼年时可怕的传闻开始的。“我在幼年时听到的李闯王故事都是污蔑李闯王的，说他在河南杀得十字路上搁元宝没有人拾”⑤，“村里也把他说成一个杀人魔王，好像他并没有别的目的，目的就是把河南人杀光”⑥。在这类传闻中，李自成军队带给河南的灾难远远超

① 姚雪垠：《学习追求五十年》，《姚雪垠文集》（第16卷），人民文学出版社2010年版，第45—46页。

② 姚雪垠：《学习追求五十年》，《姚雪垠文集》（第16卷），人民文学出版社2010年版，第46页。

③ 姚雪垠：《学习追求五十年》，《姚雪垠文集》（第16卷），人民文学出版社2010年版，第48页。

④ 姚雪垠：《学习追求五十年》，《姚雪垠文集》（第16卷），人民文学出版社2010年版，第46页。

⑤ 姚雪垠：《〈李自成〉创作余墨》，《姚雪垠文集》（第18卷），人民文学出版社2010年版，第46—47页。

⑥ 姚雪垠：《我的故乡、家庭与童年》，《姚雪垠文集》（第16卷），人民文学出版社2010年版，第212页。

过当地的土匪。1933年,姚雪垠失业住在开封,在河南图书馆"偶然发现了记载李自成三次进攻开封的两本书,一是李光弼的《守汴日志》,一是周在浚的《大梁守城记》。这两本书给我的印象很深,多年不能忘怀"①。抗战时期,姚雪垠看到了白愚记载李自成围攻开封的《汴围湿襟录》,后来还读到了"反映当时开封城内弱者公然被吃,而强者中亦相互吃,差不多仅存兽性"②的《流寇琐闻》。姚雪垠在20世纪70年代写出的《〈李自成〉内容概要》中还谈道:"关于开封城内的惨状,当时参与守城的人事后写出了三本书:《守汴日志》、《大梁守城记》、《汴围湿襟录》,记载颇详。"③可见其阅读印象之深。这几本历史文献成为他"研究明末农民战争史的兴趣的一个最早媒介"④。

所有这一切形成了一种心理定势,虽然姚雪垠在新中国成立后又"陆续阅读和研究了相当多的史料,才将《李自成》的题材形成"⑤,但第三卷原本计划开封之战情节单元只"写两三个细节,揭露明朝守城官员和兵丁的滔天罪恶"⑥,实际上却"不忍割爱",超越创作规划而形成了"洪水滔滔"这个以张秀才一家命运和开封城百姓惨状为中心的情节单元,详尽地揭露了平民百姓的战乱之痛。

其次,姚雪垠因为少年时代的独特经历与体验,对"杆子"存在深厚而强烈的亲切感,奠定了《李自成》讴歌农民起义军、塑造李自成人格形象的社会

① 姚雪垠:《〈李自成〉创作余墨》,《姚雪垠文集》(第18卷),人民文学出版社2010年版,第40页。

② 姚雪垠:《〈李自成〉内容概要》,《姚雪垠文集》(第20卷),人民文学出版社2010年版,第39页。

③ 姚雪垠:《〈李自成〉内容概要》,《姚雪垠文集》(第20卷),人民文学出版社2010年版,第38页。

④ 姚雪垠:《给栾星·一》,《姚雪垠文集》(第19卷),人民文学出版社2010年版,第527页。

⑤ 姚雪垠:《〈李自成〉创作余墨》,《姚雪垠文集》(第18卷),人民文学出版社2010年版,第47页。

⑥ 姚雪垠:《〈李自成〉内容概要》,《姚雪垠文集》(第20卷),人民文学出版社2010年版,第38页。

生活定位基础。

姚雪垠对原本淳朴、本分的农民为何纷纷成为“杆子”也有着深切的理解。“从清末到‘民国’10年以后，农村迅速崩溃，大批农民不能生活下去，而城市没有工业可以容纳走投无路的农民，摆在农民面前的只有三条路：吃粮当兵、当土匪和逃荒”①，“当蹚将是万不得已，却几乎无限制地容纳不愿坐等饿死的青壮年男子”②，这种理解本身就体现出一种同情与认同并存的价值态度。

与创作《李自成》相关而更为重要的是，1924年秋至1925年初春，14岁多的少年姚雪垠和几个学生被土匪抓去做了“肉票”，他本人却又被一位姓薛的头目要去做了义子。在土匪队伍中，姚雪垠发现“这位姓薛的头目为人正派，不吃烟（更不抽大烟），不喝酒，不赌博，不奸淫妇女。而且他手下的十来个青年土匪，枪支齐全，都不抽大烟，作战勇敢”③，所以，“虽然每次看见他们打死抵抗的红枪会农民时心中凄然，但我又认为我的义父和他手下的叔叔们都是好人，心地善良，是迫不得已才拉杆子”④。少年姚雪垠就这样“在土匪中生活了大约一百天，亲眼看着一支土匪如何由小到大，又如何被消灭”⑤，因为“既是‘票子’，又是‘贼娃’”⑥，他对“杆子”产生了深厚而独特的亲近之情，“我长大成人以后，常常怀念我的义父和几个叔叔，料想他们都早已死去，不免怆惘”⑦。

---

① 姚雪垠：《学习追求五十年》，《姚雪垠文集》（第16卷），人民文学出版社2010年版，第46页。

② 姚雪垠：《学习追求五十年》，《姚雪垠文集》（第16卷），人民文学出版社2010年版，第47页。

③ 姚雪垠：《我的前半生》，《姚雪垠文集》（第16卷），人民文学出版社2010年版，第258页。

④ 姚雪垠：《〈李自成〉创作余墨》，《姚雪垠文集》（第18卷），人民文学出版社2010年版，第41页。

⑤ 姚雪垠：《我的前半生》，《姚雪垠文集》（第16卷），人民文学出版社2010年版，第258页。

⑥ 姚雪垠：《〈李自成〉创作余墨》，《姚雪垠文集》（第18卷），人民文学出版社2010年版，第41页。

⑦ 姚雪垠：《〈李自成〉创作余墨》，《姚雪垠文集》（第18卷），人民文学出版社2010年版，第42页。

姚雪垠的这种少年经历和体验，形成了对《李自成》创作具有决定性意义的思维定势。“我从前决没料到，我在少年时代的一段杆子生活和《长夜》的写作，对我中年以后写《李自成》会有帮助”①，“《李自成》中有些人物，有些细节，可以在《长夜》找到雏形或原型，有些特殊语言也可以在《长夜》中找到根源”②，“我写作《长夜》，并不是一个生活的旁观者，而是含着怀旧的感情写其中的一些人物”③。他还具体指出，“我的义父和几位勇敢的叔叔，在《李自成》的人物身上有着淡淡的影子。比如说，我的义父的性格就淡淡地投影到高一功身上，一个叫赵狮子的叔叔的性格也影响我塑造袁宗第。……每当构思和描写那些孩儿兵的战斗生活时，我的老年的心中不能抑制地奔腾着少年时代的热血，一股古老的浪漫主义感情”④。所以，姚雪垠讴歌李自成这个庞大的“杆子”队伍，包括塑造李自成的个人品质，实际上都是既有史料基础、也有个人青少年体验基础的，并不是如流行看法所言仅仅由“现代化”的思想理念所决定。

再次，姚雪垠在研究明末历史的过程中，用力最深的是崇祯皇帝和明末专制政治制度，既形成了书写明王朝衰变、塑造崇祯皇帝形象的丰富知识与深刻认知，也为《李自成》的思想话语多元化奠定了基础。

姚雪垠虽然在 1957 年才动笔创作《李自成》，但 1941 年“皖南事变发生之后，我偶然接触到一些明末史料，动了我写一部历史小说的兴趣”，“解放战争期间，我住在上海乡间，开始为写明末历史题材的小说着手准备”。⑤ 姚雪

① 姚雪垠：《〈李自成〉创作余墨》，《姚雪垠文集》（第 18 卷），人民文学出版社 2010 年版，第 43 页。

② 姚雪垠：《学习追求五十年》，《姚雪垠文集》（第 16 卷），人民文学出版社 2010 年版，第 59 页。

③ 姚雪垠：《学习追求五十年》，《姚雪垠文集》（第 16 卷），人民文学出版社 2010 年版，第 57 页。

④ 姚雪垠：《〈李自成〉创作余墨》，《姚雪垠文集》（第 18 卷），人民文学出版社 2010 年版，第 43 页。

⑤ 姚雪垠：《学习追求五十年》，《姚雪垠文集》（第 16 卷），人民文学出版社 2010 年版，第 129 页。

垠"首先抓住明代'绝对君权'制度的政治特点和形成崇祯性格的社会历史条件进行研究"①,并于1948年在进步学术刊物《中国建设》的第7卷第6期发表了历史论文《明代的锦衣卫》,还写出了几万字的《明代的特务政治》。他"研究崇祯皇帝的悲剧和他的性格形成的历史根源"②的《崇祯皇帝传》,也在上海的《幸福》月刊第23至26号上连载了部分章节。虽然这些研究都没有完成,但正如姚雪垠自己所言:"这一些工作为后来我在小说中刻画崇祯皇帝的生活、性格及其必然亡国的历史命运,打定了初步基础"③,"我在写《李自成》的时候,自己觉得对塑造崇祯这个人物比较顺手,与这一段准备工作很有关系"④。

最后,姚雪垠从19岁到21岁在河南大学预科学习的两年,形成了如何对待"历史科学"的治学方法论,获得了马克思主义的启蒙,奠定了历史小说《李自成》审美建构的历史观和方法论基础。

姚雪垠在开封期间读到了梁启超的《清代学术概论》。这本史学著作"对我这一生起了重大影响,……使我初步知道从顾炎武以来清代学者们的值得我们认真继承的治学态度和治学方法",即"实事求是的严肃态度和勤于收集资料,以众多经过推敲辨析的资料为基础,以老老实实的态度论证问题,然后得出结论"。姚雪垠还谈到过这种方法对《李自成》创作的具体影响:"我为写《李自成》使蝇头小楷抄写了不少卡片,……是由于我在青年时期受到梁启超《清代学术概论》的启发,是学习了前代学者们的部分经验。"⑤

① 姚雪垠:《学习追求五十年》,《姚雪垠文集》(第16卷),人民文学出版社2010年版,第129页。

② 姚雪垠:《学习追求五十年》,《姚雪垠文集》(第16卷),人民文学出版社2010年版,第129—130页。

③ 姚雪垠:《〈李自成〉创作余墨》,《姚雪垠文集》(第18卷),人民文学出版社2010年版,第41页。

④ 姚雪垠:《学习追求五十年》,《姚雪垠文集》(第16卷),人民文学出版社2010年版,第130页。

⑤ 姚雪垠:《学习追求五十年》,《姚雪垠文集》(第16卷),人民文学出版社2010年版,第6页。

姚雪垠从“当时方兴未艾的古史辨派中，也吸收了它的积极方面，得到了启发”①。“古史辨派是从五四新文化运动派生的，是对墨守旧说的‘正统’史学的一次猛烈冲击”②，姚雪垠从中认识到，“有些重大问题原来是不可信的，而且早就有人提出怀疑了”；“有些历史人物常常经过‘加工’，好的愈好，坏的愈坏，与本来面貌相去渐远”。所以，在历史研究中需要“打破对许多古圣先贤的著作和古史传说的迷信，只要证据确凿就可以怀疑，进行考辨真伪”。③

当时的进步史学界“开始学习掌握马克思主义的社会发展史观点和历史唯物主义的思想方法去探讨我国的历史问题，并且掀起了关于中国社会史问题的大论战”。这场“新史学运动”对姚雪垠也具有重要的启蒙作用，郭沫若“为新史学奠定了基础”的《古代社会研究》，甚至使姚雪垠形成了“对郭沫若在学术上最崇拜的阶段”。他认为《古代社会研究》是“充分利用了罗振玉、王国维、董作宾三位学者研究甲骨文的成果，加上马克思主义的社会发展史观点而写出的开创性著作，不尚空论”，还在这本书的封面写上了“心爱的书”四个字来表明心迹。④

而且，这一时期的姚雪垠“阅读了在当时白色恐怖条件下在开封能够找到的介绍马克思主义的书籍……一则由于我自己的知识和理论基础太差，二则大概也由于译文生硬，读这类书很不容易，需要硬着头皮啃”⑤。但他还是反复阅读了诸如《哲学之贫困》《资本论》和日本人河上肇的《经济学大纲》之类的著作，“初步掌握了一些关于历史唯物主义、辩证唯物主义以及马克思主

① 姚雪垠：《七十述略》，《姚雪垠文集》（第16卷），人民文学出版社2010年版，第229页。

② 姚雪垠：《学习追求五十年》，《姚雪垠文集》（第16卷），人民文学出版社2010年版，第5页。

③ 姚雪垠：《学习追求五十年》，《姚雪垠文集》（第16卷），人民文学出版社2010年版，第6页。

④ 姚雪垠：《学习追求五十年》，《姚雪垠文集》（第16卷），人民文学出版社2010年版，第7页。

⑤ 姚雪垠：《七十述略》，《姚雪垠文集》（第16卷），人民文学出版社2010年版，第228页。

义政治经济学的理论常识，对我以后的学习起了启蒙和引路作用”①。姚雪垠认同“桐城派”“义理、考据、辞章三者相结合的道路”，他自己心目中的“义理”，则是“学习马克思主义的哲学方法和我对现实主义文艺的理解”②，在二者之间，“哲学上的唯物主义反映论与创作方法上的革命现实主义是统一的，而前者是后者的灵魂”③。

正是从青少年时期开始的生活体验和知识积累、思想成长，形成了姚雪垠的历史生活认知“图式”和审美定势，决定了《李自成》不可能仅仅存在一个“农民革命颂歌”“农民战争史诗”的思想主题，迟早会表现出对历史生活的多维度认知和思想话语的多元性特征。

第六节　姚雪垠历史文学观念与《李自成》的话语融合机制

按照发生认识论的研究思路，“认识的获得必须用一个将结构主义和建构主义紧密地连结起来的理论来说明”④，所以在揭示了“先前已有的内部条件”之后，还需要进一步探讨新认识的形成机制。《李自成》的多元化思想话语建构，也确实存在着独特而有效的审美生成路径和意义融合机制。

首先，姚雪垠“历史现实主义”的创作方法，为《李自成》多元话语的审美融合提供了坚实的认识论基础。

姚雪垠的“历史现实主义”创作方法，是将“哲学上的历史唯物主义同文学上的现实主义相结合”⑤，强调“历史小说应该是历史科学与小说艺术的有

① 姚雪垠：《七十述略》，《姚雪垠文集》（第16卷），人民文学出版社2010年版，第228页。
② 姚雪垠：《七十述略》，《姚雪垠文集》（第16卷），人民文学出版社2010年版，第236页。
③ 姚雪垠：《给俞汝捷·二》，《姚雪垠文集》（第19卷），人民文学出版社2010年版，第498页。
④ ［瑞士］皮亚杰：《发生认识论原理》，王宪钿等译，商务印书馆1981年版，第15页。
⑤ 姚雪垠：《给李悔吾》，《姚雪垠文集》（第19卷），人民文学出版社2010年版，第252页。

机结合”[①]，坚持“深入历史，跳出历史”[②]的创作原则，“深入历史以求达到历史科学，掌握历史的必然。跳出历史以求获得文学创作的自由，完成小说的艺术使命”[③]。不过，他“跳出历史”、完成“艺术使命”的具体路径，却是“通过虚构表现历史运动（事变）的真实情况，即历史演变的规律，各种复杂的因果关系，经验教训以及有用的历史知识等等”[④]，这就既为“自由”的艺术虚构提供了可能性，也为揭示“历史运动”的真实确立了方向。

更明确地说，姚雪垠的所谓“跳出历史”就是并不要求作品的情节事事于史有据，甚至完全可以“跳出历史而利用传说”[⑤]。《李自成》的创作确实如此。姚雪垠早就反复声明过，《李自成》的“故事情节百分之九十九都是虚构的”[⑥]；有关李自成起义军活动的史料“《明史》顶多有二三千字”[⑦]，“虚构占百分之九十以上”[⑧]。第一卷大张旗鼓地描述的“潼关南原大战”，就是“见于清初的几种重要野史，被《明史》采用，遂成流行说法”[⑨]，“根据我的研究，根本没有发生过这次战争，但在写小说的时候，我从完成小说的艺术使命

① 姚雪垠：《〈李自成〉创作余墨》，《姚雪垠文集》（第18卷），人民文学出版社2010年版，第45页。

② 姚雪垠：《论历史小说的新道路》，《姚雪垠文集》（第18卷），人民文学出版社2010年版，第161页。

③ 姚雪垠：《论历史小说的新道路》，《姚雪垠文集》（第18卷），人民文学出版社2010年版，第161页。

④ 姚雪垠：《从历史研究到历史小说创作》，《姚雪垠文集》（第18卷），人民文学出版社2010年版，第240—241页。

⑤ 姚雪垠：《〈李自成〉第一卷修订本前言》，《姚雪垠文集》（第18卷），人民文学出版社2010年版，第6页。

⑥ 姚雪垠：《关于创作〈李自成〉的艺术追求和探索》，《姚雪垠文集》（第18卷），人民文学出版社2010年版，第95页。

⑦ 姚雪垠：《关于创作〈李自成〉的艺术追求和探索》，《姚雪垠文集》（第18卷），人民文学出版社2010年版，第95页。

⑧ 姚雪垠：《漫谈历史小说创作》，《姚雪垠文集》（第17卷），人民文学出版社2010年版，第515页。

⑨ 姚雪垠：《〈李自成〉内容概要》，《姚雪垠文集》（第20卷），人民文学出版社2010年版，第9页。

着眼，采用了这个传说，以便……通过一次全军覆没的严酷考验刻画他们的英雄形象"①。在第二卷中，"李信的身世不详，红娘子是传说中的虚构人物"②。第三卷"拿慧梅这个人物说，书上没有记载，完全是我创造的"③。由此可见《李自成》虚构的范围之广泛、程度之严重。

那么，"历史现实主义"意义上的真实又怎样来达成呢？姚雪垠的要求是，"虚构的人物和情节以及细节描写，不是历史知识，但是虚构的部分之所以令人信服，必须符合历史知识，也就是说必须以历史知识作为基础"④，"把那些情节放在当时的历史环境中去，要经得起反复推敲"⑤。譬如"红娘子是一个莫须有的人物，但是自新莽时代直到清代，妇女参加农民起义的史不绝书，而有些妇女竟是起义的发难人和领袖，这就给我提供了塑造红娘子的历史基础"⑥。

正是这种审美思路，为姚雪垠将青少年时期的阅历与体验作为认知基础和审美定势提供了可能性。他曾多次谈到过："虽然题材的形成必须阅读明、清之际的大量史料，但是写小说毕竟不同于写历史书，也需要我有其他多方面的历史知识，包括书本知识以及亲身阅历和耳闻目睹的生活知识"⑦，"我幼年和少年时代，亲眼看见了封建社会的社会风貌，看见了封建农村的生产情况和

① 姚雪垠：《〈李自成〉第一卷修订本前言》，《姚雪垠文集》（第 18 卷），人民文学出版社 2010 年版，第 6—7 页。

② 姚雪垠：《谈李信其人》，《姚雪垠文集》（第 18 卷），人民文学出版社 2010 年版，第 288 页。

③ 姚雪垠：《创作实践与创作理论——与刘再复同志商榷》，《姚雪垠文集》（第 17 卷），人民文学出版社 2010 年版，第 436 页。

④ 姚雪垠：《创作体会漫笔》，《姚雪垠文集》（第 18 卷），人民文学出版社 2010 年版，第 204 页。

⑤ 姚雪垠：《漫谈历史小说创作》，《姚雪垠文集》（第 17 卷），人民文学出版社 2010 年版，第 515—516 页。

⑥ 姚雪垠：《〈李自成〉第一卷修订本前言》，《姚雪垠文集》（第 18 卷），人民文学出版社 2010 年版，第 20 页。

⑦ 姚雪垠：《〈李自成〉创作余墨》，《姚雪垠文集》（第 18 卷），人民文学出版社 2010 年版，第 47 页。

阶级关系，也看见了官府杀人如麻……因此，我读明、清的历史资料，就不仅是书本知识，而是常常同我的感性知识联系起来”①。于是，他青少年时代对“匪荒”、“杆子”、李自成进河南、民众同情崇祯皇帝等的感受，就以“生活知识”“感性知识”的名义与方式，进入了《李自成》意义建构的空间。

“历史现实主义”还有一重含义，就是作为“在创作上反教条主义的思想武器”②。《李自成》第一卷开篇不是写李自成，而是写崇祯皇帝、宫廷生活，就明显地“违背50年代和60年代潮流的史学思想和社会思想”③。有人“劝我将‘评法批儒’思想写进第二卷中，甚至具体建议我将李自成写做法家的代表，将崇祯写成儒家的代表。我全都一笑置之”，其中也体现了“用历史唯物主义的思想方法分析中国历史”的原则。④ 第三卷不按照“单线条”“紧贴”农民起义军的方式处理故事情节，而将“慧梅悲剧”“洪水滔滔”等置于重要的审美位置，还是属于作家从青少年时代的生活体验出发，按照“‘历史现实主义’的创作方法进行工作”⑤的具体表现。

其次，姚雪垠“历史悲剧的美学”⑥，为《李自成》多元话语的审美融合提供了通达的艺术情感机制。

在姚雪垠看来，“历史大悲剧”既“是《李自成》这部小说的思想问题的总结，也是《李自成》从第三卷、第四卷到第五卷故事发展的主要线索”⑦；“李自成是主要的悲剧英雄，还有众多的男女悲剧英雄。对崇祯皇帝我也是作为悲

① 姚雪垠：《给臧克家·三》，《姚雪垠文集》（第19卷），人民文学出版社2010年版，第566页。

② 姚雪垠：《八十愧言》，《姚雪垠文集》（第16卷），人民文学出版社2010年版，第285页。

③ 姚雪垠：《给林默涵》，《姚雪垠文集》（第19卷），人民文学出版社2010年版，第363页。

④ 姚雪垠：《给林默涵》，《姚雪垠文集》（第19卷），人民文学出版社2010年版，第359页。

⑤ 姚雪垠：《给林默涵》，《姚雪垠文集》（第19卷），人民文学出版社2010年版，第357页。

⑥ 姚雪垠：《给吴永平·七》，《姚雪垠文集》（第19卷），人民文学出版社2010年版，第281页。

⑦ 姚雪垠：《〈李自成〉大悲剧》，《姚雪垠文集》（第18卷），人民文学出版社2010年版，第108页。

剧英雄来写”①。许多“大悲剧中的小悲剧人物”②,也因此受到了姚雪垠的广泛关注。

之所以将这些不同阶级、不同阶层的人物都定位为历史悲剧,是因为在姚雪垠看来,“所谓悲剧,按我自己的理解就是英雄人物通过他的努力奋斗,不能扭转客观历史条件给他提供的形势。正如恩格斯说的:‘历史的必然要求与这个要求的实际上不可能实现。’如果运动的主要人物是庸庸碌碌的,他的失败便不是悲剧。正因为他确实很杰出,很了不起,拼命地斗争,影响很深远,然而在某些关键问题上违反了客观规律,终于失败,这便是悲剧”③。崇祯虽然是农民起义军的敌人,但“就他这个阶级来说,他是这个阶级里头的人材。……事物的发展往往不以个人的意志为转移,整个历史形势造成了明朝非亡国不可。……明末假如不是他当皇帝,而是像万历、天启这样的人当皇帝,支撑不了十七年,可能早就亡国了,因此他也是个悲剧人物”④。明王朝宫廷的宫女们,也是“有个性,有不同的心态,都不是平凡庸碌之辈”⑤,因此他们的毁灭同样是一种悲剧。于是,“历史悲剧”意识就成为姚雪垠将不同思想话语有机融合的艺术情感机制。

姚雪垠这种艺术情感机制的形成本身,也与他将历史认知与青少年体验相互比较与融合密不可分。我们不妨以崇祯形象的塑造为例来说明这个问题。

---

① 姚雪垠:《李自成为什么会失败——兼论〈李自成〉的主题思想》,《姚雪垠文集》(第18卷),人民文学出版社2010年版,第67页。

② 姚雪垠:《创作体会漫笔》,《姚雪垠文集》(第18卷),人民文学出版社2010年版,第215页。

③ 姚雪垠:《李自成为什么会失败——兼论〈李自成〉的主题思想》,《姚雪垠文集》(第18卷),人民文学出版社2010年版,第65页。

④ 姚雪垠:《〈李自成〉大悲剧》,《姚雪垠文集》(第18卷),人民文学出版社2010年版,第110页。

⑤ 姚雪垠:《创作体会漫笔》,《姚雪垠文集》(第18卷),人民文学出版社2010年版,第215页。

姚雪垠早在少年时代,就形成了以同情为基本立场的关于崇祯的民间感受。“在明以后的封建社会,一直到民国年间,一般老百姓提起崇祯皇帝常常是同情的。……我自己小时候在乡下常看戏,戏中常演到崇祯,也都是同情的态度。”①姚雪垠少年时期所观看的具体剧目已无法确定,但“崇祯殉国戏”在从清初到清末民初、直到抗战时期的数百年间长期流传,却是广泛存在的事实。清朝初年,无名氏所作表现明王朝覆灭、崇祯帝殉国的昆曲《铁冠图》就开始在苏、杭一带演出。后来又有康熙中叶曹寅的《表忠记》和乾隆初年遗民外史的《虎口余生》问世。昆山国乐保存会 1911 年编校的《昆曲粹存初集》中,《铁冠图》已有折子戏曲目 18 出之多。清朝末年,《铁冠图》又通过改编活跃于其他戏曲形式,京剧改编尤其影响巨大。潘月樵和周信芳分别主演的两种改编本《明末遗恨》,都造成了轰动效应。汉剧、湘剧、荆河戏、武陵戏、秦腔皆有《铁冠图》改编本,河北梆子有《杀宫》,怀调有《李闯王进京》。以中原地区而言,流传于河南西南部的河南越调,流传于河南北部的乐腔和从乐腔戏转化而来、流行于河南北部与河北邢台一带的五调腔,也都有《铁冠图》剧目。豫剧传统“老八本”的“上八本”中也有《铁冠图》,又名《崇祯吊死煤山》,分为《排王赞》《煤山恨》两本。新中国成立后,《铁冠图》才因为涉及对崇祯皇帝的肯定和对李自成的否定,而绝迹于戏剧舞台。“崇祯殉国戏”在不同历史时期存在着不同的政治意图,经历了“从悼明、颂清,演化为反清、抗日”②的历史嬗变。清初的《铁冠图》表现崇祯与社稷共存亡的悲惨与壮烈,“既满足了民间对崇祯命运的追忆、想象和同情,又迎合了新朝收拾人心的政治需要”③。清朝末年,“崇祯殉国戏”的民族、故国意识重新抬头。潘月樵的《明末遗恨》

---

① 姚雪垠:《关于崇祯皇帝的塑造》,《姚雪垠文集》(第 18 卷),人民文学出版社 2010 年版,第 136 页。

② 龚和德:《从〈铁冠图〉到〈景阳钟〉——戏曲流传与时代变迁的个案探讨》,《戏曲研究》第 109 辑。

③ 龚和德:《从〈铁冠图〉到〈景阳钟〉——戏曲流传与时代变迁的个案探讨》,《戏曲研究》第 109 辑。

于1910年演出，就表现出支持辛亥革命的政治意向；周信芳的《明末遗恨》于1919年首演，又隐含着抵抗日本帝国主义侵略的思想情感。总之，在对崇祯殉国的态度上，“不论是封建统治阶级的知识分子，还是一般老百姓，都同情他。各种戏曲宣传了这种思想，封建正统观念巩固了这种思想”①。姚雪垠从小所受到的，正是这种情感倾向的心灵陶冶。

从这种同情崇祯的心理定向出发，姚雪垠在年龄增长、阅历丰富之后，仍然保持着寻找和发现相关历史依据的兴趣。在观赏山水风物时他发现，景山公园的东山脚下曾经立有两块小碑，“一面碑上就写着‘明毅宗殉国处’，是民国年间立的。这几个字说明了当时的人们对崇祯的同情”②。在阅览历史典籍时他又发现，“甚至他的敌人李自成在他的北伐诏书中也使用了‘君非甚暗’的话”③，“而把明朝的黑暗腐败推到下面许多官僚身上。可见对崇祯的同情也包括当时的农民起义军领袖李自成”④。姚雪垠在人生历程中的这种种行为与感触，无疑大大深化了同情崇祯的心理积淀。

以这样的理论认知与人生体验为基础，《李自成》才超越当代政治话语的理性立场，从审美情感角度很顺畅地将崇祯皇帝看作了与李自成一样的“悲剧英雄”。

再次，姚雪垠长篇小说美学中“复线发展”“分单元集中描写”的结构方式和“笔墨变化、丰富多彩”的叙事策略，为《李自成》并行不悖地展开多元话语提供了方法论基础。

姚雪垠的长篇小说结构美学和叙事策略“从根本上说，它的基础是植根

---

① 姚雪垠：《关于崇祯皇帝的塑造》，《姚雪垠文集》（第18卷），人民文学出版社2010年版，第139页。

② 姚雪垠：《关于崇祯皇帝的塑造》，《姚雪垠文集》（第18卷），人民文学出版社2010年版，第136页。

③ 姚雪垠：《〈李自成〉第一卷修订本前言》，《姚雪垠文集》（第18卷），人民文学出版社2010年版，第23页。

④ 姚雪垠：《关于崇祯皇帝的塑造》，《姚雪垠文集》（第18卷），人民文学出版社2010年版，第139页。

于认识历史生活的深度和广度"①。"单元"式情节结构方式是"借重对历史事变的宏观认识……产生小说故事的结构布局"②;"笔墨变化"的叙事策略也是如此,"不真正了解历史生活的丰富性,就没有长篇小说艺术的'笔墨变化,丰富多彩'"③。在《李自成》"每一卷或每一单元的历史进程,都有不同层次的宏观认识"④,这种认识既包括农民起义军发展演变的特征,也包括各阶层人物、各方面社会生活的面貌,《李自成》正是以此为基础组合形成了全书的内容框架,进而融合为文本意义建构的新格局。

这种结构方式和叙事策略,提供了异质话语并置的审美可能性和艺术自洽的基础。有关崇祯形象的审美内容既在作品中具有重要的意义建构位置,又能抽离出来单独成书,就是典型的例证。姚雪垠曾具体计划过,要"选择《李自成》中写崇祯皇帝及其宫廷生活、朝廷斗争等章节,译为英文出版。计自第二卷第 29 章至第 33 章,共约 10 多万字……书名拟定为《崇祯皇帝》"⑤;"再将关于崇祯亡国的部分译出,可以作为《崇祯皇帝》的下册"⑥。姚雪垠之子姚海天根据其设想和愿望,也确实整理出了一部上、中、下三册的《崇祯皇帝》,2019 年由华文出版社出版,连三个分册的书名都是从《李自成》之中抽离而出的:"北京在戒严中""紫禁城内外"和"崇祯皇帝之死",毫无审美违和之感。这种抽离之所以既极为便利又内容完整,从艺术层面看是由作家所采用

---

① 姚雪垠:《创作体会漫笔》,《姚雪垠文集》(第 18 卷),人民文学出版社 2010 年版,第 216 页。

② 姚雪垠:《从历史研究到历史小说创作》,《姚雪垠文集》(第 18 卷),人民文学出版社 2010 年版,第 259 页。

③ 姚雪垠:《创作体会漫笔》,《姚雪垠文集》(第 18 卷),人民文学出版社 2010 年版,第 216 页。

④ 姚雪垠:《从历史研究到历史小说创作》,《姚雪垠文集》(第 18 卷),人民文学出版社 2010 年版,第 260 页。

⑤ 姚雪垠:《给殷书训、王明杰》,《姚雪垠文集》(第 19 卷),人民文学出版社 2010 年版,第 512 页。

⑥ 姚雪垠:《给殷书训、王明杰》,《姚雪垠文集》(第 19 卷),人民文学出版社 2010 年版,第 513 页。

的“单元”式情节结构方式决定的,从内容层面看则显然是《李自成》多重思想话语各具独立意义、并行不悖地存在于文本审美格局之中的结果。

第七节 思想文化“易代”与姚雪垠审美优势的历史缘由

中华人民共和国的成立导致了中国文学从“现代”到“当代”的历史性转折,这一转折中更为深刻的内在变化,其实是思想文化的“易代”。正因为如此,文学整体格局的改变和作家、作家群文坛位置的调整,就不仅是一桩政治、组织层面的事情,也意味着作家思想观念和认知格局必须作出相应的调整。这种调整事所必然地会对具体的文学创作产生了巨大乃至根本性的影响。新中国成立初期,文坛上同时存在着从老解放区来的“新文艺队伍”和新解放区来的“赞成改造的旧文艺”队伍①。“赞成改造的旧文艺”队伍中,普遍面临一个“赞成改造”和如何“改造”的问题。即使是“呼应‘时代’的感召,期望适应、追赶时势而跨上新的台阶”的作家,也往往因为“文学观念、生活经验、艺术方法上与当代文学规范的距离”,而“难以超越曾经达到的高度”。“新文艺队伍”虽然是“五六十年代的‘中心作家’”,但因为“思想和艺术借鉴的范围狭窄”,“经验的开掘、表现,因文学观念和艺术素养的限制而受到严重制约”,结果也大多是“‘高潮’便成为‘终结’的‘一本书作家’”。② 对这些令人痛心和遗憾的文学史现象,学术界已有诸多的深入探讨。

但事情总有例外。在具体的文学创作中,“文学观念、生活经验、艺术方

① 周恩来:《在中华全国文学艺术工作者代表大会上的政治报告》,《中华全国文学艺术工作者大会纪念文集》,新华书店 1950 年版,第 19 页。

② 参见洪子诚:《中国当代文学史》(修订版),北京大学出版社 2007 年版,第 26—30 页。

法上与当代文学规范的距离”“难以协调的”①关系状态如果转化恰当，也许反过来可以形成一种思想艺术的张力，造就多方面意义元素兼收并蓄、多重思想话语并置的局面，使审美主体文学经验与创作资源的“跨代”视野演变为一种独特的审美优势。这种情形在中国现当代文学的“跨代”进程中同样存在，姚雪垠和他的长篇历史小说《李自成》就是突出的例证。

姚雪垠1929年秋就发表了第一个短篇小说《两个孤坟》，1999年《李自成》全书出齐才终结创作生涯，属于现、当代文学之间典型的“跨代”作家。现代文学时期，他曾以《差半车麦秸》《牛德全与红萝卜》赢得文坛的高度赞赏，又因《春暖花开的时候》而“被胡风同志主编的《希望》大骂为‘色情文学’”②，1947年出版的长篇小说《长夜》则“初版只印了两千本，没有引起社会注意”③。1949年第一次全国文代会在北京召开，姚雪垠没能获得代表资格，参加这一极具文坛地位和思想进步性象征意味的“文艺军队的会师”。

1951年，姚雪垠离开上海的大学教书职业，回到河南省文联从事专业创作。但省文联专门为他召开了评级定薪群众讨论会，有人提出：“老姚虽然在抗战初写过一篇《差半车麦秸》，大家认为是好作品，可是后来写的《春暖花开的时候》、《戎马恋》等等，都是色情文学。正负相抵，负数大于正数。”④结果，姚雪垠作为曾经的大学教师兼副教务长、文学院代理院长，被“定为文艺八级，折合行政级大概是科员级”⑤。1953年，姚雪垠又调到了在

① 洪子诚：《中国当代文学史》（修订版），北京大学出版社2007年版，第27页。

② 姚雪垠：《学习追求五十年》，《姚雪垠文集》（第16卷），人民文学出版社2010年版，第40页。

③ 姚雪垠：《学习追求五十年》，《姚雪垠文集》（第16卷），人民文学出版社2010年版，第58页。

④ 姚雪垠：《“农村三部曲”——梦断开封》，《姚雪垠文集》（第16卷），人民文学出版社2010年版，第299页。

⑤ 姚雪垠：《“农村三部曲”——梦断开封》，《姚雪垠文集》（第16卷），人民文学出版社2010年版，第299页。

武汉新成立的中南文联,但情况并没有改变,他“在青年同志们的眼中是一个政治落后、思想落后而且‘故步自封’,不肯改造的人”①,一个需要“跟上‘潮流’的作家”②。“赞成改造”与如何“改造”,成为摆在姚雪垠面前的严重问题。

创作《李自成》之前,姚雪垠有过4次重要的创作计划和写作尝试。早在回河南之前,姚雪垠就曾打算“以一家四代人的生活和命运为线索,写一部反映河南农村从民国初年到解放初,几十年间变化的大部头长篇小说”,甚至满怀雄心地希望以此“写出我自己的《静静的顿河》”。③ 他当时的第二个打算,是“完成抗战期间计划写的‘农村三部曲’”,对已经出版的《长夜》“修改一次,扩大它的内容,再花两年的时间将《黄昏》和《黎明》写出”④。但因为回到河南后“对写演唱材料一类的作品态度冷淡,常被嘲笑为‘不肯为群众雪里送炭’,‘总想打翻身仗’,总之是‘资产阶级文艺观’牢固不变”⑤,于是,“一切打算都不能提出了”⑥,两个创作计划都梦断开封。从1952年开始,姚雪垠到河南新乡的通丰面粉厂体验生活,前后大约有三年之久,进而“不声不响地写的长篇小说《白杨树》,已经写了20多万字”,“常常在写作的时候,被我笔下的人物命运和虚构的情节感动得热泪盈眶”。⑦ 这部作品却因为写工人“没有写

① 姚雪垠:《学习追求五十年》,《姚雪垠文集》(第16卷),人民文学出版社2010年版,第69页。

② 姚雪垠:《学习追求五十年》,《姚雪垠文集》(第16卷),人民文学出版社2010年版,第70页。

③ 姚雪垠:《学习追求五十年》,《姚雪垠文集》(第16卷),人民文学出版社2010年版,第81页。

④ 姚雪垠:《学习追求五十年》,《姚雪垠文集》(第16卷),人民文学出版社2010年版,第82页。

⑤ 姚雪垠:《学习追求五十年》,《姚雪垠文集》(第16卷),人民文学出版社2010年版,第83—84页。

⑥ 姚雪垠:《学习追求五十年》,《姚雪垠文集》(第16卷),人民文学出版社2010年版,第82页。

⑦ 姚雪垠:《我的前半生》,《姚雪垠文集》(第16卷),人民文学出版社2010年版,第279页。

党的领导”等问题，与一位反对他继续写下去的领导争吵起来，“一怒之下，噙着眼泪将稿子撕毁，烧了”①，造成“一生创作上一大遗憾”②。与此同时，姚雪垠还按照当时流行的审美要求创作了长篇小说《捕虎记》，并试写了2万多字的中篇小说《携手》发表于《长江文艺》1953年10月号。但“写这部稿子时，我感到沿着这条道路走下去，我的一生将是一个没有出息的作家，一切梦想都将落空了”③。

经历着所有这一切，姚雪垠深感“创作道路和文艺思想同‘时代’格格不入”④，“在创作道路上一直是‘水牛掉到井里，有力没处使’”，以至“常常在走路时和坐在屋里时不由地说出口来：‘完了！完了！一辈子完了！’”⑤，陷入了深深的创作苦闷之中。

因为这种种原因，姚雪垠“对文艺创作方面的教条主义、违反现实主义创作原则的各种清规戒律，简单化和粗暴的领导方式等等现象早已感到不满”⑥，所以，当文艺思想战线从1956年开始出现活跃景象时，他就相继发表了《谈打破清规戒律》《惠泉吃茶记》《创作问题杂谈》《打开窗户说亮话》《要广开言路》等文，“大胆地向思想战线、文艺战线提出我的意见”⑦，其中“大部分都牵涉到如何理解现实主义创作道路和如何理解文艺为政治服务等根本性的重大问题”⑧。结果遭到批斗并被划成了“极右分子”。

---

① 姚雪垠：《我的前半生》，《姚雪垠文集》（第16卷），人民文学出版社2010年版，第280页。

② 姚雪垠，《学习追求五十年》，《姚雪垠文集》（第16卷），人民文学出版社2010年版，第84页。

③ 姚雪垠：《学习追求五十年》，《姚雪垠文集》（第16卷），人民文学出版社2010年版，第84页。

④ 姚雪垠：《我的前半生》，《姚雪垠文集》（第16卷），人民文学出版社2010年版，第277页。

⑤ 姚雪垠：《我的前半生》，《姚雪垠文集》（第16卷），人民文学出版社2010年版，第280页。

⑥ 姚雪垠：《学习追求五十年》，《姚雪垠文集》（第16卷），人民文学出版社2010年版，第89页。

⑦ 姚雪垠：《学习追求五十年》，《姚雪垠文集》（第16卷），人民文学出版社2010年版，第117页。

⑧ 姚雪垠：《学习追求五十年》，《姚雪垠文集》（第16卷），人民文学出版社2010年版，第118页。

但就在此时，姚雪垠“在毁灭中开始在暗中写《李自成》，新的艺术生命开始了”①。姚雪垠创作明末历史小说的念头抗战时期就已产生。“在皖南事变发生之后，我偶然接触到一些明末史料，动了我写一部历史小说的兴趣……解放战争期间，我住在上海乡间，开始为明末历史题材的小说着手准备”②。1951年全国性纪念太平天国100周年之际，姚雪垠“参加了大学教师的游行队伍，深为激动，随即萌发了写太平天国历史题材长篇小说的念头”③。于是，姚雪垠“在50年代初期，心中同时在酝酿两部历史小说，而不仅仅是一部《李自成》。甚至可以说，关于反映太平天国历史的小说轮廓比反映明末历史的小说轮廓更为清晰”④。在现实题材创作屡受挫折之后，姚雪垠从1956年上半年开始考虑历史小说的选题，1957年秋在痛苦中“决定先写《李自成》，而且要从李自成在潼关南原全军覆没的故事写起。我想，我目前的惨痛遭遇好比是全军覆没，这样的遭遇正可以考验一个人的品质、意志、识见和勇气！”⑤姚雪垠由此下定决心：“被别人剥夺了发表作品的权利，正可以趁此写我自己愿意写的题材，采用我自己追求的写作方法。”⑥

从这种独特的精神和艺术动机出发，姚雪垠前后历时42年，创作出五卷本、全书约350万字的长篇历史小说《李自成》，并赢得了政治最高层的重视和不同历史时期差异极大的文坛反响。也是在经历了如此的创作历程之后，姚雪垠回忆人生往事时深有感慨地谈道：“30年代出现了大批作家，而能够跨

① 姚雪垠：《学习追求五十年》，《姚雪垠文集》（第16卷），人民文学出版社2010年版，第118页。

② 姚雪垠：《学习追求五十年》，《姚雪垠文集》（第16卷），人民文学出版社2010年版，第129页。

③ 姚雪垠：《学习追求五十年》，《姚雪垠文集》（第16卷），人民文学出版社2010年版，第130页。

④ 姚雪垠：《学习追求五十年》，《姚雪垠文集》（第16卷），人民文学出版社2010年版，第131页。

⑤ 姚雪垠：《八十愧言》，《姚雪垠文集》（第16卷），人民文学出版社2010年版，第287页。

⑥ 姚雪垠：《学习追求五十年》，《姚雪垠文集》（第16卷），人民文学出版社2010年版，第87页。

越两代，到老年继续在创作上努力奋进，活力不衰的大概为数很少，而我是其中较有实际创造力的一个。"①他进而提出："有许多作家，解放前写了重要作品，解放后写不出来，或写出来的作品赶不上昔日的水平。原因虽然不同，但不能跨越两个历史时代则一。我是从旧时代到新时代，创作未衰，并且继续攀登。这一特点，……也许包含着什么规律性的意义。"②

实际上，这不仅是一个审美创造力的问题，更是一种思想观念、认知格局传承与转变、建构与重构的问题。从根本上看，《李自成》的思想话语多元性植根于20世纪中国从传统向现代、从启蒙向革命、从战乱向和平的历史演变过程。正是这种历史演变过程中复杂多元的文化话语及其相互之间既矛盾冲突、又交汇融合的共生关系，为《李自成》多元话语建构及其审美融合提供了深厚的社会文化土壤。姚雪垠作为"30年代老一辈作家"③，既"是'五四'的儿子，是五四精神的直接继承人"④，又"是在中国共产党领导下文艺战线上一支新生的左翼力量，也就是'新现实主义文艺运动的主力军'"⑤。因为个人的学习道路和术业专攻，他还长期浸淫于中国传统历史文化之中，接受传统史官文化的影响也不可避免。新中国成立后，姚雪垠"在新的条件下不断学习马克思列宁主义、毛泽东思想，我对接触过的历史资料获得了新的认识，从而形成了《李自成》的主题思想"⑥，以"农民革命与农民战争"史观为基础展开

---

① 姚雪垠：《给王维玲·六》，《姚雪垠文集》（第19卷），人民文学出版社2010年版，第32页。

② 姚雪垠：《给周勃·四》，《姚雪垠文集》（第19卷），人民文学出版社2010年版，第461页。

③ 姚雪垠：《我获得首届茅盾文学奖的感想》，《姚雪垠文集》（第16卷），人民文学出版社2010年版，第328页。

④ 姚雪垠：《感激与惭愧》，《姚雪垠文集》（第16卷），人民文学出版社2010年版，第333页。

⑤ 姚雪垠：《"农村三部曲"——梦断开封》，《姚雪垠文集》（第16卷），人民文学出版社2010年版，第301页。

⑥ 姚雪垠：《〈李自成〉第一卷修订本前言》，《姚雪垠文集》（第18卷），人民文学出版社2010年版，第2页。

了对"农民战争史诗"的追求。但是,"一旦初步形成了主题思想,它……可以继续丰富和深化"[1],这种"丰富和深化"的视野与方向,只能是他"从青年时代以来积累的"[2]、历史认知的"图式"和审美建构的定势。所以,姚雪垠在长达42年的创作历程中,越来越明显和自觉地从"农民战争史诗"向"社会百科全书"的审美追求转变,最终在《李自成》中展现出思想话语多元化的审美格局,也就不足为怪了。

① 姚雪垠:《〈李自成〉第一卷修订本前言》,《姚雪垠文集》(第18卷),人民文学出版社2010年版,第2页。

② 姚雪垠:《给王维玲·七》,《姚雪垠文集》(第19卷),人民文学出版社2010年版,第33页。

第二章　社会转型与民族历史重构的时代境遇

第一节　接受热潮：观念转换期的社会心理需求与题材比较优势

一

从20世纪思想文化格局的高度看，80年代前期的农民起义题材小说大都处在革命文化、时代“共名”①的范畴。20世纪90年代的长篇历史小说热却与此大不相同，诸多作品都是以社会转型期独特而深厚的文化意味而获得了文坛内外的广泛关注。

90年代中国文坛的这股历史文学热既景象壮观、热闹非凡，又鱼龙混杂、泥沙俱下。唐浩明连续推出《曾国藩》《杨度》《张之洞》，沉雄庄严地剖析民族文化转型期士人“用世”的功名型文化人格。二月河的《康熙大帝》《雍正皇帝》《乾隆皇帝》“部部好看，部部畅销”，波谲云诡地叙说杰出人物铸造历史辉煌过程中的生存隐曲和文化真相。刘斯奋的《白门柳》透视易代之际士林名

① 陈思和：《共名和无名：百年中国文学发展管窥》，《上海文学》1996年第10期。

流的历史宿命与悲剧心态，一举获得第4届“茅盾文学奖”。凌力以《少年天子》进入第3届“茅盾文学奖”获奖作品之列，《暮鼓晨钟》《倾城倾国》《梦断关河》等作品又联袂而出，继续用富于诗意的笔触，抒写人性生成和文明演化的图式。《孙武》《秦相李斯》《太平天国》《张居正》等作品各擅胜场，都颇受赞誉。这些作品在艺术构想的宏伟气魄、人物性格的复杂深邃、历史和文化体察的丰厚精微、表现手法的圆熟老到等方面，都取得了令人惊叹的成就。除了《雍正皇帝》《曾国藩》《暮鼓晨钟》这样题旨厚重、气象宏阔的巨构，还有新潮小说家“武则天”作品群一类视角新颖、机敏别致的巧制。大量以选题取胜、肤浅朴拙的通俗读物式作品，以赢利为目的、对优秀作品进行模仿的伪劣产品则简直多到了泛滥成灾的程度。影视剧制作也与历史小说创作互相呼应，为之推波助澜。于是，历史文学创作一时蔚为大观。

审视这社会转型背景下的历史文学创作和接受热潮，我们不能不想到一些引人深思的问题：长篇历史小说作家群在同时期的文坛名家中，并非最有思想、最具才华，甚至也称不上最有学养，为什么历史题材领域却长“热”不“冷”，而且确实佳作迭出、成就斐然？为什么即使是那些通俗读物式的朴拙之作，印行销售量也能高到让精制“纯文学”者望而兴叹的地步？更深入一步看，长篇历史小说文本的具体成就和缺陷又表现在哪里呢？

二

20世纪90年代以来，中国社会的政治、经济、文化明显地表现出全方位的历史态势。由政治本位向经济本位、由自然经济向商品经济、由崇尚精神向注重实利的转变，以及由此导致的强烈的急功近利倾向，成为事关全局的社会嬗变特征。于是，一方面是局势的宽松、禁锢的解除，另一方面却是社会的失序、文化的失范和价值准则的缺失，新旧交替、观念转型过程中重要局限的“价值真空”日益明显地表露出来。经济贫困的传统背景、挫折与失误导致的历史创伤、时代提供的发展机遇和急功近利的思维惯性，使处于这种“价值真空”中的国人走向了世俗与务实,纷纷从欲望角度谋取当下的世俗实利。在精神文化层面,人们往往不以责任感、使命感、崇高感为选择的价值支点,不以理性控制下的情感升华和认识深化为精神目标,而转向从心理需求层面,寻求瞬时的情绪宣泄、抚慰和深层的文化依托。满足这种抚慰、依托型的大众心理需求,则成为社会转型期中国文化市场的根本需求。

长篇历史小说正是多层面地适应了广大读者的这种心理需求与审美期待,才获得了越来越广泛的青睐。

这些长篇历史小说大都带有明显的世俗品格和通俗文学色彩。《曾国藩》绝非“节外生枝”地铺叙了一个接一个的掌故传说,正史、野史“一锅烩”;《雍正皇帝》对宫闱奸诈的揭示与武侠小说对险恶江湖的描摹实在是异曲同工;即使是格调典雅的《暮鼓晨钟》,吕之悦、陆文元曲折而痛苦的经历,鳌拜“满族第一勇士”雄奇、粗豪的性格,又何尝没有英雄传奇、文人落难等古典小说和戏剧叙事模式的影子?通俗读物式小说则常常是史事纪实和逸闻趣事渲染的拼贴。这种种审美表征,共同体现出历史文学创作主体世俗化的叙事角度、叙述兴奋点和理解评判尺度。长篇历史小说由此获得了审美文化的大众品格、民间情趣,能给实利羁绊中紧张而疲惫的人们一种游戏、消闲式的刺激和愉悦,使他们乐于设身处地地理解、品味,从而产生情感的震颤、心理的认同。

情绪的宣泄和慰藉只是短暂的心理效应,奔忙于文化失范状态的人们,其实更渴望获得一种深层的精神依托来安身立命。这种精神依托与期待,并不表现为对话语权威、价值权威的寻求,而是体现为对有着多向启发性的“经典”生活图景和生存样式的关注。中国传统文化从理性层面已被摒除出社会生活的主流,但在民族集体无意识中的积淀却显得异常的深厚和稳固。一个极为浅显而有力的例证就是,平庸的武打片中,人物一穿上古装,就给人一种格外的亲切感和庄严感。于是,因现实价值体系贫弱而精神焦渴的人们,就自然而然地回头,从传统、从古典中寻求思维依据和文化依托。植根于传统“史官文化”的历史小说，以载于史籍的、“民族经典”型的生活图景和历史人物作为表现对象，读者当然容易产生一种“经典”感、信赖感，愿以它为参照系来思索今天、为依托物来寻找安身立命之所。而无论艺术表述的优劣，历史小说总给人一种文化蕴含其中的幻觉，也就总能获得广大的阅读面。所以，正是“文化真空”“价值真空”的现状，使传统的经典性、可靠性变得突出，从而构成了长篇历史小说广受青睐最根本的外在条件。

当然，在社会转型期文化发展日益丰富的中国，适应读者心理需求的文化产品并不仅仅是历史小说。大小报刊上琳琅满目的散文、随笔和书摊上横七竖八的武侠、言情小说，都是大众心灵宣泄与抚慰期待应运而生的产物。大量的散文、随笔以其世俗格调、温馨情调和慨叹笔调，使人们在日常生活中不经意产生的种种情愫和感触，获得了直率、自由而雅致的对应与释放。武侠、言情小说则以其虚幻神奇的艺术境界、变化莫测的情节冲突、快意情仇的价值态度，使世务拘束中的人们获得一种想象性的心灵解放、人格舒张，从而在心理上感到痛快和满足。但另一方面，武侠、言情小说大多缺乏现实的社会历史基础，散文、随笔的艺术境界则大多缺乏超越日常生存图景的精神文化深度广度，它们在满足读者寻求文化依托的深层心理需求方面，也就功用微弱。现实生活题材的“严肃文学”本应在满足和引导读者的深层心理需求方面大显身手，但事实上，当时的这类作品或满足于呈现灵动、琐细的转型期表层世态，或以沉重的体悟局促和摒弃了对生活情景鲜活而丰满的展示，或者对本身即隐含着主体精神萎缩症状的话语技巧、叙述策略孜孜以求，其中实际上显示出创作主体和读者处于精神焦渴与无依的心理同步状态。这样的作品显然不可能出色地完成时代赋予“严肃文学”的使命。于是，文学背景的局限又从另外一个重要的方面，使历史文学的光彩分外夺目地显示出来。

三

在长篇历史小说作者群中，韩静霆在 20 世纪 80 年代曾以《凯旋在子夜》

等现实题材力作饮誉文坛;凌力、吴因易、杨书案诸人因坚持不懈的系列历史小说创作使人刮目相看;苏童、北村等颇具灵性的青年作家,偶一为之地为功利所驱而“客串”历史题材。但这一时期历史题材领域的重量级、主力型作家,如二月河、唐浩明、刘斯奋、颜廷瑞等,却是长期以来不为文坛所知。总之,无论从创作规模还是就审美实力来看,当时的现实题材作家群皆绝对超过历史小说作家群。

综观社会转型期现实题材和历史题材两个领域的长篇小说创作,虽然都呈现出“批量生产”的“火爆”局面,但总的看来,现实题材长篇的“红火”形势水分极大,数量和质量不成比例,缺少长篇历史小说那样为数众多的鸿篇巨制,缺少惨淡经营的精品力作。诸多的社会历史原因姑且存而不论,放在文化转型的大背景中来看,这两类题材的文化特性和两类作家的精神心理本身,是否也存在着引人警醒的差异呢? 答案是肯定的。

从表现对象来说,两类小说存在一个艺术图景和作家感悟的历时性意义即文化含量的问题。文化转型期社会现象的纷乱复杂性和价值标准的不定性,给作家捕捉和表现具有历时性意义的生活景观造成了巨大困难。对只有瞬时社会效应和具有深远文化意义的生活现象的鉴别与提炼,需要非凡的思想能力和艺术直觉能力,否则,作品便可能刚开始轰动一时,超越瞬时社会情境就光彩黯淡。《乔厂长上任记》《新星》等作品热情讴歌的“铁腕”改革家,时过境迁就显得颇具“人治”色彩和专制意味;随着中越关系的解冻,以对越自卫还击战为题材的小说即显出生活和思想根基的尴尬。历史小说家则与此不同,他们往往能选择经过时间考验,证明极具文化经典性的表现对象。《曾国藩》所表现的“立德、立功、立言”之完人的人格形象及其文化渊源,显然是其他小说中的当代英雄人物所无法比拟的。《暮鼓晨钟》从满汉文化冲突提炼出的政治改革图式与改革题材小说的艺术图景相比,文化意义也无疑更为深远和坚实。其他如“清宫”作品群、“唐宫”作品群、先秦历史作品群,表现对象同样具有沉甸甸的文化含量,只要挖掘到位、描述精当,其文化价值便将令人刮目相看。就是历史小说的通俗文学色彩,也触及了传统的民间文化,并被有机地融入到更独特地表现经典性历史图景和民族往昔的正统文化之中,而显得别具异彩。从理论层面看,文化转型的过渡性即承前启后性,假如现实题材的作品能从文化意义的层面沟通过去、现在和将来,因其重心是"现在",认识价值完全有可能远远超出历史题材作品。但即使是优秀的现实题材作品,也存在一个各方面对它的信任度、认同程度问题。所以总体看来,具有同等才力、学养和思想深度的作家,花同样的功夫进行创作,历史文学作品因表现对象坚实的文化底蕴,往往能获得比现实题材作品更为深广的思想蕴涵。换句话说,在当下中国的文化困境中,长篇历史小说具有更易"崛起"的客观优势。

从创作主体看,历史小说家的精神空间可以具有相对的封闭性、独立性,现实题材作家则颠簸于时代潮流之中,往往带有时代潮流的鲜明印记。转型期的时代潮流却具有不成熟性,带有种种缺陷和不足。现实题材作家正是沾染了这些弱点并影响到小说的创作,从而在历史小说家和历史小说群落面前相形见绌。

首先,不少现实题材作家具有急功近利的创作心态,甚至存在一个"弄潮情结"。在五花八门、"各领风骚三五天"的文学现象和创作浪潮面前,他们总是不甘寂寞,试图保持一种无所不能言的"说话"姿态。这些作家当然也是靠作品说话,但如此狭小的创作动机、如此逼仄的精神背景,怎么可能产生博大精深之作呢?他们也大多有过构筑自己的"系列工程"、力作巨著的宏图,但一直身不由己被"浪潮"裹挟着,东一榔头西一斧子地零打碎敲,有大部头也是草草写就之作,"百年"后可作"枕头"的作品,或者半途而废,或者"千呼万唤不出来"。而且,这样的作家必须不停地朝各个方向开掘和寻找,必须对自己的才情、思想和意愿作一定程度的压抑和扭曲,以作为应对策略来迎合不断变化的文学思潮,他们当然很难沉下心来对自己的种种开掘做一番整合性工作。结果,不少在20世纪80年代文坛屡占风光的优秀作家,业已垂垂老矣,却仍然只是"潜力可期",没有创作出全面显示水平的代表性作品。总之,中国知识分子的入世传统和当代中国人的务实倾向所导致的急功近利心态，造成了他们才华和精力令人惋惜的浪费，也影响了现实题材小说创作的实际成就。

相比之下，历史小说家们则从容大气得多。他们往往积几年、十几年精力甚至毕生之功向一个宏伟的目标进击。唐浩明为塑造曾国藩这样一个“三立”完人的文化人格形象，潜心故纸堆历时10年，研读了曾国藩本人留下的1500多万字的原始资料，并编辑出版了卷帙浩繁的《曾国藩全集》，现实题材的小说家有几人为一部作品下过这样的功夫？二月河营建“帝王系列”作品，艺术追求上以中国古典文学的顶峰《红楼梦》为蓝本，与10多年来不停地在艺术小浪头上沾沾自喜的某些现实题材作家相比，追求又是何等的超脱和高远？凌力以描绘清朝“百年辉煌”图景、韩静霆以创造“春秋人物系列”自期，不管结果如何，其艺术创造的胸襟和气魄都令人不能不肃然起敬。这样精心撰构、惨淡经营的作品与那些仓促成篇的应时即景之作，当然不可同日而语。

其次，艺术创造确实是一项需要才华的工作，但同时又要求创造者全面、细致、深入地学习和掌握以往的人类文化，使纯粹的才气变为才学与功力。20世纪的中华民族处于政治、经济、文化全面转型的时期，传统的各种特征都格外鲜明地表现出来。国门开放，东西文化激烈碰撞所显示的巨大差异，又分外醒目地展示出西方文化的特色。当代作家因为饱尝了国家、民族和个人生活的动荡、挫折所带来的困苦，对命运、人生、人性的体验也特别深切。这种种因素的交汇，确实有利于作家透彻地把握人生和人类文化的底蕴，不少作家谈到自己的创作经验时皆曰“感谢生活”，此话应看作由衷之言。但一个心理误区也由此出现了：某些人以为单凭一己的才华、智慧，就能利用有利的审美“站位”，敏悟到人类全部生活的真谛。现实题材创作领域多体验型的作家、多精神自传性的作品，就是创作者深陷于这一误区并缺乏自觉和自省的结果。不少作家凭敏慧、机巧写出风华毕露的初作后便难以为继，创作起点就成了他们创作的艺术制高点。

有了这样的映衬,历史小说家并不出奇的优长就变得格外引人瞩目。他们的创作大多以学养和功力为前提。因为知识功力深厚,不少才气平平的历史小说家也能拿出自己篇幅巨大、内容沉实的作品,其中的才思和气质俱佳之士,则能向文坛接二连三地投出自己的"重磅炸弹"。这也许是历史文学创作虽然队伍并不庞大,大部头的佳作、劣作却能纷纷"出笼"、并各自保持个人水准的重要原因。

再次,在艺术创新思路上,两类作家存在着重返传统和模仿西方的差别。历史小说家对传统的继承再明显不过。《曾国藩》对儒家思想文化原则的认同,《雍正皇帝》等对帝王将相生存状态的兴趣,《白门柳》对传统士风民情的描绘,凌力优美蕴藉的古典艺术风格,杨书案情韵盎然的小说语言,无不显示出中国传统文化的深深浸染。"五四"以后即与民族古典文化拉开了距离的读者大众,在转型期令人心烦意乱的环境中读到这类小说,恰如漂泊他乡时与故友重逢,心里的亲切感、熨帖感自不待言。

现实题材领域具有艺术探索意识的小说家,往往通过模仿西方来突破小说创作的当代模式,他们讲究审美经验的个人性、"陌生感",与大众审美文化心理的疏离却使他们只能在"圈子"内、在思想文化界激起浪花,而不大可能在大众读者群中掀起接受的热潮。文坛上连篇累牍的现实题材、世俗境界的长篇小说,则竞相宣泄生命的苦闷焦灼、情欲的躁动、人际关系的丑陋,这些内容所涉及的其实是商业文明条件下读者大众的心理兴奋点,与当今中国的主流读者、特别是广大乡村读者的艺术趣味颇相径庭,轻佻的作家媚俗却没有搔到俗众的痒处,结果只能引起反感。所以,无论从哪个层面模仿西方的作品,在生活和读者心理两方面均基础薄弱。既然审美创造缺乏深厚的底蕴,其分量也就可想而知了。

社会转型期的现实题材小说创作处于一种尴尬、浮躁的状态,受这种状态支配是难以产生成熟的艺术作品的。这不是说现实题材小说的创作毫无成就,实际上其总体水平远远高出历史小说,但从作家的规模、付出的努力、作品的数量与高质量作品的比例来看，现实题材创作在历史小说面前就相形逊色了。

中国是一个历史沉积深厚、历史意识异常发达的国度，历史小说在古典小说领域占有极其重要的地位，连《西游记》这样的神魔小说，也以历史事件为展开想象的契机。20世纪中国的意识形态，则以破旧迎新为使命，对历史、对传统往往偏重概括、评价而忽视清理、分析；20世纪中国文学具有鲜明的意识形态特性，从内容到形式都服从于因形势紧迫而变得异常单纯和鲜明的时代思想命题。其具体结果就是现实题材创作发达、历史文学创作却长期以来甚为寂寥，即使描摹古代，作家们也是为了“借古人的酒杯，浇自己的垒块”。转型期的大量长篇历史小说，则以再现中华民族的历史真相为创作目标。二月河的“落日辉煌系列”、凌力的“百年辉煌”系列、唐浩明的“近代枢纽性人物”系列、吴因易的“明皇系列”和“则天系列”、杨书案的“中华文化溯源”系列……无不如此。这个长篇历史小说群落，对20世纪的中国文学，实际上起到了填补思维空缺、扩展思维空间、沟通新文学与传统历史文化精神联系的作用，创作倾向体现的文本之外的思想文化意义，实在是不可低估的。尤其是因为转型期精神文化背景和文坛现实状况的映衬，以长篇历史小说为代表的历史文学景观就显得更为辉煌。

第二节　评价困境：多元语境中无以类归的文化定位

虽然因大众心理需求和创作实践对比等方面的原因，历史文学在民族文化转型过程中形成了意味独特的辉煌景观，但更深层次地考察历史文学在时代文化语境中的生存状况，我们却又会发现，不管是创作、批评还是接受主体方面，都存在着种种令人困惑而又发人深思的尴尬现象。在这种种尴尬现象的背后所隐藏的，才是历史文学的生存本相。

一

我们先从历史文学热之中的尴尬现象谈起。

从创作领域来看，转型期的历史文学作品都是立意再现中华民族具有传统层面代表性的历史人物和文化现象，还原作者心目中民族生存发展的“经典图景”。不管文本的理性题旨如何，在具体的描写中，作者对表现客体都采取一种赞赏认同或体谅惋惜的态度，显示出价值同构、思维同构的精神特征。《少年天子》《暮鼓晨钟》系列作品希望再现清王朝由改革达到“百年辉煌”的壮丽历程，《白门柳》则试图揭示中国现代民主思想的起源，这些思想意图无疑都带有浓厚的中国当代政治文化的色彩。但是，《少年天子》浓墨重彩地表现的福临和乌云珠那诗意葱茏、臻于完美的爱情，显然属于古典爱情理想的范畴。《白门柳》将钱谦益、冒襄、黄宗羲三足鼎立作为主人公的艺术构思，其实也是以传统文化或者追求功利、或者独善其身、或者追求崇高的道德人格这样一种人生价值模式的框架，来作为文本“世界图景”的构成基点。《曾国藩》的庙堂文化立场更是显而易见。从艺术上看，这些长篇历史小说几乎一律采用按时间循序渐进的结构形式和全知全能的客观叙述方式，语言也具有鲜明的传统美学的风范。《曾国藩》《杨度》的人物传记体性质，二月河作品的传奇色彩，凌力和刘斯奋小说古典诗词的艺术韵味，都是明显的例证。这些事实表明，长篇历史小说话语系统的深层定位，尚处在民族传统文化心理结构之内。

历史文学批评领域的状况更加意味深长。首先从总体估价上看，面对历史文学业已形成的巨大社会效应，批评界并未显得热情洋溢，反而呈现出相当漠然的情态。世纪之交，上海文学界邀集全国100位著名评论家，用投票方式推举“90年代最有影响的10个作家和10部作品”，历史小说榜上无名，这无疑是批评界态度一个极具代表性的表征。其次，历史文学研究的队伍长期以来相对稳定，却总缺乏新生力量的不断加盟，青年评论家，特别是受西方当代思想和艺术理论影响较深的批评家中，把历史文学纳入批评视野并倾注巨大热情者为数甚少。结果,连较富学理性的历史文学研究论文的数量,与其他题材作品的批评相比也显得相形见绌。再次,历史文学研究的文本本身,也是思考视角和重心陈陈相因,围绕“历史人物的评价与定位”“艺术品性的典雅或通俗”“作家的功力或知识性硬伤”这些问题在转圈圈,缺乏与时代崭新的思想成果的融汇。至于批评者认定曾国藩、杨度、雍正皇帝等艺术形象的定位存在美化之嫌,其依据究竟是人云亦云的习惯性感受,还是确为精细研读史料之后的成熟心得,其实是大可怀疑的。历史真实或艺术真实到底该如何增减,批评者可能同样是心里茫然。一点通俗色彩、些微“硬伤”对作品的整体水准究竟有几多损伤,似乎也没有人予以深究。这种批评思路是否真正抓住了要害和本质,具备了与时代理性相匹配的思想含量,批评界更缺少自我反省和深层次的探讨。结果,历史文学批评就必然地会显得缺少生机与活力,缺乏穿透性与说服力,难以真正中肯地把握历史文学成败得失的根本点。

接受主体方面一个饶有意味的现象是,广大读者确实热衷于购买和阅读历史小说乃至文学性历史读物,但是,题旨厚重、内蕴深广的优秀作品和那些纯粹史料性、通俗性的作品,在普通读者的眼里似乎没有本质的区别。甚至有些思想和艺术都相当庸劣的作品,仅因以古今瞩目的历史事实为题材,也能获得良好的销售量。也就是说,广大读者似乎并未注重对作品思想和艺术素质的把握,他们许多热情的倾注之处其实是文学以外的东西。

这种种现象涉及面甚广,初看起来似乎各属各的领域,相互间界线泾渭分明,实际上却存在着深刻的内在联系。它们共同表明,在社会转型期的文化多元化语境中,景观辉煌的历史文学正处在一种“墙内开花墙外香”“芝麻西瓜分不清”的尴尬而苍凉的状态中。

二

虽然置身社会转型、文化多元的时代语境中,历史文学却存在着自身不可违背的文化品性和审美限定性。

绝大部分历史文学作品,都以还原性表现民族历史生活和传统文化为目标。民族传统文化的精髓,在中国古代无疑属于高雅的精英文化的范畴;同时,因为统治阶级在意识形态领域的支配权,它又必然会带有庙堂文化的精神印记。历史文学创作以拥有客观条件的统治阶级所刊布、发行而流传下来的文化典籍为主要依据,以传统的"史官文化"为基础,庙堂文化的印记自然也就不可避免。但是,经过千百年来一代代人的遵循与实践,传统文化的内容与精神已经深入到了广大民众的心里,甚至积淀到了我们民族的集体无意识之中,从而具有了公理的性质。这样,在当今中国,它们一方面极易引起共鸣,另一方面在理性判断层面却反而显示出一种大众通俗文化的品格。历史文学的审美境界顺着开掘、还原民族传统文化的思路去展开,那么,不管怎样的深邃精彩,它骨子里的通俗文化特性都是难以彻底地消除的。而且,历史文学以史料和史实为根本基础,这就注定它只能是客观叙述的写实性创作方法;作者热衷于创作历史题材类的文学作品,当然是对我们民族传统的美学风范和艺术韵味有着强烈的好感与共鸣。结果,历史文学从创作方法到审美趣味都存在大同小异的传统色彩,也就是势所必然、非人力所能轻易改变的事情。

基于这样的前提,无论从接受群体还是从文化类型的角度,只要细加辨别我们即可发现,历史文学确实多层次、多侧面地存在着处境尴尬的客观基础。

从读者的角度来说,因为集体无意识的作用,历史文学作品可以引起广泛的共鸣,从而获得广大的阅读面,但另一方面,进行精微的理性思考的能力相对欠缺的普通读者,也完全可能因为精神路向的相同,把传统文化内蕴厚实的力作,与那些同样是史实再现的史料性通俗读物混为一谈,以为二者不过是量的差别,是五十步与百步谁走得更远一点而已。同样地,对传统文化精髓深入浅出的世俗化解读,与纯粹的世俗性乃至鄙俗性生存表象的演示,在他们眼里都是值得一观却不会去深究其内在特质的传统生活。这样,阅读的盲目性和理解的混乱状态也就在情理之中。

与当代中国精英文化圈或者说学院派文化的追求相对照,历史文学则从价值立场到心理指向都存在着歧异乃至对立。历史文学器重社会层面的生存境况,崇尚历史话语的权威,认同集体本位的精神价值立场,精英文化界则以颠覆与解构历史话语、确立知识分子在整个人类文化面前富有原创色彩的个体性精神生存为己任。道不同难相与谋。因此,对历史小说的优秀之作,精英文化圈可能会很佩服,却不可能完全地认同、无保留地推崇。青年评论家涉世不深,学养有限,对历史意识的体验与认识不足,更是特别地看重个人性的生命感悟。而且,整个20世纪中国的精神文化界,都存在一种唯新是举、喜新厌旧的心理传统,当代西方的精神话语在中国自然是新生事物,所以即使是对它们的模仿,也被看作是前沿性精神行为,被纳入探索性的精英文化的范畴。属于传统文化格局之内、缺乏崭新哲学文化背景的历史文学作品,即使对传统人生技巧和民族历史智慧开掘得再独到、展示得再精彩,也会因为整体精神风貌的"陈旧"、艺术形式独创性、先锋性的缺乏,而处于相对被冷落的状态。

由于缺乏时代前沿性精神探索的参与,许多专事历史小说批评的学者,在审美趣味和心理好恶方面都与历史小说创作者处于"同好"的状态,难以置身事外地对历史文学作品予以观照和剖析。其理性眼光则仍然基于"五四"以来现实主义文学的传统观念,缺乏90年代社会转型期文化语境的浸润,以致连概念和术语都未曾发生太多的变化。这样,历史文学研究本身也存在诸多局限就不足为怪了。

主流意识形态则一方面会因为历史文学"弘扬民族传统文化"而从整体上予以肯定,却又会对它时代气息相对欠缺、"主旋律"色彩不够鲜明而暗自不满。

商业文明所催生的"世俗化"文化形态,连与传统的市井文化都不相契合,与历史文学审美境界的传统文化"通俗"意味就更是相去甚远。因文化的现实背景所造成的价值标准和审美趣味的歧异,使两种同具"世俗化"特征的文化也难以"称兄道弟"、互相认同。

总体看来,20世纪90年代的中国文化势力格局,可以分为意识形态文化、知识分子精英文化和大众文化三大板块，相互之间的关系不是相互认同与融合，而是群峰并峙，各领风骚、各行其是。历史文学的精神特性，则是各类文化皆互相渗透、交融聚合于其中。显然，二者的精神走向恰好相反。于是，在这文化多元的时代语境中，历史文学就显得无以类归。历史文学这种文化定位难归于一的、尴尬而苍凉的状况，实乃其自身特定的文化和文学规律同中国社会转型期文化环境相互矛盾的必然结果。

在这多元文化预存对比而实际上无法互相取代的时代态势中，每一类文化产品都有其存在的合理性和价值的自足性，因此，历史文学的文化特质本身并不构成对其精神品位和价值可能性的天然限定。所以，在历史文学的具体创作进一步自我提高的同时，倒是批评界和读者圈应当深化认识、调整观念，这样，面对包括历史文学在内的整个时代文化创造，我们才有可能克服精神视野的盲点，从全局出发作出真正恰如其分的判断和切中要害的分析。

三

但即使社会各界调整视角和思路，更充分地理解和重视了历史文学的价值与意义，也不等于历史文学地位和价值本身的提高。所以，历史文学创作自身是否充分展示出了其价值可能性，才是问题的关键之所在。那么，撇开具体的社会历史情境，以超越性眼光进行评价社会转型期的这一大批历史文学作品，它们究竟会留下怎样的历史痕迹，能在怎样的程度上经受住时间的检验呢？笔者认为，历史文学具有文化层面创新性的审美成就，具体体现在以下方面。

首先，社会转型期的历史文学作品塑造了一批血肉丰满的历史人物形象，特别是出色地建构起了我们民族的功利代表帝王将相和精神代表文人士子两类人物的形象画廊。作家们总是以巨大的篇幅、运用写实型的笔法进行刻画，使得他们笔下的人物极富质感，甚至颇有艺术的雕塑感；同时，由于当今中国的历史小说家大多不是思想家型的作家，思想观念方面反而显得较为活泛，他们只是盯紧对象,对其精神心理尽可能深刻地挖掘,对其性格侧面尽可能全方位地展示,结果不少塑造得出色的形象反而显示出“圆形人物”的性格特征;而作为中国历史文化的人格化体现,这些人物的性格、心理本身就底蕴深厚,客观上也为审美创造的典型化程度奠定了深厚的基础。《雍正皇帝》最值得称道的,也许是它处处致力于揭示作为中国历代帝王之一的雍正从命运轨迹到性格心境的独特性,并由此鞭辟入里地展现出封建政坛复杂、险恶而变幻无定的人际关系。《曾国藩》所描写的曾国藩,因为文化原则和时代条件的错位,铸成了功业圆满而精神悲苦的人生命运,其中显然凝聚着传统文化的深广内涵和深刻矛盾。《孙武》通过描写孙武从战争大师到战争隐者的命运和精神历程,既表现了我们民族的历史智慧和仁爱本性,也显示出人心在野蛮战争中觉醒的必然性和人类在艰难困苦的行程中向善的真诚愿望。其他如《白门柳》中的冒襄、《暮鼓晨钟》里的鳌拜、《杨度》中的王闿运,都是厚度和力度俱佳的人物形象。大量历史小说直接以历史人物的名字作为作品名称,也体现出历史文学创作者对塑造历史人物形象已经获得了普遍的审美共识。

其次,社会转型期的历史文学有效地达成了对于历史情境真切而沉实的审美再现。历史小说创作者往往以史实考据与工笔描绘相结合的方式,气魄宏伟而一丝不苟地还原出当时的社会历史情境,把历史人物及其生存的世界和盘托出,追求历史生活的“本真状态”和“原始真实”,从而使作品获得了“以事实说话”的坚实品性。同时,历史小说家们又是通过研读史籍来进行想象和拟构的,他们对历史情境的成功还原所获得的“原始真实”,实际上已经是一种以学术为基础、流贯着历史文化底脉的“深度真实”。《曾国藩》展示的“末世”气象,《白门柳》呈现的“士林”景观,《雍正皇帝》披露的“宫廷”生态,都是因还原而获得“深度真实”的典型例证。

再次,社会转型期的历史文学虽然艺术独创性并不突出,但对我们民族审美传统的尊重、认同和深刻把握,及其由此形成的文体形式和叙事风格的成熟、稳定性,在同时代的创作中堪称首屈一指。《雍正皇帝》对传统章回体小说的技术操作,《白门柳》于艺术境界贯注的传统士大夫情趣,《杨度》融学术探讨于艺术描写的史传性叙述风格,都已达到相当老到的程度。20世纪的中国小说在形式方面尚处在寻找和尝试的过程中,独创与生涩、独特与“意味”单薄往往相伴相随,历史文学创作者技术性操作的老练、形式选择所依据的文化背景的博大,都是应该得到我们足够重视的。

不过,从提高创作并带有全局影响力地推动时代精神文化发展的高度来看,历史文学创作确实又不能过分地乐观。因为一类文化产品的创造,不能仅仅满足于对本类文化的内容和韵味的展示与表达,还应当追求文本“所指”向其所属文化中的人类永恒性精神价值“能指”的靠拢,追求对其他类文化中永恒的价值元素尽可能地吸纳与涵盖,并在此基础上,形成从整个时代精神文化范围来看具有深邃度和支撑力的价值基点、具有导向性和说服力的价值选择。作为艺术产品,它同时也需要寻求这种目标在既成艺术范式中富有独创性而精美自然的实现方式。由此看来,历史文学创作者在充分相信自我把握文学和文化基本准则方面具有稳健、坚实性的基础上,又必须清醒地认识到,历史文学虽然影响已经突破了“纯文学”的范畴,但多半满足于精微、深刻地还原历史和文化,这样,它们对时代精神文化整体格局的影响实际上仍有局限。同时,在多元文化并立的时代文化格局中,其他文化形态同样具有其优势和潜力,如果自足而封闭地固守一块毕竟属于“过去时”的“文化领地”,而不是以开放的姿态吸取其他文化形态的营养来补充和提高自己,还必然将遭逢许多隐含的危机。

四

对历史文学的看法既存“合理的偏见”,又有不自觉的误区的文学批评界,又应当着重从哪些方面调整自己的观念与思路,才能超越单一文化属类和文学观照定式的种种局限与弊端呢?

首先,历史文学批评应改变那种“历史真实”与“艺术真实”、“历史人物”

与“艺术形象”之类的学究式对位辨析。这种批评方式常常被运用，但实质上向来没有说明什么根本性的问题。一方面，鲁迅的《故事新编》“随意点染”，郭沫若的历史剧《屈原》追求“神似”，实际上都有高度的审美价值；姚雪垠创作《李自成》时对明清历史的研究不能不令人叹服，作品的人物和艺术境界却带有已为许多人诟病的“现代色彩”。另一方面，中古、近古史的史料充分，拥有对位辨析的充分条件，但实际上即使是同一个历史人物或事件，在不同作家的笔下，面貌也大不相同；历史悠远的年代史料极度匮乏，历史小说的佳作却照样不断地出现。对于韩静霞的《孙武》，杨书案的《孙子》《老子》《炎黄》系列作品，包括日本作家井上靖的《孙子》，我们又怎么去进行对位辨析呢？简单的事实即可说明，“历史真实与艺术真实”之类的套路并不具有普适性、针对性。因此，我们应当转换思路，着力感受历史文学作品是否具有真切、浓厚的历史氛围，着力考察它对历史文化精神的展示是否丰富和深广，对世情人性、生存本相的揭示是否独特和深邃。虽然这种批评思路的转换过程还包含着一系列复杂、细致的学术和理论问题，但无疑地，转换才更贴近艺术的本性，也更有利于我们摆脱种种陈腐的社会历史学结论，直视无碍地把握历史文学真正的价值。

其次，在多元文化群峰并峙、各行其是且纷争不息的时代，对于具体文本的把握，我们应摆脱单纯以精神倾向、价值立场定优劣的偏颇，同时注重作品包括文化空间、文化感悟、文化信息以及文化的诗性传达等方面在内的整个文化含量。偏执于精神倾向、价值立场，说到底是一种思潮眼光。思潮不过是作家观照现实、历史和文化的即时性触发点，对于作品的整体价值水准，它并不起决定性的作用，抓住这一点而不计其余并不是全面的、历史的眼光。尤其是历史小说，文化含量的意义大于精神倾向几乎是一种必然规律。我们注重其所短而忽略其所长，怎么可能给出准确、公允的评价呢？而且，扫描一下文学的历史我们即可发现，那些生活与文化含量深厚，但作者的理性立场已经过时的作品，如《三国演义》《水浒传》等，都是至今尚不失其艺术的夺目光彩；而种种精神立场也许在当时颇为“先进”“正确”，文化含量却相当稀薄的作品，如今我们读来已味同嚼蜡，现当代文学史上即存在着大量的这类作品。所以，采用超越一己文化立场的辩证的眼光、“和合”的精神态度，对于评价历史文学作品，实在是一个重要而迫切的问题。

再次，历史文学作品自然是作者在对于史料进行钻研、甄别、梳理的基础上，“如实”叙述并略加顺理成章的敷演而创作出来的，它不允许作家天马行空式的任意挥洒。这样一来，作家就只能“戴着镣铐跳舞”，才情、灵性就只能内蕴于功力之中含而难露，文本就必然地会显得相对地规范、老实，乃至笨拙。二月河的“落日辉煌”系列作品顺着自己才情的方向稍加发挥，就时时有“通俗化”“传奇化”之虞。但是，当今中国正处于文化转型、创新的时期，创新的成功从根本上看确实是需要文化创造者的思想原创力，因此，作家的才情就受到文坛格外的青睐。即使那些创作上并无深厚底蕴，仅具个体乃至私人性感受和体验的敏锐型、精微型作家与作品，也往往被推崇备至。而历史文学作品，则常常以一般人下一番苦功夫、笨功夫也可以做到为由，招致批评者潜在的贬抑心理。其实，功力包含着才情，却远远胜过单纯的才情。这本是个很简单、朴素的道理，惜乎受到种种学术外衣的遮蔽，反而成为了不少批评家的一种认知误区。走出这个误区，我们才可能形成更为成熟的批评眼光，对于历史文学的理解和把握，才可能更加准确和到位，还历史小说以应有的理解和评价，也才有可能成为可操作的现实运行过程。

总之，社会转型期的历史文学热实际上是实绩与隐忧并存，辉煌与尴尬同在。优秀的历史小说家环顾当代，足堪自豪；瞻望未来，则既任重道远又举步维艰。除了似乎不可能的突破和创新，历史文学创作者别无他途。否则，在新的文化体系确立以后，传统文化的威力和广大读者的传统意识将自然地淡化，“还原型”历史文学作品能够提供的有效信息及精神依托作用也必然随之减弱，受众的阅读兴奋感和共鸣度就会降低，这样，历史文学一时的辉煌与未来的被冷淡之间的巨大反差，又将构成另一种历史性的尴尬。

第三节　历史文学价值内核的位移与重审

当代历史文学创作的成就与影响都有目共睹。但值得注意的是,一方面,创作的多姿多彩中出现了不少发人深思的倾向,另一方面,学术界对各类历史文学的研究与评价,也显示出“仁者见仁,智者见智”、难以互相认同的状态,以至对于历史文学从根本上能否成为一个时代的文学高峰,也有不少人心存疑虑。在这种种纷繁复杂的现象背后,其实隐藏着对于当代中国历史文学应该具有怎样的精神价值、审美境界、文学与文化理想等问题的巨大困惑。所以,立足以20世纪90年代为中心的社会转型期文化全局,从文学史高度来研究当代历史文学,事实上已可以自成段落。其中必须解决的首要问题,则是反思现有的历史文学观念,以便重新确立我们的言说与评价的价值基点,解决在何种视野、何种层面、以何种思路,来阐发和评判各种不同类型的历史文学并对其进行价值定位的问题。

一

我们首先从历史文学评论与研究领域来探讨这个问题。

以历史真实与艺术真实、即“史”与“诗”的完美结合为标准,来评判各种差异极大的历史文学作品,向来是历史文学研究最重要的内部思路。

如果从“史”与“诗”结合、转化的角度来看,新时期以来的历史文学作品大致存在四种类型。第一类是以“五四”后的纯文学传统观念为依据、“诗”与“史”结合得相当精致规范的“史”“诗”兼备型作品。这种形态的作品贯穿了整个八九十年代,数量巨大,可以姚雪垠的《李自成》、凌力的《少年天子》《暮鼓晨钟》和刘斯奋的《白门柳》、熊召政的《张居正》等作品为代表。第二类和第三类作品则分别以唐浩明的“晚清三部曲”《曾国藩》《杨度》《张之洞》和二月河的“落霞”系列小说[①]《康熙大帝》《雍正皇帝》《乾隆皇帝》等作品为代表。它们实际上是以回归古代文学和文化传统的路子，突破了现代中国纯文学的审美规范，结果反而在整个当代文化范围内都显示出自我的意义和影响，形成了文化层面的“重史”和“重文”类作品。第四类可以《宰相刘罗锅》《天下粮仓》等影视文学作品和赵玫基于现代女性个体生命体验拟写的《武则天》《高阳公主》《上官婉儿》等作品为代表。它们追逐时代精神好尚，艺术境界虽具历史形态，深层叙事却史实依据薄弱，从历史真实角度看属于“戏说”审美形态的作品。

这几类作品的内在意蕴和社会文化影响呈现出相当复杂的态势。“重史”类作品往往以内蕴的沉实厚重为人们所称道，却常因艺术空灵度的欠缺而难免“质胜于文”的贬抑。“重文”类作品实际上同样内蕴丰厚而且总体上并未违背史实，但还是难免通俗、芜杂的评断。规范的“史”“诗”兼备型作品，多半在文坛内部受到认同和赞誉，在整个社会文化层面造成的震动与影响，反倒不如那些并不规范的作品，仅作品的发行量就可作有力的例证。“戏说”类作品虽因仅具历史形态而多侧面地不依史实，而且普遍粗制滥造、鱼龙混杂，时常遭到媒体评论的指责，但细究其中的优秀之作所展现的精神深度和审美内涵，可以说并不逊于传统意义上的历史文学，其中的影视历史剧借图像传播之力，影响反而大大超过历史题材小说作品。

以上事实表明，单纯的“历史真实”与“艺术真实”的批评思路，虽然在对具体作品进行细部分析方面有其必要性与合理性，但对于真正深入地探讨作品内在的精神文化和文学价值，对于深层次衡量新时期以来的各类历史文学作品的影响与得失，其实并不具有普遍的适应性。而且，在“五四”以后的现代中国，从鲁迅的《故事新编》、郁达夫的《采石矶》，到郭沫若的《屈原》、李劼人的“大河小说”三部曲《死水微澜》《暴风雨前》《大波》，直到新中国成立后

① 李海燕、谭笑：《晚霞璀璨　黑暗将临——二月河谈他的“落霞”系列小说》，《东方》2000年第4期。

诸多影响广泛的历史剧,仅用“历史真实”与“艺术真实”,都不能作为评判其价值内涵的核心标准,甚至也不能作为创作不可违逆的基本规范来对它们进行衡量,哪怕用“历史真实”泛化产生的“历史氛围”的观念,在其中某些已有文学史定评的作品面前,同样会遭遇尴尬。从更广泛的范围来看,中国自古以来的历史文学创作,就既有《东周列国志》式“羽翼信史而不违”①的通俗化还原的写法,又有《三国演义》式的“本有其事而添设敷演”②“以文运事”③的写法,还有《水浒传》式的“因文生事”④的传奇化写法。那么,历史文学创作审美价值的内在核心到底是什么呢? 这就是一个我们不能不重新思考的问题。

其次,从整个文化范畴看,历史文学面临的最突出问题,也许是在雅文化与俗文化之间的定位问题。在中国古代,不仅历史小说,整个小说皆属于俗文化的范畴,到现代,随着文学观念的转变,过去的“通俗演义”小说也与古代的“纯文学”诗歌、散文一道,被一视同仁地放进了中国文学史的高雅殿堂。但在当代中国的学术界,历史文学的文化属性却仍然是一个未曾达成共识的问题。以两部在文学史研究界影响较广且以作品研读见长的文学史著作为例。复旦大学陈思和教授就是将历史文学作为一种雅俗兼具的特殊类型,另外命名为“现代读物”⑤,认为其中某些层次较高的作品也具有精英文化的内涵,在他的《中国当代文学史教程》中,历史小说则被摒除于学术视野之外不予观照。中山大学黄修己教授的《20 世纪中国文学史》辨析得似乎较为细致,将《李自成》《少年天子》等作品归入纯文学,《曾国藩》既归于纯文学论述又放

① (明)修髯子:《三国志通俗演义引》,黄霖、韩同文选注:《中国历代小说论著选》,江西人民出版社 2000 年版,第 115 页。

② (清)刘廷玑:《在园杂志》,黄霖、韩同文选注:《中国历代小说论著选》,江西人民出版社 2000 年版,第 388 页。

③ (清)金人瑞:《读第五才子书》,黄霖、韩同文选注:《中国历代小说论著选》,江西人民出版社 2000 年版,第 291 页。

④ (清)金人瑞:《读第五才子书》,黄霖、韩同文选注:《中国历代小说论著选》,江西人民出版社 2000 年版,第 291 页。

⑤ 陈思和:《民间与现代都市文化》,《陈思和自选集》,广西师范大学出版社 1997 年版,第 298 页。

进通俗文学的范畴进行分析，二月河的作品则整个地被归于通俗文学。① 而不管在哪类文学史著作中，影视历史剧往往都被笼而统之地置于消费型的都市大众文化的范畴。

但从创作事实看，在历史小说的创作中，一方面，从姚雪垠到唐浩明、二月河，直到台湾的高阳，都非常注意自己作品的读者面乃至发行量；②另一方面，唐浩明作品的中国儒家文化底蕴，二月河小说的《红楼梦》艺术风度，高阳作品诉说“民族的创造有多么艰难”③，从而达到“一个民族必须对他们的历史有温情”④的创作意图，又都从各个不同侧面，显示出与金庸、琼瑶创作截然不同的精神风貌。同时，随着20世纪90年代中后期历史题材影视剧的繁荣，我们既可看到琼瑶的《还珠格格》一类“古装剧”与大陆《雍正王朝》《天下粮仓》等“历史剧”的差别，又可发现大陆这类“历史剧”同凌力、刘斯奋、唐浩明乃至二月河作品在艺术观照核心方面的歧异。如果仅用所谓“纯文学”“通俗文学”或“雅俗兼容”的评判，真能准确而一以贯之地判定这种种不同类型作品的价值内核吗？而且，既然我们并不否认娱乐性也是文学的本性，那么，谁又能说所谓的“纯文学”作品就应当完全排除通俗文化的元素呢？所以不能不说，对于当代历史文学的文化定性，学术界确有不够通透、贴切之处。当然，“雅文学”“俗文学”的划分，只不过是现代学术研究为进行细致分析的便利所作出的一种学理性分类。但这种划分的本身，实际上已包含着对研究客体是以“创造”为目标还是以“传达”为主旨所作的价值评判。既然这样，我们是不是又应当另择标准，方可准确地辨析当代历史文学的价值根本点之所在呢？

---

① 参见黄修己主编：《20世纪中国文学史》（下卷），中山大学出版社1998年版，第219、221、274、275页。

② 二月河就毫不避讳地说过“我必须讨好我的读者”之语（见《卧龙论坛》1993年第4期）。高阳亦有诗云：“倘能用笔娱人意，老眼犹挑子夜灯。”转引自晓帆：《首届“全国高阳学术研讨会”综述》，《华中师范大学学报》（哲学社会科学版）1997年第1期。

③ 高阳：《王昭君》出版前言，海南出版社1996年版。

④ 高阳引钱穆语，《高阳杂文》，远景出版公司1986年版，第5页。

与此同时,历史文学又能否或者应当怎样去追求,以什么为审美境界的核心,才有可能充分地实现自我作为一种精神文化产品的价值呢?如果不很好地解决这个问题,无疑会既有碍于历史文学的创作,也有碍于学术界对历史文学的研究与评价。

再次,从思想界评价历史小说的价值立场与审美观念的角度来看,也存在两个事关全局的问题。其一是当代的和封建的意识形态视角的负面对历史文学文本审美价值的损伤程度问题,其二是历史文学创作在多大程度上能利用西方文化资源的问题。

20世纪80年代前期的历史文学,往往一方面因其思维兴奋点和精神底蕴局囿于当代政治意识形态,而与现实题材的作品一道,受到不少研究者的贬低;另一方面又因当时历史文学作品的大量出现和在特定时期内社会共鸣的热烈,而获得某些研究者的大力推崇。① 但实际上,像农民起义这类为当代政治意识形态所青睐的历史事件本身,并非不能作为历史文学创作的题材,而且这类作品自古有之。那么,到底应以什么为标准,方可准确地阐述当代政治意识形态的精神底蕴及其价值立场,对历史文学作品、特别是全面而丰富地展示历史生活宏观画卷的长篇历史小说的正负面影响?对这些留下了深刻的意识形态痕迹的历史文学作品,又应该以何种价值眼光,才能梳理和甄别出其中概念化的内涵和潜伏于深层的具有超越性的审美意蕴?同时,接受主体与创作主体处于同受巨大局限的时代语境中,作品所形成的社会影响在何种程度上可作为评判作品文学史价值的依据?与此相类似,到底应怎样辨析和估价封建文化的糟粕在大量历史文学作品中的存在,也是一个不容忽略的问题。一言以蔽之,就是存在一个立场正确与否在文本价值内涵中处于何种分量的问题。所有这一切,在历史文学研究界似乎并没有得到细致深入的探究。但是,如果缺乏对这些问题的思考,缺乏基于这种思考所形成的具有深厚精神文化

① 吴秀明:《文化转型语境中的历史叙事与本体演变》,《浙江大学学报》(人文社会科学版)2002年第1期。

依据的观照理路和价值标准,研究者在深入开掘20世纪80年代历史文学的价值内涵并进行准确的文学史定位时,存在巨大局限就不能不说是势所必然的事情。比如对于皇皇巨著《李自成》,任何简单的评价和分析都注定只能是肤浅片面、难以切中肯綮的。

尤其值得注意的,是不少研究者基于西方思想文化和文学的背景,往往以个体本位的价值立场、缘于日常生活趣味的艺术感觉和西方历史文学的艺术处理方式为准则,来对当代中国的各种历史文学作品,不加细致考辨地采取贬低和排斥的态度,并以之为精英和前卫性精神姿态的表现。其实,西方历史是以史诗为源头,中国的历史则以史传为源头,在以史料为基础的历史文学创作中,这种文化源头的差异,必然导致文学传统和创作客观规范的巨大差别。而且,扎根于中华文化土壤的中国历史文学,以西方的审美思维方式,到底能否真正丰满地展示历史生活的丰富内涵、真正深刻地开掘到民族历史文化的底蕴,其实是大可怀疑的。比如以西方女性主义视角所创作的历史文学作品,从《武则天》《高阳公主》等历史小说,到《大明宫词》等历史题材影视剧,其中所展示的女性独有的生命情韵确实令人赞叹,但历史本身的质感和坚实厚重感,却显然难以与之相匹配。然而,随着文化全球化的日渐深入,这种审美趋向正日益扩大而不是缩小其市场。这样,如果我们不对当代中国历史文学应有的审美境界和价值理想进行重新思考和判断,就既有可能导致研究中出现偏颇浮泛、隔靴搔痒乃至无的放矢的弊端,也难免创作的误区与歧途。

总之,从历史文学研究现状来看,在新的时代语境中重新审视中国历史文学理想的审美境界与价值形态,确实已成为一个相当重要和紧迫的问题。

二

我们再从历史文学创作的角度,来思考重新审视历史文学价值内核的必要性、重要性和可行性。

历史小说堪称中国古代小说最重要的门类,既有经典性名著,又有巨大的作品数量，连其他门类的小说也常常带有历史小说的深刻印记。但在“五四”后的现代中国，历史文学领域却空前地冷落。鲁迅、郁达夫、郭沫若的历史文学作品皆以“借古讽今”“借古喻今”为艺术旨归，力求“取古代的事实，注进新的生命去”，创作时不避“油滑”①，追求“神似”。古代历史小说创作“补正史之阙”②的文化传统则被束之高阁。此后从三四十年代到新中国成立后五六十年代的历史剧和中短篇历史小说，几乎都沿袭着这一创作传统。严格依据史实的创作，当从姚雪垠的《李自成》开始，而到新时期才蔚为大观。新时期以来，中国历史小说取得了丰硕而相对可以构成一个完整历史段落的创作实绩。

首先，大量卷帙浩繁的名家巨著都已“完工”。姚雪垠历时 42 年创作的《李自成》终于全部完成；刘斯奋完成《白门柳》三大部，唐浩明完成《曾国藩》《杨度》《张之洞》，他们均已宣布封笔并转入其他文化创造的方向；二月河的“落霞”系列《康熙大帝》《雍正皇帝》《乾隆皇帝》也已大功告成；凌力在完成“百年辉煌”系列的《倾国倾城》《少年天子》《暮鼓晨钟》之后，《梦断关河》和《北方佳人》等作品因主人公的完全虚构而显示出新的艺术气象。徐兴业的四卷《金瓯缺》、杨书案的三部“中华文化溯源系列”、吴因易的“唐宫八部”、任光椿的《戊戌喋血记》《辛亥风云录》《五四洪波曲》等，则在更早的时候就已各自竣工。

其次，历史生活的各个领域都出现了内蕴丰厚的巨制力作。农民起义题材，有从 20 世纪 80 年代的《李自成》《星星草》等大量作品，到 90 年代的《太平天国》；民族战争题材，有从 80 年代的《金瓯缺》，到 90 年代的《百年沉冤》《倾国倾城》；变法改革题材，有从 80 年代的任光椿作品，到 90 年代的《汴京风骚》《万历王朝》；君王帝业，有从 80 年代开始的凌力的“百年辉煌”系列，到 90 年代开始的二月河“落霞”系列；贤臣名仕人生，则有《曾国藩》《杨度》《张

① 鲁迅：《〈故事新编〉序》，《故事新编》，人民文学出版社 1979 年版，第 1 页。

② 陈平原：《中国小说叙事模式的转变》，上海人民出版社 1988 年版，第 277 页。

之洞》《林则徐》《秦相李斯》《张居正》等；女性系列，有“唐宫八部”、《庄妃》、《横波夫人》、《武则天》等；历史文化名人系列，则有《曹雪芹》、《白门柳》、“中华文化溯源系列”；……完全可以说，这些作品已经建构起了相对较为完整的中华民族历史生活的画卷。

再次，历史题材影视剧在20世纪90年代后迅速崛起。在这类作品中，既有《天下粮仓》的立意高远、气局宏阔，又有《宰相刘罗锅》的意趣盎然、寓意深长；既有《鸦片战争》的诚朴庄重，又有《梦断紫禁城》的寓庄于谐；既有《努尔哈赤》的男性雄风，又有《大明宫词》的女性情怀。历史小说改编大获成功者，有《唐明皇》《雍正王朝》《康熙王朝》；“戏说”引人入胜者，有《康熙微服私访记》《少年包青天》《铁齿铜牙纪晓岚》……它们各各凭借其传播的便利，业已形成了巨大的社会影响，并逐渐培养和形成了大众的新型审美趣味，从而展开了历史文学审美的新界域。但与此同时，包括这些作品在内的历史题材影视剧，又确实存在着轻薄历史、展览式传播腐朽文化、媚俗等令人忧虑的倾向，在不少方面似乎已步入了创作的误区。

所有这一切说明，对于当代历史文学创作进行阶段性总结、并进一步思考某些本质性问题，以利其在未来更雄健、更成熟地发展，确实已经时机成熟和势在必行。

更深层次地从历史文学创作的精神走势和审美内蕴来看。新时期以来的历史文学经历了80年代前期和90年代两个创作高潮，二者内部各有其共同性，相互之间却存在着明显的差异。具体说来，艺术观照的历史对象，呈现出从讴歌现存秩序的挑战者、反抗者，到关注正统秩序的建立者、维护者的位移；审美视角，经历了从政治意识形态角度观照历史，到从人性与人格建构层面透视历史及其文化底蕴的演变；情感态度，则显示着站在当代立场进行赞颂、批判，和细辨历史艰难予以体谅、认同的歧异。而且，经过20多年的努力，历史文学创作对民族历史文化本身的开掘，也呈现出多元发展、各自趋向深入和成熟的态势。但另一方面，史诗气魄、悲剧品格、现实主义创作方法、艺术上的

"中国作风和中国气派",却又始终是这20多年里历史文学鸿篇巨制的共同追求。在这异同之间,无疑隐藏着值得深入探究其正负面特质的精神心理和时代文化的背景。

从历史文学文本内涵的角度,我们则可以看到,新时期以来的历史文学作品初看似乎各成一体,各有其特定的境界和意蕴,实际上并非如此。《李自成》等80年代前期作品思想底蕴的一致性自不必说。在20世纪90年代中国文化呈多元发展态势的时代环境中,唐浩明作品对历史风云人物在变幻莫测的时代洪流中为建功立业真诚、伟岸而悲苦却迭遭误解的生命形态的体谅,刘斯奋的《白门柳》对于"天崩地解"的易代之际知识分子悲剧宿命及其进退失据心态的共鸣,二月河作品对宫廷生态于无奈中走向阴险与残忍的渲染,杨书案将文化圣人形象平凡化的解构与重构,《万历王朝》对社会结构性弊端所导致的历史灾难的剖析,《马嵬驿》以挽歌情调对美的毁灭的描述……实际上都蕴含着创作者对近百年中国艰难历史的深切品味与反思,这种品味与反思恰恰在深层应和着社会转型期的思想文化潮流。并且,它们存在着一个共同的精神文化指向,即叙说中华民族有价值的人生隐匿于辉煌表象背后的隐曲与艰难,展示杰出历史人物"好汉打脱牙和血吞"的生存状态与人生品质,并希望通过探究、还原这辉煌与艰难之间的内在隐曲,来显示出民族历史文化的深邃复杂和非凡人生的痛苦与崇高。这种文本内在的共同意蕴,无论在自以为突破"铁屋"即万象皆新的"五四"时期,还是在时局动荡、急功近利的战乱年代,或者是明朗轻快、高歌猛进的新中国成立初期,都不可能、事实上也没有产生。只有在经历了诸多外在与自身内在的痛苦与屈辱,并且精神视野解放到足以从本质上独立思考民族历史命运的时代,而且是一个本身也充满着机遇、矛盾和多向发展可能性的时代,这种蓬勃而饱含沧桑感的精神气象,才有可能在鸿篇巨制的笔力纵横中呈现出来。

包括某些创作的误区,也显示出时代的一致性。对于官场操作运筹的潜在规则即权谋文化,历史文学创作者就都表现出特别的精神敏感、心理兴奋情态,并往往以其为历史文化智慧加以认同性的探究与描述。从《杨度》的“帝王之学”、《张之洞》的“仕宦之学”,到二月河小说的“帝王心术”,直到熊召政的《张居正》,都是如此。影视历史剧对此更是大肆渲染。在80年代前期的《李自成》《星星草》等作品中,这种蕴涵或者被排除在艺术观照的视野之外,或者被作者从道德层面作为人性的负值加以批判性的描述,《星星草》对于曾国藩人格的批判性塑造就是如此。这种对历史不规范处和人性污秽面展示有余而批判力度不足的精神偏失,一方面显示出创作者对生命个体竭尽心机为自我价值负责的人生态度的尊重,它相对于集体本位、个体生命价值被漠视的时代其实是一种历史的进步;另一方面从人生终极价值角度看,这又不能不说是中国文化转型期价值失范的时代环境中欲望至上、功利至上的时代病态所导致的一种创作迷误。

总之,面对历史文学作品已较为全面地展示出来的审美内蕴的时代共同性,我们不得不严肃地思考这样一些问题:这整个时代,包括显然存在着内在差异的80年代和90年代两种文化语境,到底存在着怎样的优质和局限?这20多年历史文学的精神走势到底是特定文化语境中的阶段性现象、叙事策略乃至精神歧途,还是确有历史文化、人生人性和时代发展要求层面的必然性、合理性?它们所显示的,到底是不是一种既有文化与文学普适性、又顺应着历史文学特定规律的精神道路?更进一步从中华民族文化走向现代、以期雄踞于世界文化之林的高度看,它们又有何显性和潜在的优势、有何命定的局限性和人为的误区呢?显然,如果我们不从既成文学事实出发,既稳健地把握整个人类文化的本质特性和普遍规律,又具体地分析中华文化的独特品格,进而理性地确定当代中国特定文化语境中历史文学的应有理想及其正确追求道路,那么,我们就不可能对历史文学在文化多元发展的社会转型期中辉煌而尴尬的处境和它对于民族文化建设的独特价值,作出有力的判断。历史文学创作的各个局部的演变,也就会因未曾明确全局性、本源性的依据,而不时将出现似是而非、偏颇、芜杂乃至误入歧途的现象。所以,首先从本质上确立判断和创造的依据，确为历史文学创作与研究的要务。

三

近现代以来，学术界对于历史小说的本质特性，以及中国历史小说是否具有、具有何种特殊性的问题，一直思考得不够充分。从梁启超、吴沃尧、黄小配到鲁迅、茅盾、郁达夫等，都只是以序、跋、创作谈等形式的零星言论，着重强调要利用历史进行“政治启蒙”“知识启蒙”①和传达自我“现代的生活经验”②。新中国成立后的20世纪50年代初，围绕历史剧《信陵公子》和神话剧《天河配》、电影《武训传》，学术界对历史文学比附、影射现实的“反历史主义”倾向和如何评价各种历史人物的问题有过浅显的触及，但因政治的干预，并未得到学术层面真正深入的探讨。③ 20世纪60年代初有关历史剧的争鸣内容颇为广泛，涉及历史剧的古为今用、历史真实与艺术真实、如何评价历史上的英雄人物以及如何表现人民群众在历史上的作用等重要问题④，现在看来，其中有些问题已缺乏现实意义，而历史真实与艺术真实的关系等问题，却至今仍存歧见而且难以解答历史文学创作业已呈现的更深层次的审美问题。20世纪80年代，由于西方哲学、文学和文艺理论的引进，导致了“新历史小说”的出现及相关的讨论。这场争论的新意恰恰在于从根本上否定历史真实的存在，认为一切历史都是叙事，克罗齐的名言“一切历史都是当代史”即是这种观念的根本依据。但这样釜底抽薪式地从根本上抹杀历史文学的独特价值，对于具体地理解中国当代文学史上“历史文学”的客观存在，对于解决中国当代历史文学独有的种种内在问题，实质上并无帮助。新时期以来的传统历史文学领域的研究者，则主要集中于对优秀作品内蕴的开掘和历史文学发展状况的梳理，

---

① 范伯群主编：《中国近现代通俗文学史》，江苏教育出版社2000年版，第25页。

② 郁达夫：《历史小说论》，《创造月刊》第一卷第二期，1926年4月16日。

③ 齐裕焜：《中国历史小说通史》，江苏教育出版社2000年版，第11页。

④ 鲁煤：《关于历史剧问题的争鸣》，戏剧报编辑部编：《历史剧论集》（第一集），上海文艺出版社1962年版，第353页。

这样的研究同样无力应对诸多新的创作现象和来自其他文化、文学领域的质疑。

那么，在中国社会和文化的转型时期，历史文学到底应以什么为审美境界的核心，才能充分地实现自我的独特价值呢？思考这个问题，自然应首先对我们时代文化的总体特征有一个准确的把握，对文化全球化带来的种种异质文化对中华文化的渗透、融入与冲击、压抑，对经济富足、贫富分化所导致的中产阶级娱乐型审美风尚的话语霸权，对图像文化时代形成的大众审美思维的浅表化倾向，对技术理性、工具理性催生的实用主义、恶俗化的价值原则，都具有充分的认识与警惕。这样，在时代的多元浪潮中，我们对历史文学本质的思考，才可能既有效地以之为精神资源，又坚守自我而不致随波逐流。我们也需要对历史文学自身的优质与负值，对它在大众阅读范畴的热烈情状和时代文化前沿性探索的边沿位置，对它因青睐、认同民族既往的辉煌而几乎命定的文化保守主义倾向，因依托史料、学术化地专心钻研史料而常常伴随而生的生命感觉、艺术触觉粗放与钝化的特征，保持清醒的体察和自知之明。这样，我们才有可能对历史文学在文化转型期所特有的优势与作为，形成坚定的自我判断，从而寻找到自我深层的文化与文学的价值立足点。

我们应当更进一步思考的是，在我们这个时代，对于民族文化的转型，历史文学到底能够有何作用和影响。我们还是从创作事实出发，来分析这种作用和影响。首先从正面的事实来看，唐浩明的《曾国藩》之所以在海峡两岸均形成巨大的社会影响与思想冲击力，也许关键就在于它充分展示了在中华民族“三千年之一大变局”中，中国传统文化的主脉儒家文化实有的人格实践与人生经验。二月河的小说拥有巨大的发行量，根源大概也不仅仅是其对于宫廷隐秘所作的深入骨髓的透析与气象万千的传奇化描述，而在于它包蕴丰厚地揭示了中华民族往昔的一个王朝在趋于鼎盛状态时内在的艰辛、困苦与防不胜防的重重风险，以及那种辉煌与腐烂系于一线的生命情状。对于高阳历史小说与台港“新儒家”文化思潮的内在联系，已有不少研究者给予了真切的揭示。① 再从反面看，诸多“戏说”型的历史题材影视剧，我们可以批评它们虚假、肤浅乃至庸俗、瞎胡闹，但它们就是比同一类型的现实题材作品拥有更高的收视率，其中的关键可能也在于因其“古装”、因其具有一点历史的影子，而显示出某种“文化”味，某种生存样态的“经典”性、“典范”性，不像某些现实题材作品，总让人觉得其艺术图式只不过是大千世界某个角落中一些可说可不说的浮泛表象。

总的看来，同现实题材的作品相比，历史文学最大的优势与作为，也许是通过再现型的艺术描绘，深入开掘和重新认识我们民族的传统文化，展示中华民族特有的文化底蕴与历史信息，并努力开掘、提炼出其中独有的生存况味和人生经验。从民族文化发展的高度来看，不管中华民族的历史将如何发展、文化将转化为何种范型，现实的力量自然是有力的推动，异域的文化也会是新颖的体验与不可或缺的启示，传统则同样是国人彷徨四顾时的心理依托和选择时的参照、创造时的资源。

正因为如此，笔者认为，以对于中华民族文化底蕴及其人格化形态的再现型开掘为审美境界与文化价值的核心，也许是转型期中国历史文学明智而大有可为的选择。历史文学创作只要艺术地抓住了这个核心，在其他各个方面均无妨各行其是、各显神通。比如从价值立场的角度看，既可有《李自成》的意识形态色彩，也可有唐浩明作品的庙堂文化立场，凌力、刘斯奋的文人文化情味；在审美趣味方面，既可有二月河小说的传统民间文化智慧，也可有影视历史剧包括台湾高阳《胡雪岩》《慈禧太后》等作品的现代市民文化趣味②，等等。不管具体是哪种方向，只要达到极致，就都能形成一个相对的文学高峰。

---

① 晓帆：《首届“全国高阳学术研讨会”综述》，《华中师范大学学报》（哲学社会科学版）1997年第1期。

② 例如《胡雪岩全传》中商场加情场的故事模式，情场方面那种真诚与戏弄兼而有之的价值态度；《慈禧太后》中以私人的纠葛与恩怨解释历史演变的思想眼光，就是市民文化心态的鲜明体现。惜乎大陆研究者对其“俗”的一面的市民文化特征未有细致的探讨与分析。

与此相应地，研究者评价历史文学作品也应把握住这个核心，其他方面则研究对象能够精美无暇自然更好，有所缺陷亦应明其小而重其大，不必抓住某些枝节喋喋不休却不得要领。要言之，把握住这一总的创作与研究路向，历史文学的创作与研究庶几可以找准自我在中国社会转型期多元文化态势中的方位，从而获得更为雄健而蓬勃的发展。

第四节　吴秀明历史文学研究的学术开拓与学理境界

在20世纪80年代以来的文学创作中，历史文学是一个热点频频、成就辉煌的领域。从《李自成》《少年天子》《金瓯缺》《白门柳》《张居正》屡获“茅盾文学奖”，到唐浩明的《曾国藩》《杨度》《张之洞》和二月河的《康熙大帝》《雍正皇帝》、《乾隆皇帝》在海内外华人文化圈的巨大影响，再到新世纪洋洋500万言的《大秦帝国》的问世，皆可见历史文学在当代文学与文化领域中的巨大影响。但多年来的历史文学研究与评论，则始终呈现出严重滞后的状态，实际上属于当代文学研究的“冷门”“偏门”，创作之“热”与研究、评论之“冷”形成了巨大的反差。

历史文学研究之所以出现这种难以与创作相称的落寞状况，一方面由于学术界普遍存在着一种“喜新厌旧”“贵今贱古”的风气；另一方面，更为重要的原因则在于研究者个人学术选择中的“避难就易”心态。相对于当代文学研究的其他领域，历史文学研究与评论至少存在以下方面的特殊难度：首先，古今历史文学的理论基础都不够雄厚和系统，研究中存在着确立价值依据与评价标准的难度；其次，历史文学的厚重之作往往都篇幅巨大、卷帙浩繁，动辄“史诗规模”、多卷本、上百甚至几百万言，研究就意味着时间与精力的极大耗费；再次，历史文学的意蕴建构除了审美的元素之外，还必然涉及历史哲学、历史观念、历史理性、历史的道德基础、真实和虚构等众多需要从基础、本体论层面考辨的问题，研究中又存在着学养积累和思想视野方面的高要求；第四，因为历史与文化观念随时代变迁而不断更新，历史文学创作实践也随之不断演变，研究又存在着针对不断变化的创作新观念、新形态进行宏观驾驭和整体归纳的难度。

但综观中华民族历史与文化的发展，当代生活不过是几十年上百年的时间，传统的历史与文化却有几千年的积淀，二者之间从审美资源和价值底蕴的角度看存在着显而易见的差异。而且，在中华民族复兴的历史进程中，了解和探讨民族的历史与文化实为进行"创造性转换"必不可少的基础性工作。正因为如此，无论从文学还是文化的层面看，以开掘中华民族历史与文化资源为己任的当代历史文学及其理论研究，都应得到高度的关注与重视。

从这样一种文学发展、研究状况与时代文化需求相结合的背景下来理解，历史文学研究的意义就充分显示出来。浙江大学吴秀明教授从 20 世纪 80 年代初期开始即致力于历史文学研究，到 2010 年代才出现研究领域的完全转向。他积 30 年之功，以深厚的功力、丰硕的成果和广泛的影响，确立了作为历史文学研究学术"重镇"甚至"重心"的地位。因此，以吴秀明历史文学研究的学术建树与学理境界为中心，来探讨社会转型期历史文学研究的成就与思路，也就具有充分的理论与实践意义。

一

吴秀明历史文学研究最为显著和重要的特点，是同时展开了对历史文学本体的理论建构和对当代历史文学的审美考察。

从 20 世纪 80 年代开始，吴秀明 30 余年的历史文学研究可分为三个阶段。其一是 80 年代前期的历史小说新作评论阶段。吴秀明历史文学研究的两篇"成名之作"，即发表于 1981 年《文艺报》的《虚构应当尊重历史——历史小说真实性问题探讨》，和发表于《文学评论》1982 年第 2 期的《评近年来的历史小说创作》，就体现出重大理论问题探讨和重要创作现象考察同时进行、史论兼攻的研究倾向。但总的看来，他在 80 年代是以当代历史小说评论著称于文坛的。1987 年出版的历史小说评论集《在历史与小说之间》，就包括了对 80 年代初长篇历史小说创作热潮中 20 多部重要作品的评论。与此同时，吴秀明还独立编选了《中篇历史小说选》《短篇历史小说选》《历史小说评论选》等在当时相当全面和权威的当代历史文学作品集。其二是 80 年代后期到 90 年代前期的历史文学理论研究阶段。就在历史小说评论颇具“独步天下”之势的时候，吴秀明却进行了大幅度的学术“转身”。从 80 年代后期开始，他以近 10 年的时间沉入了对历史文学理论的研究，学术视野从中国当代历史文学扩大到了古今中外的整个历史文学，研究重心则从对创作实践的考察，转移到了对历史文学核心问题的发现和基本规律的探讨。在 1994、1995 年两年时间内，吴秀明相继出版了《文学中的历史世界》《历史的诗学》和《真实的构造》三部专著，展示了他具有历史文学理论体系建构特性的研究成果。其三是 21 世纪以来从当代文学整体视野出发的历史文学研究。虽然从 90 年代后期开始，吴秀明的学术研究重心转向了当代文学其他领域，并同样卓有成就、卓具影响，但他并未忘怀和“撤出”历史文学研究“这块比较熟悉的领域”①。相隔 10 余年之后，吴秀明的历史文学研究又在一种新的学术境界中成果迭出。既出版了从思想文化史高度探讨历史文学审美内涵的《中国当代长篇历史小说的文化阐释》，又主编了《当代历史文学生产体制和历史观研究》《中国当代历史文学的创造与重构》这样两部将梳理演变轨迹和探讨研究新视野融为一体的项目成果专著，还编选了以揭示中国历史元素在文本中的复杂呈现为目的、范围则涵盖古今中外的历史文学读本《文与历史》。

综观以上所述可见，吴秀明在 21 世纪的历史文学研究，实际上是对 80 年代历史小说评论的拓展、深化和“螺旋式上升”，二者在学术路径层面同属当

---

① 吴秀明：《中国当代长篇历史小说的文化阐释 · 后记》，文化艺术出版社 2007 年版，第 385 页。

代历史文学实践考察;他的另一条研究路径则是历史文学理论的建构。如果将这两方面分开来看,在当代文学专业范围选择历史文学创作领域,在文艺学专业范围选择历史文学理论领域,都不过是对某一学术领域的专门研究。但如果从当代学术体系对学科、专业的划分来看,这两个领域实际上分属中国现当代文学和文艺学两个不同的二级学科,其中存在很大的学术跨度。按照当今中国学术界的常规,学者们进行学术研究,基本上是在一个二级学科的某个专业方向范围内"圈定一块领地""挖一口深井"。当代文学专业领域的"十七年文学""文学制度""著名作家"之类的研究,就都是如此。另外也有不少学者的研究确实存在着"跨界"现象,比如从现代小说领域拓展到近代、古代小说领域,从"五四"文学与文化延伸到晚清文学与文化,或者从文学现象延伸到文化现象,等等。但其中所体现的,往往只是同一学术思路与方法的自然延伸和平移式运用。吴秀明的历史文学研究路径则是横跨了文艺学、现当代文学两个二级学科,其中存在着以史为主和以论为主的学术思路差别。很显然,这是一种非常规的研究路径选择。这种非常规学术路径所体现的,不仅是研究者的知识积累与学术视野,还包括吴秀明对历史文学研究状况的深层次认知,以及抓住研究领域的深层次核心问题进行根本性探索的学术追求。

中国的历史文学研究实际上是一个基础相当薄弱的学术领域。古代历史文学的创作倒是颇为强势,研究却基本处于依附具体作品进行"评点"的境界。现代文学史上,鲁迅、郁达夫、郭沫若等文学名家均涉足历史文学领域,并以少量的创作和零星而精辟的理论形成了巨大影响,但他们的创作均属"古为今用"一脉,理论阐述则既不系统、又不过是为了解释自己"古为今用"的创作而"自成一说"而已。新中国成立后,学术界在50年代初和60年代初进行了两次历史剧大讨论,并出现了茅盾《关于历史和历史剧》这样的代表性研究成果。但只要对茅盾论著中翔实到琐细程度的吴越史实考证略加辨析,我们即可见出作者立论的拘谨之态。以《李自成》为代表的一大批长篇历史小说的出现,才为20世纪中国文学史提供了超越鲁迅《故事新编》和郭沫若历史剧境界的历史文学实践范例,才使得历史文学研究具有了能够贯通古今与中外的创作现实基础。

当然,历史基础薄弱而现实条件优越,反而给历史文学研究提供了巨大的学术空间。但在这广大的空间中选择出能获得更大学术意义的研究对象,也是需要学术功力和思想眼光的。从文学发展全局来看,20世纪中国文学史实际上是现实题材的创作“雄霸天下”,在众多的文学史论著中,“历史文学创作”都不过是排在章节最后、予以补充介绍的内容而已,似乎极少参与文学史整体境界的建构。在这样的学术形势下,如何阐释历史文学创作的文学与时代意义,就成为历史文学研究一个根本性的问题。不解决好这个问题,历史文学创作就不过是一种“自说自话”“自生自灭”的文学生长形态,相应的研究也就很可能只是一种就事论事的阅读感想与创作资料堆砌而已。在历史文学内部,关键的问题则在于:历史文学与其他题材的创作到底是否应该存在差别?评价历史文学作品成败优劣的标准与依据到底应该是什么?对鲁迅、郭沫若式的和姚雪垠《李自成》式的、80年代“新历史小说”式的各类历史文学创作,能否形成一个整体性的评价视野和阐释平台?等等。这些问题的解决,都有赖于对历史文学本体进行根本性的理论思考。于是,如何在现代中国的时代文化环境中进行历史文学意义与价值的整体阐释,如何理解和把握历史文学的基本规律与规范,就成为了历史文学研究中分别处于基本理论和当代现实层面的核心问题。

吴秀明研究历史文学的学术路径,正是建立在解决这两个核心问题的基础之上,其研究形成学术跨度的原因也在于此。对于自己的学术选择,吴秀明具有高度的理性自觉。在《文学中的历史世界》一书中,他这样陈述自己进行历史文学理论探索的动因:“在进行了三四年之长的当代历史小说追踪性评论以后,从具体的作家作品出发,由此及彼,逐渐萌生了将历史文学当作一种独立的学科形态、系统整体地研究它的个性特征和基本理论的想法”,以期

“使自己以往的研究藉此能有一个新的质的提高”。① 从中可见，他确实是从解决历史文学的全局性问题出发，来选择学术研究的对象与目标的。正因为如此，吴秀明的研究最终所获得的，就不仅是一部或几部专著层面的成功，而且是在专业领域的研究中如何开掘出时代所隐含的学术可能性层面的成功。这种选择研究路径的方法和思路，对于从事各类专门领域研究的学者应当怎样发现问题、选择对象，才有可能使研究成功地抵达时代的学术前沿，无疑具有重要的启迪和示范意义。

二

在历史文学基本规律与规范的探索方面，吴秀明的研究显示出一种理论体系建构的特色，具体成果主要表现在《文学中的历史世界》《历史的诗学》和《真实的构造》三部专著中。

《文学中的历史世界》属于文学本位立场的理论体系建构。作者将历史文学界定为“以一定历史事实为基础加工创造的”“与一定史实具有异质同构联系的文学”②，以题材的自然属性与审美超越这种双重特性为出发点，展开了对历史文学本体的探索。作者首先以六章的篇幅，从真实性的内外在层次及其结合方式、历史感与现实感的关系及作家的自主调节功能、作家对历史题材进行艺术转化的特征与条件、创作方法的差异性和艺术表现的多元取向必然性等方面，论述了存在于历史文学创作中的基本理论问题，并对其读者接受和语言媒介层面的独特性进行了分析。然后，作者又深入探讨了历史文学当代实践中所表现出的各种重大理论问题，对于社会主义新型历史文学的独特内涵、历史文学的“翻案”与“影射”问题、历史文学的“现代化”问题等，都进行了史论结合的理论阐释与实践引导。最后，作者扼要地论述了“深入历史”这一历史文学作家独特的创作功力，并从历史文学产生与发展的高度，揭示了

① 吴秀明：《文学中的历史世界》，吉林教育出版社 1994 年版，第 345 页。
② 吴秀明：《文学中的历史世界》，吉林教育出版社 1994 年版，第 3、5 页。

历史文学作为文学大家族一员的认识论基础和实践依据。通观全书,作者所展示的实际上就是一部逻辑周密、规范初具的“历史文学原理”或“历史文学概论”。

《历史的诗学》实为《文学中的历史世界》的逻辑呼应和内容补充之作。该书分为“理论篇”“发展篇”和“实践篇”三个部分。其中“理论篇”从哲学的高度,阐述了“历史”转化为“历史文学”的诗学基础与诗化路径,“本体论”“创造论”“形式论”则是其中具体展开的三个侧面。这一部分实际上是以“历史”为本位,与《文学中的历史世界》第一至六章从文学本位角度论述历史文学的基本理论问题,形成了一种思维逻辑上的映衬与呼应。《历史的诗学》的“发展篇”与“实践篇”则分别从宏观和微观两个方面,表现出一种将自我理论建构贯彻到阐释中外历史文学实践之中、并得到验证与丰富的学术意图。这些内容又与《文学中的历史世界》中有关创作现实中的理论问题的探讨,形成了一种内容上的相互联系与补充。这样纵横交通的相互呼应,使得吴秀明的历史文学理论体系显示出视角多维、层次丰富、逻辑贯通的学术特征。

在《文学中的历史世界》和《历史的诗学》搭建起历史文学理论体系基本框架的基础上,吴秀明又以《真实的构造》一书着力探讨了“真实性”这一历史文学的核心问题与“斯克芬司之谜”。在上编“对历史文学真实论的系统考察”中,作者运用在20世纪80年代后期处于中国知识界学术前沿的系统论原理,从历史事实转化为艺术内容、作家主观能动性的发挥、古为今用的需要和读者的认同接受这样四个方面,将“真实性”的系统构成分化为“映象性真实”“主体性真实”“当代性真实”和“认同性真实”四个要素。对每一个真实性要素,则先用一章的篇幅以学术界惯有的理论术语和思维逻辑进行阐述,紧接着再用一章的内容以学界前沿的理论知识和作者本人独特的思辨逻辑进行论辩。全书共分成八章,交叉运用经典理论思维和前沿知识思维,将历史文学的“真实性”作为一个立体多维的系统进行了逐层剖析。下编“对历史文学真实论的专题研究”,分别探讨了艺术类型、虚构手段、审美关系、现代意识和形式规范对历史真实的艺术转化所可能起到的影响和制约作用,实际上是以"历史真实"为意义基点和逻辑枢纽,重构了历史文学的理论体系。上、下编之间,共同形成一种"整体系统分析和静态专题分析相结合"①的逻辑结构。

可以说,《文学中的历史世界》和《历史的诗学》是从不同侧面建构起了历史文学理论的基本框架,成功地勾勒出了历史文学作为一个领域或学科的"学术地图";《真实的构造》则是耸立于这块学术地盘核心位置的"地标性建筑",属于对历史文学最基本、最核心问题的系统化阐述。这三部著作合起来,就以点面结合的研究成果,层次丰富而体系相对完整地体现了吴秀明"将历史文学当作一种独特的学科形态"②来对待的宏大学术构想。

三

在当代中国的文化环境中阐释历史文学创作,存在两个基本问题,一是从当代文学的全局出发,应该如何判断和阐述历史文学在整个文学格局中的独特价值,二是在当代历史文学内部,应该如何理解不同审美和观念形态的作品。对前一方面的问题,吴秀明的专著《中国当代长篇历史小说的文化阐释》建构起了一条有理有据的阐释思路,对后一方面的问题,吴秀明则在他主编的《当代历史文学生产体制与历史观问题研究》和《中国当代历史文学的创造与重构》两部著作中,显示了一个能形成学术新空间、生发研究新论题的视野与框架。

《中国当代长篇历史小说的文化阐释》主要以采用传统现实主义方法创作的、古代历史题材的长篇小说为研究对象,其学术思路的基本特征,是将历史文学的意蕴探究与文化溯源融为一体。作者走出纯粹的"审美场",借鉴文化批评的理念,将历史小说置于一定的"文化场"中来解读,通过揭示文本的意识形态及其所隐藏的文化权力关系,视点高远地展现了当代历史文学的生

① 吴秀明:《真实的构造》,春风文艺出版社 1995 年版,第 198 页。

② 吴秀明:《文学中的历史世界·后记》,吉林教育出版社 1994 年版,第 345 页。

态特征与意义格局。作者首先勾勒了历史文学在文化转型语境中的演变轨迹与创作群体，并从文化立场、现代意识、题材热点、主体精神、文体形态和另类写作现象六个方面，系统地分析了历史文学的审美生态；然后，作者又以姚雪垠、凌力、唐浩明、刘斯奋、二月河、杨书案等历史文学名家的创作为代表，分别从思想立场层面的历史主义典型化、女性现实主义、历史守成主义倾向和审美境界层面的文化意味、大众化、散文化倾向等方面，探讨了历史文学审美境界建构的文化路径及其价值底蕴。贯穿于全书的基本线索，则是对当代历史文学现代性内涵的丰富发掘与充分肯定。这种从思想文化高度、以现代性为线索审视历史文学创作的逻辑思路，既隐含着对当代历史文学内涵特征的深刻认知，也是对历史文学在整个当代文学格局中的意义和分量予以学术强化的具体表现，其中鲜明地体现出一种以当代文学全局为本位来探讨和判断历史文学价值的学术逻辑。

《当代历史文学生产体制与历史观研究》和《中国当代历史文学的创造与重构》最为重要的主编思路，则是从当代文化整体格局的高度着眼，来体察各类历史题材创作的合理性、建构学术考察的视野与框架。“在中国当代文学中，客观上存在古代历史题材和现代革命历史题材两类社会背景、价值基础都截然不同的创作。而且不管是古代还是现代历史题材，在史实‘演义’的基础上，都带有思潮性质地出现了纯虚构形态的‘新历史文学’。而影像和网络的出现，更给文学创作提供了包含着审美与文化新质的新型内容载体。”①于是，这两部学术著作也就将其全部纳入学术考察的范围，并以“历史题材创作”名之，以期“在更大的视野范围内对当代文学尤其是近30年来客观存在的多元复杂的历史题材创作作出回应”②。在《当代历史文学生产体制与历史观研

① 吴秀明、刘起林主编：《中国当代历史文学的创造与重构》，北京师范大学出版社2014年版，第252页。

② 吴秀明主编：《当代历史文学生产体制和历史观问题研究》，中国社会科学出版社2011年版，第3页。

究》一书中,研究者致力于“对当代历史文学的生产体制、在该体制下派生的创作实践及表现形态,存在于创作实践中的历史观问题进行全面考察”①。《中国当代历史文学的创造与重构》一书可分为两个部分,前半部分首先从文艺论争中探讨当代“历史题材写作规范的确立”,然后勾勒了传统形态历史小说、新历史小说和革命历史小说的发展概况,剖析了其中的认知境界特征与世俗化、史诗化等审美文化倾向;后半部分则通过对历史文学经典作品的文本解读,具体阐述了当代历史文学的审美建构与文学成就。相对于仅仅着眼于传统形态创作的历史文学研究,这两部著作的学术视野既有对历史文学研究框架与学术外延的拓展,又体现出一种排除历史与文学观念高下之分、以“历史”为本位的思想逻辑与文化气概,对于在相互比较中理解各类历史题材的复杂情形与审美得失,具有不可低估的意义。

吴秀明对当代历史文学从两个基本方面所展开的学术考辨,实际上是从学理化的层面,既为将历史文学纳入当代文学意义格局“开辟了一条道”,又为全方位地审视当代文化格局中历史文学的复杂情形“打开了一扇门”,其中所体现的,确实是一片“将文化研究和文学研究有机融合起来”的、“学术研究的新天地”。②

四

总体看来,吴秀明历史文学研究的学术思维与学理境界,体现出以下几个方面的重要特征。

首先,在思想视野和学术重心的选择方面,吴秀明的研究表现出一种全局性视野与问题意识相结合的特征。吴秀明将“历史文学”界定为与历史具有

① 吴秀明主编:《当代历史文学生产体制和历史观问题研究》,中国社会科学出版社 2011 年版,第 5、7 页。

② 吴秀明、刘起林主编:《中国当代历史文学的创造与重构》,北京师范大学出版社 2014 年版,第 252 页。

“异质同构”关系的一种文学艺术形态，并以此作为全部研究的逻辑起点，这本身就是建立在对历史世界与文学世界全面而透彻地理解的基础之上。他建构历史文学理论体系的基本框架、探讨历史文学理论范畴的核心问题，研究课题的选择也是基于对历史文学创作与研究状况的全局性把握。在选择和分析各种具体论题的过程中，吴秀明同样表现出一种以谙熟现实状况为基础的问题意识。论述社会主义新型历史文学时，吴秀明着重分析了人民群众描写与历史记载中民众生活内容匮乏之间的矛盾；分析历史文学的语言时，他又对“非常态历史文学”的语言媒介特征进行了专门考察，这些都是发现和剖析历史文学“真问题”所获得的独特学术内容。吴秀明还特别注意“找到了‘根据地’之后如何防止它所带来的负面效应、实现理性的超越”①，这实际上也是一个在深入探讨具体论题的过程中如何继续保持全局性视野的问题。正是立足于全局性视野的问题意识，为吴秀明研究的学术分量与学科意义奠定了坚实的基础。

其次，在学术资源和理论依据的寻找方面，吴秀明的研究表现出一种知识体系前沿性与人文意识真切性相结合的特征。吴秀明进行历史文学理论研究正值20世纪80年代中后期“观念论”“方法论”风起云涌的年代，他“在操持传统的社会学、美学、哲学、史学批评方法的同时，也广泛地借鉴了心理学、文化学、符号学、结构主义、发生认识论、阐释学、接受美学、系统论等文艺学方面的研究成果”②，来作为论证的逻辑和体系的基础，从而充分表现出跨学科的知识视野和多角度的思维逻辑。但饶有意味的是，吴秀明也高度重视文学作为人类精神生命形态的人文性、创造性特征。当代历史文学研究本就以审美创造为研究对象，关注文本的人文内涵和作家的创造性特征自在情理之中。在历史文学理论研究的过程中，吴秀明也时时表现出对文学作为人类生命形

① 吴秀明：《在历史与小说之间徜徉——我的历史小说研究》，《中国社会科学报》2010年4月15日。

② 吴秀明：《真实的构造》，春风文艺出版社1995年版，第418页。

式的高度敏感。在《历史的诗学》一书中，吴秀明对历史文学审美创造的逻辑归结点，就是“艺术创造与作家的人格理想”；而对历史文学审美形式的辨析，作者也将“文体形式与生命形式的构造”联系起来进行思考。真切地揭示出学术问题中所包含的人文意味，并以之为阐释规律和指导实践的本源性依据，使得吴秀明的研究增添了哲学层面本体论的思想维度。

再次，在学术内涵与意义指向的探求方面，吴秀明的研究表现出规律论与方法论、理论体系建构与实践指导诉求的统一。建构历史文学理论体系、探究历史文学规律与规范的学术意图，在吴秀明的相关论著中显而易见。他同时又认为：“学术研究当然不能太功利，对‘有用’作片面狭隘的理解，但它确实也有个价值论和当代性的问题”，因而注重“所提出的问题，来自实践而又反作用于实践”，“对中国文学文化建设是有现实意义的”。① 于是，他既坚持用前沿学术理论来推演历史文学个性、探究历史文学规律，又注重将研究思路切入历史文学的内在肌理与操作规程之中，甚至注重为创作与批评提供切实可行的运作套路。《真实的构造》一书的前四章，分别存在以“超历史性的深层规约”“文艺创作对历史事实的正确取向”“主体自我显现的方式与途径”“前在经验对创造心理的影响”为标题的小节，实践指导意义在其中就显得一目了然。即使是史论色彩相当明显的《中国当代长篇历史小说的文化阐释》，作者也以结语“期待新的突破”来表达指导历史文学未来实践的强烈意向。阅读吴秀明的历史文学理论论著，我们甚至会产生历史文学可以当作一门“技艺”来看待的感受，作者仿佛是通过各种角度的“讲道理”在告诉我们，在历史文学这门“技艺”中，为什么要使用这样的工具、采用这样的方法，而反对和拒绝另外的工具、技艺与方法。这种以人文感悟和规律掌握为基础的实践操作规范意识，使得吴秀明的研究有力地避免了人文学术常有的空疏、大而化之的思维倾向。

---

① 吴秀明：《在历史与小说之间徜徉——我的历史小说研究》，《中国社会科学报》2010 年 4 月 15 日。

第四,在学理境界与学术价值基点的自我确立方面,吴秀明的研究则表现出多元合理性吸纳与“公认定说”追求相统一的特征。吴秀明在具体问题的研究上,特别注重以跨学科的理论与知识来建构意义逻辑,在学术上“自成一说”;在学术框架的建构和论述重点的选择方面,他往往以既在历史文学研究领域显得核心和重要、又在他自己的学术思路中自成体系为原则;在基本判断和最终结论层面,吴秀明则以不管“时宜”而遵循“规律”、深刻性与稳健性兼而有之为主要特征。这些特征归结为一句话就是:以处于学术前沿的新理论和新思维,来阐释本质、精确的历史文学审美规律与创作规范。一种建构“公认定说”的学术价值倾向,就从中鲜明地体现出来。所谓“公认定说”,是吴秀明借用老一辈学者王瑶先生的话对自我学术理想所作的表达。他在《文学中的历史世界》一书的《后记》中谈道:“王瑶先生曾有言:学术研究有三个层次、三种境界:一曰‘公认定说’,这是应当奋斗的方向;二曰‘自成一说’,这是努力实现的目标;三曰‘自圆其说’,这是必须达到的标准。至于‘人云亦云’,则是应该极力避免的不好的作法。”①吴秀明所追求的,正是力争使学术研究中的“自成一说”成为相关研究领域的“公认定说”。

在当今中国文化多元化的时代语境中,表面上看往往是“此亦一是非,彼亦一是非”,寻求和持守“公认定说”并非容易之事。但吴秀明坚持将“公认定说”境界的追求与吸纳多元价值取向的合理性紧密结合起来,这样,他的“公认定说”境界就建立在了视野通达、意义兼容的基础之上。在《真实的构造》“对历史文学真实论的专题研究”部分,吴秀明分析“《故事新编》在真实类型上的拓新意义”、思考“如何看待艺术虚构中的非现实因素”、探讨“中西不同真实观之间的民族性渊源”,都是为了视野更开阔地揭示“四维一体”的历史文学真实系统与各种艺术表现形态之间的复杂关系,思路更通达地阐述历史文学真实与历史真实之间“异质同构”特征的辩证性与内涵丰富性。实际上,

① 吴秀明:《文学中的历史世界》,吉林教育出版社 1994 年版,第 346 页。

吴秀明30余年间建立历史文学研究的学术“根据地”而又超越这一“根据地”从事其他领域研究的事实本身,又何尝不是一种更大范围内的探讨、持守与反思、超越呢?这种将多元合理性吸纳与“公认定说”追求相统一的学理境界,显示出一种既实事求是、坚持真理而又不断探索新的事实、发现新的真理的思想道路,是相对真理与绝对真理相统一的哲学原则在学术研究中的具体体现。吴秀明历史文学研究理论基础的深刻性与合理性,即由此充分体现出来。

第三章　执政文化与王朝历史叙事的“盛世情结”

第一节　“盛世情结”的民族心理积淀与审美意识生成

“盛世”的本义是对中国封建王朝盛衰、治乱过程中一种社会状态的历史学概括，可引申为对“国家从大乱走向大治，在较长时间内保持繁荣和稳定的一个时期”①的价值指认。20 世纪 90 年代中后期以来，“盛世叙事”“盛世情结”等提法在历史题材影视剧领域变得甚为流行。实际上，以历史学判断的“盛世”为题材的“盛世叙事”类作品并不多见，历史文学作品所显示的，主要是一种“盛世”“乱世”“末世”的审美思维视角和开国治国、开创“盛世”的执政文化立场。正是以执政文化的视角和立场为基础，构成了当代历史文学创作中有别于“农民革命”立场的“盛世情结”。

一

在新中国十七年时期，对应于现代中国的阶级斗争思维和人民革命的时

① 戴逸：《盛世的沉沦——戴逸谈康雍乾历史》，《中华读书报》2002 年 3 月 20 日。

代特征,反映王朝“乱世”“末世”状态的历史文学作品成为创作的主流。电影《宋景诗》、长篇小说《李自成》以歌颂农民起义英雄为己任,电影《林则徐》《甲午风云》等表现内忧外患的末世状态中民族英雄的情操与品格,作品普遍表现出一种批判性的革命文化立场,自然缺乏“盛世情结”的精神意蕴。但不少现代文学史上即名满天下的老作家,却应和新中国的开国气象,表现出关注开元治世、呼唤升平“盛世”的创作心态。郭沫若的话剧《蔡文姬》和《武则天》,就浓墨重彩地歌颂“了不起的历史人物”①开创新时代的“政治才干”“文治武功”及其所向无敌、“天下归心”的人格魅力。曹禺的《胆剑篇》注目于弱小国家同心同德、卧薪尝胆、奋发图强,从而战胜强敌、开创伟业的精神。田汉的《文成公主》,则表现了唐蕃团结、民族亲好的盛世期待。在小说领域,陈翔鹤的短篇小说《陶渊明写〈挽歌〉》《广陵散》和黄秋耘的《杜子美还乡》《鲁亮侪摘印》等,着意抒发“盛世遗才”的落寞、挑剔、愤激与自矜,“盛世”思维的审美视野和精神路线实际上曲折地隐含其中。这种种审美表现堪称是历史文学“盛世情结”的滥觞。

20世纪80年代初,历史文学作家们的关注焦点集中在农民起义和农民战争题材,相关作品一时蔚为壮观。除此之外,还有徐兴业的《金瓯缺》、冯骥才与李定兴合著的《义和拳》和《神灯》、鲍昌的《庚子风云》等抗御外侮题材作品,任光椿的《戊戌喋血记》、周熙的《一百零三天》等戊戌变法题材作品。这些作品主要表现中国封建王朝“末世”“乱世”的各种社会抗争及其失败,贯穿其中的是对历史教训的总结,“盛世”向往之情则相对匮乏。

20世纪80年代中期以后,随着整个社会转入以经济为中心的现代化建设轨道,阶级斗争的历史哲学风光不再,农民起义题材逐渐淡出历史文学创作。凌力的《少年天子》、唐浩明的《曾国藩》、二月河的《康熙大帝》和《雍正皇帝》等力作巨制,都将审美重心转移到了对帝王将相形象和王朝盛衰历史

① 郭沫若:《蔡文姬·序》,文物出版社1959年版。

的思考上来。从长篇小说到电影、电视剧,这类题材的作品大量涌现、全面“开花”,而且大多篇幅浩繁,以多卷本小说或长篇电视连续剧的形式出现,显示出一种史诗的风范与气势。作者往往以中国历史上的主流文化为认知基础,以国家“治乱”“盛衰”为思维视野,力图正面解读民族历史的辉煌往事与执政文化。无论是直接描述王朝盛世历史的辉煌气象与坎坷进程,还是描述末世、乱世图景,创作主体都表现出“盛世追求”的思想倾向。于是,一种关于中华民族历史发展的“盛世情结”,就以成熟的审美形态表现出来,成为长久持续的文学创作热点和社会关注焦点。

二

“盛世情结”是一种渊源久远、积淀深厚的民族文化心理,在历史文学创作中成为关注焦点则又有深刻的时代动因。

在荣格心理学的范畴中,“情结”主要是指由社会的、人为的原因所造成的创伤性体验及其心理积淀。这种体验和积淀往往构成一种“典型情境”,作为经验“由于不断重复而被深深地镂刻在我们的心理结构之中”①,生成种种“原型”,从而成为“联想的凝聚”。“就像磁石一样,这种情绪具有巨大的引力,它从无意识、从那个我们一无所知的黑暗王国吸取内容;它也从外部世界吸取各种印象,当这些印象进入自我并与自我发生联系,它们就成为意识”②,从而形成精神心理的兴奋点和思维的定势;而且,它还构成一种价值预设,一种“观念的天赋可能性。这种可能甚至限制了最大胆的幻想,它把我们的幻想活动保持在一定的范围内”③。一旦进入审美活动,围绕“情结”形成的精神兴奋点和审美思维定势,就自然而然地表现出来。当代历史文学的“盛世

① [瑞士]荣格:《荣格文集》卷9,第48页。转引自《荣格心理学入门》,生活·读书·新知三联书店1987年版,第44—45页。

② [瑞士]荣格:《分析心理学》,罗志野译,上海译文出版社1992年版,第7页。

③ [瑞士]荣格:《论分析心理学与诗歌的关系》,《荣格文集》,冯川译,改革出版社1997年版,第225页。

情结”，正是这样一种民族记忆及其心理情感的积淀与转化。

中国历史上的“盛世”境界乃是中华民族历朝历代的追求和梦想，这个追求与梦想经过长久的积淀，已经成为一种民族心理与情感体验的“原型”和“典型情境”。近现代中国以来，中华民族所遭受的坎坷命运、奋斗历程和一百多年殷切期待而始终难以实现的创伤性体验，则深化和强化了这种对民族盛世状态的诉求，以致凝结成了集体无意识心理的“痛点”与“情结”。中华人民共和国成立及其清新明朗的开国气象，使中国作家和广大民众自然萌发出“时间开始了”、升平盛世即将来临的心理预期，社会主义建设“大跃进”的社会氛围，更将这种心理感受推向了一个新的高度。所以，在20世纪50年代末的经济困难时期，历史文学“盛世开创”“颂歌”的创作倾向反而强势登场，出现了《蔡文姬》《胆剑篇》之类的作品。但由于指导思想失误等诸多复杂的因素，社会主义建设历经坎坷与挫折，以至在拨乱反正、痛定思痛时期，历史文学作家们只忙于抒发愤懑、总结教训，民族的盛世境界还难以预期，也来不及被向往和憧憬，“盛世情结”被暂时搁置起来。80年代中期以后，中国的改革开放、建设发展的状态逐渐丰富而充分地展开，中华民族的振兴又显示出切切实实的可能性。民族复兴历史进程的触发，使人们对于“盛世中国”的期盼再度迸发出来，于是，对中华民族盛世历史的眷恋与反顾，对民族“盛世”这种“典型情境”的领悟与传达，就在历史文学创作中构成了“联想的凝聚”、思维的定势和价值的预设，形成了“盛世情结”的集中爆发和全面表现。

历史文学的“盛世情结”叙事形成热潮，还存在着以执政文化背景为基础的深刻的现实动因。

首先，当今中国的国家文化出现了由革命文化向执政文化的转变，国家的治理和建设取得了举世瞩目的巨大成就，民族复兴、“盛世”来临的美好前景显得可望可期，于是，回顾和讴歌民族历史上的“盛世”来作为时代现实的映衬和参照，就成为各方面均能认同和欢迎的文化行为。

其次，当今中国由于社会与文化的深刻转型，又处在一个问题复杂、矛盾尖锐、弊端丛生的历史状态，当公众对各种现实弊端心怀愤懑而又不便言说和缺乏应对之策时，以托古鉴今的方式，借类似历史图景的重构来形成一种替代性的宣泄与满足，就成为顺理成章的事情。“盛世情结”叙事对传统“盛世”内在复杂性的揭示，也由此获得了广泛的接受空间。

再次，改革开放的全面展开和全球化时代的来临，也加深了民族自我体认的精神需求。中国作为发展中国家，要学习先进国家、全面融入全球化的人类历史文化状态，就必须在新的起点上重新理解和认识民族的自我特征，以此为基础形成自己的文明理念。只有这样，学习、融入和超越才有可能沿着正确、快捷的路径进行。而全球化时代的西方话语霸权，往往会压抑或掩盖发展中国家及其人民的真实处境，偷换乃至取消他们面临的真实问题。在两方面问题相交织的情况下，聚焦中华民族自身历史的盛世，自然能为加强民族自我认同、增强对话语霸权的有效抵抗，提供可靠的精神资源。

近现代中国的“盛世情结”堪称一种“因痛苦而追寻而探求而行动而激扬而积极运转”的“积极的痛苦”，这种“积极的痛苦”能够凝聚并表达出来的基础和触发点，则是中国政治情势由革命文化向执政文化、建设文化转换的客观现实。诸多时代文化的深厚基础和有力铺垫，使得历史文学创作的“盛世情结”，达成了由心理积淀向理性自觉的转化。“盛世情结”类历史文学的创作，则是全社会“盛世情结”的艺术反映和审美实现。从《少年天子》呼唤体制改革、文明进化以使国家走向强盛，到二月河的“落霞”系列作品探讨盛世形成的波澜壮阔历程、《曾国藩》反思国家中兴的复杂与艰难，直到《大秦帝国》等全面展开“赳赳老秦”在大争之世如何走向强盛的史诗性画卷，历史文学的“盛世情结”叙事就随时势发展而一步步走向高潮，终于蔚为壮观。这些作品所表现的民族盛世的辉煌景观、王朝变革的历史画卷、盛世的来龙去脉与规律得失，以及由此显示的民族文化的正负面特征、对于建设文化和执政文化的历史反思，既使民族文化心理“积极的痛苦”得到了“仅仅从现实生活中不可能全部得到的满足”①,又使时代的认知需求获得了可雅俗共赏的文化资源,还使现实社会的发展进程获得了思想文化层面的具体参照。

三

历史文学作家热衷于理解和传达近现代中国社会文化心理的“盛世情结”,关键原因则在于,创作主体普遍存在着一种依托民族历史及其主流文化,来感悟和映衬当代中国历史情势的“代言人”意识。

在中华民族文化的基本框架与原则确立之后,中国的文学与文化创造就一直强调一种“载道”“代言”的传统,即所谓“代圣贤立言”,做“圣贤”思想的代言人。现代中国的思想文化和文学创作,也存在具体内涵已发生巨大改变的“代言”与“立言”两种精神立场。“立言”者往往以西方的思想文化理论为基础,挑战和反抗中国的传统文化与主流意识形态,建构其个体的“现代意识”与生命感悟;“代言”者则以当今时代和民族历史的主流文化作为认识客观世界的价值立场和情感基础。历史文学“盛世情结”所体现的,属于后一种精神文化立场。

具体说来,十七年文学时期的创作者所体现的,主要是“当代政治意识形态代言人”的精神姿态。郭沫若的《蔡文姬》、田汉的《关汉卿》、曹禺的《胆剑篇》,都明显地表现出将当代政治文化视野和时代价值取向附着于历史人物与事件、迎合“时代精神”的“代言”性审美倾向。《蔡文姬》对曹操的“翻案”,就与毛泽东类似的历史兴趣和对相关历史问题的观点密不可分,曹操形象也有明显的“理想化”“现代化”色彩。《胆剑篇》将过多的优点集中于苦成的身上,力图使他成为人民群众智慧、胆略和力量的化身,目的也在于体现人民群众是创造历史的英雄的思想观点。《关汉卿》依据极少的历史资料,驰骋浪漫主义的想象进行创作,本身无可厚非,但作品中阶级斗争、民族矛盾的情节框

① 王蒙:《文学三元》,《王蒙学术文化随笔》,中国青年出版社 1996 年版,第 192—193 页。

架，正面主人公充满战斗激情、与人民同呼吸共命运的形象定位，显然是当代阶级斗争观念的艺术化。20 世纪 90 年代后“盛世情结”叙事的主体精神站位，则体现出从当代主流意识形态立场向中国传统的国家文化立场和主流历史观转换、挪移的倾向。作家们力图摒弃阶级分析观念的遮蔽，从历史文化事实出发，客观地、全方位地还原历史真相，这相对于当代政治文化当属“立言”姿态。从中国传统文化的角度看，虽然其中也蕴涵着某些超越性、现代性的历史认知与生命体验，但从根本上则是依托中国传统史官文化的价值与思路，“传统主流文化代言者”的精神姿态也就明显表现出来。唐浩明的《曾国藩》和《张之洞》着重表现王朝衰变期儒家文化造就的功名追求者建功立业的悲苦与崇高，《杨度》以高度的认同姿态，描述政治文化和意识形态的风云变幻中，传统文化造就的时势弄潮儿生命价值的沉浮，体现的都是这样一种传统庙堂文化的立场。

从中国审美文化视野看，这种“代言人”姿态实际上是对中国文学创作“雅”“颂”传统的继承。

中国文学的开山之作《诗经》建构了“风、雅、颂”的审美传统。《毛诗序》云：“以一国之事，系一人之本，谓之风；言天下之事，形四方之风，谓之雅。雅者，正也，言王政之所由废兴也。政有小大，故有小雅焉，有大雅焉。颂者，美盛德之形容，以其成功告于神明者也。”郑玄注释《周礼》则指出：“雅，正也，言今之正者以为后世法。”近人钱穆《读诗经》从时代变迁角度来对其加以阐述：“窃谓诗之正变，若就诗体言，则美者其正而刺者其变，……诗之先起，本为颂美先德，故美者诗之正也。及其后，时移世易，诗之所为作者变，而刺多于颂，故曰诗之变。”①当代历史文学创作的“盛世情结”，正是“雅、颂”审美原则的精神传承。

遵循这种审美原则已经成为许多历史文学作家的思想自觉。熊召政谈到

---

① 钱穆：《读诗经》，《中国学术思想史论丛》（一），台湾东大图书有限公司 1976 年版，第 120 页。

《张居正》的创作时说:“我写作这本书的目的不是跟着市场走,而是出于我的强烈的忧患意识。”①唐浩明甚至把历史人物的事业和自我的人生追求融为了一体:“我在自己四十岁写曾国藩的时候,有一种强烈的建功立业的抱负和心态,所以写曾国藩写得酣畅淋漓。”②甚至连新中国成立初期受到严厉批判的电影《武训传》,当时继续摄制的动因也在于,主人公是劳动人民“文化翻身的一面旗帜”③、有助于“迎接文化建设的高潮”④。这诸多表述之中,一种或者“美盛德之形容”,或者“言王政之所由兴废”“以为后世法”的精神姿态就表露无遗。

创作实际情况也是这样。郭沫若的《蔡文姬》和《武则天》大力渲染天下初定、生机蓬勃的氛围,讴歌主人公开创新时代的“文治武功”和新时代“天下归心”、歌舞升平的“太平景象”,目的就是要与新中国的时代气象相映衬,从而“美盛德之形容”。二月河的《康熙大帝》《雍正皇帝》和《乾隆皇帝》紧紧围绕帝王主人公,表现他们的政治活动及其文化、心理基础,叙事策略已接近“国家神话”的性质,甚至显示出一种代帝王言的叙事效果,目的也在于既能“美盛德之形容”,又能“言王政之所由兴废”。唐浩明的《张之洞》择取中国在民族患难中从传统向现代艰难转型历程的枢纽型、代表性人物,表现他们为民族历史进程的劳心劳力和崇高人格,根本意图同样是“以为后世法”。一种“颂”或“大雅正声”的审美品格,在他们的作品中都相当鲜明地显示出来。

不过,在新中国十七年时期和20世纪90年代之间,历史文学的“雅、颂”审美精神又有着内在的差异。十七年时期历史文学创作的“盛世”呼唤,主要是一种对革命成功、政权在握的欢呼和历史转型开创新世界的展

① 周百义、熊召政:《关于历史小说〈张居正〉的对话》,《出版科学》2002年第2期。

② 夏义生、唐浩明:《在历史与现实之间——唐浩明访谈录》,《理论与创作》2003年第6期。

③ 董渭川:《由教育观点评〈武训传〉》,《光明日报》1951年2月28日。

④ 孙瑜:《编导〈武训传〉记》,《光明日报》1951年2月28日。

望，更多“美盛德之形容”的“颂”的特色。90 年代以来的“盛世情结”类叙事，则更多“言王政之所由废兴也”“言今之正者以为后世法”的“大雅正声”特色。这种因“时移世易”而“刺多于颂”的审美倾向，实际上是共和国自身所经历的复杂坎坷的历史进程在文学艺术领域的反映与表现。正因为如此，十七年时期的历史文学作品往往洋溢着新中国成立初期乐观、刚健、明朗的气息，90 年代历史文学“盛世情结”的审美表现，就不仅仅是“盛世叙事”，还包括对国家盛衰、强弱等不同历史时期的描述与思考，而且不管哪类题材，文本的审美境界都充满了对执政的艰难与复杂、盛世的庄严与崇高的深刻品味。从《曾国藩》到《张居正》、从《少年天子》到《雍正皇帝》，或情节或理念层面普遍存在的悲剧性结尾，就是“刺多于颂”的审美精神在一个细部的具体表现。

“盛世情结”叙事以“雅”“颂”的审美精神，正面表现国家强弱、兴衰的客观情势，着重剖析和赞颂在既定历史条件下执政的帝王将相等杰出人物的丰富性格、复杂命运和价值状态，并努力揭示其中的历史文化内在机缘和演变特征，这就使创作主体文化代言者的精神站位得到了具体的落实。

四

创作主体的“雅、颂”意识与民族文化心理的“盛世”诉求有效地对接，则是历史文学“盛世情结”叙事产生强烈创作激情和巨大社会影响的根本原因。

很多历史文学作家都注重自我创作与时代氛围的对接。新中国初期的历史文学创作强调“翻案”“古为今用”意识，甚至过度强化“今”，导致了《新天河配》《新牛郎织女》等庸俗化的创作倾向。20 世纪 90 年代以来的历史文学“盛世情结”叙事也有这种自觉的对接意识。唐浩明就是如此：“我选择的人物都是中国近代史人物，我不想选择那么久远的年代，那样共振共鸣会差一些；我选择的历史背景和我们现在的历史背景也有某些相近——‘洋务运动’

本身也是试图使中国与世界接轨，其中心目的是富国富民，与当今的改革开放也有类似之处。”①刘和平谈电视剧《雍正王朝》的改编时表示：“把历史题材当现代题材写，把现代题材当历史题材写，这可以说已经成为我的一个创作原则”，他希望“现代人看这部戏能感觉到强烈的现实感，但又谁也不能说它不是历史剧，即是发生在那个历史背景下的人和事”。② 胡玫导演《雍正皇帝》和《汉武大帝》时，甚至对于与时代精神需求进行“对接”的细微之处，都把握得相当准确：“当年的‘雍正’只是对于强者力量的呼唤，对秩序和盛世的企盼，而今天的‘汉武大帝’，则直接展现强者的力量和盛世现实。我们以此来呼唤现代中国的崛起和民族的复兴。”③

但总体看来，在以执政文化为本位、以民族复兴为奋斗目标的历史时期，历史题材“盛世情结”叙事正面解读民族历史的辉煌时代、“盛世图景”，并以此为基础传达民族文化心理的“盛世向往”，构成对现实的参照和映衬，无论从社会还是文化层面看，都具有充分的合理性与必然性。

第二节　王朝史“盛世情结”叙事的题材类型与文化发掘

一

历史文学的“盛世情结”叙事，大致可分为以下几种题材类型。

（一）以盛世主宰者为叙事核心，全面展开封建王朝的某个辉煌、鼎盛时期，正面描写其改革和兴盛、繁荣与富强的复杂历史过程。这类作品的代表作

---

① 程文平：《〈曾国藩〉作者唐浩明透露封笔意向》，《解放日报》2001年9月2日。

② 阎玉清：《〈雍正王朝〉编剧刘和平访谈录》，《中国电视》1999年第11期。

③ 马智：《胡玫：我在呼唤一种盛世情怀》，《大众电影》2005年第19期。

当属二月河反映“康乾盛世”的“落霞”系列长篇小说《康熙大帝》《雍正皇帝》《乾隆皇帝》和孙皓辉的《大秦帝国》。二月河系列作品的创作开始于 1985 年而延续到 1999 年,在 20 世纪 90 年代中后期形成了一股“二月河热”。改编后的电视连续剧将着眼点由“皇帝”转为“帝国”,体现出更为自觉的“盛世叙事”意识。《雍正王朝》在中央电视台一套热播的最高收视率达到 16. 71%,在台湾卫视中文台创下连续 6 次重播的纪录,在香港亚视台播出时,亚视多年来第一次收视率与无线台持平;《康熙王朝》在中央电视台八套播出的最高收视率为 16. 1%,在台湾一播出就打破了此前大陆电视剧的最高收视纪录;《乾隆皇帝》也在各省级主要电视台的晚间黄金时间陆续播出。小说和电视剧相互呼应、推波助澜,以社会层面巨大而广泛的影响,使历史文学的“盛世叙事”达到了高潮。孙皓辉皇皇五大卷的《大秦帝国》,则以辽阔的历史画卷、丰富的人物形象和对中华文化之根的深刻挖掘,在新世纪文坛令人刮目相看。此外,长篇电视连续剧《汉武大帝》《贞观长歌》《贞观之治》《成吉思汗》《秦始皇》,电影《英雄》,以及刘恩铭的《努尔哈赤传奇》等长篇小说,也都引起了巨大反响。

(二)以某位历史上著名的改革、变法人物为主人公,着力描写其开创盛世、中兴王朝的变革过程,探究盛世形成的基础、条件和前因后果。十七年时期表现开国气象的《蔡文姬》《武则天》《胆剑篇》《文成公主》等话剧作品,就属于这一类。新时期以来的相关代表性作品,则有凌力“百年辉煌”系列的《少年天子》《暮鼓晨钟》,熊召政的《张居正》和颜廷瑞的《汴京风骚》等。《暮鼓晨钟》和《少年天子》以历史进程、文明样态契合美好人情人性为盛世形成条件的思想路线,《张居正》对权谋合理性及相关体制所依据的民族文化血缘根基的体认,颜廷瑞的《庄妃》和《汴京风骚》对于专制文化氛围扭曲高尚人格的慨叹,实际上都是在深刻思考民族腾飞、盛世来临的艰难与复杂。这些作品题旨深邃、内蕴厚重而艺术精湛,在文学界内部获得了较为一致的高度评价。《少年天子》和《张居正》均获得长篇小说“茅盾文学奖”,《汴京风骚》也名列首届“姚雪垠长篇历史小说奖”。

(三)作品本身描写封建王朝的乱世或末世,作家却以力图挽救危局、中兴王朝的历史人物为主人公,并对其表现出高度认同和赞赏的价值倾向,体现出一种对民族振兴、国家强盛的向往和对传统“升平盛世”的强烈认同感。代表性作品有唐浩明的《曾国藩》《杨度》《张之洞》,电影《鸦片战争》,电视连续剧《走向共和》等。《曾国藩》和《张之洞》描述的都是中国封建王朝末世的朝廷重臣,他们费尽心力创建的辉煌功业最后都化为乌有,曾国藩为自己“吏治和自强之梦的破灭”痛苦不已,张之洞临终前慨叹“一生的心血都白费了”。作者对这些历史人物始终不渝地追求王朝振兴、国家强盛的文化人格,表现出高度认同和赞赏的态度,对他们在变幻莫测的历史洪流中为建功立业真诚、悲苦却迭遭误解的生命形态,表现出深切的体谅与同情,从中真切地表现出向往和追求民族“盛世”的精神立场。此外,长篇小说《林则徐》,电视连续剧《台湾巡抚刘铭传》《施琅大将军》,电影《鸦片战争》等同类题材作品,都鲜明地体现出追求“盛世”而难得的审美慨叹意味,一种基于创伤和隐痛的民族发展“盛世情结”,即由此显示出来。

(四)作品以某些在“野史”“外传”“民间”具有丰富传说基础的历史人物为中心,采用“戏说”的方法,编写“升平”之世“皇家”内外的世相风情、人生百态故事。比较典型的作品有电视剧《宰相刘罗锅》《康熙微服私访记》《铁齿铜牙纪晓岚》等。其他大量良莠不齐、褒贬不一的“清宫戏”,也可包括在内。这类作品往往将名士风流和正直智慧同时赋予作为主人公的君王或大臣,在亦庄亦谐、不乏调侃的叙说中,既表现他们同各种腐败、黑暗现象玩弄权术和权威的斗智斗勇,又展示他们的艳情逸事、世俗魅力,一种君主开明、大臣正直、时势氛围总体清明的价值指认,氤氲于文本的艺术境界之中。这类作品在更开阔、宽泛的意义上,丰富了历史文学“盛世情结”叙事的蕴涵。

二

从文本意义建构的层面看,历史题材“盛世情结”叙事主要表现出以下几方面的思想文化特征,总体上形成了一种对于国家文化境界的审美建构。

首先,“盛世情结”叙事往往将王朝历史的嬗变图景、体制内涵、历史潜规则,以及开创这种历史的关键人物的政治智慧、文化人格和人生命运等,全盘展开来进行探究与阐释,体现出鲜明的史诗建构、“宏大叙事”的审美意图。《曾国藩》《张之洞》《张居正》等作品描述朝廷重臣的戡乱、治理与改革、中兴,多层次、多侧面地展开其中错综复杂的矛盾纠葛,并在叙事过程中寄寓了深沉的创业艰难、盛世难求的慨叹。二月河小说的要旨是讴歌盛世明君的雄才大略与辉煌功业,但几乎每部作品的开头,都是描述一个朝廷重要人物深入民间却碰到了类似黑社会环境的惊险遭遇,而这种境遇的构成,与朝廷盘根错节的复杂人际关系和事关社稷全局的重大政治问题,均有密不可分的关联。在情节进一步展开的过程中,作者往往将圣主能臣江山社稷本位、百姓苍生至上的执政伦理,置于朝堂气象、政治智慧与宫闱秘闻、江湖奇事乃至君王心术、官场潜规则的网络之中进行艺术编织。这种创作构思自然有作者以传奇性情节引人入胜的意图在内,但更为重要的,是显示出一种从盛世阴影出发透视和驾驭历史文化复杂全局的辩证眼光。电视剧《贞观长歌》《汉武大帝》《大秦帝国》等,所展开的也都是一个王朝的全局性历史画卷。对历史文化整体图景的认同性、全方位还原,堪称是历史文学“盛世情结”基本的审美视野和精神路向。

其次,“盛世情结”叙事表现出明显的“人杰”敬仰意识和功利至上的价值取向。这类作品审美观照的核心大都属于帝王将相中的佼佼者,他们都是身处特定制度和文化规范却创造了辉煌政治功业的杰出历史人物,作者将他们视为“人杰”,着意强化他们在作为“一个人”的意义上历尽艰辛为朝廷和社稷苍生建立功勋的人生业绩,并显示出认同、敬佩与艳羡兼而有之的心理,一种事功至上的价值眼光也随之表现出来。《曾国藩》展现曾国藩历尽艰难争成就，费尽心机保成就，直至为成就所累的奋斗状态，显示的就是从功名文化人格的角度来刻画事功奋斗者、官场跋涉者形象的特征。其他如《张居正》《汴京风骚》《雍正皇帝》等对张居正、王安石、雍正形象的刻画，遵循的同样是这样一条由艰难备尝到功勋非凡直至悲苦难抑的审美思路。

再次，不管是展现“盛世开创”的复杂图景，还是揭示“盛世追求”的艰难历程，历史文学的“盛世情结”叙事，都体现出鲜明的庙堂文化立场和执政事功意识。二月河的“落霞”系列作品铺陈开创“康乾盛世”的有为君主的功业事迹，君国同一、功利至上的思维路向昭然若揭。《张之洞》以功名文化人格在中华民族大变局中的历史形态及其悲剧性命运为关注重心，运“正史之笔”，述“廊庙之音”，也明显地体现出从国家、民族的高度考察历史文化、评判人生世事的庙堂文化立场。《张居正》描绘“治世能臣”张居正建立国家功业的艰难历程，揭示处于社会核心位置的“权相”的命运、功业、人格模式及其悲剧的文化根基，同样是基于国家功利的价值立场。《少年天子》探讨顺治人性生成与人格构成的内涵其实颇富现代文化的个体生命意识，作者的深层用意却是在个体人格及其命运与文明样式变革的国家功利之间，构成一种相辅相成、映衬共生的历史认知效果。甚至连《康熙微服私访记》这样“戏说”形态的作品，也表现出鲜明的江山、社稷意识和治世掌故色彩。总之，众多的作品都鲜明地体现出以朝廷国家、社稷苍生的实际利益为本进行国家事功追求的“经世”“治世”眼光。

历史题材“盛世情结”叙事在还原历史全部复杂性的基础上，推崇创建国家功业为人生的意义与价值之所在；以古今政治文化的异质同构性为思维框架，探讨民族走向盛世的执政文化、建设文化；并试图遵循执政者的文化方向，建构一种体现国家文化的审美境界。在当今时代的文化语境中，一方面是文化多元而民族共同理想与追求客观地存在，另一方面是普世价值获得广泛关注而文化国别性也客观存在，所以，只有国家文化境界方可成为民族普遍利益和价值共识的代表。在这样的文化前提下,如果真能对王朝史执政文化成功地进行一种"创造性的转换",以此为基础的历史题材"盛世情结"叙事无疑具有思想文化层面的充分合理性。

第三节 王朝史"盛世情结"叙事的思想偏失与价值局限

20 世纪 90 年代的长篇历史小说《曾国藩》《雍正皇帝》和电视剧《雍正王朝》等作品推出后,均获得极为广泛的社会反响;21 世纪初期的历史小说《张居正》《北方佳人》《大秦帝国》及其同名电视剧同样内蕴丰厚、质量上乘,并得到文坛内部的高度评价,社会性的轰动效应却已不再出现。这些不同时期出现的历史文学作品,都以中国历史上的主流文化为认知基础,以国家"治乱""盛衰"为思维视野,正面解读民族历史的辉煌往事与执政文化,庙堂文化立场和国家功利意识贯穿始终。而且,在中华民族走向伟大复兴的历史时期,作为对现实的参照和映衬,这种"盛世情结"的审美抒发也有其充分的合理性与必然性。那么,为什么在短短 10 多年时间内,同等审美境界和价值含量的作品,社会反响会出现如此巨大的反差呢?究其原因,关键在于历史文学"盛世情结"所依赖的,实质上是封建时代的王朝历史和人治文化。作者以顺应、还原性的审美路向展开王朝历史的画卷,而且往往过分拘囿于表现对象的"世界结构"与"价值范式"。当中国社会的现代意识充分成长,进入较为成熟的多元化、全球化状态之时,这种审美追求就会与时代理性和社会接受心理构成巨大的错位。

一

从政治文化视野看,"盛世情结"叙事往往过分认同人治文化与功利立场,表现出以下几方面的局限。

首先,创作者往往以事功伦理评判来代替历史文化评判,过分拔高了历史人物事功追求的个体道德境界,过分夸大了其聪明才智、喜怒哀乐的社会能量。《暮鼓晨钟》用仁政思想阐释康熙,庶几将主人公表现成了一个充满“博爱、平等、自由”思想的“耶稣”和“圣人”。电视剧《雍正王朝》大大削弱了对主人公阴狠、刻薄等人格因素的表现,将雍正表现成一个“爱民第一”、“勤政第一”、无私无畏的贤明皇帝,以至引起了原著作者二月河的不满。《汉武大帝》甚至将主人公美化成了“你燃烧自己,温暖大地,任自己成为灰烬”的无私奉献的人格典范。而且,似乎只要有了开明的皇帝和几个效力的臣子,万里江山就会海晏河清。这种基于人杰意识和事功立场的价值判断,显然制约和局限了作品对历史文化底蕴客观、公正、全面的把握。

其次,作者在展示历史复杂性时,往往将历史人物应对各种“潜规则”所体现的政治道德杂质和人性负值,也转化为具有认识价值和启迪意义的历史智慧来看待,并对这种负值以私德与公益的区分给予认同和悲悯,由此将主人公的人格崇高化、将在人治体制和个体强力基础上运作的中国式执政文化悲壮化。《曾国藩》推崇曾国藩的儒家文化功名人格,以致津津乐道于他的阳儒阴法、后来又兼用“黄老之术”的官场权谋,并用曾国藩文化信条、治世手段嬗变之后才获得功业的更大建树,来为这种政治文化负质进行辩解。《雍正皇帝》充满体谅地理解雍正剪除异己、杀戮群臣、猜忌刻薄的行为,思想基点也在于按照人治文化的“潜规则”,严刑峻法和阴暗心理均是利益所在、情势所迫,不得已而为之。《张居正》同样以国家功业和“为苍生谋福祉”为理由,明显地淡化了对主人公个人私德和政治韬略的价值两面性进行具体剖析。

再次,这些作品不约而同地表现出一种贬低知识分子精神道德、以中国传统文化的“政统”贬低和抑制“道统”的审美文化特征。《雍正王朝》着力描述了在雍正推行“士绅一体当官一体纳粮”新政的过程中,以李绂为代表的读书人都因自己的私利受损而拼命反对,反倒是文化较低的田文镜和大字不识的李卫,能够大力协助雍正,才终于控制局面、取得了成功。《乾隆王朝》中的御史钱峰虽然廉洁奉公,却于真正的时政要务和政治智慧所知甚少,一心只追求"死谏"的名声,直到最后被和珅劝得自尽,仍然对国家毫无事功层面的效用。《张居正》则直接对张居正为事功追求"用循吏不用清流"的官员任用原则,表示了高度的认同与赞赏。

二

从多元文化均已显示出价值合理性的时代理性高度看,历史题材"盛世情结"叙事则显示出更深层次的思想偏失与精神局限。

首先,"盛世情结"叙事普遍存在着以功业追求排斥人性人情、以文化人格压抑自然人性的现象,表现出一种对个体生命的自由与价值相对漠视的思想倾向。这类作品主人公的功业创建,基本上是在具有巨大局限的体制格局内"戴着镣铐跳舞",他们遵从这种体制规范的本身,就潜藏着精神妥协和人格独立性的匮乏。而且,他们往往处在危机驱动型的社会历史时期,人格的崇高基本上是从幽暗的价值体系里生发、在个体生命自由被扭曲的状态中形成的。所以,如果将这种无奈中的"诡道"当作可贵的政治智慧、以人格的萎缩为生命的崇高,在某种程度上其实是对生命意义庄严性的漠视。《张居正》的主人公谨守"为政不难,不得罪于巨室"的信条,对于自己与李太后、太监冯保的"铁三角"关系沾沾自喜,整个功业追求过程一直处于自我妥协和要求他人妥协的状态中。他谋取首辅权位时韬光养晦、步步为营,展开"中兴"事业时运筹帷幄、雄心铁腕,权势与功业达于顶峰时则呈现出专权率性、唯我独尊和不动声色的蛮横之态。作者则因为张居正运用这各种不同的手段终于获得了成功,而对其所有手段本身都大加赞赏,暴露出一种以效果至上原则来掩盖和代替过程剖析的实用主义价值倾向。《曾国藩》的主人公曾国藩追求功名永垂不朽和"三立完人"的境界,但这一中国传统文化最高人生理想的实现,不可能撇开君国至上的体制文化规范。而清末的君国不仅不能代表正义和真理,甚至连其本阶级自身的整体利益也不能代表。结果,曾国藩的追求就不能不带有极大的盲目性、自私性，并因历史正义性的匮乏，最终导致人生价值的失落。他对“天津教案”按照慈禧太后的旨意妥协处理，以至沦入“外愧清议、内疚神明”的境地，就是典型的例证。虽然相对于集体本位、个体生命价值被漠视的时代，尊重生命个体对自我功业的追求是一种历史进步，但对历史不规范处和人性污秽面展示有余而批判不力，却隐含着一种功业意识至上、缺乏生命终极意义审视所导致的精神迷误。

其次，“盛世情结”叙事在遵从庙堂文化的强势立场与强者哲学时，体现出一种弱势视野和底层意识匮乏的思想偏失。《曾国藩》和《雍正皇帝》不约而同地强调了“治乱世需用重典”的治世方法。《曾国藩》之中，“曾剃头”为长沙治安冤杀秀才林明光的事件，确实符合国家功利原则。在作者看来，“用重典”就是要把不一定杀的杀掉、不一定抓的抓起来，用“重典”虽是以“恶”作为维护整体利益的必要手段，但具体问题上“行霹雳手段”，乃为在总体目标层面“显菩萨心肠”，其实是一种更高层次的善。于是，杀掉林明光从个体生命来说是一种残忍，而从整体利益的角度看，则在于原则本身的严酷性。作家对此采取基本认同的态度，没有过多地描写林明光及其家庭所遭受的痛苦，而是把善恶评价转化为一种审美观照，使读者反而惊羡于曾国藩的铁腕雄风、庄严气象，一种对弱者个体生命价值的漠视、对庙堂功利背后“血酬定律”的宽宥，于此就充分显示出来。“盛世情结”叙事还存在大量的风俗描写。在唐浩明的作品中，风俗民情往往只是作为展示历史人物性情的逸闻趣事来处理。二月河作品大量的风俗描写，则采用传奇笔法，把它们当作复杂诡异的世态万象来看待，结果在表现作品主题方面，风俗描写反而时有“旁逸斜出”、喧宾夺主之嫌。这正是创作主体遵循体制文化立场、民间本位意识匮乏的表现。实际上，如果对庙堂文化的强势立场与强者逻辑有所超越，对于历史复杂性的展示反而能增添另外的意义侧面，并由此展现出纯粹体制文化所不可能达到的独特深度。与此不同的是，凌力的《梦断关河》与《北方佳人》以处于弱势状态的女性为观察视角，国家的动荡、危机带给普通百姓的灾难，就更为充分而惊心动魄地表现了出来；王梓夫的《漕运码头》着意挖掘漕运码头的独特民俗所包含的民间辛酸，也使得朝廷腐败、国家灾难的后果展现得更为丰富深沉。这都是创作主体摆脱了庙堂文化的强势立场与强者逻辑所获得的审美效果。

第三，“盛世情结”叙事大都乐于用世俗化的眼光来解读宫廷朝堂生态和王侯将相的人生形态，但不少作品由此所显示的，却往往是都市文化世俗性的负面特征。《张居正》浓墨重彩地描述张居正与玉娘的“外室小妾”关系和“红颜知己”感受，就与时下中国都市文学中盛行的言情、武侠的叙事模式，有着明显的文化心理关联。《大秦帝国》缺乏节制地大肆渲染战争中种种杀戮的血腥、残忍与成功，则表现出对文明程度低下的暴力文化倾向、丛林法则缺乏有力的批判意识。众多作品热衷展示宫廷秘史、朝堂权谋，也潜藏着与芸芸众生逐利、享乐、趋炎附势的生活状态与价值心理的精神一致性。缺乏充分的理性高度而盲目追求现代意识，结果反而陷入时代价值误区之中，这实际上也是时代理性孱弱的表现。

历史文学的“盛世情结”叙事出现这种种思想缺失，根本原因是创作主体在历史的复杂性之中淹没了思想的穿透力，往往以社会体制理性代替人本理性，未能真正登上时代所能提供的思想理性制高点。结果，人类正义、历史正义层面惊心动魄的警醒和豁然开朗的启示，在文本中就变得相对薄弱，读者获得的审美感悟也就在历史理性的门槛前止步甚至逆转了方向。正因为如此，当20世纪90年代历史文学的“盛世情结”叙事初步展示出其恢宏的气势和雄浑的底蕴时，整个社会不由为之兴奋和惊叹；而一旦熟悉其大致境界又体味出其精神文化的内在局限之后，审美的兴奋程度就大大减弱了。由此看来，在当今中国的多元文化语境中，只有以充分的时代理性，在多元文化优势融合、互补与升华的基础上，来建构历史文学的“盛世叙事”，方可抵达具有价值古今贯通性的崇高境界，而这仍然需要历史文学创作者进行艰苦的努力。

第四章 王朝兴衰考察的意义建构路径

第一节 唐浩明"晚清三部曲":王朝衰变期的功名人格悲剧审视

一

文学研究界长期存在一个认识误区,就是以为传统写法的历史文学作品既然以史料为根本依据,那就不过是具备一定历史、文化和文学修养的作家,将自己所选定题材的历史材料艺术化、通俗化,从而构成相应的文学作品而已。于是,专心于对作品历史真实与艺术真实结合状况的考察,就成为这一领域恒定的研究模式。由此又形成了一个研究的盲区,即普遍地对历史文学作家的审美主体意识和主观能动性缺乏深入的研究和细致的考察。人们习惯性地认为,历史文学作品作为作者对描述对象认同性理解的产物,作家的主观能动性不具有广阔的发挥空间,历史小说家作为一个精神个体的主体意识,也就并非创作研究中至关重要的问题,甚至只要把握住其普泛的历史观倾向,一切内在奥秘皆可迎刃而解。比如,从《李自成》等农民起义题材到《雍正皇帝》《曾国藩》等帝王将相题材创作热潮的变化,人们就在很长时间内局限于用阶级斗争史观和英雄史观、皇权文化等宏观的社会历史理论，来笼统地、表面化地加以解释。

结果，关于历史文学作家的思想文化视野、精神向度与深度、艺术气质与才情等主体意识方面的特征在创作中的作用和表现，以及由这种主体意识决定而建构的文本意蕴境界与时代精神联系的具体形态和内在缘由，诸如此类可以将历史文学研究导向深入的问题，就始终处于被忽略乃至悬置的状态。这自然既不利于真正深刻有力地解读内蕴复杂的具体历史文学作品，也不利于把握整个历史文学创作在时代精神文化发展中的意义和价值。比如，同是文化转型语境出现的优秀历史文学作品，凌力的《少年天子》《暮鼓晨钟》，二月河的《康熙大帝》《雍正皇帝》《乾隆皇帝》，唐浩明的《曾国藩》《杨度》《张之洞》，刘斯奋的《白门柳》，熊召政的《张居正》，等等，都是以帝王将相或希望成为帝王将相之人作为描述对象。但在这不同的作家、作品之间，主体立场、精神深度、情感倾向、心理兴奋点诸方面的差异，却不是英雄史观、庙堂文化的泛泛之语所能解释清楚的，它们在时代精神文化格局中的特质与意义，也不是民族传统文化认同者的断语所能概括的。

其实，与现实题材创作一样，作为一种创造性的审美活动，在历史文学作品的创作中，作家的精神心理结构、主体意识，对于文本的思想内蕴、审美境界、艺术品质等，同样起着不可或缺的重要作用。正是由于作家从自我独特的精神文化视野、思想艺术立场出发形成对史实的介入和解读，历史文学作品才显出千姿百态的艺术风貌，并各自建立起自己与时代的精神联系。

从这样的学术理解出发，来分析唐浩明历史小说创作的主体意识及其具体内涵，我们将能对其与时代精神联系的特殊形态和内在缘由得出许多更具合理性的解释。

二

作为已经形成特定创作思路、“自成一家”的历史文学作家，唐浩明的创作有两个我们不能不予以关注的事关全局的问题:其一,他的三部长篇历史小说中,《曾国藩》《张之洞》描述的都是总督“级别”、朝廷“擎天柱”式的国家重臣,为什么二者中间却出现了一部以杨度这样一个并未真正步入朝堂的用世文人为审美对象的作品？其二,《曾国藩》一出版就轰动海峡两岸和社会各阶层,一时社会上有“做官要读《曾国藩》”的流行之语,《杨度》对于“帝王之术”、《张之洞》对于“仕宦之学”的精心揣摩,也让读者觉得唐浩明确实堪称封建官场“潜规则”揭秘的“行家”“高手”。但唐浩明在各种访问记、创作谈之中却屡屡谈到,他的历史小说审美期待和实际阅读对象,主要是具有一定文化修养的知识分子。这种错位背后的原因到底是什么？

不少读者认为,《曾国藩》所表现的主要是曾国藩如何做官。而唐浩明的《曾国藩》之所以超出大量描述封建时代良相名将的同类作品获得巨大的社会反响,恰恰是因为作者在这里充分发挥主观能动性,凭借自我的创作主体意识,对题材进行了独具历史文化深广度的开掘。小说描述了曾国藩从墨绖出山、艰难创业,到功成名就、持盈保泰,直至瞻前顾后、求田问舍的整个人生,展现了他历尽艰难争成就,费尽心机保成就,直至为成就所累的奋斗历程,以及他从刚健昂扬到深沉老练,直至苦闷萎缩的心灵状态。在展示他如何“做官”的生活面貌的基础上,刻画出一个传统儒家文化人生格局中“事业有成但悲苦兼尝的‘圣者’形象”,从而使作品深化到了表现文化传统与时代条件错位的历史环境中“功名人格从奋发张扬到没落萎缩的”①悲剧这样的精神层面。从功名文化人格的高度,来刻画事功奋斗者、官场跋涉者的人物形象,才是唐浩明历史小说创作主体意识的根本特征。正是作家主体意识的这种特征及其所依托的精神文化的深度、广度、厚度和在创作中的成功实践,才使《曾国藩》形成了文本审美内蕴对于题材特定意义的有力超越。

也只有从全面考察和展示中国传统功名文化人格的审美主体意识及其在

---

① 刘起林:《〈曾国藩〉的审美价值及当代意义》,《湖南师范大学学报》(社会科学版)1994年第6期。

整个创作中的内在一致性出发来理解，唐浩明的第二部历史小说没有选择朝廷重臣、官场“名臣”，而选择杨度这样一个始终游离于官场和士林、或者说谋官失败的文人作为艺术剖析的对象，才显得顺理成章。《杨度》从探求近代中国历史道路的思想高度，浓墨重彩地展现了杨度对于“帝王之术”等封建权谋文化的学习、揣摩，以及将它作为谋国方略时的历史命运。但小说最为核心的内容，却是表现身处近代中国那样一个从传统向现代转型的、波谲云诡的历史环境中，“用世文人杨度精神迷误，生命价值陷于不断追求却不断失落的乖戾状态而不自知自觉的悲怆与滑稽相交织的历史悲喜剧”①。这实际上是从另一侧面、从事功失败者的角度，表现了传统功名文化人格的生命状态。

《张之洞》同样如此。小说没有局限于泛泛地描绘张之洞作为朝廷重臣兴利除弊、保境安民、兴办洋务的历史功绩，而是将主人公作为中国在民族患难中由传统向现代转型、由封闭到与世界接轨的历程中的枢纽型、代表性人物，来表现他对民族历史进程、民族文化演变的所作所为和独特贡献，以及他的胸襟、才干、韬略和种种人生情态，包括他的个体心路历程和悲剧性人生价值状态。作品还以桑治平的人生作为对照和映衬，来更为鲜明地突出、更多侧面地反思张之洞的人生形态。所以，作家艺术观照的真正核心，不仅是近代中国的社会历史面貌，也不仅是又一种官场人生，而是近代中国历史文化环境中的一种功名文化人格及其生存状态。在小说的结尾，张之洞慨叹“一生的心血都白费了”，作者随即借书中人物之口点评：“这究竟是一位事功热衷者失望后的激愤之辞呢，还是一位睿智老人对乱世人生的冷峻思索？”②这些内容表明，小说的精神落脚点正在于乱世中功名文化人格的历史命运与人生状态。

唐浩明的“晚清三部曲”以作品主人公为社会历史格局的枢纽和民族传统文化的表征，来联结并充分地展开对各类重要历史人物形象的描绘，全面展开和反思近代中国的历史道路与谋国方略、强国可能性，全面发掘和剖析传统

① 刘起林：《〈杨度〉的精神视野与美学内蕴》，《小说评论》1999 年第 5 期。

② 唐浩明：《张之洞》（下卷），人民文学出版社 2001 年版，第 592 页。

文化在近代中国历史环境中的意义、作为及其正负两方面特质的呈现，并在这一层面显示出一种庙堂文化的精神视野和价值立场。也正因为作品对这方面的历史内涵开掘得极为丰厚和充分，唐浩明小说的功名文化人格形象，才显示出深厚的历史文化底蕴。《曾国藩》中主人公由“治乱世须用重典”到兼用“黄老之术”的转变，《杨度》的主人公对“帝王之术”“君主立宪”念念不忘但却一事无成，《张之洞》中张之洞“中体西用”的强国理念和“仕宦之术”的权谋、韬略，等等，所有这些官场文化方面的内涵，作者都是为发掘功名人格的历史文化底蕴复杂性而展开剖析与描述的，作品审美意蕴的深邃性也由此表现出来。

“《曾国藩》选择的是文化和王朝衰变期传统儒家文化‘托命之人’建功立业的悲苦与崇高，《杨度》着力显示的，是政治文化和意识形态的风云变幻中时势弄潮儿生命价值的沉浮……《张之洞》是以认同与反思相结合的态度，探讨和反思中国儒家文化的功名型文化人格在中华民族的大变局中的具体历史形态及其悲剧性命运。”①表现传统文化造就的功名人格在近代中国这民族“三千年之一大变局”中的悲剧性命运，才是唐浩明“晚清三部曲”主体意识和精神向度的基点。唐浩明本人认为具有一定历史文化修养的知识分子才是他理想的和最能产生审美共鸣效应的读者，这正是最根本的原因之所在。

三

唐浩明的个体精神状态及其特征，则对“晚清三部曲”的审美境界和艺术品质产生了不可忽略的影响。

细心的读者比较《曾国藩》《杨度》和《张之洞》当会发现，《曾国藩》满蕴着苍凉悲苦的情韵，《杨度》洋溢着酣畅跳荡的旋律，《张之洞》则显示出一种睿智清明的气象。

这种艺术韵味的形成与作品主人公的性情有关。曾国藩一生谨小慎微、

---

① 刘起林：《正史之笔　廊庙之音》，《文艺报》2002年4月16日。

瞻前顾后、忧谗畏讥,作者着力刻画人物的这种心灵状态,悲郁苦涩的情韵自然在所难免。杨度虽然一生所遭遇的是一个接一个的人生悲剧,无论事业还是爱情都挫折累累、遗憾深深,他却从来就缺乏忧患之感,而总是意气昂扬、心态良好,不断地落入一个个陷阱,却总以为下一步将跨入美丽的花园,存在一种庄严与滑稽并存的幻美心理,作者贴近人物的性情进行描绘,笔触也就必然会变得舒展酣畅、神采张扬。张之洞从表面上看有着"成功的一生""耀眼的业绩",但他的"人生是成功还是失败""事业是辉煌还是虚幻"①,却是不得不反复思量的问题,那么,以淡定睿智的笔墨进行描述或许才是恰切之举。

但是,这个问题的背后,还存在着一直被人们所忽略的、与创作主体精神状态密切相关的另一方面。细研作家的创作心态我们可以看到一种饶有意味的现象:一个作家的创作初始阶段,往往迫不及待乃至急不择路地希望倾吐自我郁积已久的生命体验,形成"井喷"状态,作品因而显得情韵浓郁、感人至深;到第二阶段,随着创作的初步成功和审美经验的积累,作家常常会产生一种纵横自如、左右逢源的自信、张扬心理,一掘到底的"狠"劲和沉着运筹的气概则变得有所欠缺,这时他们的作品多半技巧圆熟,笔力却略有不逮;然后,创作进入了清明睿智、从容淡定的状态,虽然境界全面展开,但已是激情收敛而理性呈现;跨越这第三个阶段,因为"曾经沧海"、雄风不再,平和冲淡、絮絮而谈就成为审美的常态。所以从审美生态的角度看,一个作家一生会写出四类作品,即"生命之作""技巧之作""思想之作"和"学问之作"。以此观之,唐浩明"晚清三部曲"之间艺术韵味、美学风貌的差异,更为内在的原因恰恰与作家本人处于创作生命不同阶段的个体精神特征密切相关。也就是说,《曾国藩》倾吐了作者作为一个大器晚成的艰难奋斗者的生命体验,《杨度》表达了一个获得巨大成功的作家的内在欢欣和豪迈气概,《张之洞》则传达出作者对功名人格正反两方面细细品味后的世态洞察与生命反思。甚至唐浩明"封

① 唐浩明:《张之洞·题记》,人民文学出版社2001年版。

笔”之后点评曾国藩家书和奏折所显示的进入“学问之作”的写作状态，也能从侧面反证出个体精神生命状态对于作品审美风貌的决定性影响。

不少论者已经指出，唐浩明的历史小说以“重史”见长，属于“学者型”的历史文学作品。其实，当代中国优秀的历史文学作家，大都是在相关领域学术积累深厚的专家。姚雪垠研究明史可与历史学大家郭沫若就复杂的具体问题进行商榷，创作《金瓯缺》的徐兴业本身就是大学教授，凌力一直供职于中国人民大学的清史研究所。那么，唐浩明的历史小说何以就被称为典型的“学者型”历史文学作品呢？这同样是因为唐浩明本人的艺术思维、文化角色显示出鲜明的“学术品格”，并将其传达、渗透到了思想内蕴和艺术境界之中。

首先，唐浩明“晚清三部曲”的主人公，都是在当代中国历史研究领域有争论乃至形成了否定性评价的历史人物。作者以他们为表现对象，力图通过对史料的发掘与考察，来艺术地还原其历史文化的真实面目，并由此形成了“纪传体”的叙述模式，从中自然就表现出一种极为纯正的“学术品格”和“历史研究”性的思想眼光。《曾国藩》以上千万的原始资料为基础，超越“卖国贼”“刽子手”和儒家文化“三立完人”的历史定评，将曾国藩还原为建立了显赫功业却时时辛酸悲苦、忧谗畏讥的末世重臣形象。《杨度》从报国真情和功业志向的角度出发，突破主人公政治上“反复无常”的外在道德面貌，来透视其身处乱世立场变换不定在心路历程和人格因素方面的合情合理性。这都属于“拨云见日”、探究和还原本相的历史学者的思维特性。为适应这种审美动机，作者不避“掉书袋”之嫌而对各种历史文化问题直接进行介绍和剖析，结果又给作品增添了“史”的色彩。对此，我们只要将《张之洞》对于“中体西用”理论详尽的学术分析，和同是历史小说名作的《张居正》对“一条鞭”法的情节化描述略作比较，即可获得鲜明的印象。在具体的叙述过程中，唐浩明的作品同样显示出“史家”的特征，比如关于王闿运与老妈子的风流逸事，二月河写出来肯定是波折横生、趣味洋溢的传奇故事，在唐浩明的《杨度》之中，它却不过是曾让“老于辞令”的袁世凯也啼笑皆非、不知如何是好的一则历史掌故。正是这弥漫于文本之中的作家个体精神特征的“学究气”,从多方面共同构成了文本“重史”“学者型”的审美风貌。

甚至作家唐浩明自身的器局宏阔、朴拙庄严、沧桑感浓郁、男性雄风十足但“风流才子”气淡薄、儿女情体察有欠细腻的个性特征,也在作品中鲜明地表现出来。《杨度》中青年杨度和静竹动情时的“流水传花”,明显地有着唐代以来即为人们熟悉的“红叶题诗”那古老故事的影子,他们定情时静竹的“拜砖相赠”,也无非是古代志士行前佳人慰勉的老套,实无匠心独具可言。而描写人届中年的叔姬面对自己“心中永远的情人”夏寿田,仍将做女儿家时为未来丈夫绣的“五彩鸳鸯荷包”相赠以了心愿,则将其中人世的沧桑无常、人情的遗憾与温暖,表现得动人心弦。刻画王闿运和周妈暧昧关系的复杂意味,唐浩明也相当地得心应手。这种不擅长描述青春儿女的情致却能游刃有余地展示历尽沧桑后的情感状态的艺术手腕,与作家个体精神特征的内在联系真是表现得再明显不过了,作品艺术情味的独特性也由此鲜明地表现出来。

四

历史文学要想真正构成对当代人的心灵冲击和精神启发,历史文学作家必须张扬自我的创作主体意识、充分发挥主观能动性,以作品挖掘到的历史生活的精神文化底蕴,来与时代的精神文化语境相映衬和呼应。

唐浩明“晚清三部曲”影响的大小和侧面各不相同。《曾国藩》在 20 世纪 90 年代中期形成的是海峡两岸、社会各界争相阅读的轰动效应,《杨度》则获得了包括“中国图书奖”“国家图书奖”“八五期间全国优秀长篇小说奖”等各种国家荣誉,《张之洞》却只是一副稳扎稳打的长销书态势。这种影响状况的形成与作品的历史底蕴开掘、作家的创作主体意识在时代文化语境中所处的位置密不可分。《曾国藩》从大文化的宏阔视野,突破当代政治文化的拘囿,开掘儒家文化的人格形象及其内在矛盾,并以他人难以企及的史料功夫,使这种开掘达到了极为丰厚深邃的程度。而且小说出版时,一方面正值时代波折导致各种西方文化在中国的传播受阻而“后国学”思潮兴起，另一方面市场经济大潮的骤然而至又使长期处于体制文化规囿中的人们陡地感受到了文化依托、生存依据的迷惑。因为在与大的时代精神趋势和具体的社会文化思潮、社会心理的对接和呼应方面都适逢其时，《曾国藩》自然地就成为拨开历史迷雾、参悟传统文化人格状态的艺术范本，获得广泛关注和强烈共鸣堪称势所必然。《杨度》作为唐浩明创作第二阶段的“技巧之作”，更易为文坛和文化界的种种体制性标准所认可，再加以“《曾国藩》热”的余波，不断获奖也在情理之中。《张之洞》对于近代中国打开国门与世界接轨的历史状态和“中体西用”的历史理念的开掘，其实达到了相当丰厚深广的程度，但历史前进到 21 世纪初，中国已经到了加入世贸组织的时代，作品所反映的历史困惑早已被人们反复地品味过了，所以，《张之洞》即使内涵丰厚深广，也只能起到深入思考时的参照作用，而难以产生振聋发聩的社会阅读效应。

唐浩明“晚清三部曲”在中国文坛内部的接受效应，则源于作家创作主体意识所确立的审美路向和文坛流行的审美趣味、艺术风尚的契合程度。唐浩明的历史小说虽然被文坛所承认和尊重，但始终未曾被看好。《曾国藩》和二月河的《雍正皇帝》虽然社会影响乃至思想文化的冲击力都相当巨大，但在第五届“茅盾文学奖”中却输给了刘斯奋的《白门柳》，其中的根本原因就在于，虽然《曾国藩》的历史文化意蕴深厚，在文坛流行标准所赏识的文学韵味和艺术神采方面却有所不逮。《张之洞》在第六届“茅盾文学奖”的初选中就没有入围，可以说也是因为唐浩明的“重史”型审美套路与文坛“重文”的流行趣味不相符合，而熊召政文史两方面俱佳的《张居正》的映衬，使得《张之洞》的局限变得更为鲜明和突出。甚至从唐浩明作品的语言，我们也可明显地看到这种特征。唐浩明小说的语言沉雄庄严，其中明显地渗透、蕴积着深厚的历史底蕴和文化功力，但从文学灵性的角度看，却因过于沉实反而显得朴拙和缺乏艺术情韵，艺术品质欠缺的评价，也就因作家的这一创作个性特征而形成了。实际上，富于历史文化底蕴的语言，也许恰恰可以弥补当今文坛大量作品的语言韵味肤浅、精神基础单薄的局限。无奈文坛的流行喜好与真正的文学美学理解相比较处于强势状态，对唐浩明小说的上述解读和评价也就在所难免了。

社会精神风尚的偏颇，甚至有可能造成让人啼笑皆非的误读。唐浩明历史小说所体现的民族正史气象和庙堂文化立场，与当今时代思想文化界活跃层面所认同的“民间”倾向、个体生命立场存在着差距，在新锐文化群体中，他的作品就未曾因深厚而受到器重，却多半可能会因立场而受到菲薄。在崇尚实用主义的社会文化范畴，唐浩明的作品如《曾国藩》，则只是作为处世、谋人的使用工具而被广泛参考，这实在是当代社会以狭隘误读广博、肤浅肢解深厚的典型例证。

总之，唐浩明“晚清三部曲”在当今时代的精神文化语境中获得巨大成功、造成广泛影响的关键，在于它们以文化史诗的气魄，在时代精神氛围允许程度的范围内，从大文化角度包蕴深广地还原了近代中国国家本位文化范畴内杰出人物的个人功业与生命价值状况。这种文本意蕴的形成，则与作家发掘王朝衰变期的功名文化人格的主体意识息息相关。

第二节 《张居正》：宰辅谋位治国模式及其体制根基的剖析

《张居正》出现于21世纪之初。这部作品虽然在陆续出版的过程中就广获好评，也出现了较多的研究与评论文章，长江文艺出版社甚至在2004年初出版了近20万字的《〈张居正〉评论集》。但实际上，作品并没有形成如唐浩明的《曾国藩》、二月河的《雍正皇帝》那样广阔到整个社会和思想文化界的轰动效应，相反，倒因史料方面是否存在编造以至“厚诬古人”的弊端，而引起过一番范围不大却影响却不小的争论。直至2005年第6届长篇小说“茅盾文学奖”揭晓，这部作品超越历届获奖的《李自成》第2卷、《金瓯缺》、《少年天子》和《白门柳》，创新时期历史小说纪录地名列榜首，才真正达到文学声誉的高峰。事实表明,《张居正》获得了“文坛内部”的高度推崇。

新时期以来有影响的传统历史文学创作大致可分为三个序列。以姚雪垠的《李自成》、徐兴业的《金瓯缺》为代表,或写农民起义、或叙民族战争,思维基点是当代政治文化立场;凌力的《少年天子》、刘斯奋的《白门柳》等,写文明变革也好、写名士名媛也好,显示的是对民族历史与文化的文人式、性情化的理解;唐浩明的小说发掘中国传统的功名文化人格及其时代际遇,二月河的作品描述“康乾盛世”的帝王人生境遇及其那“落霞”的辉煌、诡异与苍凉,他们正面触及了中国传统政治文化的底蕴及其历史命运。

《张居正》的确切意义则在于,作品以高度契合20世纪中国文学审美规范的艺术境界、审美趣味和叙述方向,沿袭并推进了唐浩明、二月河的历史文学创作道路,通过刻画宰辅张居正作为“治世能臣”创立国家功业的复杂而艰难的历程,内蕴丰厚地展示了中国封建时代处于社会核心位置的“权相”的命运、功业与人格的典型状态,以及这种往往是悲剧性结局的人生模式的体制文化根基。换言之,《张居正》是一部将历史文化底蕴的深厚发掘和现代审美智慧的娴熟运用有机融合的“规范之作”,作品的精神价值与传播效应皆源于此。

二

许多有关《张居正》的研究,都将学术关注的目光集中于分析、赞叹作品对主人公张居正作为封建改革家形象的成功刻画。这种社会政治层面的分析虽然具有相当的合理性,但并未真正切中《张居正》思想内涵的重心。因为《张居正》全书的《木兰歌》《水龙吟》《金缕曲》和《火凤凰》四卷,分别描写了张居正精心运筹谋取首辅之位、重整朝纲确立权威、全面改革展开“新政”格局、威权达于顶峰却因皇上“长大”确立权威而人亡政毁四个阶段,而有关“万历新政”的改革事业,只不过是第3卷《金缕曲》的主要内容而已。即使用作品描述的是张居正作为改革家的人生命运来进行解释,也无法说明作者何以笔墨如此详略失衡,用整整三卷的篇幅来描绘与改革过程联系不大的内容,而将改革事业本身压缩在一卷之中。

笔者以为,作者其实是以对于中国封建时代宰辅功业模式的历史文化认知为基础,来为全书建构情节框架、确立叙述重点的。《张居正》四卷所着重描绘的,实际上是主人公"为相""为帝王师"掌权、稳权、用权和失权的"宰相事业"景观。

从这一角度出发我们就可以发现,《张居正》思想内涵被忽略而更为重要的方面,是对于造就中国封建时代宰相权位格局的体制文化所作的精辟而透彻的审美发掘。

《木兰歌》整整一卷的篇幅,展开了张居正获取首辅权位的过程与方式,在最后一卷《火凤凰》中,作者又花费10回的篇幅,铺叙了威望、圣宠皆处于顶峰的张居正死后骤受几近灭门鞭尸之祸的悲剧命运及其内在原因。这种总体构思所显示的艺术意图,显然是在于揭示中国封建政治体制中皇权至上的人治文化特征,和它难以驾控而又事关全局的朝堂人事和社会历史效应。

《木兰歌》中隆庆皇帝骤然归天后,朝政格局马上发生了颠覆性的变化。年幼的新帝朱翊钧及其生母李贵妃的权力,瞬刻达到了左右朝局的分量。"一朝天子一朝臣",隆庆帝第一宠臣、首辅高拱的权位变得岌岌可危;与高拱关系亲密的大内总管孟冲也因实际上是奉风流先帝旨意所犯下的"四大罪状",威权迅速土崩瓦解;相反,司礼监冯保因为是幼帝的大伴、次辅张居正因为是幼帝之师,立马处于权力之争的有利位置。争权过程中,高拱串通孟冲,冯保则潜访学士府与张居正进行联络,朝臣与内宫处于相似权位状态的两派重要人物迅速结成了各自的攻守同盟。高拱和张居正在对待殷正茂、李延两个贪官和捉、放征召童男童女时逞凶的"妖道"王九思等问题上,都用尽心机、施展手段乃至阴谋,为对方设计各种陷阱。冯保和孟冲则或者抓住把柄敲诈、或者退守接受敲诈,也展开了针锋相对的权势和利益的争夺。但其中最为核心和关键的,实际上是皇权至上的封建政统中幼帝的感觉及其生母李太后的观念、心思。高拱希望拨 20 万两首饰银取悦李太后、上《陈五事疏》扳倒冯保，显示出高明的政治手腕。冯保为幼帝寻找替身出家、通过说佛珠进谗言，目的同样在打动“圣心”。张居正和高拱其实都是有力有为的大臣，二者的进退得失很难说有真正的大是大非之分。但到最后，高拱因为未能及时攀附上李贵妃、幼帝又看到其面相心中害怕，张居正则因为既为“帝师”又曾参与上折册立太子，加上李太后作为女人对高拱、张居正两个男人的好恶感受，势倾朝野的两位宰相的权位之争，顷刻间就定了输赢。大臣的万般韬略，实际上敌不过一纸圣谕。所以，作品于此所显示的真正重要的内涵，实为人治政体的运行规范。

李太后选择张居正自然也蕴涵着充分的合理性，并在随后开创了“万历新政”的大好局面。但登上首辅之位后，张居正虽然逐渐地位高权重，却始终如履薄冰、如临深渊般不断施展各种手段，甚至用端方古板的大男人玩风葫芦的方式，来使幼帝龙心大悦，以巩固圣宠。作品随后不断地进行着这方面的描写，更为微细、丰满地展开了人治政体的运行状态。

而在业已建立了丰功伟业的张居正死后，万历帝仅仅因为自己长大成人，感受到“权相”阴影的威压，就对“师相”张居正无端地进行清算与迫害，甚至对已经产生明显成效的“万历新政”的种种措施，也一概废弃。这时的李太后身为皇太后，想阻止皇上对她始终宠信的“故相”张居正的迫害，却也未能成功。原因同样在于，大臣的功罪、国家的兴衰，在人治政体中皆决定于一人的好恶及其利害的权衡。结果，当上意悖谬时，政局黑暗糜烂、权臣灭顶之灾等社会和人事方面的后果就随之而来。冯保的一句“皇上长大了”，叹尽了朝政沧桑之变的根本原因和身陷其中者的孱弱、无奈与悲哀。也正因为如此，高拱和张居正两位曾经你死我活的“政敌”在暌违六年的重逢之际，才有“故友”之间同命相怜、“禁不住唏嘘起来”的“真情流露”。

正因为对封建政治人治文化的深刻理解，作者对于隆庆帝、万历帝、李太后的个人生活、个人品质及其后果，也进行了充分的表现。比如，隆庆帝的耽于淫乐，万历帝在逐渐长大的过程中玩赏神仙宴春宫图、无奈中下罪己诏、索银说歪理、失龙袍而大怒，李太后的信佛与对张居正的暧昧之情，甚至包括李国丈的贪财好利而又鼠目寸光，都从各个方面影响到了张居正的权位、恩宠程度和他改革事业的方向与得失。

《张居正》还通过描写孟冲、冯保、张鲸等宫廷太监和邵大侠、何心隐等江湖人物在朝廷权变过程中的作用，更进一步表现了封建专制制度作为一种人治文化的潜规则与内在运行机制。

在小说所描写的两次相位巨变中，无论是高拱和孟冲、张居正和冯保，还是张四维与张鲸，都是"外相"与"内相"形成搭档、唇齿相依，"一荣俱荣、一损俱损"。张居正谋取高拱首辅之位很重要的条件，是高拱的暴躁性情和选拔大内总管时的无形压制，得罪了身为小皇上"大伴"并颇得皇上生母李贵妃信赖的冯保，冯保心怀积怨，在高、张之争中作为内廷的"奸细"对张居正暗中相助。争斗的结果，张居正、冯保双双获得成功，高拱与孟冲则互相牵连，同时失势而去。张居正登上首辅之位后成功地开创"万历新政"的局面，也与他同大内总管冯保始终保持着亲密关系密不可分，由此，张居正既保持了政令畅通，又在获取皇上特别是皇太后日常信息方面处于良好状态。可以说，张居正的"万历新政"能够顺利进行，"内相"冯保同样功不可没。而张居正死后遭到皇上伙同新宰相张四维的清算时，冯保也一样受到牵连，遭遇了内廷"奸细"、新得势的太监张鲸依畀皇上宠信所施行的暗算。平心而论，无论是导致隆庆帝染风流病猝死的孟冲、教唆朱翊钧设计除掉冯保的张鲸，还是有力地辅助过"万历新政"的冯保，都是聪明伶俐而心术不正之人。他们历史功罪的关键，在于依托的是处于何种状态的皇上与何种类型的"外相"。太监作为内廷和朝堂联系的纽带，在当代众多即使是相当优秀的历史文学作品中，也多半被描述为或者是滑稽可笑、卑劣猥琐的小人，或者只不过是皇命传达的工具，总处于被动、弱势的状态。《张居正》则鲜明地揭示出，在中国封建社会特别是其后期，宦官在朝政格局中实际上隐晦地处于强势状态，以体制本身所无法显现的形式起着不可或缺的作用。这种发现与描述，充分表现出作者超越体制和世俗层面的认知所达到的、对于中国封建朝政运行潜规则的独到思考，独具只眼地深化了对于造就宰相权位格局的历史文化要素的发掘。

邵大侠与何心隐一文一武两个江湖人物介入张居正与高拱的争权，则分别是以打手与谋士的身份，充当了朝廷权变的工具。邵大侠为高拱长途奔袭暗杀李延、何心隐特意赴京向张居正分析少年君父导致的朝政格局，就是作为工具角色起作用的典型例证。但他们确实以独到的手段和眼光，起到了体制内人物所无法达到的作用。当朝政稳定之后，这种江湖人物却往往因为对朝政的潜在威胁，只能落得个悲惨而阴暗的下场。邵大侠、何心隐均被暗害于监狱之中，原因就在于此。《张居正》对这类人物形象及其命运的描述，与《雍正皇帝》对邬思道、《曾国藩》对陈广敷形象的刻画属于相似的思想着力点，它进一步丰富了作品对封建人治制度潜规则的揭示。

在揭示封建专制制度的皇权至上特征及其潜规则的基础上，《张居正》还通过描述“胡椒苏木折俸事件”引起京官骚乱、“棉衣事件”触及皇室权贵利益、“夺情事件”违背清流文化观念等情节，从官僚阶层人际关系网络和社会集团物质、精神利益的视野，表现了张居正个人权力保障随时可能出现的种种危机，实际上是从威权大势的角度，表现了即使是“铁腕宰相”也只能达到的权势状态和相位格局。作品也艺术地揭示出，对于张居正首辅权位的得失本身，这些初看起来声势盛大的权力与利益集团，却并不能起到至关重要的作用。“夺情事件”中来势汹汹的清流舆论，在皇权面前就只能以失败告终。这种描述与定位，从另一侧面深刻地表现出作者对于封建政治体制文化根基的透彻把握。

总之，紧紧扣住对封建政统皇权专制和人治文化本质的揭示，来剖析在特定历史文化环境中宿命般不可更改的宰相权位状态及其人格格局、功业限度这类传统文化的内涵，这才是《张居正》真正深刻的思想文化底蕴，也是小说比一般的优秀历史文学作品显得更为深厚、丰满的原因之所在。

二

在揭示封建时代宰相权位格局的成因及其必然命运的基础上,《张居正》以关键性的历史事件为叙事单位,条理清晰地展示出主人公张居正“戴着镣铐跳舞”的“宰相事业”,特别是他作为“铁腕宰相”、治世能臣厉行改革、开创“万历新政”的艰难而悲壮的历程。关于作品这一方面的思想内涵本身,学界已经出现了较多的评论;但论者对于刻画张居正形象所显示的创作主体的思维角度和思想深度,则缺乏较为集中而深入的探讨。从这一侧面入手,我们可以获得更深入一层的发现。

首先,作品注重将张居正的人际关系处理和功名事业追求与国家盛衰演变的社会历史联系起来,从而在总体艺术构思的层面显示出一种充分展开历史复杂性的思想理性。

在胡椒苏木折俸事件中,作品同时描述了锦衣卫武夫章大郎闹事和六品主事童立本悬梁两个意外事件,并浓墨重彩地展开了由此酿成的“公祭童立本”风波,多侧面地展示出国家财政和官吏阶层矛盾重重、危机四伏的状况,有力地表现出张居正作为一个有作为的“新官”“开新政”的必然、必要和艰难性。如果只详写章大郎闹事和公祭风波而忽略对童立本困窘生存状况的描述,作品所引人注意的只能是一种权力斗争,而权力斗争背后所包含的严峻的国家政治局面,就会在对权术波谲云诡的描写中隐而难显。如果详述童立本所体现的京官普遍生存状况而忽略章大郎所显示的盘根错节的政治人际关系,作品对社会历史状况的揭示,又会因缺乏对具体历史关系的有力描写而显得空泛。正因为作者同时表现了事件整体中包含的在某种程度上互相矛盾的两个方面,张居正的功业追求才显出事关国家前途和命运的特征,他对政敌、政友种种人际关系的处理,才转化成了事关国家命运的社会历史事业。与此同时,国家与社会的功利趋向也就实在地落到了具体个人的身上。

同样,在何心隐到张文明坟前“颠狂送怪物”之后,作者描写了张居正个人情感上的愠怒，同时却揭示出，张居正暗地纵容金学曾使“何圣人”毙命牢房的更重要的原因，是“何圣人”兴起的抨击朝廷的讲学之风对于朝局的威胁和危害。作者对该事件这方面隐曲的发掘，使作品的情节内涵超越了纯粹个人恩怨的剖析，鲜明地显示出一种超越官场隐私探究的层面，将张居正个人恩怨与国家功利、社会命运融为一体进行思考的历史理性。

作者描写张居正父亲张文明收受公田、张居正严格约束家臣之类的情节，既使作品显得故事曲折丰富、精彩生动，也使张居正的私人生活与个体人格得到了更为充分的表现。但作者更进一步发掘出其中事关国家土地制度和政局清明等方面的社会历史内涵，才使作品的意蕴显得更为深厚而丰满。

其次，作品对于张居正的心路历程、人格状况及其在“宰相事业”中的作用与影响，也进行了充分艺术化的描述，精确地揭示出特定国家体制和政治传统中个人功业的发展方向与理想的实现程度。

作为封建时代著名的“铁面宰相”，张居正与他谋位治国的政治事业相适应，心理状态和性格特征也经历了一个不断变化的过程。窥视首辅权位时期，他韬光养晦、步步为营，串通冯保、笼络李太后，都用的是“暗劲”；掌握权位之后，处理政敌、“京察”、减免田赋、更改税制等杀伐决断，张居正皆雄心铁腕而又乘时顺势、谋而后动，运筹帷幄、游刃有余地运用着“强力”；权势与功业达于顶峰时，无论是“夺情事件”还是“回乡奔丧”，张居正举手投足，皆于雍容庄严、威风八面中，透露出专权率性、唯我独尊和不动声色的蛮横。

作为人治文化环境中的“权相”，张居正这种不断变化的心理与人格状态，无疑对他的“宰相功业”产生了不可忽略的重要影响。在雄心勃勃、不断开拓的时期，张居正对阿谀逢迎而实际上阴毒贪婪的荆州知府赵谦，明确地采用了严厉遏制的态度，而到声名俱泰、自我陶醉的时刻，对同样挖空心思争宠献媚的真定知府钱普，他却反其道而行之，给予了重用。对于两位“滑吏”的态度，张居正因为个人心理原因，形成了鲜明的前后对比。对于桀骜不驯的“颠狂”故人何心隐，在试图施展宏图的开拓时期，张居正是秉烛夜谈、倾听其思想智慧与战略思路,到权倾天下的守成时期,对其"生前处处受人趋奉,死后难逃水厄"这同样是切合实际的警示,张居正却面露"愠色"。结果或者深受其益,或者难以有所警惕和规避以至果然被不幸而言中。作品中或详或略地描述的张居正先是与玉娘、后是与两位胡姬的关系,则从情感和人性满足的角度,有力地显示出主人公在不同人生阶段或"重情"或"崇欲"的心理倾向,从侧面透露出他的事业兴盛或没落的趋势。

《张居正》对主人公心态与性格的种种描写,表现了政治强人个体人格在特定功业文化格局中展开与活动的可能性,以及这种展开对个人功业和人生命运的复杂影响。作品就由对权相事业的讴歌与人治文化的透视,深入到了对于封建时代功业追求者个体精神人格的描写上,作家审美意识中关注个体人生状态与意义的现代人本意识由此显现出来。

再次,作者在观察、理解复杂的历史现象时所秉持的,是一种以国家功业驾驭个人私德和政治韬略、以"为苍生谋福祉"作为价值旨归的思想立场,鲜明地体现出一种以国家实际利益、以民为本进行功利追求的现代"经世"眼光。

作为国家宰辅重臣,张居正始终面对着复杂艰难、牵一发而动全身的朝政矛盾局面。在上任之初的胡椒苏木折俸事件中,他面对着捉襟见肘、无力回天的国库空虚现状和牵涉广泛的京官集团;棉衣事件里,他面对的是以李伟、李高为代表的权贵巨室和卫护国家安全的北疆将士;夺情事件,他面对着清流舆论、个人人伦品格和处于关键时刻的整个改革事业。此外,诸如裁汰冗官、整饬吏治、整顿驿递、子粒田征税、清丈田亩、实施税收"一条鞭"法等治国大事之中,张居正无不面对着诸多不可避免的矛盾与冲突。甚至连是否再度重用海瑞这样一个清流名臣,也牵涉到"用循吏"还是"用清流"这样深广的思想和功利背景。可以说,他的几乎每一个决断,都必然地要触及某些物质或精神利益集团。张居正只能在种种复杂尖锐的矛盾和压力中进行判断、运筹、取舍,然后把握时机、作出实际上很难完满地达到预定目标的抉择。

在这样的社会历史环境中,张居正充分展开自己的政治智慧、运用自我揣摩到的官场权谋,就是势所必然的事情。在千姿百态的朝政事件中,张居正对部属官僚集团往往刚正威严、要求苛刻,作者对此表现出高度赞赏的态度。但作品又通过不断的描述表明,张居正其实深谙并严守"为政不难,不得罪于巨室"的官场要则,对巨室权贵、宦官和帝后时常玩弄手段,不断委曲求全。冯保亲属章大郎在胡椒苏木折俸过程中恣意闹事,外戚武清伯李伟及其儿子李高不断"没起色"地赚昧心钱中饱私囊,太后和幼帝也不断提出种种令人难以置措的要求,张居正对这些就总是在一番烦躁和矛盾之后,表现出一种屈从的态度。对于张居正的屈从、权术乃至委曲求全,作者却也给以充分的谅解。

审美主体形成这种价值倾向的思想基础,是因为张居正有曲尽其巧的变通,更有勇于任事的担待,而采用各种方式的目的,在于最终获得朝廷改革事业和自己宰相大业的总体成功与顺利。他一方面在日常生活中"送风葫芦取悦皇上、炼隐忍术笼络太监",显示出灵活到不无媚态的官场策略,另一方面"谈笑间柔情真似水、论政时冷面却如霜",而且关键时刻坚决地为皇帝"代拟罪己诏",充分表现出坚定的政治理性和大局原则。他始终坚持"用循吏不用清流",既基于对自我功业方向和人格品质的高度自信,也源于对人治环境中官场规则及其功业效应的深刻理解。总之,作品对张居正或赞赏或谅解的态度,皆源于审美主体以国家功业的成败驾驭个人私德和政治韬略的现代理性意识。

20 世纪 90 年代文学的王朝史叙事在人物形象刻画方面,比较明显地表现出几个创作误区:或者以历史社会的总体格局为人物形象的性格展示框架,历史人物作为"历史中的个人"的独特性,却得不到充分的、立体化的展现;或者热衷于探究历史人物的个人生活状态乃至个人隐私,把历史文学作品变成了琐屑、繁复而实际上内蕴浅薄的历史人物生活纪实;或者以单纯的人性、道德评判,代替对于复杂的历史功利及其文化、人格基础的深厚发掘。这实际上都是对历史的复杂性及其内在联系缺乏充分洞察力的表现。熊召政则以富于现代思想智慧的精神高度，综合揭示主人公人生所体现的功利、道德、人性等诸多层面的内涵，从而使得人物形象塑造的深度广度都显得不同凡响。

三

在第4届“茅盾文学奖”的评奖过程中，当时影响广泛的长篇历史小说《曾国藩》《雍正皇帝》《白门柳》曾展开过激烈的角逐。结果，对传统文化开掘深广而笔法朴拙的《曾国藩》败下阵来，被赞为“具有《红楼梦》风范”而实际上秉承中国古代民间叙事文学审美趣味的《雍正皇帝》，也因被挑出“文史知识的硬伤”而遭到诟病，二者均不敌洋溢着浓郁古典诗词情韵、但实际上社会影响乃至历史文化含量皆略有逊色的《白门柳》。这种胜负的背后所显示的，实际上是“茅盾文学奖”在评价过程中文学、美学本位的立场。文学界尤其是第6届“茅盾文学奖”对《张居正》的高度推崇，相当重要的原因同样在此。

要言之，《张居正》一方面以超越文人式性情感悟的写实功力，发掘和展示了中国封建时代人治社会机制的核心位置所呈现的文化底蕴；另一方面，这种传达又运用契合20世纪中国文学规范和审美趣味的方式，进行了成功的艺术转换。这样，小说与文人文化韵味浓郁、艺术上颇为精致的《少年天子》《白门柳》相比较，在思想骨质和文化厚度方面显出了为其所不具备的分量，而同精神文化路径相似的《曾国藩》《雍正皇帝》等作品相比较，则又显示出自己的审美优势。

《张居正》这方面的特征具体表现在以下几个方面。

首先，作者选择张居正宰相生涯掌权、稳权、用权和失权四个阶段的相关重大时刻，采用了单元式的情节结构方式，集中化地凝聚和组织社会生活与思想文化矛盾，并极具艺术分寸感地融入精心编织的故事情节之中，让人物性格在共同的历史事件、矛盾关系中展现和演变，让历史文化底蕴在故事的具体头绪中显现出来。“夺情事件”中清流人物的名节观念与张居正国家功利、个人功业意图的冲突,“棉衣事件”中巨室利益与国家安危的矛盾,“回乡奔丧事件”中张居正声望盛极将衰、“万历新政”危机四伏的迹象,都是在集中描述的重大事件中,通过对人物语言、行为的精彩描写表现出来的。作品的思想意蕴,因为这种叙事策略表现得透辟而又清爽,文本的章法、笔法也因充分的艺术匠心,给人以曲折变幻、张弛有度的艺术感受。

在当代著名的历史文学作品中,姚雪垠的《李自成》运用的就是这种单元式的情节结构方式。但比较而言,《李自成》是各路农民起义军、朝廷、清军等社会矛盾各方面,主副线以“史诗”的创作企图,在宏观的理性思路统帅下各自展开,结果各单元之间在“峰回路断”“云遮雾掩”的名义下,存在着巨大的叙事空隙。《张居正》则围绕张居正这个人物来建构情节的单元,并由此显出如高山流水般绵延而又如中国古典园林般疏密相间、错落有致的艺术韵味。

在此基础上,作者顺理成章地铺陈了明代的社会政治结构、朝廷典章制度和各种特定历史条件,并以之构成对主人公性格、行为基础的发掘。唐浩明的《曾国藩》等历史小说,也特别注意发掘人物性格的历史文化底蕴,作者往往将主人公性格的形成基础,一直追溯到中国传统文化的源头儒家、道家的思想观念,从而在整个中国传统文化的时空中展示主人公的文化人格。《张居正》对人物性格底蕴的发掘,则基本集中在对明代社会历史脉络的梳理。从文学角度看,这种梳理程度确实已能足够充分地展现人物思想性格的历史渊源与文化内涵,同时却又成功地避免了全盘展示中国传统思想文化可能造成的“过犹不及”“掉书袋”的弊端。

20 世纪中国盛行的现实主义文学理论认为,典型人物需要在典型环境中才能被鲜明突出地塑造,人物的性格和作品的主题必须在情节的发展演变过程中自然而然地表现。《张居正》结构和展开故事情节的方式,既是对当代历史文学优秀作品叙事传统的继承与发扬,又是对 20 世纪中国盛行的现实主义理论的贴切把握和独具匠心的运用。

其次,作者将对历史文化的深切思考、精当揭示,与对当时朝野的风俗世态、奇事异相的描述融为一体,既浓郁了奇事异相氤氲的历史文化氛围,又使作品对重大历史矛盾的描写落到了社会生活的实处,同时也增强了普通读者的阅读兴趣。

作品中对于风俗世态的工笔描绘随处可见。一个叙事单元的开张、一个人物性格的初步展示,往往就从这方面入手。张居正的"京察"大计从"邸报中连篇诳鬼话"开始,即属大的叙事单元从奇闻逸事开张。描写高拱和张居正对宫廷用碗有春宫画的态度差异、描写金学曾斗蟋蟀赌银两上交国库,则属着眼风俗、细处落墨而使人物一上场就个性毕现的妙笔。"送奶子冯公公示敬""送乌骨鸡县令受辱"等,皆为忙里偷闲宕开一笔,以富有风俗特色的情节来透视世态炎凉。即使在情节矛盾发展到冲突剧烈的时刻,作者也不忘穿插种种奇事异相、民间风情,从而使情节描述变得更加跌宕起伏、摇曳生姿。在湖北学政的矛盾纠葛一触即发的时刻,作者来段"金学曾智布黄蜂阵";"何圣人毙命"之时,书中又来一段"唱荤曲李阎王献丑",就是这样的笔墨。王希烈、魏学曾借酒论政敌之际,作者却夹杂"卖艺人席间演幻术",而卖艺人竟然是东厂密探,波谲云诡的艺术效果由此产生。而作品中"李国舅弄玄扮妖道""为求人大珰舍至宝""白发含冤昏死内阁"等揭示重大矛盾的情节本身,就是以风俗、风物为核心来展开的。

《李自成》《曾国藩》《雍正皇帝》等内蕴丰富的历史文学作品,都把展示特定历史环境中的社会风俗作为创作的重要着力点。但是,在《李自成》之中,京师风俗多半是作者为扩大文本紧贴主题之外的社会生活面而作的泛泛描述,第 3 卷下册刻画算命先生"张铁嘴"形象之类的笔墨在作品中并不多见。唐浩明描述风俗民情,往往作为展示重要历史人物性情的逸闻趣事,从与文本主题内蕴深度连接的角度看,缺乏《张居正》的紧密性。二月河作品大量的风俗描写,则采用传奇笔法,结果在表现作品主题方面,反而时有"旁逸斜出"、喧宾夺主之嫌。《张居正》的风俗世态描述不仅涉猎面更为开阔、丰富,而且因为高度的理性自觉,与作品意蕴境界的连接显得更为贴切、精当，从而有力地丰富和充实了作品的生活实感与人生内涵。

《张居正》对于风俗民情、世态百相的描述，不仅是对当代历史文学行之有效的创作传统的继承，也与20世纪80年代以来的文学超越纯粹的社会政治视角、强化"文化视野"的创作观念密切相关。80年代初的优秀长篇小说《芙蓉镇》，就力图"寓政治风云于风俗民情图画"[①]；80年代中期的"寻根文学"，更着力于通过直接展示各地域的奇风异俗，在民间生态中展示中国的文化根性。《张居正》对历史文化氛围的关注与精彩描述，正是对这种审美观念和写作规范的自觉服从与创造性运用。

再次，《张居正》还从各个侧面，吸收和展示了20世纪90年代以来中国时尚文化的价值元素与审美趣味。作品浓墨重彩地描述张居正与玉娘的"外室小妾"关系和"红颜知己"感受，邵大侠的人物形象，都与时下中国都市文学中盛行的言情、武侠叙事模式乃至社会状况有着明显的文化心理关联。而作品所展示的宫廷秘史、朝堂权谋，乃至世态描述中芸芸众生的逐利、享乐、趋炎附势的生活状态与价值心理，又何尝不是当今中国社会的映照？正因为如此，作品的历史生活画面就给人"陌生而熟悉"的阅读感受，从而增强了作品在当下读者中的接受效应与阅读快感。

但是，《张居正》对20世纪中国的文学规范与文化氛围的顺应，又从属于作品对主人公张居正形象的刻画、对"相业文化模式"的艺术透视。这样，小说的整体审美风范，就显示出一种将各种文化优势整合而有效地运用于自我艺术创造的精神特征。

总的看来，《张居正》在艺术上不属于开境界、开风气之作，而是一部适应各种规范、运用匠心使各方面传统融为一体而臻于完善的精致作品。从文学史的角度看，李白无所依傍开境界，显示出充分的原创性，固然达到了无人企

① 古华：《闲话〈芙蓉镇〉——兼答读者问》，《作品与争鸣》1982年第3期。

及的文学高度;杜甫"转益多师"、精心锤炼,完善诗歌的各种艺术话语模式,同样能取得旁人难以比肩的创作成就。在21世纪之初这中国文化经过几千年积淀、各种规范日趋细密的社会文化语境中,以钻研和服从规范为基础进行创新,确实堪称一条不得不然、却又经得起细致琢磨与检验的文化创造道路。所以,作为文坛内部综合评价集中体现的第6届"茅盾文学奖"高度推崇《张居正》,也就具有充分的合理性。

第三节 《天问·小说明末》:历史与人性并呈的明清易代悲歌

演义和探究王朝兴替史一直受到历史文学创作者的高度关注,明亡清兴题材也不例外。早在明末清初,这类题材中就出现了不少围绕"魏阉""剿闯""辽事""南明史""抗清"等历史关节点的"时事小说",其中分别出现了《梼杌闲评》《新世弘勋》《铁冠图》《辽海丹忠录》《樵史通俗演义》《海角遗编》《台湾外史》等代表性作品。清初孔尚任的《桃花扇》、晚清吴趼人的《通史》和无名氏的《吴三桂演义》,以及现代文学时期阿英的"南明史剧"等作品,显示出历代文人对这一题材领域的持续关注。当代作家也创作出不少明清易代题材的鸿篇巨制。姚雪垠的《李自成》以农民战争为中心和基点阐释历史的演变进程,刘斯奋的《白门柳》剖析易代之际士大夫的人生困境与价值选择,顾汶光的《百年沉冤》、凌力的《倾城倾国》、王占君的《崇祯皇帝》等作品由点及面地揭示明王朝覆灭的必然性,颜廷瑞的《庄妃》、穆陶的《红颜怨》则着力探究庄妃、陈圆圆等特殊历史当事人的人生命运与心灵隐曲。

林佩芬是台湾继高阳之后卓具成就和影响的历史小说家,在20余年的创作生涯中,她聚焦中国历史上满族兴衰和明朝衰亡两条线索,分别创作了《辽宫春秋》《西迁之歌》《努尔哈赤》《故梦》和《天问·小说明末》《天问·两朝天子》等卷帙浩繁的长篇历史小说。《天问·小说明末》①就是其中蕴涵丰厚而慨叹深沉、颇具代表性的一部。这部作品超越同类题材创作从某一重要的人物或事件出发进行侧面反映的审美格局，将忠实的历史审视与深刻的人性探索融为一体，以匀称绵密、细腻饱满的叙事，全景性地再现了明末历史大变局的来龙去脉、前因后果，深入剖析了王朝末世环境中的精神演变与人性蜕化，从而将王朝衰亡挽歌、人性蜕变哀歌和崇高人格颂歌等多重意蕴汇聚一堂，成功地开拓了明清易代题材的审美新境界。

一

《天问·小说明末》(以下简称《天问》)的情节设计与意蕴布局，显示出一种"整体性的研究和诠释"②明清易代历史的审美视野。作品以大明王朝的衰亡及其缘由为主线，同时又设计了"东虏"大清的崛起、贫瘠陕北的"流寇"民变和富庶江南的复社士风三条副线，建构起了总揽全局的意义框架。在对历史内容的具体描述过程中，作者由崇祯作出裁撤驿站这一导致李自成失去生计的决策写起，以崇祯在李自成攻进北京城之际追杀妻女和自缢于煤山收尾，时间跨度也涵盖了崇祯王朝衰亡的整个过程。

在这样的历史时空中，《天问》采用了多条线索并列发展、相关内容交错叙述的所谓"错乱体""悬丝傀儡体"③叙事结构，并表现出以下叙事策略。

首先，在人物性格的审美塑造方面，《天问》表现出一种史实考辨与心理剖析相融合的特征。《天问》中存在一个颇有意思的现象。在不少章节的最

① 《天问·小说明末》，林佩芬著。全书约137万字。1996年3月文汇出版社出版时，书名《天问·明末春秋》，分为上、中、下三册。1999年1月中国友谊出版公司编入"友谊版历史小说"丛书出版时，更名为《天问·小说明末》，分为4册。本文的论述以1999年中国友谊出版公司出版的4卷本为依据。

② 林佩芬：《后记：述往事·思来者》，《天问·小说明末》(肆)，中国友谊出版公司1999年版，第447页。

③ 林佩芬：《后记：述往事·思来者》，《天问·小说明末》(肆)，中国友谊出版公司1999年版，第448页。

后,作者都对情节内容所涉及的史实作出了专门的“注释”;在第一卷和第三卷末尾,作者还分别就“袁崇焕的崇高与悲壮”“柳如是的才情、烈性与侠骨”和“明末的复社”,撰写了专门的史实考证性文章作为“附录”;全书的正文之后,则“附录”了“明清之际简要大事记”。作者所下的史料功夫和“博考文献,言必有据”[①]的创作态度,于此可见一斑。但与此同时,作者又希望“除了史实之外”“使历史的诠释得到一个更广阔的空间”。为此,她“尝试着用心理学、精神病学等等‘现代人的学问’来探讨历史人物的内心世界、精神领域,和考据上的求实结合在一起”[②],从而将对历史人物重大行为抉择的探讨,落实和深化到对其思想基础与心理逻辑的分析之上。小说剖析崇祯皇帝的精神病态、李自成的心理演变、袁崇焕“知其不可而为之”的英雄情怀,均属基于这一审美路径的精彩笔墨。作者热衷于对人物的早年记忆与心灵创伤进行追溯,周延儒早年的贫寒与奋发、崇祯早年的宫廷地位及其心理积淀、张献忠的出身商贩之家和在四川的童年记忆之类,都在作品中被反复提及,其中所运用的就是典型的“精神分析法”。历史材料辨析与人物心理探索相结合,使得《天问》对许多历史问题的感悟与见解,都显得既深刻独到、又合情合理。作品中探究钱谦益和柳如是独特姻缘、张溥与周延儒政治交易的成因,就由于丝丝入扣地展开了他们曲折、复杂的心理逻辑与观念基础,而显得格外丰满与贴切。

其次,在人物关系的艺术处理方面,《天问》表现出一种各类人物形象及其精神蕴涵之间相互对比和映衬的特征。在《天问》中,各类人物之间的对比与映衬关系是相当明显的。“大明”“大顺”和“大清”几大政治军事阵营及其人物基本特征的差异,本身就构成了全书整体性的对比和映衬。在明王朝崇祯阵营的君主与大臣、朝堂大臣与疆场将帅之间,存在着这种对比和映衬;在

---

① 鲁迅:《〈故事新编〉·序言》,《鲁迅全集》(第 2 卷),人民文学出版社 1995 年版,第 342 页。

② 林佩芬:《后记:述往事·思来者》,《天问·小说明末》(肆),中国友谊出版公司 1999 年版,第 448 页。

"流寇"李自成的阵营中,这种对比和映衬既存在于李自成与不沾泥、张献忠、曹操、高迎祥等各路首领之间,又存在于李自成与高杰、李岩等部下之间;在复社名士与江南名媛之间,用徐佛的痛苦对照张溥的蜕变、用杨影怜的失望衬托陈子龙的困境,以名媛整体的高洁反衬名士群体的堕落,对比和映衬关系表现得更加鲜明。在具体的故事情节如袁崇焕冤案中,袁崇焕的赤诚与朝廷上下各怀鬼胎的处心积虑形成了对比;在袁崇焕的周围,也是既有追随者程本直以豪杰相许、义不独生的正面衬托,又有谢尚政卖身投靠、"势利"诬告的反面衬托,还有祖大寿鸣冤的愤激和孙承宗精神传承的坚定相映衬。正是诸多角度的对照,才使得袁崇焕"知其不可为而为之"的崇高人格显得更为令人景仰。《天问》这种错综复杂的对比和映衬关系或客观形成、或主观建构,明显地起到了区别人物性格与精神、丰富文本艺术蕴涵的审美功能。

通过这样的整体布局和叙事策略,《天问》有效地达成了对明清易代的历史进程进行多层次、多侧面综合考察的思想视野与问题境界。

在审视大明王朝的政局衰变及其复杂缘由这一情节主线方面,作者围绕崇祯的统治行为与人生状态,全面展开了大明王朝在朝堂、后宫、疆场、市井等江山社稷的各个场域所体现的衰变景观。相关描述广泛而又深入,但其中又存在两个关注焦点。其一是点面结合地展开了对朝堂政局的揭示。作品广泛勾勒了满朝文武谄媚贪婪的人格品质、敷衍塞责的谋国态度和平庸无能的朝臣器局,又着重剖析了权臣周延儒和温体仁之间贪腐狭隘、权争内斗的丑剧。这种官场风气与政体的专制和君主的平庸、乖戾一道,导致了明末朝政腐败、暗昧而苟且的生态特征。其二是描述了众多浴血疆场的国家栋梁的悲剧性命运。作者首先详尽地剖析了袁崇焕的冤死及其复杂成因,揭示了大明王朝自毁栋梁的黑暗政治局面;随后一环紧套一环地描述了祖大寿"易主"、曹文昭枉死、孙承宗和卢象升尽忠等一幕幕悲剧;对于洪承畴与杨嗣昌,作者谴责了他们独当一面、却携私腐败的封疆大吏特征,也用惋惜与遗憾相结合的笔调,揭示了他们在无能为力的绝境中历经内心"天人交战"的煎熬、最终只能走向投降和自杀的末世权臣之路。一种"黄钟毁弃,瓦釜雷鸣"的江山社稷局面和栋梁倾覆、人心尽失的王朝衰亡气象,就深刻、有力地呈现出来。

对于李自成队伍和皇太极阵营,《天问》主要是通过揭示他们的演变历程与精神气象,来阐发其兴衰成败的内在必然性。

早期的李自成不过是个憨愚蛮野、"饥寒起盗心"的安善良民,被逼无奈才落草为寇、亡命天涯。从投靠王左桂到转投不沾泥,他逐渐学会了变通,但再次转投"大哥"高迎祥之后,他仍然希望"重新做人",不仅赤诚相见、屡屡自告奋勇打头阵,而且还从寿州发粮后饥民大量追随的事件中体会到了拯救黎民于水火的正面意义。待到招兵买马过黄河、与张献忠会合时,李自成逐渐发现了"兄弟不及人马枪"的江湖"硬道理",于是学《水浒》、学宋江,就由模仿其江湖义气、英雄豪情转向了谋求其江湖地位和阴狠、提防心。随后,从车厢峡献计到避让张献忠,再到荥阳大会时用武力控制会议、以突然杀人的方式威逼张献忠,直到谷城会给张献忠"下套",李自成对霸道与阴狠的运用渐趋娴熟,并将"既要面子,也要里子"作为了行为的要诀。玩权谋杀掉罗汝才、打开封使用灌水毒计、背弃恩主高迎祥、掘明王朝凤阳祖坟等残忍阴鸷之事,则表明李自成已沦入"顺昌逆亡"的霸道境界,并无作为一代开国君主的"王道"人格。作者还着重刻画了高杰和李岩两个人物形象。高杰作为极受重用的早期兄弟,却从多方面背叛了李自成,他的形象从"流寇"队伍道德氛围的角度,揭示了李自成后期人格的社会基础。谋士李岩始终与李自成话不投机的状态,则在对比中显示出农民军胸襟、眼光和政治智慧的局限性。这两个人物形象一正一反的衬托,更强烈地体现出"流寇"队伍缺乏大格局与大气候的根本性缺陷。由此,"大顺"王朝兴亡倏忽的根源就得到了一种独特的解释。

对皇太极阵营,作者持基本肯定的价值立场。作品以渲染大清朝野的蓬勃生机和清明气象为基础,通过容忍祖大寿降而又逃、反复无常的故事,展现了皇太极虚怀若谷、收揽民心的宽广胸怀；通过铸红衣大炮、邀大明降将训练水军的故事，表现了他求贤若渴、眼光远大的英主品格；通过伐明目标由“开疆拓土”到“廓清天下”的国策转变，表现了他的勃勃雄心。作者也如实地表现了大清所经历的种种惊涛骇浪，但往往由此更显示出领导者控制局面、克服困难的智慧与魄力。一个新兴国家必将乘风破浪走向远大前景的历史风范，就在作品简要而中肯的描述中展现出来。在大明王朝衰亡已成定势的前提下，李自成队伍和皇太极阵营间的成败必然性，也在这种对比性的描述中得到了鲜明而集中的体现。

《天问》还独具匠心地设计和展开了复社文人活动的情节线索。虽然从东林党到复社，剧烈的党争和士大夫指斥朝政之风是明末的一种重要政治现象，但这种现象毕竟只存在于明王朝内部，并不具备与三大政治、军事集团相抗衡的功利实力。所以从考察天下兴亡大势的角度看，将复社活动作为与明朝衰亡、清朝崛起和陕西民变同等重要的历史内容呈现于审美境界中，似乎是不合逻辑的。历来明清易代主题的创作也少有这种理解与认知思路。但《天问》的匠心独具之处正在于此。作品大量地描述了复社文人的活动，展示了他们在政治黑暗的时代环境中眼看天下糜烂却报国无门、走投无路的心理痛苦，在拯世济民和功名利禄之间的精神挣扎，以及由此导致的以学术、舆论影响政治的精神道德传统的蜕变。张溥由怀抱救国救民的理想领袖群伦，逐渐转向热衷权势、以团体清誉为个人私器，最终沦为了政治利益集团党派之争的工具；吴伟业功名高中，却在权势集团的夹缝中庸庸碌碌、虚度年华；懦弱而迷茫的陈子龙，最终彻悟应做“真正对百姓有贡献的人”，但只能选择在书斋中校订《农政全书》的道路。以张溥为代表的复社文士“萎靡不振、迎合当道、功利挂帅”的情怀，以及读书人阶层普遍的苟且迷茫、进退失据的状态，实际上体现了整个时代精神无可挽回的衰变。如此病入膏肓的王朝，自然不可能具有起死回生的可能。由此，《天问》对明王朝衰亡缘由的探索，就从功利考辨深化到了对时代精神品质进行审视的层面。

二

《天问》的情节主线和审美重心，落在大明王朝的衰亡缘由方面。作者以"宏观历史，微观人性"①的思想眼光，深刻地揭示了大明王朝朝野上下精神蜕败、人性堕落的状态，从而以人性阐释历史，有力地展现出其必然衰亡的历史趋势。

《天问》对朝廷重臣和复社名士两大精英群体的人格状态进行了尖锐而沉痛地揭露，深刻揭示了大明王朝政治和社会精神基础的衰败。

在明末官场生态中最具代表性的，当属温体仁、梁廷栋、周延儒和洪承畴。温体仁身为首辅，却将"千里做官只为财"当作人生的信条，挖空心思地贪腐和弄权，甚至还有过给崇祯送礼的"创举"。梁廷栋本以"颂圣"起家，在谋害忠良、谋取私利方面均无所不用其极。周延儒青年时代曾贫无立锥之地，却有过传奇般的娶妻和中举经历。入仕以后，因为"善体帝心"，也一直升迁顺利。正因为如此，他曾有过积极、奋发的人生状态，还出现过上书崇祯为袁崇焕辩冤的壮举。秉持正义的努力失败之后，周延儒的精神产生蜕变，逐渐走上了毫无顾忌和毫不收敛地贪腐、奢靡的道路。"读书、科考、做官，所为何来呢?"经过如此这般的一番参悟之后，保住生前的功名富贵成了周延儒的人生要义。洪承畴作为崇祯最为倚重的疆臣，却精明而贪婪，将个人的功名富贵放在了首位。从剿张献忠到剿不沾泥，他屡屡"放水""剿贼不除根"，以便有"剿匪大臣"的位置供他长久稳坐；从污蔑总督杨鹤"主抚误国"到提防曹文诏"除恶务尽"，他对异己者则毫无顾惜地诬陷和压制。大明的江山社稷和个人的人格信仰，早已被这些手握重权的大臣置之度外。

读书人人格的蜕变，则以复社领袖张溥最为典型。张溥作为文士领袖，早

---

① 林佩芬：《义归乎翰藻，事出于沉思——历史小说的隐喻、假借、模拟、渲染、寄托与理想》，吴秀明主编：《中国历史文学的世纪之旅——现当代历史题材创作国际研讨会文集》，春风文艺出版社2004年版，第71页。

年秉承东林党人的精神传统，存拯世济民之心，有“欲上青天揽明月”之风，颇具个体人格的魅力。“只为了‘不甘为人后’念头太强”，在会试中榜后的居京生活中又遭受权贵压制，于是走上了假公济私、门派争斗之路。争斗失败、离京回江南后，张溥马上召开虎丘大会，大摆复社领袖、“文坛霸主”的威风，精神品质也随之发生了更严重的蜕变。他唯我独尊、顺昌逆亡，将满腹诗书与一腔理想转化成了热衷权力、自大嚣张，不仅把持科场、坐收名利，而且不择手段地迎合当道，甚至发展到了为贪腐大臣周延儒复出“政治献金”、试图结党左右朝政的地步。功名利禄“观念的形成，远比十万名盗匪还要可怕”，张溥就这样由意气昂扬、声望昭著的士林领袖，迅速地蜕变成了利欲熏心、不择手段的权奸之徒，表面看起来气焰熏天，实际上已经走上了精神人格的穷途末路。

但温体仁之流之所以能大行其道，根源实在于崇祯的庸劣与纵容。温体仁给崇祯本人送礼，竟然也被收下；梁廷栋的人品朝野皆知，却由于逢迎有术而一路升迁。而且，温体仁在文震孟和刘宗周、复社、钱谦益、周延儒等各路人马的先后夹击下“四面楚歌”，却仍然做成了“不倒翁”，只因与内臣曹化淳互斗失利才最后倒台；梁廷栋也是因崇祯的一念、一言而大起大落。洪承畴贪婪、谄媚、阴险而目无君国，崇祯却对他长期重用、不断妥协，甚至出现了“纵一人之心、失天下人心”的局面。即使是周延儒，在又一次黯然下台、被赐自尽时也觉满腹委屈：“皇帝爱拍马屁，敢不做佞臣；做了佞臣落得这样的下场！”因此也从心底里诅咒这个时代的毁灭。凡此种种，均可见专制体制中“乱自上作”的特征。

在此基础之上，《天问》重点揭示了崇祯这一大明江山掌控者的庸劣品质、病态人格与亡国之君气象。

首先，作者以崇祯作为江山社稷掌控者的先天局限性及由此形成的精神病态为基础，对他内心隐藏的人性之恶和“灵魂之魔”进行了有力的批判。崇祯这个人才具平庸、出身卑贱，登基又具有偶然性，因而存在着浓厚的“心虚”“与自尊心纠结、夹缠不清的自卑”心态，形成了狭隘、敏感而脆弱的性格病态；身处天下主宰者的高位，却又给了他极度自尊、自负和恣意妄为的条件。于是，每当难题或危机来临时，崇祯虽然缺乏摆脱困局的心气与能力，却“深恐被人瞧不起”，不能也不愿采用良策、广纳雅言，只好神经质地紧张与恐惧、毫无章法的独裁，束手无策之时，则往往寄希望于神灵，采取用内帑祭祖、作法诅咒的方式来解决问题。但每当危局过去之后，他又不愿理性地自我反省，而总是以牵强地追责和无辜地杀人来宣泄内心的焦躁与恐慌。因为国事每况愈下、毫无转机，崇祯内心的人性之恶也就在一次次类似的行政过程中循环爆发，成了无法摆脱的“心灵之魔”。

其次，作者着力展现了崇祯的“家天下”观念及由此形成的“孤家寡人”猜忌、寡恩的思想人格特征。崇祯的“家天下”观念表现在两个方面。一是强烈的恩赐意识。崇祯对待大臣的普遍观念，就是“朕给他做大官，给他隆恩”，大臣就应当“知恩图报”，“国事解决不了”，就是大臣们“看不起我”“不尽心”，因此“罪在臣躬”。二是猜防贤才和任人唯亲。崇祯在内忧外患面前，表现出明显的“猜防”之心，生怕大臣“要挟”他，甚至认为外敌不足道、内敌遍朝野，担心权力被削弱胜过了担忧江山受损伤。既对群臣存猜防之心，自身又眼光局促、智能平庸，崇祯自然只能依据大臣给予他的表面态度乃至相貌观感来识人、用人。依照这种逻辑行事，崇祯长期亲佞臣而远贤人，甚至在决策过程中习惯性地以怀疑和杀戮为主导，也就并不意外了。袁崇焕冤案，就是崇祯以相面感受和权力猜忌始、以听信诬陷“虐杀”终的典型例证。对于善于吹牛拍马的梁廷栋和心理上的亲近之臣周延儒，崇祯却给予了不断的升迁和无原则的偏袒。正是“家天下”观念的这种恶性演化，决定了明王朝大厦将倾之际栋梁湮灭、“国中无人”的态势。

再次，作者以寻常百姓的假设作为映衬，着力表现了崇祯身处帝王之家天伦之乐的匮乏，揭示了他人性扭曲、心性失常的心理情感基础。作者反复渲染了崇祯因国事如麻、心烦意乱、欲借后宫之乐消愁解闷却于事无补的精神状态，深刻地表现了正常的人性、人情在这个失意君主身上的日渐缺失。作者还错落有致地描述了周后和田妃等人“以色事人”、苦闷而常怀恐惧之心的宫廷人生状态。她们一辈子为争宠、为身世清白与否、为可能的老死冷宫而费尽心计甚至痛苦不堪。在勾心斗角、亲情味寡淡的后宫生活中，田妃最终抑郁成疾而病逝，周后则患上了“失语症”。这类描写既为崇祯心性失衡、患上“失心疯”提供了充分的铺垫，也有效地强化了大明王朝“悲凉之雾，遍被华林”①的悲剧氛围。正因为如此，帝王之家的众多人物都屡屡生出“不如寻常百姓家”的人生感慨。

最后，作者着力表现了崇祯的身心崩溃过程，有力地折射出大明王朝一步步走向衰亡的生命气象。在众多矛盾与问题无休止地恶性循环、把明王朝急速地推向毁灭的过程中，身陷其中的崇祯精神心理也在不断崩溃。从裁撤驿站导致李自成起事，到杀袁崇焕导致第二次戒严时北京守城乏人，直至福王被杀、松山城破，随着大明王朝的灾难迭起，崇祯的“中兴”之梦和“天纵英明”的自我感觉逐渐破灭。由当初以“看不起我”为名杀正派大臣，到因疑人不尽心而正派与非正派者都杀，他对待大臣的猜疑与恶意揣度之心也越发加剧。到了对李明睿的迁都之议患得患失时，崇祯实际上已经耽搁了挽救大明王朝的最后机会。召驸马进宫问计备兵、在噩梦中“召袁卿”之类的举措，则是他黔驴技穷的最后表现。在外在压力与内心矛盾的长期折磨中，这个不过是坐了特殊位置的庸常之辈，甚至面对陈圆圆的美色出现了生命力衰竭的情形。最终，崇祯走上了杀人、自尽的末路，与之息息相关的大明王朝也就随之走到了生命的尽头。

一个政权、一个时代的根本基础，实际上在于其精神品质，“人心中一旦道德沦丧，恬不知耻，那么，整个时代在精神上就已经腐败、灭亡了”②。以崇祯为枢纽和核心形成的这种人心溃败、人性堕落的局面，既给大明王朝带来了难以挽回的损伤，本身也是大明王朝江山易主的根源之所在。《天问》以人性

① 鲁迅：《中国小说史略》，《鲁迅全集》第9卷，人民文学出版社1995年版，第231页。

② 林佩芬：《天问·小说明末》（肆），中国友谊出版公司1999年版，第320页。

与历史互证的审美思路，使得文本审美境界呈现出王朝衰变挽歌和人性蜕变哀歌兼而有之的精神品格。

三

面对王朝衰变过程中“行将消灭的一切悲剧”，《天问》遵循一种同时“暴露它的缺陷与德性”的审美原则，既谴责社会各阶层道德的沦丧、人性的蜕变，也对浴血疆场的大明将帅和洁身自好的江南名媛给予了充分的正面关注，描述他们的悲剧命运，揭示他们内心深处的精神操守和生命情怀，作品也就既展现了历史的“沉重的悲哀”，又深入发掘出其中“壮烈的努力”和“浑沌的骄傲”①，增添了崇高人格颂歌层面的丰富蕴涵。

首先，《天问》描述了以袁崇焕及其追随者为中心的明朝将帅形象，热情讴歌了他们在“天道不公”的命运绝境中为江山社稷而力挽狂澜、死而后已的精神气节和生命情怀。

《天问》对于袁崇焕形象的刻画，从命运遭遇和精神世界两个层面同时展开。在命运遭遇层面，作者围绕袁崇焕的冤案，由他进京勤王但崇祯不许入城、无知百姓在京城危急时形成民怨开始，展现了陈继儒等为挟私报复而制造谣言、锦衣卫密报“以战胁和”策略造成崇祯误解、梁廷栋奉旨核查、皇太极利用被俘太监施行反间计的过程；又用不断“闪回”的艺术手法，勾勒了袁崇焕长相粗犷而又缺乏“仰体圣意”的能耐、擅杀大将毛文龙、早期主张议和而随后又不应命出战等曾使崇祯产生隔阂、疑惧心理的往事；还从思想观念的层面，揭示出满朝文武除了“汉贼不两立”“看边小夷不承认”等迂腐观念之外不知“边事”为何物的情形，从而全面、深入地阐释了冤案的来龙去脉与前因后果。与此同时，作者深刻地揭示了袁崇焕思虑万千而志向崇高的精神世界。在冤屈重重的人生绝境中，袁崇焕虽然“功高明主眷”的愿望落空，不由得悲

① 林佩芬：《〈天问·明末春秋〉自序》，文汇出版社1996年版，第1页。

凉地感慨“生在我们这个时代，固然是一种悲哀”，却义无反顾地坚持“尽其在我，奋尽全力而后已”，期待着人生“无愧”“心苦后人知”。作者还以“读圣贤书，所为何事”的反诘，从民族精神传承的高度，对袁崇焕“知其不可为而为之”“尽其心”的精神气节进行了充分的肯定。

袁崇焕“天柱倾覆”，大大瓦解了镇守疆场的大明军队的精气神，但秉承袁崇焕人格精神的大明将帅们，仍然在痛苦而矛盾的心境中前仆后继、死而后已，以期“使时代破败的脚步减缓”①。孙承宗和卢象升就是其中颇具代表性的两位。他们遭受着贬斥与冤屈，却仍然忧心如焚，在悲愤与绝望中孤军奋战。高阳城破，孙承宗满门尽忠；巨鹿之役，卢象升力战而死。他们以悲壮的毁灭，展现了生命个体在江山社稷的危局中所可能具有的“人性的尊严”。作品中有关袁崇焕远比屈原、岳飞、文天祥而近效于谦、杨继盛、熊廷弼，卢象升自比岳飞、李广之类的描写，则从源头追溯的角度，强化了其精神品格的崇高性。

其次，《天问》描述了以徐佛、杨影怜为中心的江南名媛形象，在与复社名士的鲜明对比中，赞颂了她们在“天道不仁”的无奈命运中“独善其身”的高洁情操。

归家院的徐佛与爱儿(后更名为“杨影怜”“柳如是”，笔者注)主仆是名媛线索的表现重心，这一情节线索的审美功能有二。其一是通过描述徐佛与张溥、杨影怜与陈子龙的交往及其失望、痛惜之情，在鲜明的对照中表达对整个明末“士”阶层的深切批判；其二是通过描述徐佛与杨影怜的人生追求，展现个体生命在整个社会精神失落的末世环境中进行心灵坚守的可能性。

徐佛从迷恋复社领袖张溥开始，就在“入了烟花，只能认命”和“人定胜天”、扭转命运的矛盾中挣扎。张溥经历了从意气昂扬到利欲熏心的人格蜕变，徐佛对张溥的情感也相应地经历了由暗自依附到失落痛惜的演化。作者

① 林佩芬：《后记：述往事·思来者》，《天问·小说明末》(肆)，中国友谊出版公司 1999 年版，第 449 页。

细腻地描绘了徐佛暗恋张溥的内心隐秘和柔肠百结的精神矛盾，充分揭示出一个弱女子在乱世的人性泥淖中“心比天高、命比纸薄”的人生命运。徐佛自比《红梅阁》的李慧娘，质问人性的脆弱、理想的变质，最后脱籍从良时情愿坠入庸常、也不愿选择心仪已久的张溥，则将其对张溥的失望与蔑视，哀婉动人而深切有力地表现出来。正是在对张溥情感心理的演变中，徐佛“独善其身”的精神操守得到了清晰的呈现。

杨影怜的情感和人生经历更为复杂。她既有早年被致仕大臣周道登强买的惨剧，也有成为宋征璧风流艳事当事人的经历，还有与陈子龙由心心相印起、却以失望绝情终的痛苦。而且，无论是陈子龙的真心还是宋征璧的艳羡，都无法让她摆脱凄苦的命运，才艺绝伦、意趣高雅则反成命运悲剧性的鲜明对比。但在“天道不仁”的命运遭遇中，由徐佛的丫鬟“爱儿”到才名远播的名媛“杨影怜”、再到另寻新路的“柳如是”，杨影怜的才艺、精神乃至生命力不仅未被摧毁，反而出现了令人惊叹的发展与成长。这无疑是“独善其身”的更为意气昂扬的表现形态。

再次，《天问》还深入揭示了当事人在历史大变局中的人生困惑与价值迷茫，并从“生灵何辜”的社稷、黎民意识和“读圣贤书，所为何事”的民族文化原则出发，充分肯定了他们“尽其在我”、对黎民苍生“施以仁心”的个体生命的精神崇高性。

徐佛、杨影怜和袁崇焕、孙承宗等人虽然与末世环境中人格蜕变、人性堕落的生命境界形成了鲜明的对比，但这些生命崇高意义追求者的内心世界中，同样存在着深刻的矛盾与困惑。作者对此进行了洞烛幽微的揭示。徐佛和杨影怜在从良过程中之所以举棋不定、犹豫反复，既源于情感的牵挂，显然也源于价值取向的犹疑，徐佛最后的“剃度”，更将其失落与困惑以相当极端的形态表现出来。孙承宗在对国事的绝望中选择“尽其在我”、为抗清而英勇就义，虽然达到了人生“庶几无愧”的境界，但“华夷之别重，还是百姓性命重”“争伐所为何来”之类更深层的意义困惑，却始终萦绕着他。曹文诏清晰地看到了大明的“气数”，却只能不断地“剿贼”，虽英雄一世，却难掩如此下去大明将成“空无一人之国”的内心恐慌，于是不得不满怀疑虑地反躬自问“可无愧了?”祖大寿在袁崇焕冤案之后满怀愤激与委屈、深感“没有天理”，经历了出奔辽东、被俘出逃等种种波折，在不断的反复后选择了“投降”清朝。虽然作者从顺应天下大势的角度将他的行为理解为“易帜”，也从大节与大势的比较中承认他的人性尊严，但他本人的内心中岂能无愧无悔？更具根本性的困惑则在于，袁崇焕冤案就清晰地显示出，大明王朝已经处于一种国事败坏、奸臣弄权、君心错乱、百姓疯狂的状态。那么，一个“连百姓都已疯狂的国家还能挽救吗”？一个观念解体、历史必然性与功利合理性都不再明晰的王朝末世，生命意义的崇高性与正义性还有可能存在吗？

这显然是一个极富思辨色彩和哲学意味的问题。对此，作者从“生灵何辜”的社稷、黎民意识和“读圣贤书，所为何事”的民族文化原则出发，对其给予了有力的阐释和充分的肯定。对于“水淹开封”时“原有八十万人口，一场人为的洪水泛滥之后仅余十万”①的巨大灾难中的芸芸众生，对于弱小无辜而常怀忧生之嗟的长平公主，作者都进行了倾注着无限同情的艺术聚焦；对于陈子龙的精神迷茫、吴伟业的进退失据、宫廷后妃的心理恐慌与痛苦，作者也给予了洋溢着同情、体谅之心的笔墨；作品中甚至还借母猫为保护而吞噬幼猫的故事，对外在世界的危险与诡异所导致的心理惊恐，进行了充满寓言与象征色彩的渲染。由此，作品就形成了一种对无辜的黎民苍生满怀悲悯之情的艺术氛围。在此基础之上，作者笔下的袁崇焕、孙承宗、卢象升等，无不深深地感叹“生灵何辜”，进而思考着在这样的乱世环境中“读圣贤书，所为何事”的文化原则问题，并将其转化为“尽其在我”、对芸芸众生“施以仁心”的个体人生选择。作者则通过情感鲜明而颇富思辨色彩的艺术描写，对此表现出高度认同与赞许的审美态度。

---

① 林佩芬：《后记：述往事·思来者》，《天问·小说明末》（肆），中国友谊出版公司 1999 年版，第 450 页。

由此出发，作者以一种透彻而通达的思想眼光审视历史乱象，对不同战争阵营中体现出拯世济民之“仁心”的人物，都表现了充分的理解、尊重和肯定。袁崇焕在大明将亡的境遇中激发出生命的光辉，卢象升哀民生之多艰、“求仁得仁”，作者讴歌其人格的崇高；范文程以耶律楚材自许，立志无分夷夏、挽救天下苍生，在大清国将兴时燃起奋发的斗志，作者同样表现出由衷的景仰；李岩因为攻打洛阳、传唱歌谣而产生过“成王败寇”、改朝换代的辅佐感觉，于是虽然在水淹开封时曾质问上天“生灵何辜”，却还是心甘情愿地寄身闯营、为其制定典章制度，这种人生选择也获得了作者的理解与敬重。这样一来，《天问》就进入了一种“从‘人’和‘仁’的角度”①探王朝兴亡、哀人间乱世的艺术境界，深具人道色彩的历史哲学意识和充分的审美现代性，也由此鲜明地表现出来。

① 林佩芬：《后记：述往事·思来者》，《天问·小说明末》（肆），中国友谊出版公司1999年版，第450页。

第五章　传统文化审视的价值话语向度

第一节　《大清相国》的官场文化阐释与人格范本建构

《大清相国》是一部典型的以史为鉴、古为今用的历史小说，这部作品之所以能产生巨大而持续的社会影响，根本原因不在于作品历史容量的丰厚和文化底蕴的深邃，而在于触及了当代中国政治文化生态的一个核心问题。这个问题就是：在也许永远都不可能完美的官场，到底能否有圆满和成功的人生存在？具体说来，《大清相国》其实是作家王跃文在《国画》《梅次故事》等现实题材官场小说的创作遭受挫折之后，采用以退为进的文学策略，把对官场生态问题的思考置换到了历史生活场景之中，通过探讨历史人物如何认识和处理封建时代官场文化，来深化对现实官场的认知、判断与行为方向引导。

首先，《大清相国》对封建时代的官场文化及其成功应对方式，进行了以实践理性为思想根基的艺术阐释。

《大清相国》围绕康熙朝重臣陈廷敬在官场上的争宠、争权与争利而展开，对官场权术的揣摩与描写成为作品的重要内容，作者还相当自觉地表现出传授官本位环境中为官“心术”的艺术意图。对于各种官场事件的处理方法与具体过程，对于其中的矛盾纠葛、心理战术、处事要诀等，特别是陈廷敬自保的“五字真经”，作者都条分缕析地铺展开来。尤其是对于康熙人格与精神世界的世俗性、庸常性，作者给予了有力的揭示。每当陈廷敬破获一起大案、挖出一批巨贪，康熙都要龙颜大怒，而且这大怒不仅是针对那些巨贪，还有针对陈廷敬的。其中的根源则在于，挖出了这么多贪官，实在是有损太平盛世的光辉形象，甚至暗含着某种对康熙统治、对整个大清的否定。作为江山社稷和官场全局的主宰者，作为历史记载与文学塑造近乎完美无缺的“圣主”，“康乾盛世”的康熙人格内在本质也不过如此，其他时代、其他君臣及其所营造的官场风习就更是可想而知。所以，无论何种时代，官场同样少不了权术；无论是好官、清官还是坏官、贪官，都需要运用各自的权术在官场上斗智斗勇，从而不断地成功或失败。也就是说，不管怎么理解和判断，权谋文化都是一种具有规律性、必然性的官场现实。这正是《大清相国》以实践理性为思想基础而形成的、对于官场文化清醒理智的艺术阐释。

其次，《大清相国》从人格理想化与现实可行性相结合的视野，塑造了陈廷敬这个“官场大赢家”的人格范本形象。

《大清相国》撇开历史小说通常关注的王朝兴衰大事，转而以陈廷敬的个人官场沉浮为审美重心。作品围绕陈廷敬的几个官运转折点和重大案件查访过程，深入剖析了他虽然深知在险恶的官场环境中辅政之难，却能既为清官能臣、又能“善终”的具体手段与内在原因。对于陈廷敬的“等”和“忍”等官场权谋，作者则解读成敬畏秩序、愿意遵循秩序者对待秩序的灵活处理方式。从而多层面地揭示了陈廷敬在顺应“皇上”好恶与坚持自我为官、为人原则之间如何处理好分寸的问题。作者还通过对康熙皇帝和大臣群像的描绘，揭示了做“坏官”与做“好官”同样艰难的客观规律。并从国家利益的高度，将传“权术”与颂“气节”结合起来，对种种谋略和手段进行了一种向政治智慧境界的转化。深切地揭示出中国传统文化的道统在与政统博弈时所显示的政治谋略与生存艺术。通过将正反两方面的历史图景进行融为一体的艺术表现，《大清相国》就有力地揭示出，在中国的官场上既适应潜规则自保、又成功地做事和辅政，虽然具体过程相当地艰难复杂，而且往往会付出沉重的代价，但总体看来并不是毫无可能。

再次，《大清相国》还以具有审美超越性的思想眼光，从整体上对官场文化进行了批判性的反思。

一方面，《大清相国》在反复探究与表现权术的基础上，从总体上将其定性为官场秩序制衡的手段。既然以相互制衡为前提，就意味着其中已没有理想的状态、没有真正的赢家。正因为如此，作品对陈廷敬的“善终”问题，最后采用了陶渊明“久在樊笼里，复得返自然”的思想路径，以他逃离官场、返归乡土来解答。另一方面，《大清相国》面对官场文化而塑造陈廷敬人格理想形象本身，就包含着一个道德的个体如何面对不道德的社会环境的问题。陈廷敬形象所启示的，实际上是道德个体如何在承认私利与保持道德底线之间维持平衡、如何在环境复杂性中生存发展和成就自我。一种个体本位的对历史复杂性和理想出路可能性的哲理化探索意识，就由此鲜明地体现出来。

《大清相国》以朝堂君臣的生存状态为观照对象，但王朝命运的盛衰不再是文本意义建构的着眼点，这部作品的审美视野新变之处在于，作者将内在思路放在了通过历史人物的人生智慧与为官实践来感悟官场文化的规律，进而以之为基础来论证当今社会在官场廉洁有为、人格完善的可行性。由此，《大清相国》就鲜明地体现出一种以古代官场的人格范本、人生榜样来对当今时代进行文化训诫的思想意识。

第二节　《道家演义》的道家文化命运、人格与思想精义展示

发掘和表现历史人物与历史生活的文化底蕴，是转型期历史文学的重要创作倾向，但以一种思想文化本身为审美对象，则因思想和艺术的难度而在历史小说创作中甚为少见。湖南文艺出版社 2000 年推出了长篇历史小说《道家

演义》，这部长达126万字的作品分为《惊魂》《丹血》和《仙问》三部，以真正“文化小说”“教授小说”的艺术姿态聚焦中国历史上绵延几千年的道家文化，全面展现了道家的哲学精义、演变历程和生命境界。

《道家演义》的作者李生龙系湖南师范大学中国古代文学教授，长期研究中国道家思想与文化，撰写过《无为论》《道家及其对文学的影响》等学术专著。他在《道家演义》中以多年的学术研究为基础，采用哲理和韵味兼具的艺术笔调，全方位地展示了道家文化的生存状态，体现出一种力求揭示民族文化的哲学精义与生命境界的审美追求。

首先，《道家演义》在辽阔的历史时空中，全面展现了道家文化兴衰演变的轨迹。小说从道家开山祖师老聃在动乱之世潜心感悟人间生存之道起笔，一直写到元世祖忽必烈尊崇佛家、大毁全真教而结束全篇。作者在一个接一个意味深长的人生故事中，展开了道家从治外到治内、由济世而养生、变道家为道教的思想演变轨迹，呈现了这一思想文化流派被贬抑、被倡扬、被利用的社会文化命运。这种以文化的精义为轴心来连缀跨越了众多朝代的相关历史生态，从而形成一种既波谲云诡、姿态横生而又探幽烛微、内蕴贯通的审美境界，在当代历史小说创作中显然甚为少见。

其次，《道家演义》还引人入胜地塑造了诸多具有喻示、象征、范本意义的道家人物形象，亦真亦幻地描绘了各种道家人物的仙风道骨、超凡本领和高尚心性。从列御寇的凌虚御风，到吕洞宾的羽化登仙，从范蠡的大度教子，到王重阳的大气训徒，作者都以道家哲理为依据，精彩地表现出他们超凡脱俗的特性。当庄周、曹参、陶弘景、丘处机的人格形象栩栩如生地呈现于文本审美境界之中时，道家文化的“仙境”也就不再虚无缥缈，而转化成了真实的精神生命存在；道家的文化哲学境界，则以人格形象的方式变得有血有肉，具有了艺术的可触摸性。

再次，《道家演义》在展现道家文化历史演变和道家人物形象特征的基础上，还深层次地揭示了道家文化的社会理想与人格境界。《道家演义》并不满足于凭借历史文化的丰厚积累,来陈述一个个精彩的传奇故事和奇特的人物形象。作者在对历史人物和故事的叙述过程中,更重在表现道家人物对血雨腥风的俗世的悲悯和藐视,更着意于揭示这种不合流俗在天地万物生命运行层面的内在合理性。以此为基础,作者把一个个历史变乱和人生命运的景观当作领悟的基础,从中提炼和呈现出道家文化作为一种人类生命境界的精神风貌。道家开山祖师老聃是小说浓墨重彩地描述的对象。身处乱世的老聃对天、地、人的冥思,正是他对人类终极命运的关怀,他倾一生精力上下求索,才最终悟"道",并以"道"来解释天地万物的生成演变,阐发自己的社会文化和个体人生理想,进而为传播"小国寡民"的社会理想殚精竭虑、耗尽毕生心血。对于老聃有关整个世道的"建德国"理想,庄周关于个体人生的"大鹏"的浪漫幻景,作者皆以认同、仰慕的态度,将其描绘得栩栩如生、令人神往。不仅如此,《道家演义》还表现了诸多思想文化基础不同于道家的历史人物追名逐利的猥琐、丑陋之态和最终的报应性结局,来与道家人物的生命境界构成鲜明的对比。

最后,在对道家文化思想精义的揭示和表现中,作者既雄辩地揭示了道家文化存在和演变的必然性、合理性,又充分展开了其内在蕴含的丰富性、复杂性乃至种种歧义。计然聚财和范蠡教子均用老子之道,而且都大获成功,这自然是道家"法力无边"的表现;杨朱"拔一毛有利于天下而不予",初看似乎与祖师爷的"圣人"观念截然相反,作者却精辟地揭露出其变通中内在的契合。这种种思维层次繁复的描写,既基于作者对道家文化精神空间的深邃理解,也是道家文化的博大精深及其人类生命价值的有力体现。作者不厌其烦地描述种种道家与非道家人物论辩时智力优越而又能把握住真谛的历史生活图景,则从形而上的层面,视野开阔地展示出道家在文化思路层面的高妙性、生存本质层面的亲和力、贴切性和学理层面的深邃、稳健性。

总之,《道家演义》再现了中国历史上的道家人物体悟世道、抉择人生的"天地化育"境界,描述了他们所感悟和向往的人类生命图景,并力图揭示出道家作为一种思想文化流派成败兴衰的社会与人心缘由。在文化哲理与道家仙境有机融合的艺术建构中,《道家演义》的文本审美境界氤氲着浓郁的哲理意味和浪漫气息。在以历史具象的写实性描述为主要特征的当代长篇历史小说创作中,《道家演义》的艺术境界营造也显示出一种具有哲学文化根基的重要突破。

第三节 《大祠堂》的民间宗族文化魅力发掘与还原

重温民族传统文化的价值与魅力,成为21世纪以来一种涉及面相当广泛的社会文化思潮。电视连续剧《大祠堂》就是一部呼应“文化重温”思潮、以理解和阐释传统文化正能量为艺术旨归的作品。创作者以“祠堂”为艺术聚焦点,深入开掘了“宗族生态”这一传统民间的基本生活形态,在重拾文化记忆的过程中,着力展现了中国传统宗族文化的合理内涵与深厚魅力。

《大祠堂》的创作者从谢氏宗族第二代致成、致卿的娶亲礼俗及其人生变故起始,抓住“掌祠人”位置的争斗、维持与变更这一线索,首先徐徐展开了宗族内外虽不无明争暗斗、但总体上其乐融融的常态生活,继而以一环紧扣一环的故事情节,精彩地描述了同宗的两大家庭如何既互相制衡、又互相扶持,共同应对明清易代之际的种种时势灾变和宗族成员的复杂人生命运。在这种情节展开的过程中,作品围绕剧中人物的各种人生选择和与之相关的宗族文化侧面,从宗祠仪式到族规施行、从族产存亡到族谱修订,几乎全方位地展现了宗族文化节操与智慧并举的存在和运转形态。并通过诸如全族捐献10万银元解救遇害陷狱的二叔、全族齐心协力帮助致成打赢与吴家茶庄的“商战”等情节,浓墨重彩地阐述了宗族文化如何以一种组织约束和精神感召相交织的力量,来助推宗族化解种种危机与厄运。凡此种种,有力地展现了民间宗族形态的社会与文化生态魅力。

在此基础之上,《大祠堂》着重表现了宗族文化规约下的各种人生道路及其相应的生存意义境界,深刻地诠释了宗族文化规范的生命内涵。在“学而优则仕”、从宗族走向朝堂的宗族成员中,创作者描述了位高权重、节操坚定的朝廷忠臣二叔,卖身求荣、依附奸佞的格非和顺应时势、委曲求全的致相三个人物形象,并通过展现故乡的宗族集体对他们的不同态度,多层次、多侧面地揭示了宗族文化“忠孝礼义”原则所蕴含的生命意义境界。通过描述以经商为业的致成和致卿的人物形象,创作者则着重表现了宗族文化期待子弟“成大器”的文化要义。具体说来,致卿的事业之所以失败,根本原因在于他率性张扬、急功近利,实际上缺乏“成大器”的识见,因此在纷乱时局中看不透、也不愿坚持宗族文化的基本原则;致成则正直诚信而又宽容亲善,各种事业和人生选择都始终努力地坚守宗族文化的规范、维持全宗族的利益,为人处世皆具宗族文化理想的“君子”之风。寄托宗族未来的掌祠人职位最后传给致成则表明,宗族文化的精义实为一代代优秀宗族子弟人生美德与生存智慧的凝结和积累。

《大祠堂》还充分展现了宗族内部的人情氛围及其人性生成,使作品对于宗族文化内蕴的发掘由理入情,深化到了意在扶助子弟获得人生安稳、幸福与美好品质的动机探究层面。剧中主人公秀云的形象,就典型地表现了宗族文化这方面的特征。她虽然一生中充满了委屈、伤害与磨难,但既秉承“三纲五常”、谦卑隐忍,又深明大义、体贴能干。在宗族大事的处理上,她时常充当着主心骨、“内当家”的角色。但对于按照宗族文化规范来看是走了弯路、碰得头破血流的玉芬,她又能深怀体谅与同情;对待不成器的浪荡子吱溜,她也能一视同仁;对于才具卓异的致相,她更是长嫂如母。于是,在处理各种有违宗族规范、形象和利益的事件时,秀云在背后、在祠堂之外,常常充当了以人之常情来宽容变故、以血缘温情来软化族规严厉性与冷酷性的角色,俨然是宗族子弟们风雨人生中的“保护伞”与“温柔窝”。实际上,从老一代品行贵重、见识高远的大奶奶和三叔,到第二代的秀云和致成,宗族的每一代掌控和引领者之中,都存在这种规范坚守者和温情给予者同时具备的格局。所谓“严父慈母”,此之谓也。正因为这样,众多宗族人员虽经历各不相同的人世大变故,却都愿意将故土、宗族作为身心依靠的力量,并确实能从中获得一种多舛人生的生命归属感。

《大祠堂》还展开了对宗族文化内在矛盾的揭示,进而表现了克服矛盾与障碍以遵循宗族文化的精神人格崇高性。谢氏宗祠的掌祠人秀才公的形象,就集中体现了宗族文化内在矛盾的复杂性与尖锐性。秀才公虽具文人激越的性情,但实际上缺乏经世的才干,属意科考却一次次失利,身居“掌祠人”位置,却有以格常为代表的强大对立面环伺在侧、随时挑剔和挤兑。人生定位的别扭使他痛苦不堪,只能时常酗酒、吟诗、书法乃至仰天长啸以自慰。本就自顾不暇,子女们却一个个皆不省心。老大致卿不断地折腾、“出状况”;女儿玉芬伤风败俗;后来又冒出个既不成器、也让他丢尽脸面的私生子吱溜;本以为小儿致相能光耀门庭,结果竟出了沸反盈天的大事。于是,秀才公既要作为掌祠人坚守族规,又要作为父亲疼惜自己总是与族规不“对路”的子女,他就只能在骨肉亲情与脸面名声之间一次次备受煎熬。但在族规尊严和掌祠人脸面存毁之际,秀才公最终总能狠下心来,格调高亢地决断和担当。直到耗多年心血完成族谱的撰写与修订、并与三叔一起为宗族气节的丧失而以身相殉,这个乡土文人才终于以“立身”和“立言”的双重光彩,圆满了屡屡失意的人生。秀才公这一可叹、可怜、可笑而更可敬的人物形象,既体现了宗族文化规范压抑人性、摧残人情与人心的负面特征,也由这种压抑与矛盾,有力地反衬出宗族文化遵循者人格境界的艰难与崇高。这实际上是从另一侧面,有力地丰满了宗族文化的魅力。

中国传统的民间宗族文化是一个包孕深广且深具活力、但在整个20世纪都被严重忽略和贬低的文化领域。《大祠堂》致力于对这种文化生态及其价值法则的探寻,显示出一种难能可贵的创作情怀。虽然作品一定程度上存在着对宗族文化敬畏赞赏有余、多侧面审视品味不足的局限,但总体看来,《大祠堂》是一部融社会责任于文化发掘、审美境界达到了相当思想品位的精神诚意之作。

第四节　《异瞳——当关羽遇见貂蝉》:英雄品性及其文化基因的探寻

安徽作家赵焰的长篇历史小说《异瞳——当关羽遇见貂蝉》2016 年由东方出版社出版。这是一部致力于从人们耳熟能详的经典故事中发现和探讨深层次问题的作品,作者通过情节线索、叙事策略和审美重心等多方面的创新性设计,来体察和揣摩关羽"千里走单骑"故事的内在意味,从中显示出一种探寻生存本质、审视文化基因的精神向度。

"过五关斩六将"是关羽"千里走单骑"的基本情节框架,作者以此为基础,又增添了一条貂蝉与关羽相伴而行的情节线索,形成了"当关羽遭遇貂蝉"的人物关系结构;而且貂蝉乃曹操所赠,其中还隐含着一个借此在刘关张乃至袁绍之间"二桃杀三士"的险恶阴谋。作者对人物关系和情节线索进行这种独具匠心的拟构,根本用意却在于严肃地探讨关羽作为一个"非常难得的战神"的英雄成长之谜。为此,作者又以万物众生均具生命灵性为观念基础,别出心裁地将"千里走单骑"故事的各种构成要素都作为"叙事角色",采用他们的视角和口吻来对事件发展状态进行讲述。于是,从关羽、曹操、貂蝉、周仓、糜夫人、"六将"到赤兔马、青龙偃月刀、《春秋》,在作者笔下都显示出各自的生命意识与价值逻辑,"击鼓传花"般展开了对关羽"过五关斩六将"和"遭遇绝世美女貂蝉"的讲述。通过这种体察视角与价值逻辑各不相同的讲述,文本审美境界就体现出一种思虑深广、视角纷杂的意义阐释特征。

在这种开掘意蕴新境界的基础上,作者对曹操、貂蝉、周仓和糜夫人等重要的相关人物,进行了性格元素和叙事功能等多方面的丰富与强化,作品也随之显示出一种从人性与人心出发窥探历史内在奥秘的意义深度。

丞相曹操作为“独揽天下的王者”，号称最爱江山和虎将，实际上在“江山和美人”之间恣意放纵着自我的本性。他将女人作为征服世界的标志，在女人身上却已力不从心；他拥有了江山，却不能不日夜常怀疑心，以致悲苦于无法过正常人的生活。而且，这个枭雄式的人物不相信人的不朽、不相信天命，也不相信任何人能具有足以不朽的精神和品性。所以，当虎将关羽要弃他而去时，曹操就完全有可能既满面春风地赠送美女，却又在其中暗含一个险恶的阴谋。《异瞳》审美意蕴的创新，正是以此为突破口而延伸开来的。

貂蝉出现在“千里走单骑”之中，自然是源于作者的虚构。作为“女人中的极品”、世人眼中具有美和欲望蛊惑力的“妖精”，貂蝉属于“男人们共同追求的虚荣”和“魔力的释放”。但貂蝉实际上只是一个乱世中任由男人摆布的弱女子，虽然牵连着诸多枭雄、豪杰的命运，却像可怜的猫藏身于一叶小舟，根本无法主宰自己的命运。在与关羽同行的路上，貂蝉心怀忧伤，“讨厌自己，以及身边所有的一切”，希望过一种平静的、没人打扰的生活；但正值青春年少，她也“为自然具有的细小的意义而敏感”，也暗怀着对英雄的倾慕和可靠爱情的向往。吊诡之处在于，恰恰因为她对“非常难得的战神”、面带羞涩的男人关羽的倾慕，结果反而强化了关羽在克服“心魔”的过程中所承受的身心考验。

周仓被作者设计为深藏智慧、事涉关羽“成神”谜底的马弁。这个来自天竺的孤儿因为身世的难言之隐，只能昼行夜伏于乱世之中，但他从师傅安伽长老身上领悟了宗教的精髓、神的存在和信仰的力量，于是在自己不可能出现人生的华丽篇章之后，就致力于发掘关羽成为不朽神灵的生命潜能。他不断地向关羽灌输既建功立业又义薄云天的目标，约束关羽修正克己以为“仁”，而他自己也同时享受着弘扬正义、校正人心的智慧之乐。周仓这一具象化地体现的既诡异又博大的意义力量，对关羽来说具有扭转考验发展方向的作用。

糜夫人在“千里走单骑”中的情节功能也得到了大大的加强。这个女人本来与青年才子秦琪已有婚约，却被兄长拆散鸳鸯，当作了投靠刘备、满足虚荣和功名的砝码，于是，既心怀宿怨、又时时担忧“刘备夫人”地位的巩固，就成为她的一种心理定势。面对美女貂蝉，嫉妒之情也在她心中油然而生。“二桃杀三士”阴谋所包含的貂蝉归属于刘备的可能性，以及关羽在“斩六将”时毁掉其“心爱之物”秦琪的行为，则使得糜夫人种种险恶的心理积蓄转变成了疯狂的现实行动。糜夫人形象的创新性设计，既为最后众口一词“从来没有看到这个妖精”提供了可能，也为关羽“千里走单骑”实际上有貂蝉随行、“三国”故事里却没有这个人物在其中出现的奇特构想，提供了合理的解释。

处于这复杂人际关系的核心，关羽在“过五关斩六将”的同时，也经历着深刻的精神矛盾和身心的重重考验。

关羽心怀对“当世英雄，转眼成空”的深刻洞察，始终保持着一种超越文功武略、“成神”和“永生”的内心使命感。以至时常夜读《春秋》、仰望星空，来察觉隐性世界、解决精神困惑，修炼自己的沉静气质与悠远情怀。但另一方面，“人心都是肉长的”，面对绝世美女貂蝉，他也在所难免地表现出种种铁骨柔情，甚至还有些害羞。而且，在这到处都是缺陷和遗憾、万物都是悖论性存在的世界上，也许与貂蝉合二为一中所享受到的鱼水之情、天伦之乐，才是人世间的完整与完美、才是个体生命的生存本质呢？于是，当“遭遇绝世美女貂蝉”之际，深刻的生存困惑与精神矛盾就在关羽的心中产生了。

但纵观岁月长河中生活与人心的隐秘，庸常世人对于英雄、偶像的要求毕竟是义绝天下、不近女色，所以不管从阴谋的化解还是世人的理解来说，“美”与“义”皆不可兼得。既然立志于“永生”与“成神”，相对于仅仅连接男女关系的“美”来说，能将各种关系像铁链一样锁在一起的“义”就显得更重要。在追求生命理想意义的道路上，矛盾的解决和痛苦的解脱需要牺牲，只有牺牲铺平的道路才能到达天国、获得阴阳打通的愉悦。于是，关羽“千里走单骑”的过程，也就成了他一波三折地与自己的“心魔”作斗争、追求“成神”的历程。再加上周仓思想智慧的启迪，关羽终于坚定了自己的心志。意味深长之处在于，在作者的笔下，只有生命中彻底消除了貂蝉的痕迹之后，关羽才成为那种所有意愿和心思都可以写在纸上、变成文字的“非常难得的战神”。

伴随着关羽“千里走单骑”和“遭遇美女貂蝉”两方面故事的讲述，种种中国文化史上的重要元素及其内在本质，比如剑客、侠士与武将的区别，马的本质和赤兔马的最高追求，刀的要义和青龙偃月刀的生命理想，金钱和土地、官位、粮食对汉代人内心不同的诱惑力，巫术、方士、《易经》、《河图》、《洛书》、汉字等所包含的意味，以及众多的死亡感触，都在文本审美境界中摇曳多姿、异彩纷呈地展现出来。而且，文本的叙事笔调于趣味与哲思兼具之中，散发出一种深谙岁月三味、细味人性边缘的生存忧伤感。所有这一切，使《异瞳——当关羽遇见貂蝉》的文本意义境界氤氲着深切而浓郁的文化哲理氛围，有力地揭示了英雄成长的人性博弈及其背后复杂的文化基因。

下　编

现代历史叙事的意义探索与文化实质

第六章　多维关系与现代史叙事的精神互渗特征

第一节　“革命通俗文艺”论与革命史亲历叙事的雅俗特殊性

当代文学史对十七年文学的界定原本并无“通俗”之说、“雅俗”之分。20世纪90年代,以《今天》杂志“重写文学史”专栏和论文集《再解读:大众文艺与意识形态》为中心,开始出现了一种将十七年文学整体界定为“革命通俗文艺”“大众文艺”的文学史观念。这种观念对当代文学研究产生了重要的影响,“大众文艺”“革命通俗文艺”作为其中的核心观念长期被广泛认同,未曾受到任何正面质疑。但实际上,“革命通俗文艺”论存在诸多理论逻辑和历史事实层面的难以自圆其说之处,很有进行再认识的必要。

一

从1991年第3、4期合刊号开始,已经由大陆转移到香港出版的著名民间刊物《今天》,接过《上海文论》从1988年开始、因“引起了一场风波”①而停掉

① 李陀:《先锋文学与文学史写作(编者前言)》,李陀编选:《昨天的故事:关于重写文学史》,生活·读书·新知三联书店2011年版,第1页。

的话题,开辟了“重写文学史”专栏。

就在这个合刊号上,李陀发表《1985》一文,首先提出了“通俗文艺”的概念。他认为,“在延安兴起的‘新秧歌’运动,这是毛提出‘工农兵方向’之后第一次建设革命通俗文艺的实践;如果把这之后几十年的革命文艺所取得的成就,包括诗歌、小说、戏剧、歌曲中凡可称之为经典的作品与这次秧歌运动比较,我以为很容易看出它们都不过是后者的继续和扩大”①。“一直到1985年之前,‘工农兵文艺’并没有受到大的动摇,它仍然依照毛泽东确立的革命通俗文艺的标准监督着文学话语的生产”②。

唐小兵在《再解读:大众文艺与意识形态》一书的“代导言”中,提出“大众文艺”的观念:“大众文艺”的“滥觞应当追溯到20年代末期江西苏维埃政权倡导下的戏剧运动、民歌搜集,纵贯了后来的抗战文艺、解放区文艺以及工农兵文艺”,“延安文艺,亦即充分实现了的‘大众文艺’”③,“中国现代文学史上40年代后期至60年代初期的一大批‘转述式文学’(从《创业史》到《上海的早晨》,从《青春之歌》到《红岩》),而且也应当包括70年代完全垄断被许可范围内的社会象征行为的‘革命样板戏’……是一个‘革命时代’的大众文学”④。

细辨可见,“革命通俗文艺”和“大众文艺”只是论述侧重点略有不同,实际内涵却相当一致,就是在概念外延的界定方面,把延安文学以来所有的“民众文艺实践”、文人“转述式文学”和“革命样板戏”等大陆“革命文艺”,全部划入“革命通俗文艺”或“大众文艺”概念的范畴。

“再解读”群体还对“通俗文艺”的基本生成路径作出了更进一步的归纳

---

① 李陀:《1985》,《雪崩何处》,中信出版社2015年版,第94页。

② 李陀:《1985》,《雪崩何处》,中信出版社2015年版,第96页。

③ 唐小兵:《我们怎样想象历史(代导言)》,唐小兵主编:《再解读:大众文艺与意识形态》(修订版),北京大学出版社2007年版,第4页。

④ 唐小兵:《暴力的辩证法:重读〈暴风骤雨〉》,《英雄与凡人的时代:解读20世纪》,上海文艺出版社2001年版,第135页。

和界定。一方面,“保持文艺(以及文化)的通俗性质,乃是毛泽东所建立的意识形态的核心成分”①,意识形态话语谋求着“通俗性质”的表现形态,并由此出发占用和改造民间与传统文艺的形式;另一方面,“‘民间’形式在被新型国家意识形态占有之后,经由大众视听媒体派生出一个占主流地位的通俗文艺,即‘革命通俗文艺’”②。简而言之,国家意识形态和民间、传统文艺形式相结合,就必然生成“革命通俗文艺”“大众文艺”。正是从这种思想观念出发,孟悦研究《白毛女》,才着重于“考察所谓‘新文化’、‘通俗文化’,以及新的政治权威三者之间的相互关系在几个《白毛女》文本中的曲折体现,以及它们在《白毛女》几次修改中的演变”③。刘禾则把广西彩调剧《刘三姐》的原班作者与改编者乔羽之间的版权案,看作是“民间文学与主流的文人(通俗)文学之间”④的较量。

“革命通俗文艺”“大众文艺”的观念,实为“再解读”群体对于以十七年文学为主体的“革命文艺”的一种审美文化定性判断。其中存在两个立论基点,一是将采用传统小说或民间艺术的文体形式,与文本审美品格的“通俗”性质必然地联系起来;二是认为十七年文学的艺术形态都处于“大众化”的范畴之中。实际上,这两个立论基点在逻辑上都是不能成立的。

首先,是否具有传统小说或民间艺术的形式、是否存在民间文化的意味,与文本审美性质是否属于“通俗文艺”并不具有必然的联系。在 20 世纪五六十年代,民间文化往往是指存在于乡土民间的、已经定型的既往文化积淀。这种文化积淀自然具有通俗文化的品性。但民间文化是否永远只会是通俗文化

① 李陀:《1985》,《雪崩何处》,中信出版社 2015 年版,第 94 页。

② 刘禾:《一场难断的“山歌”案:民俗学与现代通俗文艺》,王晓明主编:《批评空间的开创:二十世纪中国文学研究》,东方出版中心 1998 年版,第 372 页。

③ 孟悦:《〈白毛女〉演变的启示》,王晓明主编:《二十世纪中国文学史论》第 3 卷,东方出版中心 1997 年版,第 183 页。

④ 刘禾:《一场难断的“山歌”案:民俗学与现代通俗文艺》,王晓明主编:《批评空间的开创:二十世纪中国文学研究》,东方出版中心 1998 年版,第 355 页。

呢？答案是否定的。事实上，经过作家创造性劳动的转换，民间文化完全有可能发生质变，成为以独创性为标志的文人“雅文学”的有机组成部分。这种审美“质变”现象，在中国当代文学史上相当普遍地存在。老舍的《茶馆》《正红旗下》都具有浓郁的北京市井文化气息，但这并不影响它们属于“雅文学”的范畴。莫言的《檀香刑》利用了民间文艺形式，李锐的《万里无云》采用了民间口语，但它们无疑都是具有先锋思潮性质的“雅文学”。所以，文学性质的雅、俗之分与作品是否采用民间形式之间，并没有直接的、必然的逻辑关联。既然如此，十七年文学中大批表现出“地方特色”“乡土气息”或“传统小说文体特征”的作品，也就不能不加区分地一概看作是“通俗文学”了。

再次，并非十七年文学的所有作品都是国家意识形态与民间、传统艺术形式的结合体。“再解读”群体内部的学者黄子平就明确指出：“真正进入正典的‘革命历史叙事’，基本上一律沿用了‘五四’以来引进的西方 19 世纪‘写实’长篇小说的形式。”①孟悦也认为：“转述式文学”的代表作“《红旗谱》的形式感的源头可以追溯到五四以来的新文学中现实主义的创作方式，而后者又是借鉴了欧洲 19 世纪文学的结构”②。刘禾更进一步从理论层面指出：“由于本土的雅文化的破败，西方文化所具有的种种‘优势’，便乘虚而入，当仁不让地占领了雅文化的地盘。所谓‘雅俗共赏’在大陆文化环境经常指的是‘洋为中用’，‘洋’和‘雅’是被人换用的。”③按照这种逻辑，《红旗谱》自然也就是“雅文学”了。那么，《创业史》《青春之歌》等更为“欧化”的“转述式文学”，又怎能归入“革命通俗文艺”的范畴呢？总之，因为众多作品并未采用这类文体形式，而是“基本上一律沿用了‘五四’”的艺术模式，所以，即使采用了传统小说或民间艺术形式的“革命历史叙事”就算是“大众文艺”“革命通俗文艺”，

---

① 黄子平：《“灰阑”中的叙述》，上海文艺出版社 2001 年版，第 9 页。

② 孟悦：《〈白毛女〉演变的启示》，王晓明主编：《二十世纪中国文学史论》第 3 卷，东方出版中心 1997 年版，第 186 页。

③ 刘禾：《一场难断的“山歌”案：民俗学与现代通俗文艺》，王晓明主编：《批评空间的开创：二十世纪中国文学研究》，东方出版中心 1998 年版，第 385 页。

就此而将整个十七年文学都归为“革命通俗文艺”的文学史判断也是不能成立的。

二

“再解读”群体还从文化内涵特征的层面，对“革命通俗文艺”作出了判断与评价。唐小兵将革命时代的大众文学判定为一种“转述式文学”，并认为在这种审美范式中，“诗人在本体意识上的肢解消失”，“诗人已转化成一项功能，退缩为‘大众’这一硕大母体的自然延伸”。[①] 刘禾则从“雅”“俗”角度谈到了这个问题：“中国本土的雅文化，就今天来讲，就是一个能作为社会道德和文化理想的代言人（而不是民众代言人）的知识分子”，但在“大众文艺”主导的时代环境中，“本土的雅文化业已被摧毁”。[②] 他们的言下之意就是，十七年时期“革命话语”和“民间形式”结合而成的，只能是一种“通俗文化”，不是“社会道德和文化理想的代言”，也就不是“雅文艺”“雅文化”；而且也不存在“诗人”的“本体意识”，只有一种“转述式”的审美意蕴。其实，这两种观点也是难以经受历史事实检验和形式逻辑推敲的。

首先，认同“新型国家意识形态”或者代言“社会道德和文化理想”，与作品文化性质的雅、俗之间，不存在一一对应关系。一方面，知识分子的精神独立品格、“社会道德和文化理想”与“民众代言人”、主流意识形态之间，并非在任何时代环境中都是天然对立的。当主流意识形态存在历史进步性时，知识分子因为思想观念和价值取向认同而选择主流意识形态、“民众代言人”的精神立场，同样是主体意识和独立品格的表现。另一方面，将“能作为社会道德和文化理想代言人的知识分子”与“雅文化”“雅文学”必然地联系在一起，也

① 唐小兵：《我们怎样想象历史（代导言）》，唐小兵主编：《再解读：大众文艺与意识形态》（修订版），北京大学出版社 2007 年版，第 11 页。

② 刘禾：《一场难断的“山歌”案：民俗学与现代通俗文艺》，王晓明主编：《批评空间的开创：二十世纪中国文学研究》，东方出版中心 1998 年版，第 385 页。

是存在逻辑漏洞的。例如周作人和胡兰成在沦陷时期的文学作品,可能连立论者本人都不会将其看作是“社会道德和文化理想的代言”,但研究者也不会把它们归入“通俗文学”的范畴。

其次,十七年文学与其说是一种“新起的权力关系”“实施强制手段”而形成的“转述式文学”,不如说是一种作家自主认同和选择、个体生命体验与主流意识形态融为一体的审美话语。在新中国成立前的革命和战争环境中,个体命运与集体功利融为一体实乃势所必然,众多的当代作家就身处于这种革命的洪流之中。新中国成立后的十七年时期,“来自解放区的作家(包括进入解放区和在解放区成长的两部分)和四五十年代之交开始写作的青年作家,成为这一时期作家的主要构成”。在这些“革命的亲历者”看来,“文学写作与参加左翼革命活动,是同一事物的不同方面”①,个体立场与集体话语相统一就成为他们的思维定势。而且,革命的胜利有力地增添和强化了他们对这种价值选择的自信与自豪感,他们“服膺于革命”②,对集体革命话语的认同就成为他们主体自觉的选择,既不存在盲从、更不存在被“强制”的因素。

荣格曾经将艺术创作分为“心理型”和“幻觉型”两种模式,他认为:“心理模式加工的素材来自人的意识领域,例如人生的教训、情感的震惊、激情的体验,以及人类普遍命运的危机,这一切便构成了人的意识生活,尤其是他的情感生活。诗人在心理上同化了这一素材,把它从普通地位提高到诗意体验的水平并使它获得表现。”③十七年文学就是这种以“人的意识生活,尤其是他的情感生活”为基础的“心理模式”的创作。在作家“意识生活”的诗化过程中,“人生的教训、情感的震惊、激情的体验”与“人类普遍命运的危机”,也就是个体性精神与集体性话语之间,得到了有效的“同化”。于是,创作者就自然地将集体性事业的使命感作为了审美的意义旨归,文本意蕴建构也超越个体记

① 洪子诚:《中国当代文学史》(修订版),北京大学出版社2007年版,第29页。

② 王蒙:《踌躇的季节》,《当代》1997年第2期,第42页。

③ [瑞士]荣格:《心理学与文学》,《荣格文集》,冯川译,改革出版社1997年版,第40页。

忆书写的“自叙传”境界，转向了阐释历史必然性与革命崇高性、建构“宏大叙事”的意义境界。也就是说，十七年文学在观念话语层面的“转述式”特征，并不意味着“诗人在本体意义上的肢解消失……退缩为‘大众’这一硕大母题的自然延伸”①，而是呈现出两种存在意识和意义话语自觉“同化”的精神形态。

“革命通俗文艺”论认为十七年文学只是一种“俗文化”“本土的雅文化业已被摧毁”的观点，思想实质上是一种以“文化雅俗”来贬低和反对“政治雅俗”的学术判断。

“政治雅俗观”和“文化雅俗观”是中国古代历史上的两种雅俗现象。所谓“政治雅俗观”，是“以音声为基础、以政治为准绳”②而形成的，周代社会政治“在承认各地风俗差异的同时，强调通过政教来移风易俗，化俗为雅”③，于是出现了“风土之音曰风，朝廷之音曰雅”④的状况，将“朝廷之音”、国家意识形态视为“政治雅俗”中的“雅”。从春秋后期到战国诸子，则出现了一种“以人格为基础、以文化为准绳”⑤的“文化雅俗观”。“文化雅俗观念是与中国早期知识分子的文化理想和精英意识联系在一起的”，这种雅俗观“把‘道德’作为追求的目标和标榜的旗帜”，作为“抗衡世俗政治权力的文化理想以及实现这一理想的途径与方法”，同时却又“把一切不符合自己理想的文化形态都视为俗文化，以表示鄙薄和反对”，甚至会出现“以‘众人’为‘俗’”的现象。⑥ 从“文化雅俗观”的立场来看，不符合他们文化理想的世俗政治话语、“朝廷之音”，都在“俗文化”的范畴。

这种“政治雅俗观”和“文化雅俗观”，可以相当贴切地揭示“革命通俗文

① 唐小兵：《我们怎样想象历史（代导言）》，唐小兵主编：《再解读：大众文艺与意识形态》（修订版），北京大学出版社2007年版，第11页。

② 王齐洲：《雅俗观念的演进与文学形态的发展》，《中国社会科学》2005年第3期。

③ 王齐洲：《雅俗观念的演进与文学形态的发展》，《中国社会科学》2005年第3期。

④ （宋）郑樵：《昆虫草木略·序》，《通志》卷75，中华书局1987年版。

⑤ 王齐洲：《雅俗观念的演进与文学形态的发展》，《中国社会科学》2005年第3期。

⑥ 王齐洲：《雅俗观念的演进与文学形态的发展》，《中国社会科学》2005年第3期。

艺”论的思想逻辑和价值立场。按照“文化雅俗”观的思路，“能作为社会道德和文化理想的代言人（而不是民众代言人）的知识分子”①才是精英文化、“雅文化”，主流意识形态覆盖下的一切文艺创作则应当统统归于“通俗文艺”“大众文艺”的范畴。正因为如此，十七年时期由国家意识形态和民间、传统文艺形式相结合而建构起来的“转述式”文学，就被《再解读》群体全部认定为“通俗文学”“大众文艺”。实际上，“革命通俗文艺”论者是站在以“文化雅俗”反对和贬低“政治雅俗”的价值立场，遮蔽乃至抹杀了“政治雅俗”内部“风土之音”和“朝廷之音”的客观存在。他们所显示的不过是一种社会文化姿态，并不是客观、理性的文学史认知。

三

“革命通俗文艺”论作为一种分析视角和阐释方法，曾经在中国现当代文学研究领域引发和衍生出不少的相关探讨。但在这些相关的研究和探讨中，“革命通俗文艺”“大众文艺”作为一种文学史论断不仅未被高度认同，反而一次次得到了大幅度的修正。

黄子平就以“革命历史小说”来代替“革命通俗文艺”的提法，还具体分出了两种类型。一是“成文的当代文学史则一再沿用‘史诗’或‘英雄史诗’的说法来评价”②的作品，基本思路是“把‘重英雄’的绿林传奇讲进世界的‘大故事’”，把“服从整体的历史哲学编入叙事的行列”，如《红旗谱》《保卫延安》《青春之歌》《红日》等。③ 二是对《水浒》“绿林传奇的革命（思想的和政治的）改写”④，主题层面把“‘诲盗’转变为‘诲道’”⑤，故事模式是“抢一个共产

① 刘禾：《一场难断的“山歌”案：民俗学与现代通俗文艺》，王晓明主编：《批评空间的开创：二十世纪中国文学研究》，东方出版中心1998年版，第385页。

② 黄子平：《“灰阑”中的叙述》，上海文艺出版社2001年版，第10页。

③ 黄子平：《“灰阑”中的叙述》，上海文艺出版社2001年版，第83页。

④ 黄子平：《“灰阑”中的叙述》，上海文艺出版社2001年版，第76页。

⑤ 黄子平：《“灰阑”中的叙述》，上海文艺出版社2001年版，第73页。

党引路向前”①,包括《林海雪原》《回民支队》和《杜鹃山》等。“尽管延安时就反复强调‘民族化’与‘大众化’,却只有《烈火金刚》(再早则有《新儿女英雄传》)等一两部当代作品,采用了章回小说的古典形式”②。按照黄子平的逻辑,是否存在“世界的‘大故事’”的意蕴框架,不过是“革命历史小说”内部“英雄史诗”和“绿林传奇”两类作品的分野;是否采用“章回小说的古典形式”才是“民族化”“大众化”的标志,具有这种形式特征的,却“只有《烈火金刚》(再早则有《新儿女英雄传》)等一两部当代作品”。既然如此,“革命通俗文艺”“大众文艺”作为一种对文学史全局的判断,当然就不能成立了。

洪子诚的《中国当代文学史》又对黄子平的论述做了一定程度的修正与改造。他把“讲进世界的‘大故事’”“历史哲学编入叙事”的创作命名为“对历史的叙述”,而将《烈火金刚》和“绿林传奇的革命改写”都界定为“新的‘通俗小说’”“革命英雄传奇”。洪子诚指出,这类新型“通俗小说”“表现的是革命战争情景,但与过去的‘传奇小说’在艺术上有相近的特征”③,“具有语言通俗、故事性强的特征”。他列举的主要代表作,包括40年代的《吕梁英雄传》和50年代的《铁道游击队》《敌后武工队》《林海雪原》《烈火金刚》④,以及赵树理的“评书体”小说《登记》《灵泉洞》⑤。与黄子平相比较,洪子诚不仅着眼于“章回体”的文体形式,还增添了内容层面的阐述和界定,并以此为基础扩大了当代“通俗小说”的外延。但他也没有像李陀、唐小兵那样,将整个十七年文学都纳入“革命通俗文学”或“大众文学”的范畴。

贺桂梅承接洪子诚的相关论述,将“革命通俗小说”的“最大特征”概括为三点:“一、借鉴的是旧章回小说的一个特定类型,即‘英雄的说部’(英雄传

① 黄子平:《“灰阑”中的叙述》,上海文艺出版社2001年版,第78页。
② 黄子平:《“灰阑”中的叙述》,上海文艺出版社2001年版,第9页。
③ 洪子诚:《中国当代文学史》(修订版),北京大学出版社2007年版,第114、115页。
④ 洪子诚:《中国当代文学史》(修订版),北京大学出版社2007年版,第115页。
⑤ 洪子诚:《中国当代文学史》(修订版),北京大学出版社2007年版,第114页。

奇)。第二个特点是其叙述内容都是革命战争题材。第三个特点是在叙述方法上都注重'说书人'这一叙述视角,注重故事性与语言的口头性。"①以此为基础,她在外延方面除了认同洪子诚所指认的作品,还增添了延安时期的《洋铁桶的故事》《新儿女英雄传》和新中国成立后的《野火春风斗古城》等。结果贺桂梅发现了一个规律:"被视为具有'传奇色彩'、'通俗化形式'的小说,基本上都是抗日战争题材的作品;而那些'史诗性'的作品,则经常与国共内战的历史直接相关。"②贺桂梅的这种论述以较为完整的内在逻辑,修正了唐小兵、李陀等人关于整个十七年文学都是"革命通俗文艺""大众文艺"的文学史观念。

洪子诚、贺桂梅等研究者在"革命历史小说"中细分出"对历史的叙述"和"新的'通俗小说'",是因为对"政治雅俗"内部的"风土之音"和"朝廷之音"有了更深入细致的辨析。但细读文本可见,即使是"抗日战争题材的作品",也并非用"传奇色彩""通俗化形式"或者"英雄的说部""风土之音"所能概括。

首先,抗日战争题材的作品同样有"世界的大故事"存于文本的意蕴建构之中。《铁道游击队》呈现出全景性展示敌后游击战演变规律的叙事特征和英雄游击队"集体性成长"的主题蕴含。《敌后武工队》大大小小 20 多个战斗故事,实为敌后武工队展开斗争的条件、方式和手段的真实写照。《野火春风斗古城》对杨晓冬进城初期食宿无着、受冻挨饿、滞留于西下洼而无"居住证"状况的丰富描写,则充满了生活的实感。这种种审美意蕴,不能说就不是"史诗性"特征、"现代性"主题和"生活化叙事"的表现,只不过不是"阶级斗争"的状态、特征与规律,而是"敌后游击战"这一战争生活的状态、特征和规律而

① 贺桂梅:《1940—1960 年代革命通俗小说的叙事分析》,《中国现代文学研究丛刊》2014 年第 8 期。

② 贺桂梅:《1940—1960 年代革命通俗小说的叙事分析》,《中国现代文学研究丛刊》2014 年第 8 期。

已。既然“革命历史”“国共内战”叙事被归入了“对历史的叙述”，那么，这些抗日战争题材的作品为什么就不能看作是“对历史的叙述”呢？

其次，抗日战争题材的作品鲜明地表现出一种传奇性与纪实性相融合的审美特征。《吕梁英雄传》和《铁道游击队》的素材，分别来自1945年晋绥边区的群英会和1943年山东根据地“战斗英模会”上的采访。①《野火春风斗古城》和《敌后武工队》更带有作者亲身经历的特征，《敌后武工队》的作者刘流就表示：“书中的事件，又多是我亲自参加的。”②这些作品的“传奇性”更多的是源于战争生活本身的生死攸关和紧张激烈，在叙事层面实在谈不上有多少“传奇”和“浪漫”化的审美追求。

再次，抗日战争题材的小说中，只有某些作品局部地、片段性地存在“英雄的说部”的隐形结构。具体说来，只有《烈火金刚》带有鲜明的“说书人”口吻，因此而产生的渲染与夸张也确实使人物形象显得更为神奇。《新儿女英雄传》虽然以“儿女英雄”的爱情故事构成基本情节线索，但实际上，作品所描写的“进步的人物都是平凡的儿女”③。《铁道游击队》的人物形象存在一定的草莽英雄气息，作者却不断强调铁道游击队扒火车、杀鬼子的故事是因为“传诵”才带上了“神奇的意味”，还以政委李正尚未进入铁道游击队时就根本“不相信什么神奇”④，来着意解构铁道游击队“神奇的意味”。《吕梁英雄传》《敌后武工队》《野火春风斗古城》则连这一定程度的“英雄的说部”的痕迹都找不到。所以，认为抗日战争题材小说普遍存在“英雄的说部”的隐形结构，观点也是不能成立的。

四

“革命通俗文艺”其实是一个“后设概念”，历史的真实情形却并不是高深

① 知侠：《〈铁道游击队〉创作经过》，《新文学史料》1987年第1期。

② 刘流：《敌后武工队·写在前面》，《敌后武工队》，人民文学出版社2005年版，第2页。

③ 郭沫若：《新儿女英雄传·序》，《新儿女英雄传》，人民文学出版社1956年版，第1页。

④ 知侠：《铁道游击队》，人民文学出版社1958年版，第68页。

的理论问题，而只是一个事实层面的问题。所以，只有真正深入十七年文学的“历史现场”，才能对当时雅俗文艺的特殊状态和基本轨迹获得清晰的认识。

首先，在20世纪50年代前期，“大众文艺”实践以文艺“普及”原则为后盾而强势地存在着，主要范围是“地方刊物”，主要体裁则是“说唱文学”等各种民间通俗文艺的文体类型。

十七年时期的“大众文艺”创作，是以毛泽东《在延安文艺座谈会上的讲话》中的文艺“普及”原则为政治和理论后盾而形成的。1949年10月15日，工人出版社请老舍和赵树理牵头成立了“大众文艺创作研究会”，以改造艺人和培养通俗文艺作者，“大力开展大众的普及的新文学运动”①。1951年全国宣传工作会议通过的《关于加强工农读物出版工作的决定》（草案），甚至正式规定：“省市出版的期刊，必须是通俗的；省市的文艺杂志应成为以供给工人业余文娱团体和农村剧团的应用材料与工作指导为目的的期刊。”②在这种通俗化政策的大力支持下，“1951年全国90余种文艺刊物，仅10余种全国性刊物保持精英风格，其它刊物都通俗化了”，结果，还“在建国初期酿成了两次关于地方刊物办刊方针的‘普及’与‘提高’之辩”。③

不仅如此，当时的“大众文艺”“通俗文学”所认同的文体类型也颇为特殊。大众文艺创作研究会编辑的《说说唱唱》刊登在1950年第3期上的《稿约》，曾对其发表作品的形式提出了这样的要求：“力求能说能唱，说唱出去大众听得懂，愿意听。不能说唱者也要，只要有内容，可经本社改为能说能唱者，然后发表。”之所以会出现这种特殊得不无“奇怪”的要求，赵树理的一些相关说法可以提供合适的解释。1957年谈到文艺“普及”工作时，赵树理曾不无夸

① 徐缉熙：《文学运动纪事》，丁景唐主编：《中国新文学大系（1949—1976）》第19集（史料·索引卷1），上海文艺出版社1997年版，第791页。

② 《关于加强工农读物出版工作的决定》，《中华人民共和国出版史料》卷3，中国书籍出版社1996年版。

③ 张均：《“普及”与“提高”之辩——论五十年代精英文学与通俗文学的势力之争》，《文学评论》2008年第5期。

张地表示:“工农兵绝大多数就还不知道社会上有那么一‘界’,叫‘文艺界’。”①到 1963 年,他谈到文艺阅读时仍然在感叹:“不久前我才明白了一件事,就是农民买书的机会很少。”②这也就是说,“文艺界”通常创作的各类文学,并未真正进入普通大众的视野。那么,“大众文艺”的实际类型又是什么呢?在赵树理看来,“人民大众在自然状态下的文艺生活则是听书、看戏、唱小曲、唱秧歌等”,所以,“书词、戏本、小曲、秧歌”才属于与大众紧密相关的文艺形态。③ 所谓“能说能唱”,正是在这种基础上提出来的。无独有偶,《文艺报》1953 年第 9 期发表的一篇文章也谈道:“有些地方文艺刊物,把群众喜闻乐见的形式,固定为演唱形式,固定为快板、鼓词、地方戏、民歌小调。”④很显然,这些文体才是当时的“大众文艺”实践所选择的文艺体裁。

实际上,“大众文艺”实践对文艺体裁的这种选择并非十七年时期所独有。早在 20 世纪 30 年代,“大众文艺”的提倡者瞿秋白就谈到过:“普洛大众文艺所要写的东西,应当是旧式体裁的故事小说、歌曲小调、歌剧和对话剧等,还应当运用连环图画的形式;还应当竭力使一切作品能够成为口头朗诵、宣唱、讲演的底稿。”⑤

50 年代前期这种“大众文艺”“通俗文学”的实践形态与活动范围,显然处于“革命通俗文艺”论者的关注视野之外。

其次,在 1956—1957 年出现文艺刊物“改版潮”、众多刊物再度“雅化”之后,“大众文艺”创作仍然存在,不过转化成了一种认同和服从“现代文艺理

① 赵树理:《“普及”工作旧话重提》,《北京日报》1957 年 6 月 16 日。

② 赵树理:《戏剧为农村服务的几个问题》,《赵树理文集》第 4 卷(论述、杂感、书信),工人出版社 1980 年版。

③ 赵树理:《“普及”工作旧话重提》,《北京日报》1957 年 6 月 16 日。

④ 刘金锋:《地方文艺刊物的几个问题》,《文艺报》1953 年第 9 期。

⑤ 史铁儿(瞿秋白):《普洛大众文艺的现实问题》,《中国新文学大系(1927—1937)》第 1 集(文学理论集 1),上海文艺出版社 1987 年版,第 434 页。

论”规范的“基层写作”“工农兵文艺”的创作形态。

在1956年“百花齐放，百家争鸣”的文艺形势下，地方刊物“读者不爱看，作家也不爱看”的问题终于得到了文学界的正视。1956年底全国期刊会议召开，众多省级刊物随后纷纷改版，脱离了“大众文艺”的创作轨道，各类“说唱文学”基本被排斥于正规文学刊物之外。《说说唱唱》1955年第5期起更名为《北京文艺》，初时尚同时刊登小说、相声、民歌、民间传说等，到1957年第3期，整个刊物的栏目就改成了“评论”“小说”“诗歌”，完全恢复了“现代文艺理论”、也就是“雅文化”的文类标准。《山西文艺》更名《火花》前的1956年9期刊发《告别读者》，更是明确表示：“《火花》是一个综合性文学刊物，主要刊登各种文学艺术作品……不再刊登和处理演唱稿件了。”把“演唱稿件”排斥在了“文学艺术作品”之外。

但在众多文学刊物再度“雅化”之后，“大众文艺”性质的创作实践并未销声匿迹，仍然相当普遍地存在着，具体表现为众多“基层作者”“工农兵作者”认同和服从于“现代文艺理论”规范的各类创作活动。

十七年时期的中国出版界，就存在大量各类“基层写作”性质的刊物和作品集。《中国新文学大系(1949—1976)》的第20集“史料·索引卷二”提供了这方面的详细资料。其一，在书中“期刊目录”部分所收录的900余种文艺刊物中，各种地市级刊物、厂矿行业文艺乃至儿童文艺，刊物名称中包含着“大众”“工农兵”“群众”“演唱”之类概念的比比皆是。其二，在书中“著作图书编目”部分的“文集·综合”类中，收有书目141种，以“工人文艺创作”“职工作品选”“战士作品选”“群英大会”“工农兵青年创作选”命名，或定位为“工人文艺”“前线文艺”“革命文艺”“煤矿文化辅助读物”系列丛书的，竟达50种以上。这些刊物和作品选所体现的，是一种庞大却完全不同于“作家文学”的审美文化存在。不管具体内容和水平如何，不能不说，这些作品才是大众参与、也体现了民众“艺术才情”的一种创作实践成果。

五

在常规性的“大众文艺”创作之外，十七年时期还存在一种具有全局性意义的“大众文艺”创作形态，就是“群众文艺创作”活动。这种创作形态通常是在国家意识形态的号召下，以全国性群众运动的形式展开的。其中最为著名的，有大跃进时期的“新民歌”运动，五六十年代的“三史”写作活动，和以《星星之火》《红旗飘飘》为中心的革命回忆录写作。

“大跃进”时期的“新民歌运动”起源于毛泽东1958年3月22日在成都会议的讲话中关于要搜集和创作民歌的指示，“由于毛泽东同志的倡导，全国各地展开了声势浩大的搜集民歌的运动”①。4月14日，《人民日报》发表社论《大规模地收集全国民歌》；4月21日，《人民日报》发表郭沫若的《关于大规模收集民歌问题答〈民间文学〉编辑部问》；4月26日，中国文联、中国作家协会、中国民间文艺研究会邀请首都文艺界著名人士和有关部门负责同志举行民歌座谈会，随后形成的“首都文艺界民歌座谈会纪要”，干脆以“采风大军总动员”为题在《文艺报》1958年第9期发表。就这样，收集民歌“一时成为引起整个文艺界注意的大事”②，并最终形成了郭沫若和周扬主编、按照“诗三百”的经典思路选编的民歌集《红旗歌谣》，1959年9月由红旗出版社出版。

“三史”写作活动则是中国作家协会在“大跃进”的政治形势下推动而形成的。所谓“三史”，乃是对中国作协所提倡写作的“工厂史、公社史、部队史”的简称，但实际上，当时的创作还包括工矿史、街道史、村史、家史、战争史等诸多类型。1958年3月31日，中国作协书记处在《作家通讯》第1期公布《文学工作大跃进三十二条（草案）》，其中提出：“天津分会提出编写工厂史的计划，

① 周扬：《新民歌开拓了诗歌的新道路》，《红旗》1958年第1期。

② 《采风大军总动员——首都文艺界民歌座谈会纪要》，《文艺报》1958年第9期。

是一种值得提倡的新的尝试,各地分会也可以参酌进行。"①随后,《文艺报》在7月出版的第13期刊出《大家都来编写工厂史——天津编写工厂史经验介绍》特辑,在11月出版的第22期又刊出《工厂史专辑》。《人民文学》杂志、作家出版社等中国作协下属单位,也积极推进"三史"写作文本的发表和出版工作,群众性的"三史"写作热潮于是在全国范围展开了。直到1963年5月10日,毛泽东在对宋任穷《关于农村社会主义教育的两个问题的报告》的批示中,还特意指示:"宋任穷同志所讲的用村史、家史、社史、厂史的方法教育青年群众这件事,是普遍可行的。"②华中师范大学1962年出版的《中国当代文学史稿》,也对"三史"写作给予了高度评价:"工厂史、公社史和部队史的编写,也为群众文艺创作开辟了一个新天地";"工厂史、公社史和部队史是文艺性的历史纪实,有着重要的历史价值和文学价值"。③

最能代表十七年时期"大众文艺"水平与特色的,当属各种革命回忆录和红色传记文学的写作,其中又以《红旗飘飘》和《星火燎原》丛刊所刊登的作品为代表。

《红旗飘飘》由中国青年出版社出版,从1957年5月到1962年共出版16集,发表革命回忆录300余篇。1979年《红旗飘飘》复刊,到1993年底又出版到了第32集。从印数方面看,《红旗飘飘》"光是第一集至第六集,共印2131785册。根据丛刊发表的文章印成单行本的有,《解放战争回忆录》,印899200册,《在烈火中永生》,印了3280000册!"④《星火燎原》的稿件来自"中国人民解放军30年"征文,正式入选文章的撰稿者有1000余名革

① 中国作家协会书记处:《文学工作大跃进三十二条(草案)》(3月14日公布),《作家通讯》1958年第1期。

② 中共中央文献研究室:《中央关于抓紧进行农村社会主义教育的批示》,《建国以来毛泽东文稿》(第10册),中央文献出版社1990年版,第297页。

③ 华中师范学院中国语言文学系:《中国当代文学史稿》,科学出版社1962年版,第575—576页。

④ 黄伊:《创办〈红旗飘飘〉的回想》,《新文学史料》2003年第1期。

命老战士，其中包括9位元帅、8位大将、36位上将、84位中将、303位少将和62位参加过战争的省部级干部。[①] 丛刊总共10册，从1959年到1964年相继出版，全套则直到1979年1月才开始系统出版、1982年8月出齐。2007年，解放军出版社还以丰富的内容，编辑出版了10卷本的《星火燎原·"未刊稿"》。

《红旗飘飘》和《星火燎原》广泛地深入到了人民群众的文化生活之中。"《红旗飘飘》从诞生的第一天起，就受到了广大读者的欢迎，它的读者面极广。从少先队员到革命老前辈，从青年工人到解放军战士，从机关干部到青年学生，差不多都有《红旗飘飘》的读者。许多中学政治、语文教师拿它做教学参考资料；不少共青团组织把它作为优良读物推荐给团员；少先队辅导员也拿它向孩子们讲故事。"[②]《星火燎原》被誉为"一本真正的活的革命教科书，真正的英雄的史诗"[③]，"是史学也是文学的重要贡献"[④]。这两部丛刊中的作品有30多篇入选各个历史时期的中小学语文课本，其中包括《朱德的扁担》《一袋干粮》《一副担架》《我跟父亲当红军》《六月雪》《飘动的篝火》《老山界》等广泛传诵的名篇。

《红旗飘飘》和《星火燎原》还促成了众多当代文艺名作的诞生，为革命历史记忆的诗性转换搭建起了宽阔而坚实的桥梁。在文学创作方面，《在烈火中永生》发表于《红旗飘飘》第6集后，读者看了深受感动，有关部门也高度重视，以此为基础，相关作者最终创作出《红岩》这部十七年时期发行量最大的"红色经典"作品。长篇小说《烈火金刚》也是首先刊登在《红旗飘飘》上，大受读者好评后才单独出版的。军旅作家王愿坚曾为《星火燎原》的编辑，从中汲取到丰富的创作营养，其后从事文学创作，发表了《粮食的故事》《支队政

① 倪波：《"星星"点亮人生的航灯》，《解放军生活》2011年第2期。

② 晓杰：《把红旗举得更高——谈〈红旗飘飘〉丛刊》，《读书》1959年第12期。

③ 李希凡：《高举起革命的红旗——〈星火燎原〉读后》，《读书》1958年第13期。

④ 茅盾：《〈潘虎〉等三篇作品读后感》，《解放军文艺》1959年第4期。

委》《党费》《七根火柴》《三人行》《赶队》等当代文学史上名噪一时的短篇小说。在电影创作方面，陶承的传记文学《我的一家》在《红旗飘飘》发表后，著名剧作家夏衍将其改编为电影《革命家庭》，有力地扩大了作品的影响，社会上随后还出现了“期待有更多的革命回忆录搬上舞台”①的读者呼声。以《星火燎原》的素材为基础，则形成了电影《突破天险乌江》《强渡大渡河》《飞夺泸定桥》《巧渡金沙江》《突破乌江》《万水千山》《四渡赤水》和歌剧《洪湖赤卫队》《党的女儿》等作品。

这种“群众文艺创作”活动，才真正体现了唐小兵所言“直接实现意义，生活的充分艺术化”②的审美特征，才属于十七年时期广泛而丰富地存在的“大众文艺”。这类创作在当时作为“文学作品”获得声誉的性质与范围，显然是完全不同于“三红一创”“青山保林”等作家文学的。不管以当今时代的眼光来看其写作成就和历史意义如何，这种“群众文艺创作”作为特定时代一种独特的文艺写作形态本身，是不应该被遮蔽乃至抹杀的。

六

十七年时期的文学创作存在着差异极大的两个部分，这种差异需要用“政治雅俗”内部“朝廷之音”和“风土之音”的差别来加以理解和阐释。

一方面，十七年时期的作家文学并没有脱离以“诗意体验的水平”表达“人的意识生活”的精神轨道和审美层次，仍然在追求“雅文学”“雅文化”的境界。不过，以个体生命体验和集体价值话语高度统一为基础，他们的“人的意识生活”的具体内涵，乃是“革命的政治内容”；他们所认同的“诗意体验的水平”，则是官方所提倡的“中国自己的、有独特的民族风格的东西”③。由此

① 夏康达：《期待有更多的革命回忆录搬上舞台》，《上海戏剧》1961年第6期。

② 唐小兵：《大众文艺与通俗文学：〈再解读〉导言》，《英雄与凡人的时代：解读20世纪》，上海文艺出版社2001年版，第250页。

③ 毛泽东：《同音乐工作者的谈话》，《人民日报》1979年9月9日。

出发,这一时期的文学创作力求实现“革命的政治内容与尽可能完美的艺术形式的统一”①,达到了这种境界,个体的审美追求就和“朝廷之音”高度融合,也进入了特定时代环境中“政治雅俗”层面“雅文学”“雅文化”的境界。这种“有独特的民族风格的东西”的具体落实,则是传统小说和民间文艺的文体形式,所以,虽然传统小说和民间文艺的文体形式表面看起来属于“风土之音”,但与“革命的思想内容”相结合之后就产生了质变,成为“雅文化”“雅文学”的有机组成部分。

另一方面,十七年时期并不是不存在“风土之音”“通俗文学”。但当时的通俗文学不像现代文学时期那样,仍然处于作家创作、大众阅读的常规审美状态,而处于一种基层作者和“群众”自己创作、自己接受的特殊审美状态。这种审美状态呈现出民间通俗文艺文体的写作、“基层写作”和“群众文艺创作”等具体类型。虽然这类创作不时被有关部门“抬”到文艺发展方向的高度,但实际上仍然处于“作家文学”圈之外,相当于“风土之音”或“通俗文学”“大众文化”的审美境界。

“革命通俗文艺”论或者以“文化雅俗”的思想立场主宰学术理性,结果遮蔽了“政治雅俗”客观存在的历史事实;或者对“风土之音”的辽阔疆土未曾给予正面的关注和充分的了解,而将学术视野囿于文坛,也就是“王都之音”“朝廷之音”的范围之内,却要硬性地从中划分出一些“通俗文学”来。为了主观思辨逻辑能够成立,他们只好从分辨相关作品是否存在某些“风土之音”的元素入手,结果就混淆量变与质变的根本差别,将十七年文学的大众化诉求、通俗化倾向,看作了那个时代文学创作的根本性质,以致表现出诸多理论、逻辑和历史事实层面的牵强附会之处。这样将“不属于通俗文学的作品均划入通俗文学的体系或范畴,不仅会造成通俗文学的泛化,而且也给文学史研究带来

① 毛泽东:《在延安文艺座谈会上的讲话》,《毛泽东选集》(第三卷),人民出版社1953年版,第891页。

误导”①。

所以，我们必须超越观念、立场本位的简单判断与褒贬，将学术重心转移到客观展开文学史内在丰富性与特殊性的方向上来，才有可能以更开阔的文化视野、更贴近历史本相和“中国国情”的思想路径，来建构十七年文学与文化研究的更具全局性、客观性和内在层次感的学术框架。

第二节 新世纪红色影视剧的叙事形态创新与文化融合趋势

一

不同于十七年时期革命史叙事的亲历性特征，新世纪红色题材影视剧成果丰硕的重要表现，在于以红色历史资源的审美发掘为基础，建构起了诸多历史底蕴与艺术活力兼具的叙事形态。“红色史传剧”“红色草莽英雄剧”“红色谍战剧”“红色民间生态剧”“红色青春偶像剧”等叙事形态，就因创作丰富、佳作迭出而广受关注和赞赏。

“红色史传剧”超越十七年时期虚拟形态的“史诗性”宏大叙事，纪实性地展开了中国革命史的重大格局、重要关节及其嬗变历程，进入了以“正史”文献为基础的中国历史题材“史传”叙事的境界。在此基础上，创作者充分发挥史实演绎的国家文化阐释和建构功能，有力地揭示了红色政权的政治合理性、历史崇高性与文化庄严感。这类叙事形态中，产生了《长征》《延安颂》《八路军》《解放》《东北抗日联军》《毛泽东》《海棠依旧》《彭德怀元帅》《跨过鸭绿江》《太行山上》《建国大业》等众多大气磅礴而沉实厚重的优秀作品。《人间正道是沧桑》《记忆的证明》《江塘集中营》等作品，则以虚拟形态展示独特的

① 郭延礼：《雅俗之辩与通俗文学的泛化》，《文艺研究》2008 年第 11 期。

史实和深沉的思考，成为“史传剧”的有力补充。

“红色草莽英雄剧”以崇敬而不无调侃意味的语态，叙说战争英豪的辉煌业绩、雄强气概与独特个性，表现他们的草莽气质与体制文化之间的交汇、碰撞，亦庄亦谐地夸耀其强势人格的崇高风范与世俗魅力。这类叙事形态作品繁多，可以《亮剑》《历史的天空》《狼毒花》《我的故乡晋察冀》《集结号》等影视剧为代表，相关作品一经推出即获得广泛的审美认同效应。

“红色谍战英雄剧”的创作更为丰富，从讲究惊险火爆或推理悬疑的《暗算》《仁者无敌》《悬崖》《胜算》，到严谨写实语态的《英雄无名》《特殊使命》《雪狼》，到充满世俗气息的《潜伏》《借枪》，再到颇具时尚色彩的《五号特工组》《海狼行动》，包括由文革“手抄本”小说改编的《一双绣花鞋》《梅花档案》，等等，极具内在的丰富性。这类作品把公案、悬疑小说等通俗文学的叙事要素与红色资源的历史内容结合起来，既以紧张诡秘的人物关系、曲折惊险的故事情节，充分满足了影视观众心术与智力较量的娱乐化审美需求；又以英雄人物信仰的坚定、斗志的顽强和理性的清醒，让大众对红色文化的美好感、亲切感获得了有效的释放。

“红色民间生态剧”可以《沂蒙》《血色湘西》《区小队》等作品为代表，它们着重表现历史大事件、大进程中普通民众的命运轨迹、生存状态和精神品质，一方面致力于挖掘隐含其中的民间文化底蕴与传统伦理精神，带有乱世百姓故事、风俗民情展示的性质；另一方面始终不忘把民间价值向“红色”意识形态靠拢表现为一种历史趋势和文化方向，作品往往以独特的文化内蕴和别致的乡野情致而引人入胜。

“红色青春偶像剧”较为出色的作品，包括《恰同学少年》《风华正茂》《天安门》《沂蒙六姐妹》等。这类创作不以底蕴深厚取胜，而以对革命者人性、人情正面品质的诗意化展示见长，文本艺术境界显得别开生面、清新可喜。

这种种叙事形态及其优秀作品的不断出现，充分显示出红色资源的叙事适应性和审美包容度，有效地满足了受众多方面的审美需求。

二

新世纪的红色题材影视剧虽然叙事形态丰富多彩,但总体看来表现出以下几方面的审美文化特征。

首先,从意蕴建构层面看,红色题材影视剧超越了十七年时期革命史亲历叙事的讴歌型建构和新时期文艺的反思性重构,注重融汇多元文化来叙述和阐述红色资源,坚持以多样文化中具有普适意义的正面品质为思想后援,来支撑和烘托红色文化的精神崇高性,进入了一种不同审美文化资源兼容并包、主流价值弘扬与接受效应追求相得益彰的审美新境界。

《仁者无敌》描述了英雄的地下工作者群体面临斗争和自然的双重险境,仍然义无反顾地牺牲自我、拯救革命民众的壮烈行为,更辅以国民党“剿匪”军司令因此认识转变、率部起义的故事情节,从而雄辩地表现了“红色文化”的人道、“仁义”品格和革命者个体的人格感召力,有力地揭示了人心向背的巨大社会能量,令人信服地表现了共产党政治文化原则的历史正义性和人文崇高度。《潜伏》通过细腻刻画主人公生活尴尬窘迫、心理战战兢兢的日常“潜伏”状态,以世俗生活、常人性情的审美感知,反衬出地下工作者信仰坚守的艰难与崇高。《血色湘西》中浪漫而富于“血性”的湘西人,经由种种客观事实的教育和复杂痛苦的转变过程,终于同仇敌忾,走向爱国主义的崇高境界,创作者借此凝练出中华民族的民间良俗与抗敌御侮的现代国家意识相得益彰的思想主题,而作品中特意设计的共产党人思想引导的线索,则显示出创作者沟通民间生态与红色文化联系的理性自觉。

红色题材影视剧意义建构的文化融合倾向,既使红色资源的先进文化品质在审美过程中得到了有力的保障,又使其审美传达具备了更充分的人文亲和力与审美共鸣度。

其次,从艺术趣味层面看,红色题材影视剧既不拘一格地探求和发掘受众的心理积淀,又始终保持红色文化的底线立场,显示出一种“从众所欲而不逾矩”的审美思维特征。

红色记忆审美必然地既带有国家文化的“载道”效果，又包含历史审视的人文意味，但文化产业化的时代环境中，实现这种目标的路径却只能存在于“票房”和“收视率”之中。正因为如此，以激发观众的审美兴趣、发掘观众的心理积淀为基础和核心，不拘一格地调动各种审美元素，就成为红色题材影视剧的主要审美思维路线。

红色经典改编获得广泛成功的关键，在于有效地调动了观众对红色经典的亲切感和共鸣感。十七年时期的红色资源审美虽然理性主题相对单一和意识形态化，但实际上审美风貌已深具多样性的潜质。《保卫延安》《红日》全景型展示大兵团战役，《林海雪原》《铁道游击队》《烈火金刚》则传奇性演绎小部队战斗；《红岩》《野火春风都古城》属“地下斗争”“红色特工”题材，《青春之歌》《小城春秋》《战斗的青春》则是青年成长叙事；《红旗谱》《三家巷》《苦菜花》铺陈革命趋势的民间发展状态，《风云初记》《百合花》则于战争风情画卷中讴歌人性、人情之美，各种大众文艺类型化叙事的审美元素实际上已经隐含其中。改编者正是以此为基础，顺应当今时代世俗化、娱乐化审美需求日益上升的趋势，不拘一格地发掘和强化了其中诸多相关的艺术元素，从而使红色经典的世俗亲切感与共鸣可能性都得到了充分的发挥。

“红色草莽英雄剧”与“红色谍战英雄剧”的原创作品，则普遍地表现出一种“审美游戏”的色彩。从《狼毒花》的喝酒绝招渲染，到《我的兄弟叫顺溜》的狙击绝技聚焦；从《亮剑》情节展开中对李云龙在革命队伍中“另类”风格的津津乐道，到《暗算》叙事范式里对“杀人游戏”的深层植入，众多作品都表现出一种“无目的而合目的”的“审美游戏”成分，以至文本的审美境界或江湖豪侠气息浓郁，或“公案”“推理”色彩明显，受众的观赏快感不言而喻。但在诡异和独特之中，一种人世的况味、人生的沧桑感，却也以诙谐而颇具游戏色彩的形态表现出来。而且，恰恰在插科打诨式的对话和放荡不羁的行为中，《亮剑》《狼毒花》对于红色文化内涵的丰富性揭示得更为鲜明突出；正是由“密室审案”的险恶氛围,《暗算》反衬出主人公信仰的坚定和人格的强度。红色资源审美“从众所欲而不逾矩”的特征,由此可见一斑。

“红色史传剧”得以大行于时,关键原因也在于极大地调动了中国民众“史官文化”的文化传统和“说史”“演义”的审美传统等集体心理积淀,并以之服务于红色历史从国家文化角度的讲述。

总之,新世纪的红色题材影视剧既形成了充分拓展“红色记忆”审美适应性、融合多元文化优势弘扬主流价值的宽广路径,又在探求观赏性、艺术性、思想性并具的审美可能性方面迈开了新步伐。

三

新世纪的红色题材影视剧虽然成就巨大,却存在不少值得深入探讨的问题。比如:到底应选择怎样的审美道路,才能最大限度地实现“较大的思想深度和意识到的历史内容、同莎士比亚剧作的情节的生动性和丰富性的完美的融合”?到底应遵循怎样的价值原则,才能既珍重民族现代历史的苦难和牺牲,又在更高的精神文化层面构成与世界文化高峰、人类命运境界有效的深层对话?到底应怎样发挥审美灵性与思想智慧,才能真正使审美适应性孕育于历史具体性之中、精神共鸣度建立于高位伦理价值基础之上?……笔者之所以提出这些疑虑,关键在于新世纪红色题材影视剧所显示的总体趋势,是红色文化与当代大众文化的融合。具体说来,“红色史传剧”传承的是共和国开国初期的“颂歌”传统,属于意识形态话语的范畴,“红色草莽英雄剧”“红色民间生态剧”所关联的是传统的民间大众文化,“红色谍战英雄剧”“红色青春偶像剧”所依托的则是现代的都市大众文化。但大众文化存在着审美品位和价值基础的两面性,当红色资源审美与大众文化的局限和弊端融合到一起时,就会发生某些精神与艺术的蜕变。

事实上,某些红色题材影视剧在以“传奇”形态重构现代史的过程中,也确实发生了艺术的蜕变,步入了对历史与文化的“邪祟”进行“猎奇”性发掘和叙述的审美误区。

人类在血与火中前行的历史，既彰显了正义与崇高，也必然会汇聚丑陋与邪恶，"历史的奇观"也就既包括正面、阳面，也包含着阴面、负面，从审美角度看，前者为"正大之奇"，后者乃"邪祟之奇"。文学创作本应"传奇"而"守正"，传历史负面之"奇"也应以人类精神之"正"去照耀。否则，作品就有可能沦入"自然主义"地展示历史与文化"邪祟之奇"的境界。新世纪以来的现代历史题材影视剧就是如此，其中既有不少视野独特而气象正大、形象鲜活而底蕴深邃的优秀之作，却也出现了对战争奇观与历史美学缺乏精准把握、对人世污秽与邪祟进行猎奇性展示的审美倾向。

在总体创作构思方面，不少作品热衷于"野史""秘闻"叙事，并对其中的阴暗、诡异侧面，表现出浓厚的叙述兴趣。题材选择热衷于战争环境的特工、狙击手、别动队及其所展开的暗杀战、密码战、"特殊任务"之类；形象塑造着意于人物的奇特战技、离奇命运和性格内涵的异秉怪癖、匪性、邪性、反常性；情节编织则往往枪战、谍战与情战相交织。对历史事实"只取一点因由，随意点染"，将人类血战前行的历史，描述得俨然个体强力与心机至上的武侠江湖。创作者还以之构成长幅度展开的故事链，作为历史进程的真实态势来加以呈现。过度的戏剧化与假定性，使得文本中弥漫着人间无道、人心险恶、世道惟危的"邪祟"审美氛围，战争历史的真实根基却显得虚幻与漂浮。其中多方面地表现出创作者对人类负面生态的猎奇审美趣味。

在战争景观呈现方面，不少作品为达到"类型剧"的惊险、悬疑、恐怖的叙事效果，往往以战争生态的血腥、阴狠、残忍面为审美观照的聚焦点。从着重表现粗豪蛮勇的打斗片，到竭力揭示暴虐残忍的谍战片，这种渲染随处可见。《历史的天空》《狼毒花》等总体审美品格刚健豪雄的作品，也穿插了不少刻意强化主人公与日寇血腥肉搏的情节和场面，一种对包含着内在阴狠的邪劲与痞气的审美认同即氤氲其中。《风声》直接将"酷刑"场景的展示，作为了整部影片的叙事重心。"酷刑"本是人间邪恶与残忍的极端表现，如果缺乏正面价值的深度渗透,文本审美境界就可能沦入炫耀和卖弄人类文化“邪祟”的猎奇状态。惜乎创作者对此缺乏充分的理性自觉,将这类负面叙事元素装入所谓“密室逃逸”“杀人游戏”之类阴暗智力与心机较量的叙事框架,以美轮美奂地展现残忍细节、暴虐技能、受刑景观为满足。结果,审讯过程就演化成了一种谍战江湖“邪派秘籍”的列举与感官痛楚的渲染,既未使“谍战”剧以缜密推理使观众获得智力快感的审美优势得到有效的升华,也掩盖了作品以酷刑考验来衬托信仰者生命境界崇高与艰辛的人文用意,以致创作者只能在影片结尾采用理念化的对白方式才达成叙事的主观意图。邪祟的叙事内容、唯美的场景营构,使文本审美境界甚至在某种程度上显露出“溃烂之时,美如乳酪;红肿之处,艳若桃花”般的病态审美情趣。

在乱世生态表现方面,不少作品热衷于渲染民间陋俗与日常生活的低俗面。《狼毒花》和《勇者无敌》不约而同地对旧时代的“童养媳”现象,作出了缺乏艺术节制而又并无意蕴开掘必要性的漫长铺排。众多作品在敌我双方谍战人员你死我活的关键时刻,还设计出为情感纠缠不清的大段情节。此外,诸如“背尸”“算命”等民间陋俗,恶少追良家妇女、“整容”以冒名顶替等恶俗故事,均在众多作品中被津津有味地娓娓道来。甚至有不少涉及淫乱、不伦的生活内容,也被创作者借揭露敌方丑恶的名义大肆渲染。暧昧迷乱的人物关系、窃窃私语类的人生场景、低俗乃至丑陋的人生诉求,被广泛填充于乱世人间的生活形态之中,文本的主题寓意自然难以建立在现实生活整体状态的坚实基础之上;而其中流露的恶俗、油滑的艺术气息,则大大削弱了严酷历史审美所应有的庄严品位。

这种种历史猎奇倾向发展到极端,就是出现了“抗战神剧”这种缺乏起码的敬畏历史、敬畏先烈的审美态度的叙事“怪胎”。“手撕鬼子”“裤裆藏雷”之类不顾常识的战斗细节也频频出现。这一切正是历史叙述与大众文化负面趣味相融合所导致的恶果。

现代历史叙事深入社会生活的深处,来探讨现代中国的战争生态及其人生命运;还以带有“审美游戏”性质的类型化叙事来达成艺术意图,以增添文本的审美娱乐性,这本身无可厚非。但不少的作品或因为盲目追求审美的快感和娱乐性,或因为迷失于生活内在的混杂、丰富性,对历史文化资源的内在精神品格缺乏总揽全局性的有力把握,以致剑走偏锋,堕入了对历史阴暗、污浊面“猎奇”的叙事状态。以上所分析的大多是社会影响巨大乃至获得广泛赞赏的优秀之作,尚且不同程度地表现出这种“猎奇”倾向,其他等而下之的就更不用说了。这样的审美境界,实际上既不能充分地满足受众深入了解历史内在真实的认知需求,也不能高品位地满足受众的审美欲求。虽然阴暗与污浊确实是一种历史的客观存在,对其揭示和表现也有利于强化崇高所蕴含的恐惧性,凸显历史崇高境界的沉重代价和实现难度。但如果不能切实把握好艺术辩证法的两极平衡,不能使正面价值倾向构成文本审美境界中具有压倒性的精神氛围,以致对历史阴暗与污浊的揭示,蜕变为一种对历史文化“邪祟”的“猎奇”,那么,作品就有可能沦为审美的“末品”与“下流”。只有既叙历史之邪祟与诡异,又能成功地升华为审美的正大与崇高,历史资源的审美发掘才有可能真正地步入既深刻有力、又刚健有为的精神文化境界。

第三节　“类型化写作”的本源性局限与文化民粹主义基础

一

借助新媒体传播和文化产业发展的驱动,“类型化写作”在文学创作中颇为流行。“类型化写作”已经横跨长篇小说和影视剧创作两大领域,成为一种广受关注和青睐的审美路径。现代史叙事的小说、影视剧和网络文学也是如此。虽然“类型化写作”存在诸多层面的审美合理性,但从攀登时代文学高峰的角度看,对其审美趋势、演变特征和文化实质等方面的局限,很有给以探讨与揭示的必要。

所谓“类型化写作”，是指当某种题材类型及由此形成的审美范式出现良好的市场效应时，仿效色彩明显的同类创作就会蜂拥而上，从题材重心、叙事要素到意义指向都大同小异地“批量”生产，形成一时的创作热点。总体看来，“类型化写作”的范式开创性作品大多确实具相当的社会历史认知功能和艺术境界开拓意义，因此能获得文坛内外的一致赞赏。《国画》《暗算》《历史的天空》《亮剑》等作品都是这样。但后续出现的大量作品，则呈现出向文化消费和审美娱乐性的“类型文学”靠拢的趋势，并且很快表现出内容虚假、品质低俗、制作粗劣、叙事“戏说”化等种种弊端，从而招致此起彼伏的激烈批评。从文学领域的“官场”“职场”小说到影视剧领域“后宫剧”“红色谍战英雄剧”“红色草莽英雄剧”等，几乎每种火爆一时的“类型化写作”，都未能逃脱这种起始“闪亮登场”、随后每况愈下的审美命运，实际上形成了一种不断重蹈覆辙的恶性循环现象。

二

“类型化写作”接受效应诱人而精神文化价值贫弱、荣辱倏忽的审美特征，存在着多方面尚未引起充分重视的原因。

首先，“类型化写作”作为一种审美路径和精神创造策略，明显地存在着价值观念与审美方向的局限。“类型化写作”的根本目的是将社会历史认知和审美文化消费结合起来，核心策略是进行一种审美嫁接，也就是在立足于社会历史认知和生活实感的基本审美构架之中，添加进一些以大众文化的精神积淀和审美趣味为基础的叙事元素，以增强对受众的吸引力。这种精神创造策略存在诸多本源性的弊端与局限。其一，“类型化写作”的审美文化方向，不是向时代文化的高峰攀登，而是想方设法向以精神庸常性为核心特征的大众文化境界靠拢；不是遵循文学艺术的基本规律和最高标准“个人独创性”，而是按“类型”、有“套路”地制作。这必然会导致对精英文化优势的忽视乃至抑制，文学艺术作为精神文化产品“质”的高端性也势必会受到损伤。大量艺术品质平庸的“肥皂剧”的出现，根本原因正在于此。其二，将“类型化写作”作为创作文化产品的方向，根本用心显然是在谋求有章可循、按部就班地制作文化产品，摆脱审美独创的探索艰辛，轻松、省心地达到目的，一种认同审美惰性的倾向就隐含于其中。这种审美惰性进一步发展下去，相互仿效、粗制滥造之类的现象自然难以避免。众多官场小说围绕官场的职务生态和腐败热点进行社会表面信息的堆砌与铺排，《历史的天空》《亮剑》之后“红色草莽英雄剧”泛滥成灾，《暗算》一出“红色谍战剧”蜂拥而上，不少电视剧“雷人”情节、“穿帮”场景随处可见，就是这种结果必将出现的典型例证。其三，如果创作者缺乏庄严的审美责任感和正大崇高的精神品格，以满足受众审美消费需求之名、行“媚俗”牟利之实，“类型化写作”的审美嫁接策略则有可能蜕变为各种文化负值、人性污浊的汇聚之途。

其次，各种“类型化”审美范式开创性文本的意义建构本身，往往就是一种瑕瑜互见的文化存在，具有审美引导的双向性。虽然“类型化”审美模式的开创性文本总体上看大都是具有精神和审美层面重要突破的优秀作品，但能够“类型化”本身，就意味着这种审美模式存在可以复制与仿效的世俗精神趣味和大众文化气息。历史“戏说剧”《宰相刘罗锅》《康熙微服私访记》的情节设计貌似展现朝野“官德”较量和名士潇洒做派，实则洋溢着大众消费文化智力游戏和精神消遣的意味，而且存在着众多市井味十足渲染算计争斗与暧昧情事之处。战争题材剧中，《亮剑》以粗鄙为洒脱大气的农民文化风度和以强横霸道为豪杰气象的江湖文化气息，《历史的天空》中姜大牙挺刀屹立的狰狞形象及隐含其中的血腥气，《暗算》基于对人心险恶的揣测与想象而细密铺排出来的人物心机，也都隐含着芜杂的文化信息和负面的价值意蕴。这种种潜藏着的意义元素的局限与精神走势的隐患，完全有可能将创作导向一种正反两方面价值内涵兼而有之、良莠并存的审美文化境界。所以，怎样才能既充分发挥“类型化”审美模式潜在的市场优势，又有效地避免其中文化负面元素的扩展与蔓延，就成为"类型化写作"的一个核心问题。如果审美模式的后来者对此缺乏强大的精神驾驭能力和高度的审美警觉，艺术境界走向虚浮与污浊、精神品格变得低俗和矫情，就是势所必然的事情。某些"抗战剧"大肆渲染中国民间文化"藏垢纳污"性质的内涵，以致人物身上的农民气蜕变为匪气、痞气与油滑气，大家族品格沦落为陈腐气、戾气、与俗气；大量"宫斗剧"纵情铺排亮丽青春与后宫孽缘的搏斗，将嫔妃们日常性的争斗与算计演化为"丛林法则"无处不在的生存图景，就是"类型化"审美范式负面导向走向极致的表现。

第三，"类型化写作"审美品质和价值内涵每况愈下的演变规律，也与时尚文化的精神走势和审美主体认知的误区密不可分。在当今中国的时代语境中，时尚文化的狂欢化、低俗化、民粹化特征正以时代大势的形态发展着，形成了一种诱导"类型化"审美建构产生精神质变的环境氛围，使这种蜕变在价值根基层面显得冠冕堂皇、理所当然。文化资本唯利是图的本性，则借此助推着蜕变的不断发生。"类型化"文本的创作主体往往陶醉或慑服于由此形成的社会接受和产业经济效应，却忽略了精神价值和文学前途在审美文化创造中不可动摇的核心位置。而在"类型化写作"每况愈下的趋势日益明显、激烈批评纷至沓来之时，因为其意义范式本身大都存在着"惩恶扬善"、弘扬文化"正能量"的外在框架，也具有对生活、人性和社会历史进行良性发掘的侧面，这一审美路径的维护者们，就往往将审美范式的价值优势作为每一个具体文本意义建构的潜在可能性，却将因自我审美惰性和精神劣质泛滥导致的艺术品质下滑与蜕变，归咎为客观环境乃至体制文化对精神良性发展的限制。学术界则常常从文化发展战略和时代精神新趋势的宽泛视野，对"类型化写作"盲目而空洞地吹捧与推崇，对其演化过程中的种种审美蜕变却视而不见或仅仅就事论事地批评，长期未能从本质规律的层面进行深入的探究与剖析。基于如此的内外在情势，从价值理性高度杜绝"类型化写作"审美弊端与精神局限的出现就变得几无可能，精神下滑、恶性循环则成为其必然的命运。文化与人性的负面价值和“灰色内涵”成为意义建构的内在根基，暴力的快感、阴谋的惊险、畸形的欲望等猎奇性、感官刺激性因素成为必不可少甚至主导性的叙事元素，人物形象“恶劣的个性化”和强烈的媚俗气比比皆是，则是这种精神蜕变发展到极端的产物。

所以，“类型化写作”虽然并不违背、却有意疏离和逃避着艺术创造追求精神高端与审美独创的本质要求。从时代文化理想发展的高度看，这一审美路径实际上是不宜给予过高评价的。而“类型化写作”本身要想超越荣辱倏忽的审美命运，关键在于创作者的主体精神应当从“跟时尚”转向“接地气”，以高远的视界和辽阔的胸襟，摆脱一时浮名、些许实利的诱惑和时尚语境的误导，从借助“类型化”意义架构和叙事元素进行审美原创性稀薄的拟写，转向对历史与现实生活本身的艰辛探索，通过自我对社会生活底蕴和人性丰富内涵的独到发掘与独特表现，来建构文本价值基础深厚的审美境界。否则，创作就难免会在一种因接受效应良好而沾沾自喜的状态下误入歧途。

三

新媒体和文化产业的发展、大众文化的盛行及由此形成的“类型化写作”，给当前社会的文学生活领域带来了多层面的复杂影响。它一方面以“量”的惊人增长，为民众的文学阅读提供了更为广阔、自由的选择空间；另一方面，却也使民众对于内容信息的猎奇刺激性、意义认知的实用性和审美的宣泄娱乐性等较低精神层次的阅读期待，成了审美的时尚。这种审美时尚本身是无可厚非的。但迎合这种时尚的文学创作变得越来越多、越来越流行，甚至形成了主导普通读者文学生活之势。它们还借助图书市场的商业效应和网络媒介的传播效应，以表面的斑斓多姿和“量”的堆积所构成的强势，形成了对立足经典文学标准的精英型文学创作的压抑与排斥，从而导致了“劣币驱逐良币”现象的发生。更严重的问题在于，这种文学生活状态虽然不断遭受批评，实际上却长期未曾得到改变。究其原因，除了媒介场的推崇和文化产品商业利益的影响，更在于其背后隐藏着一种文化民粹主义的价值基础。

民粹主义以一种对于平民百姓、非专业知识分子之创造性和道德优越性的崇信来建构价值基础。在文化领域，民粹主义无保留地视普通百姓为“积极”快乐的追求者，全盘信任其判断的合理性，即使其中体现的是人性的低俗品质、负面特质与卑污内涵，也往往用一种理解与重视日常的意义、理解与重视普通百姓的趣味与快乐的姿态，来加以解释并使之合理、合法化。同时，文化民粹主义还狭隘、极端但实际上盲目和非理性地指斥一切精英文化，贬低和遮蔽文化精英在社会文化生活中的意义。由此形成一种审美和精神文化的时尚，在众多的批评声中慷慨激昂地推崇和追逐。盲目推崇“类型化写作”，却忽略其精神文化局限的倾向，就是这种民粹主义思想和价值倾向的具体表现。

文化民粹主义是一种具有价值两面性的社会文化思潮，问题在于如何富有文化和历史理性地把握好其间的分寸。在当今社会复杂的历史文化条件下，许多原本具有相当合理性的价值观念往往都会发生蜕变，形成一种“播下的是龙种，收获的是跳蚤”的境界堕落现象。大众文化的盛行给社会文学生活增添了空前的活力，这本来是一件好事。但由此形成的大众主导意识，很快就蜕变成了文学审美境界低俗化的挡箭牌，还以其“独大”的局面和独裁的色彩导致了精英文化维度的孱弱乃至缺失，并总是粗暴地拒绝乃至排斥各种既合理而又确实击中要害的批评。这显然就走到了民粹主义的反面，并与民族文化发展的大趋势和国家文化软实力的提高背道而驰了。对此我们不能不深自警惕。

第七章　革命文化话语建构中的生活日常性书写

第一节　《红旗谱》的底线伦理与生活本位逻辑

学术界在新的时代语境中重新审视和评价十七年文学，涉及面相当广泛和复杂，但根本思路主要围绕两个问题展开，即：如何评判十七年“红色经典”的审美普适性，如何阐释这种普适性与革命文化之间的关系。《红旗谱》作为十七年时期革命史叙事中享有崇高地位的代表性作品，探讨它是否具有审美普适性、具有怎样的审美普适性，无疑有助于我们深化对十七年文学革命史叙事核心价值的理解与发掘。

一

十七年时期的文学评论界对《红旗谱》存在两个基本看法，一是推崇其展开了“壮阔的农民革命的历史画卷”①，赞赏作品主人公朱老忠的形象“是我们十年来文学创作中第一颗光芒最耀眼的新星，第一只羽毛最丰满的燕

① 方明：《壮阔的农民革命的历史画卷——读小说〈红旗谱〉》，《文艺报》1958 年第 5 期。

子”①;二是认为作品描述的“火辣辣的阶级斗争,以及内含着阶级矛盾的民族斗争”和“新时代田野英雄的性格”,“是在一系列‘柴门临水稻花香’的乡土风物的图卷之中,尤其是在继承了‘燕赵多慷慨悲歌之士’的民族传统精神下所表现出来的”②。这种判断和赞誉,总的看来与作者本人对《红旗谱》审美建构的表述是一致的。梁斌曾经谈到,他创作《红旗谱》既追求写“阶级斗争,主题思想是站得住脚的”,又“要让读者从头到尾读下去,就得加强生活的部分,……扩充了生活内容”③。换言之,他对《红旗谱》情节内容和审美意蕴的建构,既有“阶级斗争”部分,又有“生活内容”部分,存在着基于两套价值话语的双重审美重心。

在新的时代文化语境中,《红旗谱》遇到了价值立场和学术视角各不相同的“重读”“重评”。批评者往往着眼于作品的阶级斗争主题和革命文化立场,认为作品中存在因观念主宰艺术而导致内容虚假、偏颇的现象;持肯定态度的则大多认为,“乡村风俗、传统文本的加入,……使某些可能被遮蔽、删除的因素,比如人的欲望,日常生活细节,乡村风俗、仪式等,得到有限程度的表现”④,从而形成某些“艺术的意味”。但无论是认为《红旗谱》在“寻找着阶级斗争观念、主题和乡村风俗、传统文本的联结”⑤,还是认为文本审美境界存在着“本原历史和阶级话语的龃龉”⑥;无论是发现“稀松平常的乡村生活戏剧部分消解了矛盾冲突的阶级性”⑦,还是“从民间角度”肯定“小说在描写北方

① 冯牧、黄昭彦:《新时代生活的画卷——略谈十年来长篇小说的收获》,《文艺报》1959年第19期。

② 胡苏:《革命英雄的谱系——〈红旗谱〉读后记》,《文艺报》1958年第9期。

③ 梁斌:《漫谈〈红旗谱〉的创作》,《人民文学》1959年第6期。

④ 洪子诚:《中国当代文学史》(修订版),北京大学出版社2007年版,第99页。

⑤ 洪子诚:《中国当代文学史》(修订版),北京大学出版社2007年版,第99页。

⑥ 罗执廷、朱寿桐:《〈红旗谱〉:本原历史与阶级话语的龃龉》,《中国文学研究》2011年第3期。

⑦ 雷达、赵学勇、程金城主编:《中国现当代文学通史》,甘肃人民出版社2006年版,第610页。

民间生活场景和农民形象方面还是相当精彩的"①,其中所显示的,都是将文本意蕴建构分解为"阶级斗争"和"生活内容"两套话语的阐释思路。

如此看来,将《红旗谱》的审美建构拆解为"阶级斗争"和"生活内容"两套话语,显然具有相当合理性。于是,一个需要进一步探讨的内在问题就表现出来:一部作品存在两套话语,看起来却又浑然一体,其内在的价值中介和思维逻辑到底是什么呢?不解决好这个问题,《红旗谱》审美内涵的革命性与民间性、时代性和民族性之间的具体关系,就难以得到深入的阐发;作品是否兼容革命文化宣传与审美普适性的双重艺术功能,也难以得到真正深入的揭示。但这样一个事关《红旗谱》审美机制与意义基点的关键问题,却为历来的研究者所忽略。

如何认识和评价《红旗谱》审美建构的双重话语,实际上涉及一个如何理解文学作品中观念与形象之间复杂关系的问题。人类历史是客观实在的,人们对历史的认知观念则是主观的、随时间与条件而必将有所变化的。因此,在文学作品的生活内容和认知观念之间,认知观念在历时性层面几乎不可避免地都会逐渐表现出内在的欠缺。古往今来众多的经典名著,均存在这种从历时性视角看就会显露出来的思想观念的局限。《红楼梦》的"色空"观、《三国演义》的"忠义"观、《水浒传》的"义气"观,用今人的眼光来看局限性都是显而易见的。但是,决定《红楼梦》《三国演义》《水浒传》审美价值的核心因素,并不是作品的思想观念,而是作品所表现的历史生活的内在底蕴和审美意味,以及作者对这种底蕴与意味的开掘程度。所以,只要审美主体将历史记忆的实际情形、现实生活的客观逻辑,而不是观念的思维框架、主观的价值立场置于审美建构的首位,作品就奠定了艺术品质和审美价值的总体基础。即使思想观念存在某种局限,作品中由情节内容和人物形象所构成的审美蕴含也往往能撑破观念的框架,显示出充分的艺术光彩来。恩格斯的名言"现实主义

① 陈思和主编:《中国当代文学史教程》,复旦大学出版社1999年版,第79页。

甚至可以违背作者的见解而表露出来”①所揭示的，正是这种以生活的客观逻辑为基础和本位而形成独特审美优势的现象。所以，在作品价值内涵的艺术生成过程中，审美主体的思维逻辑和意蕴建构的意义基点起着至关重要的作用。

《红旗谱》作为对革命往事的追溯，当然是一种审美主体对历史记忆及其内在意味的审美发掘和艺术诠释。所以，《红旗谱》的意蕴建构是否具有审美普适性，关键在于文本审美境界的建构是否遵循了生活本位、而非观念本位的叙事逻辑。作品的内在价值含量，既取决于作者开掘历史底蕴的深广程度，也取决于作品联结历史底蕴和观念系统的价值中介，取决于这一价值中介是否具有宽广的文化背景和意义的普适性、能否有效地搭建起观念与生活之间的精神桥梁。

细读文本我们可以发现，《红旗谱》虽然设计了一个“阶级斗争”的总体阐释框架，但阶级斗争的观念逻辑不过是文本审美境界的宏观价值指向和根本意义旨归；作品中的许多情节内容，实际上是遵循着生活本位的叙事原则和社会文化层面的底线伦理来展开的。

“底线伦理”是20世纪90年代才开始在中国形成和发展的一种伦理学观念。所谓“底线伦理”，是指“维护一个社会正常秩序所必需的、社会所有成员不论何种身份地位都必须遵守的行为规范”②，确立底线伦理的目的，在于以“某些基本义务的普遍约束”，来构筑人们“共有的生活基本平台和社会生活的道义基础”③。底线伦理的基本属性包括三个方面：一是主张行为或行为准则“正当与否的最终根据不在行为后果而在行为或行为准则本身”；二是强调这种伦理规范是“普遍主义的……普遍地适用于所有人的”；三是强调一种

① ［德］恩格斯：《致玛·哈克奈斯》，北京大学中文系文艺理论教研室编：《马克思恩格斯列宁斯大林论文艺》，人民文学出版社1980年版，第136页。

② 尹振球：《何怀宏“底线伦理”思想刍议》，《道德与文明》2010年第2期。

③ 何怀宏：《底线伦理的概念、含义与方法》，《道德与文明》2010年第1期。

"基本义务",即所有成员都必须遵守这种"很基本""最重要"①的规范和准则。这样看来,如果豪强霸道者触犯了用以维持社会秩序的最低限度的伦理规范,弱势群体的反抗和斗争就属于正义之举。尤其是当豪强霸道们的破坏威胁到了弱势群体最起码的生存条件与权利时,弱势的灾难承受者即使采用某种超常规的甚至暴力的手段来反抗,也具有以底线伦理为基础的抗"恶"和维护"社会正义"的根本价值合理性。

《红旗谱》的主要情节内容和基本矛盾冲突,正体现出这样一种基于底线伦理的价值逻辑和思维基点。作品所描写的历史生活,并没有始终绷紧了弦、达到剑拔弩张的地步,只是在"欺侮了咱们几辈子"的"土豪霸道们"②破坏最基本的社会秩序规范、威胁到穷人最起码的生存条件与权利时,"有胆量的人"才"看不平了就上手"③,来展开反抗与斗争。这与中国古代"逼上梁山"的反抗,实际上存在着心理和价值逻辑的高度一致性。《红旗谱》价值底蕴的深广度和审美意义的普适性,根本基础即存在于此。

二

《红旗谱》正面描写了四个农民反抗与斗争的故事,即卷 1 的"朱老巩大闹柳树林"和"脯红鸟事件"、卷 2 的"反割头税"和卷 3 的"保定二师学潮",还采用穿插、补叙的方式侧面描写了一个"朱老明打官司"的故事。作者展开这些故事情节的价值基点,均表现出深厚的底线伦理倾向;而具体的描述过程,则是以乡土生活的日常性逻辑和"他们的喜怒哀乐的基本感情"④为本位来展开的。

首先,在对斗争缘起的揭示方面,《红旗谱》着重表现了统治者、压迫者对

① 何怀宏:《底线伦理的概念、含义与方法》,《道德与文明》2010 年第 1 期。
② 梁斌:《红旗谱》,中国青年出版社 1957 年版,第 2 页。
③ 梁斌:《红旗谱》,中国青年出版社 1957 年版,第 8 页。
④ 许之乔:《〈红旗谱〉中人民大众的人性美和人情美》,《文艺报》1961 年第 1、2 期。

于社会底线伦理的触犯和反抗者对于基本的社会正义原则的坚守。

冯老兰“砸钟灭口，存心霸占河神庙前后四十八亩官地”①，显然触犯了公共财产不容强权者侵吞的社会伦理底线。冯老兰率领民团打逃兵是为了自己发洋财，失败后却将赔偿款全部摊派到“下排户”的头上，其实是触犯了“一人做事一人当”、不能嫁祸于他人这条最起码的基于社会公道的伦理底线。“脯红鸟事件”形成斗争的关键，在于冯老兰图谋强买、强占，违背了买卖自由、人格自由的底线原则。这三个抗争事件的起因，都是乡土社会的“土豪霸道们”违背了社会的底线伦理。更为意味深长之处在于，在“锁井镇上三大家”之中，人们似乎只对“土豪霸道”冯老兰充满阶级的仇恨和义愤，从其他两家与农民乃至长工的关系中，我们实际上看不到什么严重欺压和对立的情形；朱老忠等锁井镇百姓与冯老兰之间也是长期相安无事，只在冯老兰违背了某种底线伦理时，他们的仇恨才借以宣泄和表达出来。所以，从农民与土豪霸道们的关系到朱老忠他们的“斗争精神”和抗争行为，都表现出一种限度，这种限度就是乡土社会的底线伦理。

“反割头税”和“保定二师学潮”似乎与此有所不同，因为其中存在着“政权这个专政的武器”②。但总的看来，“大闹柳树林”“朱老明告状”“反割头税”所涉及的，都属于经济矛盾、民生问题。在“反割头税”事件中，按照“自古以来，就是这个惯例”③，百姓完粮纳税似乎是理所当然的；但统治者颁布的“割头税”等都属于“苛捐杂税”，几乎“要把农民最后的一点生活资料夺去，农民再也没有法子过下去了”④，这就从制度层面危及了贫苦百姓基本生存的底线，“维护一个社会正常秩序所必需的”条件自然就不存在了，反抗也就是势所必然。在《红旗谱》所描写的几个故事中，“保定二师学潮”才开始具有正宗

① 梁斌：《红旗谱》，中国青年出版社1957年版，第3页。
② 梁斌：《红旗谱》，中国青年出版社1957年版，第256页。
③ 梁斌：《红旗谱》，中国青年出版社1957年版，第268页。
④ 梁斌：《红旗谱》，中国青年出版社1957年版，第256页。

的时代政治色彩，这一事件的起因是政府对日寇“采取不抵抗政策”，放弃了保卫民族独立、让百姓不做“亡国奴”这一必须履行的“基本义务”，所以，学生们的抗争实际上也是因为政府对一种社会底线伦理的违反。而且，学生们的护校斗争还带有维护学校不被解散、自己的学生身份不被剥夺的性质，这显然是一种更为基本的底线伦理。正因为如此，反抗者的勇敢斗争就表现出鲜明的遵循底线伦理、坚守社会正义的倾向。

在对斗争方式的表现方面，《红旗谱》忠实地展现了农民的各种反抗道路及其观念和心理特征，精准地揭示了这种种反抗行为与政治革命、阶级斗争之间的距离。

朱老巩“大闹柳树林”、舍命护钟，属于单枪匹马地逞血性之勇，实际上是一种个人反抗，带有“不平则鸣”“慷慨侠义”的燕赵民风的特征。朱老明等人联合起来打官司，也就是一种法律范围内的“集体上访”，明显地表现出遵循法律和“只反贪官、不反皇帝”的特点。丰富的生活阅历使朱老忠明白，像父亲那样单枪匹马地硬拼不行，像朱老明那样只靠打官司也不行，于是他确定了“不服他这个，走着瞧，出水才看两腿泥”①的方针，还设计了一个“一文一武”的未来规划。但因为大贵被抓壮丁，朱老忠才想出干脆要借此培养一个“捋枪杆子”的，这实为祸从天降、被土豪霸道压得“一辈子抬不起头来”②时的无奈之想；运涛坐上“革命的官儿”，众人欢欣于“起了祖了”，“打倒冯老兰，报砸钟、连败三状之仇，咱门里就算翻过身来了！”③其中所体现的，也不过是一种底层百姓望子成龙以报仇雪恨的朴素心理。

“反割头税”事件中，农民与政府之间还存在着“割头税包商”这个中间环节；县长因为冯贵堂“空着手儿来”、又“很火戗”④，居然就没有和他这“包商”

① 梁斌：《红旗谱》，中国青年出版社 1957 年版，第 127 页。
② 梁斌：《红旗谱》，中国青年出版社 1957 年版，第 124 页。
③ 梁斌：《红旗谱》，中国青年出版社 1957 年版，第 167 页。
④ 梁斌：《红旗谱》，中国青年出版社 1957 年版，第 355 页。

站在一边,明显地缺乏"阶级队伍"的意识。冯贵堂后来将事件上升到"共产党煽惑民众,抗纳税款"①的高度,才使问题变得严重起来,但这恰恰说明,"反割头税"事件原本并没有被政府看作阶级革命和阶级斗争;而且,这件事从根本上说,也确实如老驴头关于杀猪、避税所盘算和追求的那样,只是一种基于经济利益的抗争行为。"保定二师学潮"除了反对"不抵抗"政策外,还包含着"知识者走向乡村"这一有关革命道路和方式的主题,倒是具有鲜明的阶级斗争和民族斗争的色彩,但朱老忠在这场学潮中所扮演的,不过是一个心怀同情、源于基本的社会正义进行"场外救助"的角色。由此可见,作者对于历史生活实际与阶级斗争形态之间的距离,有着真实、确切的艺术表现。

在对斗争具体情形的描写方面,《红旗谱》则以高度的艺术分寸感,保持和坚守着一种基于生活常态逻辑和乡土文化惯例的叙事客观性。

"大闹柳树林"事件中,朱老巩虽然连夜磨刀霍霍,实际上却并没有真想去杀人。第一次上堤时,他根本就没带铡刀或大斧子,而是"裂起嘴唇用拇指试了试刀锋,放在一边……拿起脚走上大堤去"②;在"铜钟碎了"之后,朱老巩也没有一跃而起冲出去与"阶级敌人"拼命,而是"吐了两口鲜血倒在地上"③。与抗争姿态的慷慨、豪气相比较,这些具体行为甚至显得不无窝囊与笨拙,但这恰恰体现了一个淳朴农民而非杀人魔王或江湖豪侠的性格本色。同样,冯兰池玩弄一连串阴谋,用意也只在于砸钟而不是害人。因为作品中存在这种种基于生活常态的描写,作者虽然在叙述语言中不断强化着剑拔弩张的阶级愤怒,似乎双方即将你死我活,具体描写出来的实际情形却并未丧失乡土争斗的本来面目。

"反割头税"事件中,朱老忠在家门前架锅杀猪;刘二卯骂街式地"压迫"

---

① 梁斌:《红旗谱》,中国青年出版社 1957 年版,第 390 页。
② 梁斌:《红旗谱》,中国青年出版社 1957 年版,第 7 页。
③ 梁斌:《红旗谱》,中国青年出版社 1957 年版,第 13 页。

反割头税的人们,结果反而被一群妇女“扯”“撕”“打”,“闹得不可开交”①;老驴头则在自己家里偷偷地用菜刀宰起猪来。这种种不无闹剧色彩的行为,与其说是严峻的阶级斗争,不如说更像是乡村社会围绕经济利益、民生问题的群体性对抗行为。而且,作者一方面紧锣密鼓地描写“反割头税”事件,另一方面却又兴致盎然地铺叙了大贵在雪夜帮春兰家找猪的情节,严峻的斗争过程由此平添了一种轻喜剧色彩。在“反割头税”大会上,江涛激情洋溢地发表着演讲,严萍想到的是“眼前的青年人,兴许是一个未来了不起的大人物”②,朱老忠与严志和议论的是“咱这孩子行了”“坟地里长大树”③了。他们更像是因为这人情的激荡,才随着高呼起了阶级斗争色彩鲜明的口号。反割头税大会结束后,张嘉庆逃避追捕的方式居然是“考学”到保定去,其中也充分显示出一种建立在当时革命者实际活动情形基础上的生活内容的独特性。

即使在“二师学潮”时军警与学生的直接对抗中,张嘉庆率队出去抢购粮食,高喊一句:“是抗日的朋友走开吧!”就能使众多军警“向回卷作一团”④,这显然也是突破阶级阵线、从军警队伍实际状况出发的客观描写。《红旗谱》还有众多这样极具艺术分寸感的描写,如朱老明告状三年,是自己急火攻心而不是外在的原因导致了眼瞎;保定第二师范曾经闹过多次并未遭到镇压的学潮,甚至还有驱逐校长的成功,等等。诸如此类的情节表明,作者在用叙述语言强化“阶级仇恨”的同时,具体描写却是严谨地以特定历史环境中的生活真实为本位来展开的。

所以,《红旗谱》中农民们的反抗斗争,按照作者在作品中的理性归纳应属不同阶级之间的矛盾与斗争,斗争的实际情形却更像是贫苦、弱势群体与“土豪霸道们”为公道和利益的对抗。但作品确实又深刻而有力地揭示出,在

---

① 梁斌:《红旗谱》,中国青年出版社 1957 年版,第 13 页。
② 梁斌:《红旗谱》,中国青年出版社 1957 年版,第 370 页。
③ 梁斌:《红旗谱》,中国青年出版社 1957 年版,第 370 页。
④ 梁斌:《红旗谱》,中国青年出版社 1957 年版,第 457、458 页。

社会的底线伦理无法维持时，受压迫者官逼民反、逼上梁山就是生活演变的必然趋势，这样，贫苦农民走上阶级革命的道路也就具备了历史的可能性。所以，《红旗谱》主题逻辑得以成立的基点，在于作者确立了底线伦理这一“阶级斗争”和“生活内容”之间的价值中介，并在具体描述的过程中坚守着一种不为观念所拘囿、而以生活为本位的审美立场。

三

作家梁斌坚持“根据家乡一带的人民生活、民俗和人民的精神面貌来写《红旗谱》”①，着重刻画的自然是农民们的斗争精神，但他的审美视野并没有局限于阶级压迫与反抗的内容，而是坚持“人物必须扎根于现实”，“把人物放在一定的环境中，通过生活的烘托和故事的纠葛”②，以“生活内容”的全部丰富性来表现和突出其性格特征，这就将“阶级斗争”的观念化主题落到了历史的实处。

首先，《红旗谱》从生活全局性的视野，真实地揭示了革命者人生选择的乡土观念逻辑和斗争历程中的日常生存状态。

作品对运涛、江涛兄弟人生道路的描写就是如此。运涛出走和参加南方革命军，并不仅仅因为他与贾老师接触、思想革命化了，更重要的原因是他与春兰原本正常、美好的爱情，被意外地扭曲为“招了汉子”和“欺侮”③，甚至由春兰的父亲老驴头闹成了几乎出人命的严重事件，“一个男人，在乡村里有了这种名声，就再也没有姑娘小伙子们跟他在一块玩”④了。江涛考上保定第二师范，是决定作品主题推进和情节发展的关键情节。但江涛从考学成功、到因为家贫不想入学、再到因为运涛入狱打算退学等相关情节，包括朱老忠送江涛

① 梁斌：《漫谈〈红旗谱〉的创作》，《人民文学》1959 年第 6 期。

② 梁斌：《漫谈〈红旗谱〉的创作》，《人民文学》1959 年第 6 期。

③ 梁斌：《红旗谱》，中国青年出版社 1957 年版，第 149 页。

④ 梁斌：《红旗谱》，中国青年出版社 1957 年版，第 153 页。

时对他“不能忘了咱这家乡、土地，不能忘了本！一旦升发了……”[①]的叮嘱和预想，相当典型地体现出来的，却不是一个乡村青年的革命历程，而是一种贫家子弟奋斗向上的追求及其艰难、曲折的步履。

对于革命导师贾老师的日常生活，《红旗谱》也从他从事小学教师这一职业的角度进行了趣味与意味兼具的描写。“明天是礼拜六，又该上作文课了”，贾老师却忙碌得连学生的作业“还没有改出来”[②]；两个学生开门进来，“粗了脖子红了脸地进行争论”，请他评判课堂上讲授的问题，并对他的解释表示不满和质疑，“工作夹着我的手”的贾老师只好不无烦躁地“伸开两只手把他们推出门去”[③]；校役前来清算和唠叨伙食钱，并指出他“下月薪金早借光了”，贾老师只好强打“哈哈”，用“你们是工农兄弟，别跟我打吵子”[④]来掩饰自己经济的困窘；就连老爷爷跟邻家胡二奶奶吵架，他也要半哄半劝地调解。这种种从日常生活角度展开的描写，有力地拓展和充实了一个革命者非政治性的日常人生景观。

其次，《红旗谱》从时代基础与环境条件的角度，如实地揭示了反面人物的性格特征与行为逻辑。

作品对冯老兰的描写就是这样。“脯红鸟事件”中，冯老兰虽然有过庄稼人“养这么好的鸟儿，不是糟蹋？”[⑤]的挖苦，在集市上却也有过愿意高价买卖的时刻，只是在大贵不愿将鸟卖给仇人让其开心之后，事件的发展才转变方向，冯老兰的霸道也才显示出来。对于玩弄老驴头的女儿春兰，冯老兰按照“是人没有不爱财”的逻辑，觉得“豁出去了，给他一顷地，一挂大车……这就够他一辈子吃穿了，也算咱对得起她”[⑥]。而且，作者不仅写出了冯老兰建立

---

① 梁斌：《红旗谱》，中国青年出版社 1957 年版，第 191 页。
② 梁斌：《红旗谱》，中国青年出版社 1957 年版，第 271 页。
③ 梁斌：《红旗谱》，中国青年出版社 1957 年版，第 272—273 页。
④ 梁斌：《红旗谱》，中国青年出版社 1957 年版，第 274 页。
⑤ 梁斌：《红旗谱》，中国青年出版社 1957 年版，第 104 页。
⑥ 梁斌：《红旗谱》，中国青年出版社 1957 年版，第 152 页。

在“有财有势”基础上的恣意、霸道逻辑，还写出了他在霸道逻辑不能得逞时的阴险报复行为和落寞、委屈心理。脯红鸟风波过后，抓壮丁“出兵”的事就由村长冯老兰安到了大贵头上，冯老兰强烈的报复态度由此鲜明地表现出来；得不到春兰后提起这件事，冯老兰“想了老半天，懒洋洋地说：‘那妞子，她硬僵筋！’”[①]落寞、自解之意溢于言表。这种种描写表明，不管从阶级敌人还是从农村坏人、土豪霸道的角度看，“下排户”与冯老兰斗争是必然的，相安于同一生存环境却也是有可能的。

在两个主要反面人物中，冯老兰属于传统的守财奴，是“从封建的生产基础上生长起来”的、“封建思想的代表人物”[②]；冯贵堂则是沾染了新时代气息的“改良主义者”。他们之间也存在深刻的矛盾。冯贵堂不满于父亲的古板与守旧，坚持改良生产工具和发展工商业，对农民也注意把握剥削的分寸，时常施以小恩小惠，甚至要创办贫民学校，似乎颇有适应时代经济趋势和进行社会改良的倾向。但他们的这种矛盾只不过是“思想方式的不同、剥削方式的不同”[③]而已。对此，作者从“脯红鸟事件”中冯贵堂“一个钱不花，白擒过他的来”[④]的态度，到“反割头税”事件中冯贵堂“笑里藏刀”，口说不要税钱、实际上却“到省政府告了咱们一状，连县长都告上”[⑤]的手段，也通过人物的言行展开了丰富、深刻的描写。这种种颇富对比色彩的描写，具体而精确地表现了冯氏父子性格与观念的丰富、多面性。

在作家梁斌看来，“地主有地主的生活”[⑥]，展现地主的生存状态和性格特征也应当遵循生活自身的逻辑。以历史生活本身的丰富、实在性为基础，《红旗谱》的艺术描写有力地深化和细化了关于地主形象的种种观念性认知。

---

① 梁斌：《红旗谱》，中国青年出版社 1957 年版，第 343 页。
② 梁斌：《漫谈〈红旗谱〉的创作》，《人民文学》1959 年第 6 期。
③ 梁斌：《红旗谱》，中国青年出版社 1957 年版，第 109 页。
④ 梁斌：《红旗谱》，中国青年出版社 1957 年版，第 109 页。
⑤ 梁斌：《红旗谱》，中国青年出版社 1957 年版，第 389 页。
⑥ 梁斌：《漫谈〈红旗谱〉的创作》，《人民文学》1959 年第 6 期。

再次,《红旗谱》透彻地揭示了乡土社会种种"深刻的正统观念"①,并通过革命观念与这种"正统观念"的对比和映衬,充分表现出特定时代条件下农民斗争形态的历史独特性。

江涛"根据人愈穷,受的压迫愈大,革命性愈强的规律"②,首先到"扛了一辈子长工"的老套子那里宣传反割头税。看着老套子土坯小屋的摆设和身上的穿着,江涛"觉得这位老人的一生太苦了"③,哪知老套子倒认为"扛长工,就是卖个穷身子骨儿,卖把子穷力气"④,这种状态属于理所当然。江涛觉得老套子"扛了一辈子长工,还没有自己的土地家屋"⑤,实在值得同情,老套子却认为自己住在"当家的院里","这一辈子,净吃现成饭了"⑥。对于"抗捐抗税,抗租抗债","老套子一听,就不同意"⑦,认为交粮纳税"自古以来,就是这个惯例",还振振有词地用他的"完税理论"训诫江涛"要学明情察理,别学那个拐棒子脾气"⑧。江涛"这时才明白,农民在封建势力的压迫下,几千年来的传统观念,不是一下子能撼动了的"⑨,只好败下阵来。实际上,严志和"过个庄稼日子,什么也别扑摸了"⑩的慨叹,江涛娘"可不能再去跑那个'革命'"的叮嘱,都是建立在服从"自古以来"的"惯例"的基础上。因为存在这种种封建时代的"正统"观念,"反割头税"的过程中才有老驴头和老套子脱离集体斗争轨道私下宰猪的情节;也因为存在这种挣扎于基本的生存线却心怀畏怯、驯服的百姓生态基础,富于革命和反抗精神的朱老忠,反而时时显出一种主心骨

① 梁斌:《红旗谱》,中国青年出版社1957年版,第268页。
② 梁斌:《红旗谱》,中国青年出版社1957年版,第267页。
③ 梁斌:《红旗谱》,中国青年出版社1957年版,第266页。
④ 梁斌:《红旗谱》,中国青年出版社1957年版,第267页。
⑤ 梁斌:《红旗谱》,中国青年出版社1957年版,第265页。
⑥ 梁斌:《红旗谱》,中国青年出版社1957年版,第266页。
⑦ 梁斌:《红旗谱》,中国青年出版社1957年版,第267页。
⑧ 梁斌:《红旗谱》,中国青年出版社1957年版,第268页。
⑨ 梁斌:《红旗谱》,中国青年出版社1957年版,第267页。
⑩ 梁斌:《红旗谱》,中国青年出版社1957年版,第281页。

式的果决自信和英雄豪杰式的慷慨大气。

由此可见,《红旗谱》对于各类人物生存状态与思想观念的发掘,确实贯彻了一种"要真正抓住生活写"①的审美原则,而且是建立在生活全部丰富性的基础之上的。有了这种对于"生活内容"广泛而深刻的描写,农民们的反抗斗争行为就在深广的历史与文化背景上得到了合理的定位,作为"生活内容"与"阶级斗争"之间价值中介的底线伦理,也就没有淹没在阶级斗争的观念性思维中,而显出深厚的历史基础和文化底蕴。

四

值得注意的是,《红旗谱》遵循底线伦理建构斗争事件的价值逻辑,以生活为本位展示历史演变的丰富内涵,并不是"现实主义……违背作者的见解而表露出来"的,而是以深厚的历史理解和清醒的理性思考为思想基础的。

作家梁斌在有关《红旗谱》的创作表述中,存在两个意味深长的细节。首先,他说:"阶级斗争的主题是最富于党性、阶级性和人民性的。"②用一个"和"字将"党性、阶级性"与"人民性"并列表达,在20世纪50年代的时代环境中也没有将"人民性"直接包含在"党性、阶级性"之中。这实际上暗示出,梁斌在关注作品主题的"党性、阶级性"的同时,还额外地关注了其中所具有的"人民性"。其次,在介绍如何塑造作品中的英雄人物时,梁斌又表示:"我想把朱老忠和严志和一生的思想发展,写成是中国农民英雄从旧人道主义提高到新人道主义(共产主义思想)的典型。"③这句话的耐人寻味之处在于,作者既认为"新人道主义"和"共产主义思想"在根本精神上是一致的,却又没有从中任选一种,而是将二者同时列举了出来。两个细节的存在表明,作者在关注农民斗争的"党性、阶级性"特征时,又认为其中存在一种具有普遍意义的

① 《梁斌谈写作》,《新闻与写作》1995年第4期。

② 梁斌:《漫谈〈红旗谱〉的创作》,《人民文学》1959年第6期。

③ 梁斌:《漫谈〈红旗谱〉的创作》,《人民文学》1959年第6期。

“人民性”;在展现英雄人物的“共产主义思想”时,又注意到了在与各种人道主义相统一的思想视野和意义平台上来理解和阐发。

这种艺术思路包括两方面的内在特征。其一,作者以“阶级斗争”为主线对历史生活进行艺术概括的同时,也对“阶级斗争”和“革命”本身进行了别具视野和角度的理解;其二,作者又认为,“人民性”与“党性、阶级性”,“新人道主义”与“共产主义思想”,在精神实质层面是高度一致的。众多的研究者在探究《红旗谱》的审美建构时,实际上已经发现了这种内在的一致性和趋同性。有学者认为,在《红旗谱》的“第一部中,朱老忠主要的是一个农民英雄(虽然他在反割头税斗争后加入了中国共产党)”①,“他的英雄性格植根于我国人民刻苦耐劳、酷爱自由和富于革命传统的民族精神的沃土之中”②。这种判断所揭示的,正是现代革命精神和劳动人民传统斗争精神双重价值内涵集于主人公一身而又内在相通的特征。也有论者认为,“作为农人,作为革命人,这些人物在三十年代灾难深重的阶级压迫中,正是以劳动人民的人性和人情,掀起了热火朝天的阶级斗争”③。这“劳动人民的人性和人情”,实际上就是作品中“人民性”“新人道主义”的具体表现。如果将这种理解和探讨更推进一步,我们就会想到,既然《红旗谱》的意蕴建构对“人民性”“新人道主义”和“阶级斗争”“共产主义”有所区分,又认为二者具有内在的一致性,那么,在它们之间就应当、也必然会存在一个相互联系的价值逻辑桥梁。在笔者看来,这个价值逻辑的桥梁就是以底层百姓的生存为关注中心、以其基本生存条件和精神尊严为不可逾越的行为准则的社会“底线伦理”。正因为从 20 世纪 30 年代中国农民的生活与斗争中领悟到了“底线伦理”这一价值逻辑,作家梁斌才对“党性、阶级性”和“人民性”,“共产主义思想”和“新人道主义”之间的异同,表现出敏锐而极富历史文化深广度的体察;也因为深入地达成了这种体察

① 冯健男:《谈朱老忠》,《文学评论》1961 年第 1 期。
② 召珂:《重评〈红旗谱〉》,《文艺报》1978 年第 3 期。
③ 许之乔:《〈红旗谱〉中人民大众的人性美和人情美》,《文艺报》1961 年第 1、2 期。

和理解,《红旗谱》才显示出一种从底层伦理出发认同和弘扬革命精神、在民俗氛围和生活全景中表现阶级斗争的精神倾向,并对底线伦理与革命意识在价值倾向、文化精神与行为方式等方面的差异和联系,进行了极具艺术精准度的丰富阐发。

以底线伦理为基础的历史认知思路,使《红旗谱》形成了独特的审美优势。作品既广泛地表现了特定历史环境中的各种斗争道路及其精神逻辑,又深入地揭示出这种种精神逻辑与阶级斗争观念、革命文化倾向之间的意义趋同性,这就将阶级革命的必然性、必要性及其在历史与文化逻辑层面的普适性两个侧面,都艺术地呈现了出来。于是,作者既将意识形态话语放到一种具有价值普适性的意义平台上来解说,内在地化解了意识形态话语的文化特殊性;又在意识形态话语的观念逻辑与现实世界的生活日常性逻辑不相吻合时,能依托生活的深厚基础,遵循生活本位的叙事原则,有效地避免叙事意念化、主观化的审美弊端。

这种历史认识思路更为重要的审美优势则在于,它正是一种具有经典性地建构史诗的艺术范式和审美路径。德国哲学家黑格尔曾经这样阐述史诗的基本审美规范:"史诗……必须用一件动作(情节)的过程为对象,而这一动作在它的情境和广泛联系上,必须使人认识到它是一件于一个民族和一个时代的本身完整的世界密切相关的意义深远的事迹。"①《红旗谱》恰恰是既以农民的反抗斗争这"一件动作(情节)的过程为对象",又在"情境"和"广泛联系"两方面都让人们深刻地感受到这个"动作"背后"本身完整的世界"。底线伦理则是这个"动作"和"本身完整的世界"之间"密切相关"的精神联结点。因为寻找到了这个精神联结点,《红旗谱》的反抗斗争故事才不仅是建构"史诗"所必要的"动作",而且是历史与文化底蕴深广的、"意义深远的事迹"。

《红旗谱》深厚的史诗品格和充分的审美普适性,就在这样一种历史认知

① [德]黑格尔:《美学》第3卷下册,朱光潜译,商务印书馆1981年版,第107页。

逻辑和艺术表现思路中有力地体现出来。

第二节　巴金抗美援朝小说的英雄日常性审美重心

巴金是一位在现代文学史上就已具有丰富创作经验的著名作家。在新中国十七年时期,他在客观拘囿与主观局限兼而有之的状态中选择着艺术表现的对象,小心翼翼地表达自己对中国共产党领导的种种重大历史行为的认识与理解。并以抗美援朝为题材创作了数量不菲的小说和散文作品。在他出版的《生活在英雄们中间》《英雄的故事》《保卫和平的人们》和《李大海》四个抗美援朝作品集中,共有中短篇小说 14 篇。1979 年,四川人民出版社将巴金所有抗美援朝题材的小说和散文作品合并到一起,出版了一部共计 35.3 万字的作品集《英雄的故事》,较全面地展现了巴金在这一题材领域的审美和精神风貌。

学术界对巴金抗美援朝题材作品的研究存在两种倾向,一是略去对具体文本的研究,仅从"现代作家的当代转型"这一角度对巴金的社会和精神生态泛泛而论;二是维护和推崇巴金的抗美援朝题材创作,但依旧从传统的"英雄叙事""崇高美"的角度进行理解和评价。在笔者看来,知识分子精神生态角度的考察固然无助于深化对巴金抗美援朝小说的理解,"英雄叙事"和"崇高美"的角度所表达的其实是当时所有抗美援朝作品的审美共性,也无法具体而准确地揭示巴金小说的审美意识独特性。

总体看来,巴金选择抗美援朝题材进行创作存在着三重难题,一是不属于熟悉的生活领域,二是需要服从于意识形态的规范,三是需要保持和发扬自我的艺术个性。巴金为了克服和突破这三重创作难题所作出的艺术选择,则是在作品中设计一个叙事人"我",以"我"的亲见亲闻为中心展开一种日常性叙事,以日常之真来写人物形象的品行之美和英雄之举。这种艺术选择中,充分表现出一个“跨代作家”态度诚恳而精神拘谨的中国革命史认知,包含着诸多发人深思的精神和艺术意味,具有当代审美文化层面重要的典型意义。

正因为如此,我们分析了《红旗谱》的革命史“亲历者叙事”之后,拟暂时超越“历史题材创作”需具有“历时性”特征的恒定标准,以巴金对抗美援朝这一中国革命史重大事件的“亲历性”“共时性”描写为考察对象,来揭示作家审美意识与时代文化精神之间的复杂关联。

一

巴金抗美援朝题材小说的基本叙事模式,是围绕某个志愿军人物,首先大量铺陈叙事人“我”亲见亲闻的日常生活言行,来素描其平凡而纯朴、美好的精神面貌,然后简述一件抓俘虏、战后独自归队或者从容牺牲之类的立功事件,来显示其英雄之举,从而达成人物形象由日常性状态向崇高性境界的超越,完成对英雄形象的艺术塑造。

巴金抗美援朝小说的这种叙事模式,显示出多重耐人寻味的反差。

首先,在巴金的创作与其他作家的创作之间,构成了鲜明的反差。同为不熟悉军队和战争生活的“跨代名家”,老舍、巴金和路翎都创作了抗美援朝题材的小说。但老舍的《无名高地有了名》是围绕一次战役,展开他实际上并不熟悉、因而相当概念化的描写。路翎的《初雪》《洼地上的战役》等作品,则抓住政策和战争文化的临界点,来对志愿军生活展开富有挑战意义和思辨性的艺术表现,形成一种打“擦边球”的社会文化效应。巴金的作品却总是把采访过程中琐碎、日常的生活场景作为主要内容。所以,他和其他作家虽然是表现同一审美对象,却在艺术表现的具体内容方面构成了明显的反差。

其次,巴金的小说在创作主题与文本主要内容之间,也构成了鲜明的反差。巴金小说的理性价值指向是讴歌志愿军形象的崇高性,事实上,作品的大量篇幅却在描述志愿军主人公如何关心“我”、照顾“我”之类的场景和细节,而且众多作品都采用这种大同小异的情节模式。以致他受到高度评价、被翻译为英文推荐到国外的中篇小说《黄文元同志》,有人认为作品的前半部"完全可以不要"。在作品主题和主要内容之间的这种选择,显然内含着巨大的反差。

再次,在巴金艺术才力的潜在空间和实际表现之间,同样存在着一种反差。巴金总是强调他描绘的是志愿军的"精神面貌",因为精神基础一旦表现出来,英雄壮举的出现也就显得自然而然、顺理成章了。但即使是表现"精神面貌",也绝不是只有"日常性"这一条艺术途径。而且,巴金的第一篇志愿军题材小说《坚强战士》,就是直接展示受伤的志愿军战士以非凡的意志力独自承受种种考验,九死一生地爬回部队所在地的过程,其中既表现出作家描写非日常性战争状态的才能,也体现出不同凡响的内心世界开掘和表现能力。但作家在后来的创作中,却始终坚持以叙事人"我"的见闻为基本的结构框架和情节线索,即使导致相关描述流于平淡、庸常和大同小异也在所不惜。这种艺术潜力明显地存在和不愿意将其充分表现出来之间,也构成了一种耐人寻味的反差。

巴金小说的这种种反差之中,存在着文本建构和审美精神两方面的内在意味。

二

从文本意蕴建构的角度看,巴金抗美援朝小说的日常性叙事包含着以下几方面的价值逻辑和审美优势。

首先,巴金小说的日常性叙事,能有效地弥补生活积累的不足,有力地增强文本意蕴的丰富性。巴金在作品中详写个人感观而略写意识形态概念,能有效地弥补生活积累不足的局限,在絮絮叨叨、蜻蜓点水般的叙述之中显示出一种真诚与真切感,从而增添人物形象的鲜活、亲切度。而且,他采用日常性叙事,又能自然地将新社会与旧社会、前方与后方、朝鲜与中国等不同场景有机地联系起来,构成一个立体多维的意义空间,明显地有利于增强文本意蕴的丰富性。

其次,巴金小说的日常性叙事,也能增强意识形态理性观念的生活实感,从而有效地提高审美的共鸣度。在对朝鲜生活的具体表现中,巴金常常描述志愿军官兵记得和不时地回忆起家乡、吃到祖国带来的食物就心生感动、厚待到部队采访的“祖国亲人”,并将这种种态度和心情与“爱国”的观念联系起来。在此基础上,他热衷于用“爱”“信心”之类的话语来表现志愿军战士的乐观主义精神,将志愿军战士献身保卫祖国的事业解读成“为了保卫下一代”,将其迫切希望立功的心情解读为对“任务”的庄严对待。这种种描写的艺术目的,显然都在于将理性的概念转化为切实的日常生活感受,从而收到审美接受层面“润物细无声”的功效。其中所显示的思想观念,也不是某些论者所说的属于“无政府主义”观念的潜在延伸,而是一种以普遍适应性为审美旨归的、对于意识形态观念的艺术转换。巴金小说的这种艺术选择,无疑有效地强化了文本价值观念的审美接受基础。

再次,巴金小说的日常性叙事,使得英雄的神性建立在日常性与人情美的充分铺垫之上,增强了英雄崇高境界的可理解、可接受程度。巴金小说人物的原型,其实都是志愿军部队中顶尖级的英雄,他们的事迹在当时已经由新闻媒体的宣传而在全国家喻户晓。这样一来,如果依旧以英雄壮举为故事情节的中心内容,读者反而会缺乏一种新颖感。巴金的小说则将审美重点由描述英雄壮举,转向了探索这些英雄人物作为普通战士的精神品质,这实际上是深化和丰富了英雄形象的性格内涵。作者细腻地描述“我”在采访、接待生活中所体会到的未来英雄那单纯待人而质朴谦逊的精神品质,根本用意显然是通过娓娓道来的平凡故事与日常细节,来细致入微地探究英雄壮举出现的基础和根源。

巴金抗美援朝小说的代表作《团圆》,更是以个人伦理情感层面的“认亲”作为故事的中心内容,表现出一种对于超战场情感的热烈想象,而且一切叙事都被作为了通向“团圆”的铺垫。在这过程中,作者既描述了王芳和小刘的日常风貌和英雄壮举，又揭示了王主任不愿认亲的原因，种种相关描写所体现的人格崇高美，则与“团圆”这一故事情节所蕴含的人情美相得益彰，从而使人物形象放射出更为耀眼的思想品质的光辉。

第四，巴金小说的日常性叙事，是他在文学“共名”时代所发现的独特审美路径，在相当程度上有利于敞开他自己独有的艺术敏感和意义认同区域。在《坚强战士》中，巴金生动而完整地再现了张渭良十天九夜爬行回部队的全过程和心理轨迹，精细有力地再现了他的生存意志及相关的心理想象，明显地表现出一种将心理体验视作为想象出发点的艺术特色；在《活命草》《明珠和玉姬》等作品中，作者表现出对朝鲜女性和儿童承受战争灾难之态的独特关注，从腿上受伤的小女孩利用一面镜子来观看街上同伴的游戏活动，到传说中的儿童为了帮助同伴而以心血培养“活命草”，再到描述明珠和玉姬不断揣想未来生活的告别，都体现出作者对于战争灾难的独到关注和独特观察。

所以，巴金抗美援朝小说以日常性叙事为审美重心的艺术选择，从具体文本审美意蕴建构的层面看，是具有积极意义的。

三

在审美文化精神层面，巴金抗美援朝小说的日常性叙事却显示出意义与价值的两面性特征。

一方面，这种日常性叙事显示出，巴金在面对不熟悉的生活领域和观念世界时，仍然执着地坚守着自我的艺术底线。巴金的小说创作一贯地以“坦诚地记录和描写自己的生活经验”①著称，他的抗美援朝小说也坚持不靠观念和情节来追逐时代潮流，而是依靠对亲见亲闻的日常生活本身的再现，来稳健地达成艺术的目标。这其实是作者在面对不熟悉的生活时，将真实性和可靠性放在第一位的表现，是一种坚守艺术良知和创作底线的艺术举措。

---

① 钱理群、温儒敏、吴福辉：《中国现代文学三十年（修订本）》，北京大学出版社 1998 年版，第 199 页。

与此相映成趣的另一个例证是，巴金基于志愿军“不准谈恋爱”的政策，以及他自己“对于有阶级觉悟的战士，这条纪律并不是束缚人的东西”①的朝鲜生活感受，而对路翎描述志愿军战士和朝鲜姑娘心生情愫的小说《洼地上的“战役”》，产生了“失望和非常不舒服的感觉”②，因为“在朝鲜战场上这样的问题根本就不存在”③。这实际上是从另一侧面表现出巴金对于真实性和可靠性的认真坚守。

另一方面，这种日常性叙事又显示出，巴金确实是思想意识清醒地保持着艺术行为的拘谨性。新中国成立后，巴金诚恳、热情地“愿意改造自己”，努力地适应并不熟悉的新生活，但他又是一个生活体察能力极强的成熟艺术家，于是在创作中，他就不能不谨守着既属于亲见亲闻切实可靠、却又符合意识形态规范这一艺术描述的分寸。所以，巴金以日常性体现可信度，以亲历感表现品行美，用最后的壮举将人物推向崇高性，其实是一种精神人格两面性的文本表现。

在小说《团圆》中描述小刘和王芳这对正值青春萌动时期的男女战士时，巴金相当热烈地表现了他们之间的亲切与热情，却丝毫不表现他们的相互爱慕之情或某种爱慕的可能性，而是将人物这方面的情感捂得严严实实。从艺术选择的角度看，这种人物关系的存在本身，实际上就是一种艺术的试探；但文本中没有一点“越轨”的笔致，则体现了作者精神心理的隐藏与妥协。于是，在处理个人化书写与迎合政治性要求的矛盾关系上，《团圆》就呈现出一种表面上“四平八稳”、内在的两面讨好的审美境界。

巴金抗美援朝小说中这种稳健与迎合兼而求之的创作状态，也有一个逐

① 巴金：《谈别有用心的〈洼地上的“战役”〉》，《巴金全集》（第14卷），人民文学出版社1990年版，第449页。

② 巴金：《谈别有用心的〈洼地上的“战役”〉》，《巴金全集》（第14卷），人民文学出版社1990年版，第446页。

③ 巴金：《谈别有用心的〈洼地上的“战役”〉》，《巴金全集》（第14卷），人民文学出版社1990年版，第448页。

渐变化的过程。第一篇作品《坚强战士》大胆而逼真地表现了独自归队战士坚强的生存意志;后来的《回家》描述两个战士归队时,却明显地淡化了人物身心的痛苦而增强了其乐观主义的情绪,而且增加了人物带伤抓俘虏和设想去天安门见毛主席的情节,相当典型地体现了巴金在创作中艺术诚恳性淡化而艺术迎合性增强的审美心理。但在这种诚恳与拘谨之间,作者也不是完全平衡和持中的,而是呈现出多种多样的具体形态。《活命草》《明珠和玉姬》等表现朝鲜民众应对战争灾难的作品,就表现出较少的束缚;《团圆》也因未曾胶着于一个英雄战士,而将革命队伍的阶级人情味拓展到了父女人情味这一人伦话语的层面。

总的看来,巴金抗美援朝小说中这种审美诚恳性和精神拘谨性并存的审美状态,所获得的是一种稳健而很可能流于平庸、艺术水准保持而艺术杰作匮乏的创作效果,其中包含着当代文学革命史书写中诸多层面发人深思的经验与教训。

第八章　后革命语境的现代史真相重构

第一节　《天府长夜——还是刘文彩》：社会解构风潮与历史本相的持守

一

在以经济建设为中心、崇尚个体价值和文化多元化的时代语境中，阶级斗争观念、集体主义立场和革命文化理念得到了有力的超越，人们的精神心理也产生了巨大的变化，曾经被奉为神圣的一切渐渐都褪去了迷人的光泽，某些人甚至源于一种逆反心理而觉得其丑陋不堪。这种社会心理延伸到历史文化和审美文化领域，就导致了一种重新考察和解读中国革命著名事件和经典人物的时代风尚。因为在既往时代的特定环境中，有关部门由于宣传的需要和观念的局限，在介绍相关人物与事件时往往会主观隐瞒或客观上遮蔽某些事实，判断与评价的偏失之处也在所难免。时过境迁之后，相关历史材料的"敏感度"降低，那些未曾公开的真相逐渐被披露出来，各种经典形象的"塑形"中随之显露出无法弥补的破绽，这就更显出史实重审的合理性，也给了整体解构者以口实。由于多方面的复杂原因，当今社会形成了一种解构红色记忆的文化风潮，并不断地制造出各种意想不到的热点事件。

在这种解构风潮中，诸多在中国革命和建设道路上产生过重大政治和文化作用的典型人物，都受到了源于各种不同背景与思路的重新理解。关于邱少云被烧死和黄继光堵枪眼的真相，关于雷锋做好事的照片是否摆拍，都遭到了以“科学原理”为背景的质疑；著名文学人物原型杨子荣的个性和“双枪老太婆”的结局，则在史实层面被“揭秘”；刘胡兰、董存瑞、刘文学等人物的牺牲，更遭到刻薄“段子”的挖苦与调侃；甚至杨白劳欠债还钱天经地义、黄世仁追债合情合理之类思路重置性的解构，也被津津有味地广泛传播。在这种种解构性言说中，还隐含着一种以细节破绽推翻文化和价值整体建构的意图。与此同时，“红色经典不容亵渎”之类声色俱厉的政治批判性言说也时常声势浩大地出现，这又不断引起关于“‘文革’之风”的讥讽与嘲笑。

在这样的社会文化态势面前，中国现代史真相的重构应秉持怎样的文化态度和思想立场，才能经受新时代的检验，就成为一个必须严肃对待，甚至事关全局的重要问题。

《白毛女》中的黄世仁、《红色娘子军》中的南霸天、《半夜鸡叫》的周扒皮和《收租院》里的刘文彩等，均为中国当代社会文化史上著名的地主，其中黄世仁、南霸天与周扒皮都是虚构的文学人物，刘文彩则是现实中的人物。在新的时代语境中，从社会历史实践的分寸感及其内在的细节破绽出发对他们进行重新考察与评价，也不时成为民间口头舆论和网络等新媒体议论的热点，其中相当典型地体现了红色记忆解构风潮的倾向与特征。因此，从纪实文学的范畴，选择作家映泉的《天府长夜——还是刘文彩》作为个案，来以后革命语境现代史真相重构的文化立场和认知路径进行一种以点带面的学术阐发，就显得很有必要。

二

在当代中国红色文化传播史上，四川大邑县的大地主刘文彩是一个臭名昭著的反面人物。中小学语文课本、小人书、忆苦思甜图片展以及电影、雕塑等艺术作品，都对其罪恶展开过强有力的控诉。1965年，以“恶霸地主刘文彩”的罪恶为原型的泥塑群像《收租院》，在当时的全国社会主义教育运动中应运而生，迅速成为阶级斗争教育的代表性作品，这更使刘文彩作为“恶霸地主”的代名词响遍全国。历史的风云变幻，几十年过去之后，因为反感过去的阶级斗争生活和暴力文化，人们对那时的宣传也产生了是否虚假的怀疑，曾经言之凿凿的一切，似乎都变得可疑起来。一时之间，“刘文彩是不是其实不那么坏呢?”[1]也成了不少人心中的疑惑。一股有关刘文彩的“翻案风”随之出现。1995年大邑县酝酿“文彩中学”恢复原名，1996年刘氏庄园博物馆被国务院公布为第四批全国重点文物保护单位，这种种尊重历史遗迹的举措，似乎也成了各种颠覆性议论的催化剂。于是，一本具有“翻案”性质的纪实作品《刘文彩真相》[2]于1999年出现并引发议论纷纷；香港的凤凰卫视也在2005年6月13日至17日播放了一部电视专题片《大地主刘文彩》；刘文彩的后人甚至发表了专题访谈《我要为爷爷刘文彩正名》[3]。这种种举动，一时影响广泛而动摇人心。

湖北作家映泉和大多数人一样，原来对刘文彩的“了解并不比对收租院里的泥塑了解更多……只知道此人是川西一个罪恶累累生活腐朽糜烂的大地主”[4]。后来应约写作刘文彩的传记，“读了编辑部转给我的有关此人的大量资料以后，发现这个人并非传说的那么坏，原来几十年的批判‘冤枉’他了”[5]，于是“根据那些资料就汤下面，以故事的形式敷衍成篇”[6]，写作出一部纪实性作品。很显然，作者在这一时期的写作还是依据了“大量资料”，并没

① 映泉:《〈天府长夜——还是刘文彩〉·自序》，《天府长夜——还是刘文彩》，湖南文艺出版社2000年版。

② 笑蜀:《刘文彩真相》，陕西师范大学出版社1999年版。

③ 冯翔:《我要为爷爷刘文彩正名》，《南方人物周刊》2011年第23期。

④ 映泉:《〈天府长夜——还是刘文彩〉·自序》，《天府长夜——还是刘文彩》，湖南文艺出版社2000年版。

⑤ 映泉:《〈天府长夜——还是刘文彩〉·自序》，《天府长夜——还是刘文彩》，湖南文艺出版社2000年版。

⑥ 映泉:《〈天府长夜——还是刘文彩〉·自序》，《天府长夜——还是刘文彩》，湖南文艺出版社2000年版。

有信口开河,创作态度也还不失严肃。

因为权威新闻媒体在当时发布了有关“为刘文彩招魂”的批评性新闻报道,映泉的这部纪实作品“搁浅,发不出来了”。几年以后,作者“决定认真写它一本”,“于是另查资料,找来有关四川军阀混战的各种书籍挨着啃。这一啃不要紧,竟对自己那篇东西的观点产生了怀疑。刘文彩原来是在谁有枪谁就成王那样的背景下横空出世的,果真是个好人吗?”①至此,作者不由得对了解和评价历史人物刘文彩可能遇到的迷误与陷阱产生了警觉。

于是,映泉从高度的历史理性和社会责任感出发,更广泛地翻阅了大量相关资料,并查阅了众多有关四川军阀混战的书籍,还亲自到四川省大邑县进行了实地考察。由此归纳出“刘文彩财产的真伪”“刘家后人朋友如是说”“刘文彩靠拢共产党”“如何看待那所学校”“刘氏后人受连累问题”“刘文辉等人起义的效应”等重要的相关问题,②并根据充分的历史材料展开了实事求是的辨析。结果他深深地感受到,“由军阀史料进入到刘文彩的个人材料,才发现,几年前所执的观点大错而特错了”③,进而得出结论:“对刘文彩的人生,无论是以过去的眼光看还是以今天的眼光看,都无值得效仿之处;对刘文彩的所作所为,无论站在东方的立场还是站在西方的立场,也不可能有合法的依据为他辩护。”④而且他发现,“对刘文彩的批判与广大干部和知识分子受迫害,对刘文彩揭发批判的某些失实与罗织罪名害良善,是两个概念,不能混为一谈。”⑤

更进一步,映泉还对这一问题展开了颇富历史理性的思考。他敏锐而深

① 映泉:《〈天府长夜——还是刘文彩〉·自序》,《天府长夜——还是刘文彩》,湖南文艺出版社2000年版。

② 映泉:《〈天府长夜——还是刘文彩〉·自序》,《天府长夜——还是刘文彩》,湖南文艺出版社2000年版。

③ 映泉:《〈天府长夜——还是刘文彩〉·自序》,《天府长夜——还是刘文彩》,湖南文艺出版社2000年版。

④ 映泉:《〈天府长夜——还是刘文彩〉·补白》,《天府长夜——还是刘文彩》,湖南文艺出版社2000年版。

⑤ 映泉:《〈天府长夜——还是刘文彩〉·补白》,《天府长夜——还是刘文彩》,湖南文艺出版社2000年版。

刻地看到:“站在那块土地上,历史仿佛并不遥远,你依稀能够感受到那个时代的腥风血气。然而,为什么有人竟对刘文彩唱起了赞歌呢?风动树摇,使我看见了现代人观念微妙却可怕的变化”,“刘文彩只是个线头,扯出来的是二十世纪前半期四川的风土人情,和今天一些人的感情倾向”。① 这样一来,作者的思考也就由点及面,从刘文彩形象所体现的社会观念和时代心理的层面,深化了对这一题材所可能具备的社会文化价值的理解与认知。

以此为基础,映泉创作出了长篇纪实文学作品《天府长夜——还是刘文彩》,并于2000年由湖南文艺出版社出版。这部作品饶有意味地设计了一个副标题,从这个副标题我们可以鲜明地体会到作者对刘文彩进行定位评价时思路的清晰性和立场的坚定性。在作品中,“我用的都是已有并被公认的材料,不过花了些工夫进行研究,按时间顺序将这些材料串了起来,为的是阅读时更好理解。对于刘文彩的恶行,只有减少,没有增加,更不敢乱编。”②于是,为哗众取宠而刻意“翻案”的主观意图被抛弃,个体性偏见与私人化体验所可能导致的遮蔽被克服,以时尚视点取代对历史同情性理解的思路被排除,作者既全面地展开了历史人物的复杂性,借此涵盖和清理各个历史时代不同评价的立论逻辑;又尽可能公正地理出了事实材料与人物性格侧面的轻重主次,将艺术呈现建立在深刻而全面地理解的基础之上。基于如此的历史叙事原则,《天府长夜——还是刘文彩》真实地重审、有力地再现了刘文彩的历史本来面貌,也艺术地诠释了作为一个富有思想理性和艺术良知的作家,在政治文化风尚与历史真相之间应当何去何从的问题。

三

《天府长夜——还是刘文彩》(以下简称《天府长夜》)主要从以下几个方

---

① 映泉:《〈天府长夜——还是刘文彩〉·自序》,《天府长夜——还是刘文彩》,湖南文艺出版社2000年版。

② 映泉:《〈天府长夜——还是刘文彩〉·补白》,《天府长夜——还是刘文彩》,湖南文艺出版社2000年版。

面，展开了对刘文彩形象历史真相的艺术考察。

首先，《天府长夜》充分展开了刘文彩由乡巴佬到大恶霸的发迹史和罪恶史。作者从刘文彩的弟弟刘文辉在四川军政舞台上的出场写起，到刘文彩家族溃散、相关成员分道扬镳结束，在枭雄称霸、军阀割据的乱世背景中，展开了刘文彩的发迹史和罪恶史。不管是刘文彩开赌场、贩鸦片，还是他成立"航运总公司""公益协进社"，或者是大肆地买田地、修公馆，作者在描述过程中，都特别强调了他对军阀刘文辉权势的依赖性，强调了军阀们的所作所为对刘文彩敛财作恶的榜样作用，强调了他们钱与枪之间狼狈为奸的特性和祸国殃民的历史后果。正因为对这一本质特征的揭示，刘文彩发迹史和罪恶史的背后所暴露的，就不仅仅是一种个人现象，而且是一种黑暗旧时代的历史规律与世道逻辑。作品还着重描写了刘文彩兄弟之间的"情谊"，描写了刘文彩对弟弟的敬服、对大哥的畏怯和不以为然，以及他们相互之间在涉及家族利益时的一致性，这就将一种社会性的生存逻辑，落实、转化成了这个大地主的人生品质。刘文彩的形象自然就显得深刻而又真实了。

其次，《天府长夜》具体、细致地表现了刘文彩的私生活与个人品质。比如他嗜好赌博，喜爱大群人一起海吃海喝，喜欢充说一不二、义气为上的江湖老大做派。通过这些描写，刘文彩混迹于"人渣"之中，既具"邪恶"的才能又难脱土财主品性的特征，就生动地显示出来。作者还详尽地描写了刘文彩抛妻娶妾、荒淫好色的行为，以及他在妻妾之间的矛盾纠葛和尴尬处境，这就更使刘文彩作为一个大恶霸的形象，在私生活方面得到了深入的揭示。作品最后得出结论："历数刘文彩的罪行，可谓无恶不作，罄竹难书"，"'无恶不作'几个字安在他（刘文彩）身上绝不过分"。

再次，《天府长夜》澄清了刘文彩"其实不是那么坏"的观念的形成原因与思想偏失。所谓刘文彩"其实不是那么坏"，确实存在某种历史事实层面的表象。作者毫不回避地描述了刘文彩建私立学校和最后一位太太王玉清始终对他感恩戴德这两桩"优秀"事迹。对于建学校，作品透过其历史巨变后的客观效果,一针见血地揭露出刘文彩办“公益协进社”独霸一方必须管“文教”的背景和财产出自横征暴敛的实质。对于王玉清的感恩戴德,作者则沉痛地揭示出其精神深层的愚昧、狭隘性。在此基础之上,作者面对着历史真相的重重云雾,不由深深地感叹:“不幸的是,岁月的尘垢渐渐淹没了受剥削受迫害人的泪水和呐喊,以至有人悻悻道刘文彩‘其实不是那么坏’。”这样,《天府长夜——还是刘文彩》就既雄健地廓清了种种历史的迷雾,使人物的定位变得更为坚不可摇,又使刘文彩的复杂性格变得更加丰满起来。

特定时势下意识形态特殊的功利性,不可避免地会造成对历史材料不同程度的强化与遮蔽,在社会历史背景发生巨大变化之后,人们重新考察和打量既往的时代及其时势典型,也就颇有必要。但它又恰如走钢丝一般,是一桩不可不慎之又慎地把握好分寸的事情。《天府长夜》以翔实的材料、具有历史理性的评判和蕴含了强烈思辨性的艺术表现,置刘文彩、刘文辉、刘湘等各色历史人物于特殊的社会背景下,演绎出了一幕幕惊心动魄而又光怪陆离的故事,多层面地再现了刘文彩罪恶而复杂的一生,终于使恶霸地主刘文彩的形象,在新的历史语境中获得了令人信服的定位和相当生动有力的表现。

置身后革命语境社会解构风潮中的现代史重构,必须坚守以历史真相为本位的叙事原则,才有可能获得稳健的价值基础,这就是《天府长夜——还是刘文彩》及其创作过程给予我们的有力启示。

第二节 《铁血湘西》:以历史大势观乱世人生的文学地方志

一

邓宏顺的长篇小说《铁血湘西》,堪称是一部以“乱世湘西”为审美对象的、“正史”形态的文学地方志。这部作品的审美境界表现出以下几方面值得称道与重视的特征。

首先,从整体意蕴建构的角度看,《铁血湘西》显示出一种为"小地方"建构"大叙事"的审美大格局和创作大气象。

《铁血湘西》以湘西乱世中的乱局和险象为中心,根本艺术意图显然是要为现代辰溪这个"小重庆"写一部史传甚至史诗性的作品。作品的故事情节存在两条线索,一是陈策等共产党人搞地下武装,二是张玉琳玩枪拖队伍;情节的演变发展则存在两个关节点,作品的前两部以陈策搞地下武装的成果遭到破坏、陈策本人被抓和被营救为关节点,后两部以张玉琳打开汉阳兵工厂抢枪为关节点。以这样的基本框架为中心,作者对现代湘西千头万绪的历史矛盾和层出不穷的大小事件,既全面展开而又条分缕析,从而层次丰富、枝叶纷披却散而不乱地建构起了文本的基本意义框架。以此为基础,作者一方面由"乱世湘西"这一历史时空向外拓展,充分揭示种种地方志性质的事件与外有日寇入侵、内有国共党争的时代风云之间的复杂关联,另一方面又将他了若指掌的湘西人文地理、风俗民情,巧妙地编织到故事情节的发展之中。于是,作品的情节发展步步推进、渐入佳境,辰溪那战乱时期"小重庆"性质的历史生活景观,就得到了丰富有力的表现。在对故事情节的叙述过程中,作者还表现出一种简洁明快、干净利落的艺术笔法和大开大合、举重若轻的艺术气度。

其次,从社会历史认知的角度看,《铁血湘西》表现出一种既充分展开历史矛盾和人物性格的复杂性、又深刻有力地揭示历史大势的"正史"姿态。

不管是对张玉琳玩枪拖队伍,还是对陈策搞武装建立"湘西纵队",《铁血湘西》都坚持原原本本地"从头讲起",其中所遵循的根本叙事原则,就是"以史为本"。同时,作者又以玩枪拖队伍是报仇雪恨、建立强权和势力还是抗日救国,是跟共产党走还是跟国民党走,来作为对历史事件进行价值判断的基点。这两方面的特征相结合,作品就明显地体现出一种在开放的历史视野中认同当代中国主流价值观的"正史"立场。作品中内容坚实、视野广阔的描写,则有力地支撑了这种价值立场。地方士绅形象的描写是这部作品的一大亮点，从国民党任命湖大校长引起学潮，到向绍轩辞去桃源中学校长民众留恋，这种种精彩的描写既充分展示了历史矛盾的尖锐性与复杂性，又有力地体现了历史乱局中的人心向背。大湘西“遍地枪炮”中形形色色的队伍在国共之间的不同选择以及由此产生的最终结局，也充分体现出历史大势不可悖逆的客观规律。众多的相关描写，使《铁血湘西》既超越了传统“红色文学”创作的审美视野，又清晰地表现出一种中国当代“正史”的价值立场和精神姿态。

再次，从理解世道人生的角度看，《铁血湘西》表现出一种将社会历史道路与个体人生道路纳入同一视野审视，进而以历史大势为框架判断乱世人生的思想眼光。

张玉琳从小热衷于玩枪拖队伍，结果却总是事与愿违，心怀壮志而难以大显身手，其中的根本原因，就在于他始终深陷个人复仇和杀人做强者的阴影中难以自拔。张中宁不愿在家乡结怨、只愿“在天上布云下雨”，对老师陈策始终心怀感恩，这表明他的个人品格其实并不差。而且，他也有过奋起抗击外敌入侵的壮举。但在国共两党的争斗中明知历史大势所趋，张中宁却陷入功名利禄和个人名节的误区中难以自拔，自取其辱的人生结局就在所难免。作者通过这两个人物形象鲜明地表现出，在历史大转折的时代，个体的人生问题和社会的政治走势密不可分，而且，为个人势力而拖枪杀人、呼风唤雨的英雄好汉，只能是黑夜的小星星，“黑夜里闪亮的星星，太阳一出来就都走了”。正因为作者坚持从历史大势的高度审视个体人生，《铁血湘西》的人生价值判断就显示出深度和力度兼具的思想特征。

最后，从地方历史文化发掘的角度看，《铁血湘西》充分展现了现代湘西人独特的生态状态和精神特质。作者虽然随处点染和勾勒了大湘西的自然山水、地理风物，也描述了诸如放蛊、赶尸之类的诡异民俗，但《铁血湘西》对于湘西人地方特质的揭示，主要是依靠再现当地的乱世生态来实现的。每有强悍之徒玩枪拖队伍，本地人就纷纷参加；土匪每到一处就杀人放火，将之视为家常便饭；土匪之间、其实是本地人之间，时常地相互争夺、报复和残杀；乱世中充满着灾难和险象，普通百姓则只能忍受宰割或铤而走险。凡此种种，深刻而饱满地展示了地方势力各霸一方、底层百姓备受摧残的独特历史景观，从而客观而忠实地解答了现代湘西为何充满着“铁血”气息的问题。

二

《铁血湘西》的审美意义是多方面的。

首先，从创作性质的角度看，《铁血湘西》属于“文学地方志”性质的历史文学创作。

21世纪以来，以某一地域的历史文化资料、“地方志”文献为基础的创作涌现了许多引人瞩目的成果，其中大致表现出以下几种审美路径。第一种路径是阿来的《瞻对：一个两百年的康巴传奇》之类的“非虚构写作”，文献考证和田野调查的功夫令人叹服，以史料的丰赡和内涵的深广取胜，但从另一方面看，这种“非虚构写作”实际上就是没有将历史文献的真实转化成以“艺术境界”为核心的“艺术真实”。第二种路径可以红柯《西去的骑手》为例，这部作品着意于发掘历史生态中蕴藏的某种精神特质，具体说来着意渲染西部历史中的血性精神，因此洋溢着一种浪漫主义的激情，文本审美境界实际上是精神感染力大于历史认知意义。第三种路径可以阎连科的《炸裂志》为代表，阎连科在创作这部小说时虽然也号称要建构一种文学性质的“地方志”，但《炸裂志》实际上是一种“新历史主义”性质的象征、寓言化叙事，学术界曾出现过关于《炸裂志》存在“概念化”倾向的争论，根源就在于这部作品缺乏具有生活根基的意蕴层次感。和这些作品的审美路径相比较，《铁血湘西》在创作中所坚持的，其实是“历史真实与艺术真实”相结合的叙事原则，所追求的其实是历史再现、“诗”“史”融合的价值目标。所以，《铁血湘西》是一种典型的历史文学性质的创作，作品所建构的是一种“文学地方志”性质的审美境界。

其次，从文本具体内涵的角度看，《铁血湘西》有力地丰富和深化了“文学湘西”的意蕴格局。

以沈从文的众多经典作品为源头和代表,“文学湘西”的审美建构在中国现当代文学史上源远流长。总体看来,建构“文学湘西”存在三种审美境界,一是诗意自然的湘西,二是风土民俗的湘西,三是乱世铁血的湘西。

在中国当代文学史上,这三种审美境界的建构都有丰硕的成果。20 世纪 80 年代前期,孙健忠的《醉乡》和《甜甜的刺莓》、蔡测海的《远去的伐木声》、刘舰平的《船过清浪滩》等获得过全国性大奖的作品,充分表现了折射着时代气息的湘西地域生态的独特诗意。在 80 年代中后期的“寻根文学”思潮中,孙健忠的《死街》和蔡测海的《母船》等作品,着力于建构一种神秘、诡异、近似于湘西神巫文化的审美境界,其中充分体现出湘西民俗文化的精神独特性。不过,当代文学史上的湘西题材写作,实际上还有一类社会影响广泛、却往往被学术界所忽视的作品。从 20 世纪 60 年代作家张行所创作的长篇小说《武陵山下》,到新时期之初著名小说家水运宪所创作的电视剧《乌龙山剿匪记》,再到新世纪之初黄晖所创作的电视剧《血色湘西》,这些作品都以传奇化的叙事,来表现具有“铁血湘西”性质的审美境界,也形成了一种具有贯穿性的文学作品系列。应当说,这三种审美境界合起来,才是“文学湘西”独特艺术景观的全部内容。

21 世纪以来,“文学湘西”的审美建构出现了相当丰富的成果。但总体看来,著名作家向本贵的众多作品和邓宏顺的《红魂灵》《贫富天平》《天堂内外》等前期作品,皆处于全国性视野的“农村题材”的审美范畴之中,“文学湘西”的特色并不鲜明。自然生态层面的“诗意湘西”境界在这一时期的创作中也显得较为薄弱,最著名的当属王跃文的中篇小说《漫水》,那种舒缓温馨的境界与其说是缘于民间良俗,不如说是缘于天人合一的湘西自然生命形态。对于“民俗湘西”资源的艺术开掘则成果丰硕、引人瞩目,《湘西秘史》《箪军之城》《巫师简史》等广受关注的作品,都以湘西传统的生存样式及其历史演变为审美重心,着力建构着“民俗湘西”的意义境界。

从这样的文学发展格局来看,《铁血湘西》实际上是一部通过全景性叙事、全方位呈现，来“正面强攻”“铁血湘西”审美资源的作品。这部作品的审美重心很明显的是现代湘西乱世中的乱局与险象，虽然也表现了“自然湘西”和“民俗湘西”范畴的审美内涵，但相关描写被限定在展现湘西乱世历史景观的意义框架之中，其实是为建构“铁血湘西”的审美境界服务的。

展现“铁血湘西”范畴的审美资源，也可以形成多种意义格局。如果作者以湘西人在铁血生涯中所表现的血性与强悍为艺术聚焦点，所建构的就是一种历史为表、文化为里的“民俗湘西”的意义格局；如果作者只展现“湘西纵队”的形成历程而撇开张玉琳玩枪拖队伍的线索，则是一种典型的“红色题材”的创作思路；如果作者围绕张玉琳抢枪导致湘西“遍地枪炮”的局面和共产党的剿匪过程来展开故事情节，那么作品就不可能摆脱叙事的传奇性特征。《铁血湘西》将两条线索同时展开，坚持一种对历史进程原原本本地“从头道来”的叙事原则，作品的“文学地方志”品格就鲜明地体现出来。

再次，从审美文化倾向的角度看，《铁血湘西》成功地提供了一种视界开阔、意蕴深广而切实可靠的“中国经验”。

新世纪的文学理论界大力提倡展现“中国故事与中国经验”，众多的作家则热衷于发掘边缘性的题材与文化资源，二者之间构成了一种表面上看良性互动、相互呼应的关系。令人遗憾之处在于，许多作品属于鲁迅所说的“只取一点因由，随意点染，铺成一篇”①的创作，主观化、意象化的审美境界所呈现的，甚至往往是各种边缘地区的伪民俗、假信息，所以，相关作品虽然显示出作家一定的文学才情，但缺乏真正深厚的历史文化根基。所谓“脚踏实地”的写作，那些作品的“地”其实是玄虚的、带有强烈的个体随意性。《铁血湘西》所显示的，则是一种文献价值与审美价值兼具的境界。从审美文化的高度看，这种艺术选择也是值得充分肯定的。

---

① 鲁迅:《〈故事新编〉序言》,《鲁迅全集》(第2卷),人民文学出版社1956年版,第304页。

三

《铁血湘西》虽然坚持“诗”“史”融合的艺术努力方向，但总的看来，这部作品尚属“地方志”“史传”性质的审美境界，并未达到“史诗”的艺术高度。其中的关键性局限存在于两个方面。

一是作品的叙事格局属于以事带人的性质，虽然众多人物形象的性格特征都描述得生动而鲜明，重头人物的形象却未曾处于文本意义建构的核心位置，也未曾真正达到“典型人物”的艺术高度。二是作者对历史内涵的挖掘与呈现重于对人的灵魂的理解与感悟，文本审美境界显得历史味重、精神和人文气息却相对薄弱。

在《铁血湘西》两个具有贯穿性的核心人物之中，张玉琳的形象无疑比陈策的形象塑造得更为成功，而且就其性格内涵来看最有可能成为独特的艺术典型。但在文本意义具体展开的过程中，作者是把张玉琳放在历史的大变局中、作为“局中之棋”来看待的，他的许多行为抉择也都被纳入社会历史性的判断中来表现，对于张玉琳身上原本存在的、在人生迷宫与困局中的精神矛盾和心理痛苦，作者却未曾更充分而正面地展开。这样一来，文本审美境界的底蕴就显得过于清晰，审美意味的多元性则必然地存在欠缺。也就是说，《铁血湘西》对于乱世人生的困苦与艰难这生命层面的内涵，表现得有欠丰厚、也不够震撼人心。

所以，如何在建构历史大格局的同时又有力地突出人物形象的地位，如何在展现历史深广度的同时又展开充分的人文底蕴，从而在形成叙事完整性的同时又大幅度地拓展文本的艺术张力，建构起一种极具审美难度的“史诗”性艺术境界，就成为这类创作需要进一步追求的更崇高的艺术目标。

第三节　《百年不孤》：借乡贤命运探寻德善文化精魂不灭的奥秘

从《古船》到《白鹿原》，“百年反思”小说以在后革命语境中重构现代中国历史图景为己任，既取得了文坛内外广受赞叹和钦佩的杰出成就，也不可避免地形成了一些“套路”和“成规”。2017年，湖南文艺出版社出版了作家陶少鸿的长篇小说《百年不孤》。这部作品同样是审视20世纪中国的历史风雨与乡土人生，作家的审美重心却落到了现代中国的乡贤文化生态，着力之处是塑造乡贤人物以乐善好施、行善积德的精神人格及其历史命运。从“百年反思”小说的文学史谱系来看，《百年不孤》的审美意识明显地表现出以下几方面的突破性与创新性。

首先，《百年不孤》的审美重心不再是借助传统文化来批判20世纪中国的历史误区，而是通过展示世纪性历史风雨中的个人命运，来探究中华文化精魂不灭的奥秘及其独特的存在规律。

大量的“百年反思”小说存在一条基本思路，就是进行20世纪中国的悲剧命运陈述、宏观历史批判和文化破坏力展示，其中鲜明地体现出一种以文化叙事批判阶级叙事的叙事套路。《百年不孤》并未回避这些沉重的历史内涵，作品的审美重心却发生了巨大的转移。作者通过描述岑励畲、岑国仁父子的人生命运和精神坚守，以沉静从容的艺术风度展现出，虽然“乡贤”作为一个阶层在20世纪中国正逐渐消亡，但德与善的文化精神在乡村社会中仍然静水流深、影响广泛，就像苍茫大海上的一盏灯、凄风苦雨中的一炉火，稳定着乡民的人性、温暖着百姓的人心。《百年不孤》的这种艺术呈现表现出一种根本的审美精神，就是探寻历史风浪与世事沧桑所难以撼动的中华文化的坚硬内核，阐发民族文化优良基因在历史巨变中存在和延续的可能性、必然性，揭示中华文化穿越20世纪百年风雨的磨难与打击，还有哪些精神基因与价值元素未曾被改变，仍然保持着生命活力与历史意义。总而言之，作者实际上是在致力于探寻中华文化精魂不灭的奥秘。

其次，《百年不孤》以历史与文化演进的“南方境界”为基础，既展现出以儒家德善文化为价值内核的乡土精神在纷乱时势中坚守的历史形态，又描述了作品主人公面对历史潮流时不乏屈服与顺应的道家人生姿态。

《百年不孤》审视乡贤文化及其尚德崇善的思想品质在历史巨变中的兴衰存亡,与许多“百年反思”小说存在审美思路和叙事框架的一致性,但作者并未着力强化历史演进的对立、对抗形态和破坏性状态,并未将其描述得血雨腥风,充满暴戾特征和传奇色彩,而是更注重揭示时代风浪中乡村人际关系的具体情形和内在复杂性,更注重发掘乡村百姓在历史转折关头达观本分的人生姿态。岑国仁散淡、平和地安居乡野民间,在众多历史巨变面前都表现出一副懦弱、内敛、驯顺的人生姿态,同时却默默地坚守着自我以善意和德行为中心的精神原则,无论何种状况下都坚持“讲旧礼节”“守规矩”,这种外圆内方、顺势而为却又以柔克刚的人生态度,相当典型地表现了中国传统文化以儒家立身、以道家应变的精神特征。

作者按照这种审美思路所展开的描写,散发出浓厚的“南方气息”,实际上是建构起了一种历史沧桑巨变中的“南方境界”。中国的南方大多是丘陵地带,山重水复之间很容易形成边缘化的社会环境和小范围的“世外桃源”生态,历史与文化的发展在这样的地方更多地呈现出来的,是一种渐变、融合而非断裂的形态。周立波的《山乡巨变》描述农业合作化的进程,就展示了这种在欢乐和忧伤中进行精神融合式转变的历史境界。《百年不孤》所展现的,同样是这种在“乡土中国”也许更具普遍性的历史演变情形。

再次,《百年不孤》蕴含着宏大叙事的历史文化命题,却又将问题意识寓于对乡土日常生态的全方位呈现中,从而超越了以问题意识、历史框架为中心的“百年反思”格局。

《百年不孤》描述了重大历史关节对偏远小山村的影响,揭示了岑励畲、岑国仁父子的德性人格在历史巨变过程中的存在状态,但作者更充分地展开的,其实是主人公在农耕日常人生中的勤俭持家、行善积德,是乡民百姓日常生活中的生产劳作、家道盛衰和恩怨纠葛,是他们生养作息于其间的山山水水、风土人情。作者描述开秧门、赛龙舟、赶山等仪式感和狂欢性交融的群体活动,展现了乡村社会特有的繁华、热闹与温馨;揭示由乡里邻居中德高望重的“中人”来调摆矛盾纠葛、安排家庭事务的人际关系特征，则展现了乡村社会在散漫自由状态中所蕴含的规范与伦理。对这种种从乡野民间的角度看实际上更为恒久、深沉的意义元素，作者显然倾注了更大的热情和心力，虽然处处表现得笔墨节制、雅致有度，具体的描述却丰沛鲜活、诗情洋溢。以对这种乡野人生境界唯美抒情的艺术开拓为基础，并将宏大叙事的思想主题蕴含于其中，《百年不孤》的文本审美境界就超越了众多“百年反思”小说以问题意识为中心的思潮性、话题性的意义格局，显得更富人文气息，更具“融史于诗”的审美意味，作品的思想主题也因此而更为丰满厚实和富于人间的情味。

最后，《百年不孤》在描述乡贤人物人格与威望形成的过程中，超越塑造“文化英雄”的套路，体现出一种将崇高品质和庸常性格相融合的审美倾向。

小说塑造主人公岑国仁形象的过程中，鲜明地体现出这种将崇高品质和庸常性格相融合的特征。作者细致地表现了岑国仁在迷茫和挫折中的德善人格生成史。比如他施粥不成功反而给自己家庭带来灾祸，办育婴堂的行为并未延续下去，就都显得有圣贤之举但缺乏英雄的气概和才干。在表现岑国仁实施善举的过程中，作者还有意弱化其政治意识和思想境界，强化其家庭意识和仁义情怀。岑国仁资助女红军似乎仅因为有爱慕之心，善待打算投降的日本鬼子也仅因为“不忍心”，作者的描述中所体现的就是这种审美思维特征。对于岑国仁为追求善行而付出代价时的内心痛苦和人性本真状态，作者也给予了真实的描绘。廖光忠在施粥的混乱中抢劫财物而失手撞死岑国仁母亲之后，作者就细致地展现了岑国仁既恨得咬牙切齿、前去寻仇又下不去手的矛盾纠结状态。

在对人物形象身上的道德光环进行了祛魅化处理之后，乡贤人物就不再是可望而不可即的“文化英雄”，他们的精神品格就不过是庸常之辈在乡村日常生活中所坚守的一种公平与善意。正因为如此，乡村世界的芸芸众生反而更容易为其亲和力与感召力所影响。不无流氓、无赖习气的何国闰和廖光忠，都对岑国仁保持着信赖而尊敬的情感态度，也不断地增强着遵守德善文化规范的自觉性；在历史的深处，甚至土匪头子面对岑国仁祖父的善意，也表现出对规范和伦理的遵循。所有这一切，都鲜明地体现出乡贤文化崇高精神的人格感召力。乡贤人物体现于庸常人生之中的德善人格及其精神感召力，正是中华优秀文化精魂不灭的根源之所在。所以，《百年不孤》在这方面的艺术处理，充分显示出作者理解民族文化精神内核的透彻与精准。

第九章　多元化时代的抗战史思想方位

第一节　小人物抗战剧:乱世民间精神与民族大义的良性互动

一

在文化多元化的时代语境中,因为国家意识形态对爱国主义教育的大力提倡,也因为民族心理的定式和中日两国关系的现实需要,还因为战争题材叙事确实能有效地达成刺激性和娱乐性兼具的审美消费功能,抗战题材电视剧成了影视剧领域最为热点的审美现象,产生了大量优秀作品。其中表现底层小人物自发抗争和精神成长的作品,因为牵涉20世纪中国复杂的文化关系,尤其具有深入探讨的价值。

小人物抗战剧存在着丰富多彩的审美形态。《血色湘西》《生死线》《中国地》《零炮楼》等作品,聚焦日寇铁蹄抵达某一民风、民俗独特的闭塞地域时,蒙昧百姓在备受摧残甚至面临灭顶之灾的境遇中逐渐觉醒、奋起抗争的过程;《我的团长我的团》《川军团血战到底》《永不磨灭的番号》《中国兄弟连》等,着力展现中国地方、杂牌部队和底层军人在近乎自生自灭的命运中所进行的惨烈抗战,以及由此体现的中国军人的男儿血性和牺牲精神;《上阵父子兵》

《火线三兄弟》《乱世三义》等，集中表现乱世民间由血缘伦理和江湖道义激发而形成的抗战局面；《桥隆飙》《民兵葛二蛋》《一个鬼子都不留》《王大花的革命生涯》致力于揭示主人公基于个体人生遭遇和价值观底线的抗战与觉悟，带有草根个体人格成长叙事的性质；《我的兄弟叫顺溜》《地道英雄》《水上游击队》等作品则以某一产生于民间的独特作战方法和战术绝技为中心，来展开故事情节和人物命运。

这些小人物抗战剧在审视乱世底层生态和发掘本土民间文化等方面，都存在着值得重视和探讨之处。

二

在对战乱时势中底层社会复杂生态的考察方面，小人物抗战剧的审美认知显得深刻而又独特。

首先，小人物抗战剧以极富原生态色彩的艺术画卷，表现出对乱世民间生态和民众命运的深切关注，展现出一幅幅民俗气息、地方色彩与生活实感浓郁的乱世生态图景。在《生死线》之中，沪宁古城那白墙黑瓦的房子里住着颇有古风的人们，大家各自为政，生活平静安稳。日寇来袭，水墨画般的小城才变为了硝烟四起的人间炼狱。《血色湘西》中的乡民诗意浓郁地演绎着颇具区域民俗色彩的恩怨情仇，鬼子的炮火才击碎了他们渊源久远的生活形态。《火线三兄弟》等作品则从行业氛围和专业精神的角度，体现出对民间生态及其精神气息的关注和了解。小人物抗战剧对中国草民百姓遭逢敌寇入侵时的日常生态图景的这种种描绘，包含着相当丰富的历史与文化信息，既充分满足了受众的世态认知欲和审美好奇心，又有力地拓展和深化了中国当代文艺对于乱世民间独特的生态与习性的审美发掘。

其次，小人物抗战剧通过对英雄主人公形象的刻画，有力地揭示了底层民众弱势卑微、蒙昧野性且备受摧残，却如小草般生生不息的顽强生命力和崇高牺牲精神。在那战乱的年代，底层百姓大都出现过如《血色湘西》《生死线》

《零炮楼》所描述的因为蒙昧无知而对日寇入侵"不设防"的状态，但《生死线》《民兵葛二蛋》和《一个鬼子都不留》等众多作品纷纷呈现的日寇烧杀掳掠乃至屠村的暴行，以血的教训一下子改变了幸存者命运的轨迹和人生的方向。创作者以对世态万象的丰富了解、世事沧桑的深刻认知和自由不羁的审美想象力，通过一个个真实、鲜活而独特的故事情节和人物形象，多层次、多侧面地揭示了芸芸众生在遭逢乱世、生死攸关时的复杂抗争生态。《生死线》从"沪宁的不设防"到欧阳、四道风等英雄自发形成的抗战，就透过各类人物价值取向芜杂的日常行为表象，揭示了"布衣抗战"的乱世民间生态景观，满怀激情地讴歌了沪宁民众在残酷战争中逐渐激发出来的人性光辉。小人物抗战剧所展现的这种种集体性的历史命运与人生选择，与中华民族因淳朴厚道而历经磨难、虽备受摧残却自强不息的民族精神，存在着深层的相通之处。正因为如此，它们的基本审美品质，才获得了观众广泛的精神认同和心理亲近感。

再次，小人物抗战剧还纷纷精彩而深刻地揭示了各种人物形象思想性格不成熟的侧面，并以之丰富其性格内涵、反衬其精神品质的崇高性。中国城乡底层的百姓们，也许如《一个鬼子都不留》的杀猪匠庄继宗一样谋略贫乏、手段拙劣，也许如《零炮楼》的维持会长贾文清、张亿仓一样历尽磨难、备受委屈，也许如《川军团血战到底》的兵油子一样野性难驯甚至品质恶劣，也许有过如《我的团长我的团》中的败兵一般的畏怯与退缩，如《上阵父子兵》的父亲那样的自保与逃避。但随着战斗历程中个人命运遭遇和整体抗战形势的巨大变化，这些底层草民的崇高人格，逐渐地与他们的反抗意志、牺牲精神和不断增长的战斗本领一道，越来越鲜明地展现在观众的面前。那毛茸茸的甚至略显粗糙的原生态历史生活景观所表现的，正是中国底层民众的生存逻辑、价值准则、心理情感和文化品质，以及他们在承受悲苦、抗敌御侮的人生大节与民族大义面前的本真形态，英雄人物崇高人格的精神厚度由此得到了有力的增强。

小人物抗战剧所表现的这种集体历史命运式的审美内容，与中华民族历经磨难和曲折而自强不息的优秀民族精神存在着深层的相通之处。因为存在社会历史审视的意蕴独特性，而且普遍表现出情节惊险、人物鲜活、场景刺激、风格粗犷豪壮的艺术优长，所以，小人物抗战剧不仅具有良好的收视率，审美品质也获得了受众广泛的认同。

三

在对中国底层社会所蕴藏的民间文化的审美发掘方面，小人物抗战剧也有独具分量的艺术贡献。

探究革命进程中的民众生态及其所依托的中国民间资源，实际上是对红色文化生长土壤的一种审美考察。这一创作思路在当代红色记忆题材的创作中，始终受到高度的重视。十七年时期的《红旗谱》《苦菜花》《风云初记》等作品着重表现民众走向革命的历史必然性，有力地揭示了民间诉求与红色文化精神的方向同一性。转型期的《白鹿原》等“百年反思”题材作品，则多层次、多侧面地剖析了民间生态与革命风暴的矛盾性特征。21 世纪以来的红色记忆叙事，大都注重对生活日常性及其民间意味的艺术表现。“红色草莽英雄剧”就相当注重揭示英雄人物性格内涵的民间文化特性，有力地拓展和深化了英雄人物形象的文化底蕴。甚至许多“红色史传剧”，都着意渲染领袖人物生活中的“人间烟火”气与民间风情气息。从改编剧《保卫延安》的李老汉形象到原创剧《八路军》的五个普通战士形象，都表现出这种特征。“红色史传剧”的特色本在于以“正史”文献为基础，遵照国家文化的阐释逻辑和建构原则，来展开革命历史进程、铺陈领袖将帅业绩，但创作者自觉地表现人物形象身上的“人间烟火”气和生活日常性内容，使作品平添了许多艺术亲和力。

相对于这类描写，小人物抗战剧在民间资源的审美开掘方面更为丰富和深入，而且具有独到的艺术眼光。其中最为重要的艺术贡献，则在于建构起了一种民间文化与红色文化、民间良俗与民族大义之间良性互动的主题精神走向。

《血色湘西》《生死线》《中国地》《零炮楼》《上阵父子兵》等作品，都是在革命队伍和民间百姓生活的交叉地带展开故事情节，主体艺术场景都是民间文化主导、地域民俗气息浓郁的百姓生活与斗争，但这些作品都设计了一条中共地下党或八路军、新四军的情节线索。创作者的艺术匠心，就是要从中显现民间规范与革命伦理的历史与逻辑统一性，并以之为基础达成对民间生活流向和文本主题方向的牵引功能。《沂蒙》从老根据地民众对"八路"舍生忘死、牺牲巨大的支持中，围绕革命与正义为何能变成全民的行动、民众为何能达成高度的革命认同和"红色文化"认同这一问题，既有力地显示出民间良俗对于革命历史向前发展的巨大支撑力量，也深刻揭示了革命正义成为民众精神认同与行为方向的根源所在。《火线三兄弟》《乱世三义》《一个鬼子都不留》等作品表现英雄人物形象时，也总是在充分展现了他们身上的草莽豪侠气息、农民文化品质之后，还进一步揭示出这种草根英雄人格在红色文化价值规范的引导下修炼和蜕变的过程，并将各路英雄好汉的最终结局，设计为或者以草莽英雄的姿态与敌人同归于尽，或者投身到中共革命队伍之中。由此，小人物抗战剧的意蕴建构，就既立足于广袤的民间话语空间，又与时代的主流精神高度契合，显示出将两种历史文化话语进行艺术融合的审美特征。

小人物抗战剧对于民间良俗与民族大义良性互动的艺术表现，充分利用了 20 世纪中国复杂的文化关系和深厚的文化底蕴，有力地体现了 21 世纪的红色记忆审美力求融合多元文化优势的精神趋势，因而显示出广阔的艺术前景。

四

由于底层文化的价值两面性和时尚文化的误导，小人物抗战剧也存在着诸多审美与精神的迷误之处。

其一，小人物抗战剧存在着将草根文化负值当作民间生态规律和精神习性来看待的审美认知现象。某些作品的艺术意图也许是探索乱世人性和草莽豪杰的人格内涵复杂性,但在实际的审美建构中,创作者往往未能坚守正大的艺术气象,而以一种猎奇的审美眼光,不加分析地将江湖匪性、民间陋俗、家族权谋与种种野性而畸形的男女风情,一概作为乱世民风、区域民俗的常态和草莽英雄的独特才干与魅力,从正面大肆地铺陈和渲染。对于这种铺陈与渲染的精神偏失,只要我们将中国民间普遍存在的忠厚品质、淳朴生活与小人物抗战剧中粗俗、暧昧情调的大量存在略作比较,即可获得鲜明的印象。

其二,小人物抗战剧往往主观地强化江湖品格和原始的价值观念、战术手段对于乱世人生和民间世态的支配功能。某些作品未能恰当地把握好艺术的分寸,存在过度阐释现象,刻意强化民间生态的自足自为特征和剧中人物驾驭乱世人生的豪强举措,过度强调“孝”“义”等传统文化色彩鲜明的民俗观念和“强悍”“野性”“一根筋”等江湖文化气息强烈的个性特征对人物行为抉择的支配意义,结果在文本审美境界形成了一种喧宾夺主的精神氛围,似乎现代中国波澜壮阔的社会历史进程和科技、文化、思想观念的种种更新对其都毫无影响,这显然就淹没了革命文化的历史与道德高度。正因为如此,不少作品即使刻意增添了中共地下党或八路军、新四军等情节线索,在文本的整体意蕴建构中也显得突兀、生硬和牵强。这种价值倾向及相应的审美描述,遮蔽了现代性文化的历史与道德力量,也导致了人物形象塑造的“恶劣的个性化”①倾向,反而损害了文本价值视野的深厚、宽广程度。

其三,小人物抗战剧存在以文化娱乐功能取代历史认知功能、滥用各种通俗文艺和时尚文化俗套进行胡编乱造的现象。小人物抗战剧本是一种立足于现代中国民间生活实景的传奇性审美建构,某些创作者却热衷于“剑走偏锋”,将其与古代英雄传奇和现代武侠、言情文学的叙事境界进行审美嫁接,或者过度地采用都市娱乐文化的夸张、调笑、戏拟等调动观众的手法,以博得更好的“眼球效应”。对于小人物抗战剧这种为娱乐而失真的现象,媒体评论

---

① [德]恩格斯:《致斐·拉萨尔》,北京大学中文系文艺理论教研室编:《马克思恩格斯列宁斯大林论文艺》,人民文学出版社 1980 年版,第 98 页。

以“抗战雷剧”“抗战神剧”的提法，给予了戏谑性十足的概括与批评。通过这种叙事路径形成的审美境界既缺乏生活的基础，也缺乏历史认知的庄严感和历史伦理的敬畏心，由此体现的创作主体精神的浅薄、庸俗与投机性，实际上已经损伤到了小人物抗战剧基本的精神品格与审美声誉。

总的看来，小人物抗战剧的根本审美优势，在于既拥有现代中国民间战乱史的生活基础，又开掘中国民间文化的审美资源，承接了中国古代草莽英雄传奇的审美传统。种种创作迷误之处的出现，则源于创作者放弃或误读了这种审美优势，转而去追求一种叙事的猎奇性和审美的娱乐化。这其实是一种舍本逐末的创作选择，隐含着创作主体艺术分寸感和审美开掘能力的欠缺，也暴露出创作者精神境界和文化品质的局限。所以，小人物抗战剧实现审美突破、质量提升的根本途径，在于创作者审美辨析能力的增强和精神文化境界的提高。

第二节　《八佰》：精英化启蒙想象与历史理性精神的疏离

2020年上映的抗战题材电影《八佰》以高质量的视听语言和恢宏的场景调度，呈现了中国抗战史上“八百壮士”孤军守城的历史事件，塑造了顽强不屈的英雄群像，褒扬舍生取义的抗战精神，堪称国产抗战题材电影具有代表性的精品力作。与其他同类题材电影相比较，《八佰》更大的亮点还在于构建了苏州河两岸“天堂”和“地狱”的强烈对照，从而造成了一边的将士用血肉之躯进行“战争表演”、另一边的民众在灯红酒绿中围观议论的强烈对比效果。从这一情节设置上可以看出，导演管虎的目标并不在于简单呈现一场惊心动魄的战斗，而是力图挖掘出战争背后的国民性弊端，将“八百壮士”这个载入史册的故事打造成具有觉世意义的民族寓言。这显示出管虎开拓战争题材电影思想深度的野心。

但《八佰》最大的问题也由此而来。

从抗战史实的层面来看，四行仓库保卫战是淞沪会战面临失败、上海前途未卜时的无奈之举，本身就无可避免地带有“表演”的性质。其背后的政治意图也非常明确，中日双方都寄望于在这场全世界“直播”的战斗中谋求更多的关注和利益。正因为如此，四个昼夜的实际战况并不算惨烈。据当时《申报》的报道，战斗结束后中方的伤亡人数是“受伤的有十余人，四人殒命”①。四行仓库也并非封闭的孤岛，根据战地记者曹聚仁的记载：“四行仓库恰好在苏州河北岸，隔壁便是金城银行仓库，再隔几间房子，便通到一家纸烟店后壁，就到了西藏路，进入英租界了。当时，我们打通那家纸烟店的后壁，就可以直通四行仓库，内外联络，并未中断。”②物资给养通过卡车、铁桶等方式送入仓库，其他将领可以进去和谢晋元商量军事安排，战斗中负伤的士兵也能及时送出医治。

当然，孤军守城这个事件本身便极具传奇性，尤其是在抗战节节败退、国土相继沦亡的背景下，“八百壮士”的英勇不屈给了痛苦迷茫中的国人以可见的希望。自那时起，诗歌、戏剧、电影等文艺创作便将“八百壮士”视为民族精神的象征，将其与田横、赵云等历史上的忠义故事相关联，不断强化其中的英雄主义色彩和情感共鸣效应。

但电影《八佰》并未照搬这曲传颂已久的赞歌，而是将目光投向了“去英雄化”的士兵个体，以及在炮火硝烟之外的旁观者群体。与对端午、羊拐等草根士兵极富个性和温情的塑造不同，管虎投向苏州河南岸的目光是冷峻而疏离的。影片多次通过幽暗仓库中的战士眺望对岸绚烂夜景的方式，以多重影像的叠加打破空间的阻隔，营造出同时异代的戏剧化效果，将战斗者和观战者明确地区分开来。而四行仓库保卫战的作用也由史实层面的“表演给外国人看”转向想象层面的“表演给自己人看”，于是，只有原本隔岸观火的国人逐渐

① 《我忠勇健儿谈苦斗四日经过》，《申报》1937年10月31日。

② 曹聚仁：《采访外记　采访二记》，生活·读书·新知三联书店2007年版，第150页。

觉醒，将士们流血牺牲的价值方能得到确认。

由此看来，与其说《八佰》的基调是爱国抗战的激情，不如说是强烈的启蒙冲动。孤军奋战的八百壮士，和鲁迅小说《药》中的启蒙者夏瑜一样，承担的是砍头“示众”的作用。只不过那些伸长脖颈的“看客”们，这一次被血与火所刺激，终于不再“轰的一声，都向后退”了。电影中赵子龙、长坂坡、大白马等种种隐喻，都是为了证明牺牲个体以唤醒沉睡的庸众是何等有意义。尤其是这些牺牲被附加在民族生死存亡的抗战背景下，在“国人皆如此，倭寇何敢”的感慨之中，其意义更是被数倍放大。

正因为对启蒙主题的迷恋，自称准备了十年、“对自己的要求是成为这个领域的研究者”①的导演管虎，竟然不惜模糊或篡改关键性的史实，甚至堕入了刻意煽情的俗套。例如，“杨惠敏渡河献旗”这一事件早已被各种资料证明纯属伪造，《八佰》却依然对此大加铺陈，还将杨惠敏这个女童军打造成南岸“铁屋子”中少数清醒的“呐喊者”，这显然不符合角色的身份。此外，多名士兵跳楼自爆、前赴后继流血护旗、外国人在热气球上观战、撤退时谢晋元身先士卒等令人震惊的场景，都与历史事实相去甚远。

文学艺术拥有对历史进行加工和再创作的权力，但创作者修改史实的动机和心态却需要辨析。《八佰》不满足于历史的真实面目，以各种想象的情节加强戏剧性，主要目的是通过激动人心的“战争表演”，不间断地刺激和推动银幕内外的观众情绪，以实现沉睡者终被唤醒的启蒙目的。电影在无数双手伸向对岸时戛然而止，启蒙的主题在结尾处奏出最强音。

但这种刻意的对比显然过于概念化和简单化了。事实上，淞沪会战时的苏州河南岸并非纸醉金迷的桃源，租界中的民众也不是对国事漠不关心的看客。为中国军队摇旗呐喊是租界民众的常态，甚至因为在中日空战中市民的表现太过积极，“聚集街衢、拍掌欢呼、及互挤轧、阻滞交通，以至发

---

① 林莉丽：《专访〈八佰〉导演管虎：更关注人物，不止于类型》，《中国电影报》2020年8月19日。

生挤伤残踏走失等情事”，租界工部局不得不发布通告，呼吁“各人镇静安居，切勿轻易出外”。[①] 张爱玲在小说《雷峰塔》中也写到过类似场景：空战正在进行中，两个阿妈在阳台上讨论“我们中国人也有飞机”，同时看到“衖堂房顶上一阵欢呼，爬满了观众，有人在鼓掌”。[②] 自谢晋元率部进驻四行仓库，各方的援助就已经开始，慰问品在南岸边堆积成山。每日观战的民众成千累万，唱歌鼓劲，高呼口号，从早到晚，都未曾中断。他们不是抗战的旁观者，而是上海人民团结抗敌的一部分。正如抗战爆发时朱自清所言：“谁都觉得这一回抗战是为了咱们自己，是咱们自己的事儿。”[③]

更为重要的问题在于，想象性地虚构启蒙者与被启蒙者的对立，使得《八佰》满足于渲染激愤昂扬的情绪，却未能对历史进行理性而深入的反思。孤军守城的绝境由何而来、“战争表演”背后的政治博弈效果如何，都无法在影片中看到相关内容。在真实的历史中，“八百壮士”撤退到租界后便被迫卸枪，失去自由，四年孤军营的艰苦岁月、上海市民与孤军营将士的互相激励、谢晋元力拒汪伪招降后被刺杀殉国的壮举，同样付之阙如。无视如此丰富的历史面相，以情绪和想象替代深层次的思考，那么抗战到底如何影响了中国人的精神世界，如何促进了民族的觉醒和成长，这些关键性的问题依然无法得到有效的解释。

在《八佰》的开篇，管虎以“待我成尘时，你将见我的微笑”的致辞，奠定了全片的思想基调。这句引自鲁迅的《野草·墓碣文》的诗句，可以看出管虎对“五四”启蒙精神的热爱。但《墓碣文》中“抉心自食”的形象是鲁迅的自我解剖，寄予的是对于精英主义的启蒙思潮的深刻自省。其中所体现出的鲁迅的理性精神和自我批判，或许是野心勃勃的电影《八佰》最应该学习的部分。

---

① 《工部局通告 居民应深居简出》，《申报》1937年8月15日。

② 张爱玲：《雷峰塔》，台北皇冠文化出版有限公司2010年版，第273—274页。

③ 朱自清：《论轰炸》，《朱自清全集》（第3卷），江苏教育出版社1996年版，第417页。

第三节　《胜算》：传统价值资源与现代历史正义的成功对接

在文艺创作讲述中国历史、展现中国形象的过程中，如何有效地融汇中国古代的历史文化资源来拓展和夯实作品的意义根基，是一个值得深入探索的问题。谍战题材电视剧《胜算》在这方面作出了可贵的尝试。该剧创作者将中国传统文化引入对抗战记忆的书写中，不仅深化了作品的文化底蕴和思想内涵，也为谍战类型剧的价值提升和突围实践提供了颇具意义的研究范本。

一

新世纪以来盛行不衰的谍战剧，文化资源主要来自两个方向。一是十七年时期大量出现的反特故事片和公安题材电影。在剥离了冷战时代的意识形态对立后，反特片的爱国主义和集体主义的精神特质在谍战片中得以延续。二是以“007”“谍中谍”等系列为代表的西方间谍片，其中传奇化的人物塑造、惊险悬疑的情节设置和乱世男女的情感结构，对中国谍战片的叙事形态产生了持续性的影响。总体上而言，以《暗算》《潜伏》《悬崖》《风筝》为代表的新世纪谍战剧，大多承袭了这两类文化因素而各有侧重。

以此为参照，我们可以发现《胜算》的突破性所在。剧作没有照搬流行的谍战类型剧套路，而是通过激活和调用中国古代兵家的军事谋略思想，构建了不同于其他谍战剧的情节结构和叙事模式。这不仅使得《胜算》在审美层面上显示出新意，也在思想意识上将谍战这种现代战争形态与“上兵伐谋”的兵家战争理念连接在一起，从而极大地丰富和提升了作品的价值内涵。

《孙子兵法》认为“用间”是谋攻的关键性因素，有决定战争成败的重要作用,即所谓“明君贤将,能以上智为间者,必成大功”①。“用间”也被细分为因间、内间、反间、死间和生间这五类形态,由此排列组合出的多种间谍模式,具有神鬼莫测的惊人能量:“五间俱起,莫知其道,是谓神纪,人君之宝也。”②而《胜算》中谍战情节的基本框架,就隐含着《孙子兵法》中的多种“用间”形态。潜伏在伪满洲国地方警察局内部的中共地下党员唐飞,以暴露自己的真实身份为代价,以假叛变骗取敌人的信任,进而用计离间促其内讧,这是较为典型的“死间”战术。日军通过策反苏联情报人员,力图在苏联情报系统中安插“内间”,却被远东局巧妙地实施反间计,以假情报进行配合,最终诱使日本保安局处死 7 名相关的日军高级将领,粉碎了日军北进苏联的惊天阴谋。创作者将多种“用间”方式有机融合,构成了全剧里应外合、双线发展的基本情节格局。

《胜算》在情节结构上最出人意料之处,便是剧情发展到半途,原本应该是全剧最大悬念的“间谍瓦吉姆”的身份便已公开。这显然不同于大多数谍战片通过隐藏主角、制造谜团来推动故事发展的叙事方式,也意味着《胜算》的创作重心并不在于构建炫目式的场面和奇景化的情节。被捕后的唐飞失去人身自由,无法与外界联系,间谍所特有的刺探、伪装、格斗等多种技能都无法施展。正是在这种主动设置的“绝境”中,唐飞如何凭借智慧和谋略,利用敌人的审讯手段及相应的心理变化,以虚虚实实的口供引导敌人做出误判,在不动声色中完成“穆丹乌拉”计划,成了剧作后半段最为引人入胜的部分。唐飞被捕以后的剧情基本上在室内完成,主要通过言语交锋和计谋暗战进行,与前半段险象环生的动作戏之间形成了反高潮的叙事张力。如此特殊的情节演进过程,凸显出“不战而屈人之兵”的兵法智谋。唐飞在最后摊牌时嘲讽福原是假“中国通”,自豪地宣称“中国老祖宗的好东西太多了”,事实上也是创作者借此道出了全剧艺术想象的思想基础。

---

① 郭化若编译:《孙子兵法》,中华书局 1962 年版,第 131 页。

② 郭化若编译:《孙子兵法》,中华书局 1962 年版,第 130 页。

更为重要的是,传统兵家谋略思想的激活和利用,不仅使《胜算》在情节结构上出人意表,而且由于对间谍和谍战的价值取向与伦理原则的深层次思考,使其具备了超越性的历史眼光和人文关怀。唐飞以“兵者,诡道也”来概括自己对间谍活动的理解,并且和福原就战争中使用诡计的正义性进行了辩论。他以“如果你们不侵略,我们何来欺骗”的逻辑回应福原的“道德谴责”,这可以视为《孙子兵法》中“非圣智不能用间,非仁义不能使间”①的谍战伦理的现代演绎。古代中国“以战止战,虽战可也”②的“仁战”理念,在反殖民、反侵略的抗日战争中转换为现代历史哲学层面的正义话语。因此唐飞引诱日军互相残杀、利用同事传递情报、伪装结巴骗取信任、逼迫福原枪毙汉奸等种种“阴谋诡计”,在抵抗侵略者的正义战争旗帜下都被赋予了必要性和崇高感。

出于对个人主义的推崇,“007”“谍中谍”等西方间谍影视剧习惯于将个人与某种势力或机构的对立当作主要矛盾,借此塑造孤胆英雄的强者形象。而近年来的大多数国产谍战影视作品受到消费主义和后革命氛围的影响,热衷于表现眼花缭乱的枪战、争权夺利的办公室政治、敌对阵营男女间的暧昧情感等内容,对于时代语境和思想背景的认知往往流于表面,因此很难建构起具有历史穿透力和文化延续性的谍战片叙事模式。在这个比照的视野中,《胜算》呈现出“反类型”的鲜明特色。其独具一格的叙事框架的形成,有赖于中国传统兵家谋略思想的激活和利用。而对民族战争正义性的深层思考,则使其从整体上超越了“兴甲兵以讨不义”③的古代礼乐法度,将个体的品质、能力与抉择置于现代民族国家的范畴中加以考察,呈现出较为宏阔的思想文化格局。

---

① 郭化若编译:《孙子兵法》,中华书局 1962 年版,第 131 页。

② 李零译注:《司马法译注》,河北人民出版社 1992 年版,第 1 页。

③ 李零译注:《司马法译注》,河北人民出版社 1992 年版,第 71 页。

二

相较于和福原、刘翻译等日伪情报人员斗智斗勇的精彩纷呈，唐飞和蔡梦的这条情感线索显得较为单薄和平淡，两人之间的关系始终有些公事公办的意味。直到最后阶段，得知一直互相试探和怀疑的两人其实身处同一阵营，情感才有了突破性的进展。但也只是互证心迹，之后很快又回到工作状态。《胜算》以如此低调的方式处理在其他谍战剧中浓墨重彩的情感线，其中固然有“限韩令”造成女演员戏份被删改的客观因素，但更主要的原因还在于男女情感并不是唐飞和蔡梦之间的主要联系。比性别关系更重要的，是他们各自所代表的民族身份和战争立场，这也是《胜算》对谍战剧叙事套路的又一突破。

从中国近现代的历史事实来看，东北在政治地位和地理环境上具有众所周知的独特性。尤其是“九一八”事变后，日本法西斯建立伪满洲国傀儡政权，东北成为各种势力渗透和博弈的场域。在伪满洲国这个异态时空中，不仅有日本殖民者和作为被殖民者的本土中国人，还有在殖民体系中生存的朝鲜移民和白俄旧贵族，以及来自国共两党、朝鲜、苏联的反法西斯抵抗力量。殖民主义与民族主义交错，身份认同和家国意识混杂，语言、信仰、习俗等方面也多元杂糅。这些特质使得伪满洲国拥有丰厚深广的历史文化资源，作为文艺创作的题材也颇具吸引力。小说和影视剧多有以此为背景的作品，谍战剧《悬崖》《功勋》也有中、日、苏在伪满时期的东北暗战的相关内容。

《胜算》将故事背景置于 1944 年的伪满洲国边境地区，显示出深入挖掘历史复杂性、拓展抗战题材文艺表达视野的创作意图。此时第二次世界大战进入到最为关键的角力阶段，中国作为东方主战场的地位也日益凸显。如毛泽东所言：“我们的敌人是世界性的敌人，中国的抗战是世界性的抗战。”①这

① 毛泽东：《抗战与外援的关系——〈论持久战〉英译本序言》，《毛泽东文集》（第 2 卷），人民出版社 1993 年版，第 146 页。

种具有战略意义的判断决定了抗战的性质，也为日后的抗战史认知指示了方向。如何在“二战”世界整体格局的基础上，发掘和讲述关于中国抗战的历史记忆，是文艺创作面临的挑战和应当努力的目标。

《胜算》在这方面做出的尝试，是将波云诡谲的“二战”局势与伪满洲国纷繁复杂的环境具体化到唐飞和蔡梦的关系之中。唐飞兼具中共党员、苏联远东局特工和伪满警察局科长等多重身份，蔡梦表面上是深受信任的日本保安局高官，但实际上是身怀国仇家恨的朝鲜抗日组织成员。多种明暗身份的叠加使得两人之间构建起了一个中、日、苏、朝四国博弈的小型战场，他们之间关系的亲疏远近基本上无关爱情，而更多地折射出“二战”时期东北盘根错节的政局。唐飞在其中的进退抉择，亦可视为中国的战时外交与军事策略的写照。

中国历史上曾经多次出现过诸侯混战、多国对峙的时期，也因此发展出“远交近攻”“合纵连横”“连吴拒魏”等多种军事外交手段。《胜算》中唐飞作为中国共产党的代表，在极其艰难的情况下运筹帷幄，多方运作，帮助苏联除掉了日军中狂热的“北进派”，避免苏军陷入两面受敌的困境，间接对欧洲战场的胜负产生了影响，同时促使东北局势向有利于中国抗战的方向发展，也顺便为蔡梦完成了复仇的夙愿。从凭一己之力扭转乾坤的惊人效果来看，唐飞颇具中国文化传统中的纵横家或策士的风采。如苏秦、张仪、公孙衍等历史上知名的策士，善于运用长策计谋和献策游说之术，以真假莫辨的情报和虚实相间的逻辑去诱导与迷惑敌人误判形势，达到为自己服务的诸侯国谋取利益的目的。与潜入敌营刺探情报、刺杀敌方首脑的“间者”有所不同，策士更多的是凭借心计、口才、大局观和判断力取胜。所谓“四海齐锋，一口所敌”①，指的就是这些纵横捭阖、审时度势的策士们的政治和军事价值。《胜算》中唐飞在被捕之后和日军的种种较量所体现的，就是中国古代策士的经典谋略与高超技巧。而对于传统历史资源的有效征用，也是《胜算》得以超越同类题材谍战

① （晋）左思：《三都赋并序》，（清）曾国藩编：《经史百家杂钞》第1册，西苑出版社2003年版，第187页。

剧《悬崖》《功勋》的主要原因。

然而，古代的策士献计主要是为君主实现在乱世中自全和扩张的政治目的，并借此谋求个人的声名与财富。但唐飞受中国共产党委派、作为苏联秘密特工打入日军内部，则是出于反法西斯同盟的战略需要。破解日军北进图谋的重要意义，也必须置于同一时期盟军诺曼底登陆、美军在太平洋进行反攻、中国远征军二度入缅作战的“二战”世界整体格局中，方能得到最为充分的阐释。由此可见，唐飞虽然具有不逊色于古代纵横家的谋略和才干，但真正体现其精神追求的是国际反法西斯战士的价值立场与思想高度。

从战时反法西斯共同体的视角来理解唐飞和蔡梦的关系，可以发现他们真正的情感交流是建立在对彼此真实身份确认的基础上。而且唐飞最终以反法西斯的大义消解了蔡梦的私仇，并促使其从爱侣转换为能延续抗日事业的同志。这种情感关系的处理模式凸显出《胜算》的历史视野，并为如何在“二战”史框架中讲述中国抗战故事做出了具有示范意义的实践。

三

从剧情发展的脉络来看，一般谜底解开之时就是谍战剧的高潮部分。在《胜算》中，“穆丹乌拉”计划完成后，唐飞作为间谍瓦吉姆的任务已经结束，全剧也应该就此收尾。但《胜算》却并未沿袭成规，而是以数集的内容呈现了唐飞在面对个人生死时的行为抉择。他本可以全身而退，却屡屡放弃生还的机会。首先是为了掩护“叶莲娜”安全撤退而主动留下，随即又设计避免无辜的朋友被波及致祸。最后在间谍交换现场毅然跳桥，阻止了掌握大量机密的日本特工的回归企图。创作者这种种看似累赘的剧情设计，根本意图是通过与个人主义孤胆英雄进行潜在对比，步步推进地展现唐飞作为一个共产党员的集体主义人格境界。这种差异性的对比也是《胜算》对传统文化进行审美转换与超越的重要侧面。

在仅有的一次袒露内心的场景中，唐飞提到了《赵氏孤儿》，他对孙喜远讲述《赵氏孤儿》的剧情片段也反复闪回，使得这出著名的古典悲剧与《胜算》之间形成了嵌套式结构，建构了意义生产上的互文性（Intertextuality），成为理解创作意图、解读剧作内涵的又一重文本。唐飞、孙喜远为完成任务而假叛变，忍受众人的唾弃和轻视，在情节上与《赵氏孤儿》中程婴的忍辱负重颇有相似之处。但更深层次的"对其他文本的吸收与转化"①，还在于《赵氏孤儿》所承载的中国传统忠义品格对唐飞等人所产生的影响与共鸣。

忠义是元杂剧《赵氏孤儿》的核心理念，贯穿全剧的杀身成仁、舍生取义的精神被认为是高贵的美德，公孙杵臼、程婴等人也被视为忠臣义士的典范。忠义在中国传统文化中也是一个重要概念。儒家认为"教人以善谓之忠"②，"义"则是正确合理的行为，也有劝善抑恶的作用："夫义者，所以限禁人之为恶与奸者也。"③先秦儒学往往将仁、义并举，即所谓"孔曰成仁，孟曰取义"。汉代以后随着儒家学说与政治意识形态的合流，对"忠"与"义"的阐释逐渐靠拢。至两宋时期，忠义成为宋儒最为推崇的伦理道德准则。宋元易代之际，忠义更是维系故国之思的纽带与支撑。在这个大背景下产生的元杂剧《赵氏孤儿》，在原本的申冤、复仇故事之上强化了忠奸对立的价值观，以及对临难不避、慷慨赴死、舍己救人等义举的褒扬，使其成为民族记忆和情感的寄托。文天祥感叹"夜读程婴存赵事，一回惆怅一沾巾"④，表达的正是在观念和情感层面上对忠义精神的认同。

唐飞以"敢于牺牲、甘于牺牲"来向孙喜远解释《赵氏孤儿》的内涵，并将其与情报人员的素养与品质挂钩，由此可见《胜算》将古典忠义观念注入现代谍战、为其寻求精神立足点的创作意图。唐飞长期潜伏敌营，忍受亲人分别、同志误解的痛苦，为大义不顾自身生死和名利，面对千难万险始终执着不悔，

① ［法］朱莉娅·克里斯蒂娃：《符号学：符义分析探索集》，史忠义等译，复旦大学出版社2015年版，第87页。

② （清）焦循：《孟子正义》，河北人民出版社1986年版，第229页。

③ 杨柳桥：《荀子诂译》，齐鲁书社1985年版，第442页。

④ （宋）文天祥：《无锡》，《文文山全集》，世界书局1936年版，第320页。

他的形象延续了中国传统文化对忠肝义胆的英雄人物的塑造模式。更值得赞许的是,《胜算》并未将焦点集中在唐飞一人身上,而是以同样精彩的方式构建了一组英雄群像。尤其是作为三人小组成员的孙喜远,从最初的鲁莽轻率到后期的冷静坚毅,转变的关键便是唐飞借《赵氏孤儿》对他进行的教育。孙喜远最终以自我污名化的主动牺牲为代价,不惜背负叛徒的骂名,配合唐飞完成计划,其成长清晰地显示出中国传统价值观念的感召力量,这也是忠义精神在现代社会依然具有传承意义的基础所在。

但《胜算》在强调《赵氏孤儿》的忠义品格和牺牲精神的同时,也剥离了其中"冤报冤"的复仇意味和因果报应的封建伦理色彩。促使唐飞等人舍生取义的不再是忠君、报恩的传统观念,而是作为共产党员的坚定信仰。正因为如此,唐飞、孙喜远为了反法西斯战争的全局可以断然放弃个人的求生机会,曾经是花花公子的秦德龙以"为了国家和民族去死"而深感自豪。即使贪生怕死的伪满警察局长方世宝,也在共产党的策反和影响下,勇敢地加入到抗战的大业之中,成为"穆丹乌拉"计划得以完成的重要一环。这些颇为成功的人物形象将传统忠义情怀和现代思想信仰有机融合,为原本以情节取胜的谍战故事奠定了深厚的文化底蕴和价值内涵。

在这个意义上,《胜算》对《赵氏孤儿》主题的征用和改造,可以视为一种"经典再生产"。经典再生产借助文化熟知化(cultural familiarization)得以实现,其主要的表现形态之一就是对经典文本的互文性改写和有选择性地引用。如相关研究所言:"经典再生产隐藏着话语权力的争夺,是经典遴选家回应历史与现实问题,积极介入,参与特定时代文化建构的成果。"①《胜算》通过激活《赵氏孤儿》所承载的文化基因,使得优秀传统文化实现了现代延续和传承。而共产党员思想信仰的注入,不仅为历史表达增加了思想厚度,也使得爱国主义、集体主义等精神成为构建民族记忆的重要部分。

---

① 吴子林:《文化的参与:经典再生产——以明清之际小说的"经典化"进程为个案》,《文学评论》2003年第2期,第127页。

四

作为一种文化现象,盛行不衰的谍战剧在一定程度上折射出当代社会的价值观念和集体心理。其中既有建构新型革命话语的国家意识,也有全球化语境下民族身份认同的需求,亦不乏对个人主义英雄人物的传奇化想象。但与此同时,消费主义文化的影响也让谍战剧陷入戏谑化、奇景化的怪圈,历史理性精神的失落则造成价值真空和精神虚无,消解了历史认知的整体性和确定性。

《胜算》以"反类型"的特质探索了谍战剧突围的新路径和经典化的可能性。当传统文化资源作为一种新的意识形态话语参与到对革命和战争历史的建构之中,不仅使得谍战剧这种现代影像形态获得了文化基因的传承,呈现出建立在历史规律基础上的民族寓言属性,同时也拓展和深化了抗战历史叙事的表意实践,为建构切合当代文化语境的情感召唤机制做出了有价值的尝试。

第四节　少儿题材小说:以抗战精神新发掘拓宽历史认知桥梁

从《抗日英雄王二小》《雨来没有死》到《小兵张嘎》,少儿抗战题材文艺创作绵延不绝,其中的少年英雄形象打动着一代代读者的心。在新时代不断强化爱国主义教育和民族历史认知的社会文化语境中,抗战题材儿童文学再度成为引人瞩目的创作热点。据初步统计,2015—2020 年出版的抗战题材少儿长篇小说达 40 部以上,其中包括"抗日红色少年传奇""不一样的花季""战火中的童年"等系列丛书。《将军胡同》《少年的荣耀》《泥土里的想念》等作品,还入选了中宣部"五个一工程"奖、中宣部重点主题出版工程、中央电视台年度"中国好书"奖、全国优秀儿童文学奖等各种重要奖项和出版工程。更值得称道的是,这些作品面对特殊的审美接受对象,以历史视野的新开拓和抗战精神的新发掘,有力地拓宽了当今时代的少年儿童感知历史文化、领悟民族精神的艺术桥梁。这种新开拓与新发掘,主要表现在以下几个方面。

第一,聚焦惨重战争灾难,发掘普通百姓的生存信念与民族正义精神。在抗战题材少儿小说创作中,重大国难事件和沦陷区苦难生态等成为审美关注的新领域,中国民众救亡图存的生存信念、崇高气节和民族正义精神,得到了别开生面的新发掘。

抗战史上的重大国难事件获得浓墨重彩的表现。左昡的《纸飞机》以编年史的严谨笔调,铺叙了重庆大轰炸的历史惨剧;许敏球的《1937:少年的征途》和张品成的《觉醒》从儿童亲历的视角,展现了南京大屠杀的人间地狱惨状;毛芦芦的《如菊如月》控诉了衢州保卫战前夕当地百姓承受的鼠疫、轰炸和屠杀灾难。创作者透过战争创伤更着力发掘的,则是普通老百姓的民族正义信念和团结一心、百折不挠的抗争精神。从《纸飞机》中重庆百姓"愈炸愈强"、重建生活的坚定意志,《1937:少年的征途》中苦难大地上随处可见的民间情义,到《觉醒》中韩顺风在收尸队的生活中领悟到怎样做真正的中国人,《如菊如月》中小如菊宁死也不认以侵略者身份前来的生父,桩桩件件的事迹都表现出深重灾难中淬炼出来的崇高民族精神。

沦陷区屈辱与抗争并存的百姓生态也受到高度关注,普通百姓在隐忍中并未泯灭的民族风骨和必胜信念成为审美重心。史雷《将军胡同》中的八旗后代图将军属于典型的纨绔子弟、败家子,但他出卖家传古董不让其"漂洋过海",教小孩玩蛐蛐为了战胜汉奸子弟,都表现出骨子里大是大非不含糊的凛冽气节和民族精神。王苗《雪落北平》中的蓁儿像一棵生命力顽强的野草,伴随父亲守护着国立图书馆的珍贵图书,体现出忍辱负重、静待春天到来的民族韧性。曹文轩《火印》中的坡娃一波三折、历尽艰险,不屈不挠地要将日军强行征走的小马驹雪儿带回,孩子气的倔强抗争中则蕴藏着一种正义必胜的信心。

第二,钩沉国际救助佳话,彰显战争命运共同体的人道中国形象与同舟共济精神。钩沉中国百姓的国际救助故事,成为创作者又一热情倾注之处。一篇篇或辛酸或壮烈的人道互助佳话,有力地彰显出苦难深重而胸襟博大、仁爱深厚的人道中国形象,有力地展现了人类战争命运共同体的同舟共济精神。

流落中国的犹太难民得到市井百姓善待的故事被作家们反复书写。任富亮的《暖舟》、殷健灵的《彩虹嘴》和吴林的《犹太女孩在上海》,不约而同地从犹太少年与中国小孩的交往和互助入手,来表现犹太人避难上海时中国人民所伸出的援助之手,彰显"困难重重,有舟可济"的人道温情和人性光辉。宋安娜的《泥土里的想念》描述了犹太女孩与中国保姆"阿妈"从朝夕陪伴到丢失和寻找、再到相见却不能相认的过程,款款深情地表现了天津犹太人在日本侵略战争步步深入的过程中与中国亲人诀别的眷恋和痛苦。

中国百姓救护美军飞行员的故事同样受到高度关注。郝周《偷剧本的学徒》中的农家少年连水在为戏班偷剧本的过程中偶遇天上掉下的美国飞行员,惊险而趣味横生的救护过程体现出连水勇敢机智的少年心性,更显示出中国人民善意深沉的人间大义。毛芦芦的《拯救断翅雄鹰》中,青明、青禾兄妹和村里人为搭救受伤的美国飞行员表现出前所未有的团结精神,更付出了日军疯狂报复而村庄夷为平地、乡亲惨遭杀戮的重大牺牲。黄蓓佳《白棉花》中的少年克俭与小朋友们帮助美国飞行员躲避敌伪的搜捕,捉蝉、抓蛇、搭人梯摘银杏帮助飞行员调养伤势,东方孩子和西方飞行员结下了兄弟般的深厚情谊。

第三,细述风俗民情景观,表现危难时刻的家国之爱与文化认同精神。

展现祖国大地上传统、安宁的民间生态景观,堪称抗战题材少儿小说的普遍特征。《如菊如月》满怀亲切感地描述钱塘江上游风光、衢州街巷特征和衢州人对围棋的迷恋,呈现了一幅宁静而富有韵致的衢州小城生态图景。《1937:少年的征途》不仅将战前南京祥和、富庶、处处生机的景象和战时南京的人间地狱图景构成鲜明的对比,还随着少年伙伴从南京到重庆的艰难跋涉,将壮美山河与广阔人间融为一体,多彩多姿地展现了大别山的林海、荒原上的逃难队伍和长江三峡的壮丽险峻。《火印》中坡娃一家宁静、和谐的北方草原生活也充满诗意与温情。

对民俗文化的精细描述，更大大深化了抗战题材少儿小说的文化底蕴。宋安娜的《泥土里的想念》中，天津英租界的犹太女孩身挂老虎褡裢，唱着儿歌在老城区寻找养育她八年的中国阿妈，民俗韵味与少儿柔情达到了水乳交融的境界。《将军胡同》中“我”与图将军的交往，则使作品呈现出一幅幅妙趣横生的“京味儿”生活场景。《偷剧本的学徒》以黄梅戏剧团的乱世生态为线索编织传奇故事；《大地歌声》中的少年王二噶向新四军传递情报的方式，竟然是讲述内容和命令隐藏于经典剧目中的淮剧戏文，这种种独具匠心的构思更使文本审美境界氤氲着浓浓的民族文化氛围。

创作者对于文化遗产元素的征用和风俗民情景观的描绘，不仅激活了战时民众的家国之爱，更揭示出人心深处的民族文化认同精神。

四，关注心智成熟轨迹，揭示战时少年的责任担当与自我成长精神。相对于描述战时少年的英雄事迹，新时代抗战题材少儿小说更关注的是懵懂少年进入战争的情形和心智成熟的轨迹，进而有力地揭示出战时少年在责任担当、人格建构中所体现的自我成长精神。

《少年的荣耀》中的沙良在日军入侵家乡时，还在无忧无虑地冒雪寻找自己的小锡枪，随即却遭遇了亲人倒在汉奸枪弹下，小伙伴的弟弟死于鬼子刑场，田里除草的老婆婆被鬼子无端射杀，面对如此惨状，他才从懵懂中开始成熟和觉醒。《水巷口》的潘庆接受奴化教育之初，还对宣扬武士道精神的日本教官心生崇拜，从日军枪杀无辜村民到教官毁灭旷野生灵，方使他稚嫩的心灵因深深刺痛而滋生出仇恨的情感和反抗的精神。肖显志的《天火》中，江湖气十足的小叫花黄毛曾在鬼子手下混吃混喝，直到好朋友惨遭杀害，他终于摆脱混沌与屈服，在放火焚烧中与高高旗杆上的太阳旗同归于尽。《三十六声枪响》重新塑造晋察冀根据地的少年英雄王二小，也毫不避讳地描述了当地百姓最初想苟活于乱世的顺民心理，王小二亲历了父亲被刺刀捅死、母亲被日军侮辱的人生厄运,又见识了哥哥在英勇抗日的战斗中壮烈牺牲,才舍生忘死地承担起民族抗战的责任。

在和平日久的时代环境中,“快乐宝贝”“自由生长”和幻想境界拟构、逆反习性渲染已成为儿童文学的流行审美趋势。但少年儿童既是自然之子,又是历史文化之子,他们的精神成长既应是天性的自然发展,也应具备与民族历史文化的深层对话。新时代抗战题材少儿小说以战争、历史和文化认知力兼具的意义建构,以对抗战精神的审美新发掘,向当今时代的少年儿童展现那真实、沉重而悲壮、崇高的民族历史生活,既有力地呼应了成人文学的抗战史审美重构,也极大地拓宽和夯实了新时代少年儿童历史认知的桥梁。

第十章　全球化语境下的抗战史审美诉求转移

第一节　国际互助题材抗战小说的跨文化认同意识与民族历史认知

一

在中国当代文学史上，抗战题材作品长期处于社会影响广泛而学术赞誉度不高的境地。一个至关重要的批评性观点，就是抗战文学作品的国际性认同度、跨文化影响薄弱，难以"在一个廓大的平台上与世界文学对话"①。"能够代表一个国度的战争史诗的分量而屹立于世界文学之林的杰作，令我们翘首企盼的时日真是太久了"②，这一语道尽了文坛内外对中国抗战文学尚未走向世界的失望之心。于是，是否"为推进中国当代战争文学与世界战争文学接轨做出了积极探索和突出贡献"③，就成为抗战文学创作中备受关注的焦

① 石一宁：《抗战题材文学作品创作成就斐然视野尚需拓展》，《文艺报》2005年6月2日。

② 编者：《人民文学·卷首》，《人民文学》2015年第8期。

③ 朱向前：《炮火硝烟中的人性观照——我读朱秀海的战争长篇小说》，《北京日报》2002年5月12日。

点。在这样的背景下,国际互助题材抗战小说以鲜明的审美针对性出现于新世纪文坛,并获得了高度的重视。

国际互助题材抗战小说的创作经历了一个逐步发展、渐成阵势的过程。早在2000年代,国际互助题材抗战小说就已开始出现。朱秀海的《音乐会》(2002年)表现东北抗联战士为保护进入队伍的朝鲜烈士遗孤而付出的惨痛牺牲,阎欣宁的《中国爹娘》(2005年)、严歌苓的《金陵十三钗》(2007年)和《小姨多鹤》(2008年)讲述日本战争遗孤的中国战后命运,张雅文的《盖世太保枪口下的中国女人》(2002年)、严歌苓的《寄居者》(2009年)展示德国法西斯种族迫害之际中国人的国际救助义举。这些作品已经表现出,创作者既有关注视角的同一性,又有发掘视野的宽广性。2010年代,相关题材创作更为丰富多彩。2010年阎欣宁的《美国来鹰》以一个浪漫爱情故事为线索,讲述了美国空军援华作战的功勋;2011年哈金的《南京安魂曲》表现南京大屠杀中外国人对中国百姓的救助之恩。纪念抗战胜利70周年前后,从2014年张新科的《远东来信》在人民文学出版社出版,到2015年黄国荣的《极地天使》、袁劲梅的《疯狂的榛子》、徐广顺与丛培申合作的《大遣返》、朱定的《中国伞兵突击队》,再到2016年熊育群的《乙卯年雨雪》,2017年张翎的《劳燕》、范稳的《重庆之眼》,加上美籍华裔科学家郑洪的《南京不哭》于2017年在国内出版,相关题材力作密集出现,国际互助题材创作一时成为抗战史叙事的亮点和热点。

文坛内外都高度推崇这种国际互助题材的抗战小说。首先,各大权威文学期刊格外青睐。《人民文学》早在2008年第3期就发表过《小姨多鹤》;2015年一年之内,又在第8期、第11期分别发表了《极地天使》和《疯狂的榛子》。《收获》杂志也相继发表了《金陵十三钗》《南京安魂曲》和《劳燕》。其次,各种文学评奖和小说排行榜大力推介。《音乐会》早在第6届茅盾文学奖中,就进入了初评入围23部作品的名单。2008年,《小姨多鹤》进入中国小说学会的"中国小说排行榜",获第1届"人民文学"长篇小说双年奖。2015年,

《疯狂的榛子》入选中国小说学会的“中国小说排行榜”,获第4届“人民文学”长篇小说双年奖;《极地天使》获第4届“人民文学”长篇小说双年奖的“特别奖”。2017年,《劳燕》入选中国小说学会的“中国小说排行榜”,获《当代》“长篇小说年度最佳”奖;《重庆之眼》入选中央电视台与中国图书评论学会联合推出的年度“中国好书”。再次,刊物转载和影视剧等改编频繁。《长篇小说选刊》2015年第6期转载《远东来信》,2016年第2期转载《乙卯年雨雪》,2017年第5期转载《劳燕》。《音乐会》《小姨多鹤》《盖世太保枪口下的中国女人》均改编为电视剧,《金陵十三钗》被著名导演张艺谋改编为电影,《中国爹娘》被改编为评书在中央人民广播电台播出。另外,《南京安魂曲》和《南京不哭》本是在美国用英文出版,又被翻译为中文在国内再度推出,这也有助于强化国内相关创作的声势。

各种宣传、推介性评论,则体现出关注者从作品国际性特征出发的思维方向共同性。作家出版社的小说封底宣传语中,称《小姨多鹤》具有“跨国作家的辽阔视野”,堪称“意蕴丰盛迷人、襟怀爽朗阔气的稀世之作”①;《长篇小说选刊》的“卷首语”,介绍《远东来信》“以二战期间中国百姓保护犹太移民的真实历史为素材,是近年来抗战题材小说中的特异之花”②。新世纪之初的《音乐会》,因为“选择了两个异国少年(金英子和松下浩二)的角度来反思战争,并不拘囿于一个人、一个民族、一个国家”,被推崇为“获得了超越党派、民族乃至于国家进而达到人类共性的高度”③。很显然,“跨国作家的辽阔视野”和“人类共性的高度”,正是这些作品被推崇为“稀世”“特异”的根本原因。

国际互助题材抗战小说的创作者,也确实显示出在世界性意义平台上讲

---

① 见《小姨多鹤》封底语。严歌苓:《小姨多鹤》,作家出版社2016年版。

② 编者:《卷首语》,《长篇小说选刊》2015年第6期。

③ 朱向前:《炮火硝烟中的人性观照——我读朱秀海的战争长篇小说》,《北京日报》2002年5月12日。

述中国战争灾难与抗战贡献、谋求跨文化认同的审美意识。

中国军民在长达14年的抗日战争中承受了巨大的苦难和牺牲，但长期以来，中国抗战史并未有效地融入第二次世界大战的历史认知格局，“我们的某些数字和结论在国际学术界难以得到更多的认同”①，甚至“在欧美人心目中，伤亡人数达三千多万的中国军民在二战期间的作用微乎其微”②。战后的日本政府对侵略中国的罪责和战后国际新秩序，也屡屡表现出不承认、不遵循的态度，还不断因该类问题与中、韩等国闹出大大小小的外交“摩擦”事件。结果，南京大屠杀、重庆大轰炸这样“悲惨的大事件在它发生后的六十年中，始终被否认、篡改或忽略，从抽象意义上来说，它是一段继续在被凌辱、被残害的历史”③。

众多作家对此具有深切的感受和鲜明的理性认知，并力图在国际关联的视野中来述说中国军民的苦难与创伤，使中国的抗战史叙事“打到国际上去”④。郑洪义愤于一次国际会议大谈日本的“广岛事件”、却对中国的南京大屠杀视而不见，决意以“历史不容以理念剪裁”的思想态度“对世界发声，把中国人过去身受的苦难说个清楚，提升世界对列强蹂躏中国的认知，唤醒装睡者的良知”⑤，从而创作了长篇小说《南京不哭》。严歌苓和哈金不断参加各种南京大屠杀事件的纪念活动，在深深的触动和越来越深入的了解后，终于形成了《金陵十三钗》和《南京安魂曲》。《重庆之眼》将笔触延伸到重庆大轰炸受害者的战后对日索赔事件，并着意展现日本友人帮助中国受害者申诉的过程和动机，目的也在于更有力地“清算战争责任找回公道与正义”⑥。

---

① 王建朗：《抗战研究的方法与视野》，《抗日战争研究》2016年第1期。

② 张新科：《站立》，《长篇小说选刊》2015年第6期。

③ 严歌苓：《从“rape”一词开始的联想——The Rape of Nanking读书心得》，《波西米亚楼》，天津人民出版社2015年版，第292页。

④ 胡平：《抗战文学创作关系国家软实力》，《百家评论》2015年第5期。

⑤ 郑洪：《南京不哭·敬致中国读者》，译林出版社2017年版，第2页。

⑥ 孙小宁：《对话范稳：写抗战也在思考战后问题》，《北京晚报》2017年7月13日。

在这个过程中，本土作家如朱秀海、黄国荣、阎欣宁、张雅文、范稳、熊育群等，往往在有意无意中发现了抗战历史中的国际互助因素，于是以高度的艺术敏感展开相关题材的创作。《极地天使》就是作者偶然参观山东潍县的同盟国侨民集中营遗址而发现了创作素材；《音乐会》以朝鲜烈士遗孤为主人公，《重庆大轰炸》讲述战后对日索赔事件和日本友人的帮助，则是基于创作者在相关调查中的发现。哈金、严歌苓、张翎、袁劲梅、郑洪等海外华人作家关注中国抗战史本身，就是源于跨文化语境的现实生活感触，他们对建构国际互助性情节具有更充分的理性自觉。科学家郑洪在《南京不哭》中虚构一条美国科学家约翰帮助中国进行军事科研、从而亲历南京大屠杀的情节线索；《金陵十三钗》在国际色彩鲜明的基督教堂和外国神父的参与中，来展开南京风尘女子的侠义故事；《南京安魂曲》以美国人明妮·魏特林在日军暴行中救助中国百姓为叙事中心。所有这一切，实际上都是创作者历史感知视野国际化的具体表现。

不少作家以此为基础，还形成了借国际互助事件重塑“中国战时形象”的审美意图。在全球化日益深入的文化语境中，中国的国际形象问题越来越受到重视。20世纪中国支撑起了“二战”东方主战场的抗日战争，则成为一种面向世界重塑中国形象的优质历史与文化资源。但是，中国抗战形象的崇高性并不具备广泛的国际认同度。张新科留学德国时，就“深感西方对中国人在国际主义胸襟，人道主义情怀，对人性的悲悯关爱等诸方面微词颇多”，认为“中国军民只是为自己而战”，“不是一个有大爱的民族”①，所以，他“一直希望寻找一种东西方之间均能接受的‘载体’，希藉此‘载体’于无声处来呈现中华民族大爱、大仁、大义的民族本性”②。1995年，张新科“无意间从一张德文报纸的夹缝中看到了……二战期间的中国上海收留近三万名犹太人的事实”，于是“心底激起了巨大浪花”，觉得以这种中国国际救助的历史事实为基

① 郑晋鸣、陆金玉：《一位大学校长的〈远东来信〉》，《光明日报》2014年12月11日。

② 高秀川：《〈远东来信〉：另一种救赎》，《中华读书报》2015年3月4日。

础,可以有效地将思想意图落到文本叙事建构的实处,“为自己的民族发声了”,进而历时18年进行《远东来信》的酝酿和创作。张新科“只有一个想法,就是让全世界都知道,在二战期间,中国人民在自己遭受日本侵略者迫害和屠杀的时候,还在无私地庇护着大批的犹太难民”①,中国百姓以仁爱之心舍命保护犹太战争孤儿的《远东来信》,正是这种思想意图的艺术结晶。《极地天使》《盖世太保枪口下的中国女人》等作品,都以展现中国民众在反法西斯战争中对世界各国军民的救助恩情为艺术旨归。由此可见,从最具精神沟通效应的国际互助故事出发来塑造“中国战时形象”,已经成为许多创作者呼应时代文化需求、建构中国战时形象的一种重要路径和手段。

二

当代抗战文学作为一种历史题材性质的创作,必须以历史真实为基础,但历史真实本身就存在着丰富的侧面和复杂的层次,可从各不相同的维度进行解读,进而形成不同的文本意义建构。中国抗战史的国际互助因素就可具体分为军事合作与民间救助两个方面。国际军事合作方面,既有苏联空军志愿兵和苏联红军出兵东北,也有中美联合航空飞行队,还有中国远征军在印缅战场与英美军队复杂的联合作战,周恩来在1963年6月陪同朝鲜访华官员时甚至表示:“东北抗联实际上是中朝两国人民的联合军”②。国际民间救助方面,既有南京大屠杀中国际友人对中国无辜百姓的保护,也有加拿大医生白求恩、国际共产党人的援华医疗队、美国记者白璧德等各类国际专家对中国抗日阵营的助力;既有中国民众对山东潍县侨民集中营、沈阳盟军战俘营受难者的帮助,也有根据地军民有组织的、敌占区军民自发形成的救护美国跳伞航空兵的举动;还包括何凤山、钱秀玲对德国侵略者铁蹄下的犹太人的保护;更多的民

① 郑晋鸣、陆金玉:《一位大学校长的〈远东来信〉》,《光明日报》2014年12月11日。

② 韩光:《注意研究东北抗联历史问题》,陆毅主编《韩光党史工作文集》,中央文献出版社1997年版,第65页。

间救助故事则散落在历史的长河中。作为敌对阵营的日本和中国,在战争对垒关系之外也存在着民众相互救助、共同抵御和疗治战争创伤的历史关联,日本反战同盟的斗争生活和日本战争遗孤在中国的战后命运就是典型的例证。

在这样的历史事实的背景下,新世纪的国际互助题材抗战小说主要出现了四种类型。一,融入国际民间救助的情节线索,来表现中国的战争灾难事件。《南京安魂曲》《金陵十三钗》和《南京不哭》对南京大屠杀的书写中,都存在国际友人救助中国受难百姓和见证日军屠城罪恶的线索。《重庆之眼》和《太阳底下》体察重庆大轰炸和南京大屠杀所造成的惨重灾难与深远影响,也存在日本平民从行为和精神上帮助中国百姓的情节。《劳燕》则以中美对待中国平民战争创伤的不同态度和方式为着眼点,来展开文本意义建构。二,以美军飞行员和特种兵为中心,来展开对中美军事合作故事的挖掘。朱定的《中国伞兵突击队》描述了中国学生兵李成以译员身份加入美国伞兵突击队,神出鬼没、九死一生地深入敌占区搜集情报的故事。《疯狂的榛子》《美国来鹰》以中国时尚姑娘与中美联合航空队飞行员惊世骇俗、热烈癫狂的爱情故事为线索,来呈现中美军事合作过程的战斗情谊与价值观传播。三,表现中国百姓舍身救助世界大战灾难中的外国难民的故事。从《远东来信》中河南百姓救护流落中国的犹太孤儿,到《极地天使》中各方民众齐心协力帮助集中营的国际难民,再到《盖世太保枪口下的中国女人》中远在比利时的中国女性金玲利用特殊关系救护当地民众,都表现出这一特征。四,书写日本战俘和遗孤的中国命运故事。《日本八路》《大遣返》着重描述在中国军民帮助下日军内部的分裂和反战行为;《音乐会》《乙卯年雨雪》主要揭示日军战俘在与中国人的互动、互助过程中精神的矛盾与人性的蜕变。《小姨多鹤》《中国爹娘》等作品,表现了日本战争遗孤在战后融入中国家庭时的独特遭遇和身心命运。

从历史与文学对照的视野中我们可以发现,国际互助题材抗战小说存在以下几方面的侧重与遮蔽。首先,创作者发掘和叙述的大多是中美之间的故事,中朝、中苏、中印、中英、中缅合作的故事相当匮乏。就笔者阅读视野所及,这类题材只有《音乐会》一部作品。其次，创作者侧重于讲述各种民间救助故事，或是从民众视角来展开军事合作叙事，对军事合作的正面表现甚为少见。从《南京安魂曲》《金陵十三钗》到《极地天使》《远东来信》，都聚焦战难事件中的普通百姓命运和国际救助故事。《疯狂的榛子》《美国来鹰》等作品反映军事合作，也以军民爱情故事为中心侧面表现，只有《中国伞兵突击队》正面展开了军队基层的合作战斗行为。描述日本军人反战故事的只有一部《日本八路》，表现侵华士兵或来华百姓与中国军民在两军对垒之外交往状况的作品，则有《中国爹娘》《小姨多鹤》《太阳底下》《乙卯年雨雪》《大遣返》等多部作品。再次，创作者在描述国际救助故事时，往往伴随着对救助者文化观念乃至宗教背景的赞赏与推崇，政治意识形态方面的力量与作用却被淡化处理。在《极地天使》中，国际国内的各种政治、军事力量，都作为民间救助的后盾而存在；《南京安魂曲》渲染基督教精神，《远东来信》推崇和强化中国民间的仁义品格，均显出一种关注救助者民间文化基础的倾向。

国际互助题材抗战小说赢得国际认同和跨文化接受的意义建构路径，正是建立在这样一种侧重与遮蔽并存的历史认知策略之上。

三

从这种侧重与遮蔽并存的历史认知策略出发，国际互助题材抗战小说形成了特色鲜明的文本意义模式。

首先，国际互助题材抗战小说从“人本”“贵生”的思想观念和“同情”“关怀”的行为立场出发，将战争灾难置于一种国际救助的叙事框架中来表现，在谴责战争罪恶的同时，着意彰显施救主人公的人格之美，鲜明地表现出一种人道主义的思想立场。

作品主人公的种种赞誉性称呼就具有这种特征。从《南京安魂曲》的“慈悲女神”明妮，到《极地天使》的“极地天使”苗雨欣，再到《盖世太保枪口下的中国女人》的“比利时母亲”“国际英雄”金玲和《中国爹娘》《远东来信》的“中国爹娘”,无不显示出一种将救助者人格“神性”化、完美化的倾向。创作者还着力描述了人道救助的难度,以强化救助者的人格之美。《南京安魂曲》《南京不哭》表现救助者在日寇铁蹄下的冒险,《远东来信》《中国爹娘》描述救助者在灾难与贫困中的受苦,都属于这类笔墨。《极地天使》的苗雨欣和《中国爹娘》的杜鹃都有被日军强奸的经历,创作者以此来增添救助者忍辱负重的精神崇高性;《金陵十三钗》的“妓女捐躯”情节,更将救助行为从一般性的德行强化到了宗教圣者“以身饲虎”解救他人的境界。救助者的人格之美,也表现在对侵略者阵营“非对垒”状态的人物所秉持的人道态度上。《乙卯年雨雪》的中国乡民虽然不断地矛盾和纠结,但从战斗者祝典奕到老者左太乙,源于各种细微的认同与怜悯之心,始终未杀身无武器的日军女俘武田千鹤子,后来甚至对其进行了保护性藏匿;《极地天使》的苗雨欣对强奸她的日本军官山本正浩恨不得千刀万剐,对山本正浩年幼的儿子山本太郎却表现出慈母般的爱护之心,最后山本正浩决定父子同时自杀,她还坚决地将山本太郎救了出来。《重庆之眼》和《太阳底下》描述日本平民决心以一己之身为本民族的侵略暴行赎罪和忏悔,更借助无力实施人道者的负疚心理,反证出人道主义价值观所获得的深广认同。

其次,国际互助题材抗战小说超越二元对立的战争功利思维,以人性蜕变揭示的思想眼光来探究“人”在战争困境中的特殊存在状态,表现出一种跨越国族经验的人类自我反省意识。这种文本意义建构主要存在于牵涉日军战俘的情节模式中,《音乐会》的人性异化揭示、《乙卯年雨雪》的人性复苏探究堪称典型例证。

在《音乐会》中,作者描述日军用狼狗将金英子弟弟英男活活咬死、将抗联女战士秋姑一块块撕碎,表现他们与“滔滔滚滚逆流而上的灰黄色波涛”一般的狼群整整三天的疯狂血战,充分展示了侵略者比猛兽更凶残的人性特征。作者也毫不避讳地表现了抗联战士因血海深仇而滋生的原始兽性。英雄汪大海目睹妻子秋姑被日军的狼狗撕碎,为发泄内心的愤怒与仇恨,竟活剥了一只

“浑身上下刮风般地打着寒颤”“凄惨地号叫着”的幼狼,还想尽办法活捉了一名日军士兵,打算“用杀死幼狼的办法来杀死”他。与此同时,作品又强有力地表现了人道的存在和人性拯救的可能。金英子实在受不了狼谷中人杀狼、狼吃人的惨烈,在同一只公狼的血拼中救下了企图逃跑的战俘松下浩二,与松下浩二共同经历了日军的追杀和恶狼的噬咬,最终“认敌作弟”、获得了情感的融通,并与母狼“花花”结下了值得信赖的友谊,从而体现出人道的力量和人性的光芒。对于战争环境中人性异化的无法避免和难以修复,作者也进行了沉痛的揭示。攻下狼谷的密营后,日军在火堆里烤吃了女抗联战士安福顺、卞霞和母狼“花花”一家,金英子在生下的儿子死后就疯了,“见啥吃啥”,“我不知道那些日子里我是不是也吃了他们丢在火堆里的那些半生不熟的东西”,很可能“我吃过亲人们的肉,吃过‘花花’的肉”,她“一辈子难受的就是这个”,因为“我到底还是被他们——日本人——变成了吃人的野兽”。而且,金英子本来向往着去音乐学院学习、开一场美妙的音乐会,置身残酷的战场后,却心智扭曲,在各种战斗场景中无数次“幻听”到了音乐会;战后真正进入音乐学院时,音乐课的曲子却又总是变成了铺天盖地而来的战场上的惨叫、呼喊、枪声与狼嗥。这种“幻听”的病症甚至终生都无法去除,战争创伤导致人性扭曲的长久和深远于此可见一斑。通过这层次丰富的描写,创作者“战争对双方来说都是悲剧”①的历史认知就充分表达出来。

《乙卯年雨雪》在中日长沙会战的宏大背景下,细致地描述了一对遭受蒙蔽而误解中国的日军夫妻,他们在战斗过程中对中国善良百姓的逐渐了解和人性的逐渐复苏,又从另一侧面展现了作者探索战争人性的审美眼光。

再次,创作者还通过历史审视战后思维和情节叙述纪实倾向有机融合的方式,将人性审视和人道立场推进到了彻底否定战争暴力、关注战争创伤终极

① 朱向前、徐艺嘉:《山重水复照眼明——新世纪军旅文艺一瞥》,《艺术评论》2011 年第 8 期。

解决之途的层面，力图建构起一种“历史的证言”①性质的审美品格。

以人性、人道眼光审视战争的最终价值指向，是人类的和平状态和人间的正常生活，国际互助题材抗战小说以此为基点，将关注视野延伸到了战争创伤的战后解决状态。从《南京安魂曲》的“尾声”交代明妮自杀结局和战犯审判结果，到《极地天使》披露“天使”苗雨欣最终远嫁英国，再到《劳燕》表现阿燕在身心创痛中重生；从《疯狂的榛子》揭示当代社会的战争文化遗患，到《小姨多鹤》体察家庭内部的中日关系磨合，再到《重庆之眼》书写重庆大轰炸的战后对日索赔，创作者从战后生活的历史空间，全面展现出战争罪恶与创伤的延伸状态和未了结局。《劳燕》推崇宗教对主人公疗治创伤、安身立命的有力，《南京安魂曲》揭示宗教面对人间罪恶的无奈；《疯狂的榛子》批判文化的痼疾，《小姨多鹤》展现生活的强大，都与创作者探究战争创伤的终极解决之途密不可分。《音乐会》强化“音乐会”与残酷战争之间的反差，《疯狂的榛子》渲染美国航空兵在作战中看到日本飞行员金牙与内裤的恶心感，则从“平时伦理”和“战时伦理”对比的角度，表达出对战争暴力彻底否定的态度。

国际性题材抗战小说还以纪实性的叙事品格，有效地夯实了主体认知的历史基础。《盖世太保枪口下的中国女人》和《南京安魂曲》都存在人物形象及其人道义举的历史原型；《南京安魂曲》还因“主要细节基本都在历史资料中出现”②过，而显示出一种“纪录片般的真实感”③。《重庆之眼》将重庆历史上重要的大轰炸事件、文艺界的“文化抗战”景观和大轰炸受害人的对日索赔案，都融化在故事情节中严格地“实录”。《音乐会》描述战争的凶残与兽性充满传奇色彩，作者的创作灵感却来自一位抗联老战士的真实讲述，“老人用苍老的声音回忆起日本人是怎么在一次成功袭击抗联营地后将和她年龄大小相

---

① 范稳：《重庆之眼》，《人民文学》2017 年第 3 期。

② 哈金、傅小平：《文学最高的成就在深入人心——关于哈金长篇小说〈南京安魂曲〉的对谈》，《黄河文学》2012 年第 2 期。

③ 余华：《我们的安魂曲》，哈金：《南京安魂曲》，江苏文艺出版社 2011 年版，第 3 页。

伤的一位抗联女战士的肉拿来烤着吃"[1]。就这样,创作者或直接采用纪实的笔调,或即使情感激越也以确凿的历史事实为基础,一种"历史的证言"性质的、既真实可靠而又令人警醒的艺术力量就由此形成。

国际互助题材抗战小说从人道主义立场出发,来展开对战争创伤和战争人性的书写,形成"历史的证言"性质的审美品格,其中所体现的实际上是西方文艺复兴以来的人文主义思想。所以,国际性题材抗战小说试图融入世界话语体系,其实是融入西方人文话语的意义框架和价值视野,由此形成的文本意义建构,则体现了中国抗战史叙事从战争功利话语向战争人文话语的历史转型。

四

中国的抗日战争是一种以民族国家为本位的重大历史事件,重述抗战史也就和重构中国战时形象紧密相关。历史上的中国抗日战争既是一场浴血奋战、前仆后继的民族反侵略斗争,又是一次从不断失败和退却到苦苦相持、却谈不上强有力战略反攻的全国性军事行为,还是一种在因袭沉重、积弱积贫而内部矛盾尖锐的状态中出现的中外文化碰撞,所以,这场战争所形成的中国战时形象必然既蕴涵复杂、又具有极大的可塑性。

以抗战史国际性因素为叙事中心的文学创作内部,在中国现当代文学史上也差异极大。抗战时期,创作者都以国际性因素叙事服务于救亡的时代总目标。萧军的《八月的乡村》和巴金"抗战三部曲"《火》的第一部表现中朝联合对敌,老舍的《四世同堂》关注英国传教士和日本老太太的人道态度,徐訏的《风萧萧》描述"国际上海"的交游生活和梅瀛子、海伦等美国人的形象,谢冰莹的《梅子姑娘》、雨田的《罪》、碧野的《花子的哀怨》、王火的《天下樱花一

① 朱秀海:《发现和创造军旅文学独特的美——我写长篇小说〈音乐会〉及其他》,《解放军报》2015年10月31日。

样红》，和布德的《第三百零三个》《四层包围圈内的黑点》《手的故事》等一系列作品，揭示日本侵华官兵的精神痛苦和正义之心、反战投诚之举，徐迟的《一场糊涂》讲述西班牙马赛尔医生援华抗战却拖累于烦琐文件之中，舒群的《没有祖国的孩子》描写朝鲜亡国少年果里的身心创伤和刚强灵魂，都表现出这种特征。革命文化范畴的抗战史国际因素叙事，则着力讴歌国际共产主义阵营的英雄主义和国际主义精神。从周而复的长篇小说《白求恩大夫》和哈华的《浅野三郎》《回到金日成伯伯那里去》，到克扬与戈基合作的长篇小说《连心锁》，直到80年代初王火的《外国八路》和林滔的《哗变的"皇军"》，都属于这种思路。新时期以来的抗战史国际性因素叙事主要有两种类型。一是对在新的格局中对史实进行创新性呈现，周而复的《长城万里图》、李尔重的《新战争与和平》、黎汝清的《漠野烟尘》、罗先明的《远东战争风云》，都从世界反法西斯战争的整体格局着眼来展开叙述；张廷竹的《黑太阳》《酋长营》《支那河》《落日困惑》，揭示了中国远征军在印缅战场的悲壮历史。二是从人性的角度颠覆和解构"日本鬼子"脸谱化、模式化的传统形象。尤凤伟《生命通道》的高田军医在参与枪杀的过程中，又对中国人实施着保护和救治的"生命通道"计划；孙少山的《要塞》中，毕业于东京土木工程学院的山田建造东亚最大的要塞并抗拒到底，竟为了实现个人"生存价值"。这种种描写，都为了从不同角度体现日本兵的内在复杂性。

新世纪的国际互助题材抗战小说转而从人性、人道主义的思想观念出发观察和描述中国抗战史，中国战时形象也随之发生重要改变，出现了新的意义维度。

其一，国际互助题材抗战小说建立在日军人道罪行和中国战争灾难的背景下，中国战争苦难的历史蕴涵得到了有力的丰富与强化。

南京大屠杀题材的作品，都存在一个国际救助者、中国协助者和无辜受难者的人物关系模式。《南京安魂曲》的美国女传教士明妮、中国助手高安玲和玉兰、本顺、大刘、美燕等受难者，《金陵十三钗》的英格曼神父、舍己救人的玉墨等“金陵十三钗”和书娟等被救学生,《南京不哭》的美国科学家温思策、中国科学家任克文和大屠杀受难者陈梅,均是如此。

在这三类人物中,受难者的灭顶之灾和身心痛苦毋庸赘言,其背后所体现的是30万中国平民被屠杀的重大国难事件。国际友人作为中国受难百姓的救助者和日军屠杀、抢劫、奸淫等暴行的见证人,同样承受着生命的威胁和精神的痛苦。《南京安魂曲》的明妮本是挽救了众多中国难民性命的救助者,自己却在战后精神崩溃、走上了自杀之路,其中就强烈地表现出日军野蛮大屠杀对基督教世界精神信仰的动摇。中国的救援协助者兼具人道英雄和罪恶见证者的特征,高安玲是明妮实施人道救助的得力助手,玉墨在更孱弱的女学生即将惨遭凌辱时挺身而出,她们最后又都以“证人”姿态坐在了侵略罪行审判的军事法庭上。但这样的人物同样具有浓重的悲剧色彩。高安玲作为受害国的出庭证人来到日本,却无法与日本儿媳怀中的孙子正常相认;玉墨虽然有幸从侵略者手中逃脱,最后却毁容而面目全非。

所以,不管是蒙难者、幸存者还是国际人道救助者,实际上都承受着侵略罪行所带来的深重灾难,中国战争苦难的历史蕴涵之深广由此充分体现出来。

其二,国际互助题材抗战小说描述中国百姓在战乱环境中对他国难民和日本战俘遗孤的救助,有力地表现了中国军民无私对待战争受难者和牺牲品的仁爱精神、道义品格。

《盖世太保枪口下的中国女人》《极地天使》和《远东来信》,都以中国百姓保护法西斯恐怖统治下的他国难民为题材。《远东来信》中的穷苦百姓救护流落中国的犹太孤儿,典型地体现了中国百姓含辛茹苦而不弃仁义之心的民族品德。河南上蔡别津村的百姓对犹太孤儿雷奥处于完全陌生的状态,初见这个据说是毒太阳晒卷了头发、海风吹陷了眼球和掀翘了鼻梁、空气中的盐分腌白了脸蛋的远乡人时,乡亲们甚至惊呼为“鬼”。但他们或者基于对雷奥家“滴水之恩,涌泉相报”的友情,或者始于对亲戚的承诺,或者源于对丈夫的支持和对“可怜娃儿”的疼爱,或者是担心雷奥有闪失则这一家“绝了后”,就以血缘和乡缘为纽带，当仁不让地形成了从中国上海到河南的救助链条，在濒临死亡边缘的穷苦、屈辱的泪水和无名的牺牲中，一环接一环地保护和温暖着这异国的弱者。作品以谢东泓从中国到欧洲对雷奥 8 封书信进行“文本分析、实地调研”的过程涵盖全篇，则从“二战”史国际关系的高度，把这孤立的民间救助故事升华到了战难环境里国际人道恩情的层面，“道义中国”的形象于是成功地建构起来。

描述日本战俘和遗孤中国命运的作品，则从另一层面表现了中国军民正义与人道兼具的人格形象。《中国爹娘》的中国母亲杜鹃抚养日本遗孤小河清水所体现的挚爱与责任，《小姨多鹤》的原配妻子小环对作为传宗接代“工具”的多鹤在复杂情感中的体谅与维护，都体现出中国劳动妇女粗粝中饱含宽厚与仁慈的美德。《乙卯年雨雪》中武田千鹤子态度的转变和武田修宏人性的复苏，最重要的原因都是中国百姓仁德之举和怜悯之心的人格感召。《大遣返》中，战败后的日本政府任由百万东北“开拓团”的难民自生自灭，中国军民却克服种种苦难和危险，承担起将他们遣返回国的国际人道使命。不甘心失败的日军还不断进行报复性破坏，战犯青山重夫为实施“山里的樱花”潜伏计划，甚至不惜用自己女儿的生命作为交换的筹码。两相对比，中国民族精神的道义品格更有力地凸显出来。

国际互助题材抗战小说的这种种审美开拓，改变了中国抗战文学以战争功利追求者、复仇的强者和精神成长者为核心的“英雄中国”审美传统，呈现了众多抗战史英雄叙事所遮蔽的历史真相和文化隐秘，揭示了反侵略战争中隐含的“落后就要挨打”的历史规律和忍辱负重、厚德载物的民族文化精神，从而拓展了中国抗战文学的话语空间与意义维度，显示出重要的民族历史认知价值。

五

从根本性质上看，国际互助因素是一种“边缘性”的历史资源。一方面，国际互助因素虽然历史文化意味别具一格，但在中国抗战史的整体格局中并不具备完整的历史地理形态，只是一些远离主流的小概率事件，时空涉及面相当开阔，在“正史”叙事中却属于几笔带过的内容。另一方面，在世界反法西斯战争的全局中，尽管中国的抗日战争具有不可取代的历史地位，但在西方社会的视域中，依然存在着欧洲中心论的片面认知，中国的抗日战争与世界全局的丰富联系并未获得应有的地位。所以，国际互助因素实际上是国内、国际两类历史事件“异质共生”所形成的“边缘效应”的产物。

所谓“边缘”，在日常生活中主要指远离中心的周边、临界地带。现代人文科学的“边缘文化”概念，一是移植国际生物学界的“多样共生”思想和“边缘效应”理论，指代文化交流、互动所产生的“杂交文化”“共生文化”；二是与“主导社会的象征、价值和信仰的中心区域”①相对应的非主流文化。综合起来看，“边缘性”资源一方面因“多样共生”“异质共存”而具有信息含量丰富、富于价值活力的优长，在不同价值体系之间也更易交流和沟通；另一方面又因远离“中心”和“主流”，而可能出现以边缘取代中心、以特殊性遮蔽普遍性的偏失，还有可能为追求价值活力而过度推崇异质性的意义元素。国际互助题材抗战小说驻足历史“边缘”，发掘宏大历史叙事的“边角余料”来作为叙事的基础与意义的资源，创作者又怀有急切赢得国际性跨文化认同的心理期待，结果，文本审美建构虽然形成了新的价值视角和历史认知框架，却也不可避免地表现出诸多的价值偏失和认知局限。

首先，国际互助题材抗战小说普遍存在借鉴和模仿国际流行文艺作品的痕迹，历史认知原创性不够。

这种模仿和借鉴的痕迹随处可见。《极地天使》和《音乐会》以高龄女主人公历经沧桑后的“晚年回望”为重述往事的由头，《重庆之眼》以一场“旷世的爱情”为线索和中心来描述国难事件，都与曾轰动世界并在中国产生重要

---

① ［美］爱德华·希尔斯：《中心和边缘》。转引自李欧梵：《身处中国话语的边缘：边缘文化意义的个人思考》，《当代作家评论》2008 年第 1 期。

影响的美国灾难题材电影《泰坦尼克号》,表现出叙事模式的明显相似性。《远东来信》《疯狂的榛子》《金陵十三钗》《太阳底下》不约而同地以作品人物解读历史当事人的战时书信、日记和其他资料为基础虚构故事情节,则与电影《拉贝日记》以主人公的战时日记为叙事基础存在审美路径的一致性。哈金是在“看张纯如的书以后知道有一批美国传教士也介入这个事情,又读了台湾人胡华玲女士写的一本魏特林传记。真正开始想小说怎么写”①,这就是说,张纯如的《南京大屠杀:第二次世界大战中被遗忘的大浩劫》既是哈金书写南京大屠杀惨案的直接动因,还是他以明妮为作品主人公的题材来源。《音乐会》被称为“中国版的《拯救大兵瑞恩》”,《盖世太保枪口下的中国女人》《远东来信》《极地天使》被赞为“中国版的《辛德勒的名单》”,则堪称“国际版”与“中国版”之间存在核心意义关联的有力证明。虽然启发和借鉴属于文化创造中的正常现象,从文学个案的角度看无可厚非,但某一类创作中普遍存在借鉴乃至深层次模仿的痕迹,体现的就显然是审美原创力的整体性匮乏了。

其次,国际互助题材抗战小说囿于国际性因素的历史视野,难以充分展开中国抗战史的主流形态与核心特征。

以国际互助因素为中心表现南京大屠杀就存在这种局限性。在整个南京大屠杀惨案中,国际互助因素毕竟只是个别性的事件,也处于相当逼仄的空间,从这种限制性极大的历史观察视角出发,文本审美建构的历史蕴涵丰厚度必然大受局限。不管是《南京安魂曲》《金陵十三钗》还是《南京不死》,在展现屠杀惨状和人道光辉方面虽然真切而细致,但既对南京大屠杀事件更丰富的事实、更主流的真相未作多层次、多侧面的探究与描述,又对大屠杀施暴者的形象缺乏有力的刻画,甚至存在日军形象“只构成一种背景”②的缺陷,艺术

---

① 朱又可:《哈金:“就是把事情讲清楚”——〈南京安魂曲〉的逻辑》,《南方周末》2011 年 11 月 24 日。

② 贺绍俊:《〈金陵十三钗〉:血与火的一次宗教式洗礼》,《海南日报》2011 年 6 月 13 日。

谴责的力度自然会大打折扣。

再次，某些国际互助题材抗战小说的文本意义建构，还表现出人性逻辑建构与历史事实基础脱节乃至背离的现象。

《乙卯年雨雪》以中日豫湘桂战役为背景，希望从中“看到战争的本质，看到战争对人类的伤害”①，力图深化战争叙事的意图相当明显。作者却采用偶然事件的叙事策略，将日军武田夫妇的命运剥离到洞庭湖区的乡野民间来展开，武田夫妻的精神觉醒就与整个战役的进程脱离开来。作品所揭示的也就只能是被战争裹挟而本性向善的日军底层士兵的个体心理演变，而非豫湘桂战役时期日本侵略军的人性整体格局和普遍状态。历史上的豫湘桂战役中国军队大溃败，小说中的武田夫妇却被中国百姓的善行与道义所折服，二者之间在意义指向层面显然背道而驰。实际上，战争暴力的逻辑大大超出了普通百姓和个体人性的范畴，拘囿于此既不可能透彻地解释一场世界大战的诸多原委与复杂性，也难以透彻地“看到战争的本质”。孤立和盲目地对施暴者进行人性化书写，还有可能导致罪恶的虚化和仇恨的转换，在“看到战争对人类的伤害”方面也难以切中肯綮。作者在《后记》中叙述日军制造岳阳“营田惨案”时义愤填膺、笔笔血泪，深入小说文本我们却找不到可予切齿痛恨的对象，根本原因就在于此。如果对比现代著名作家田汉《战后营田凭吊》的诗句“敌暴若豺虎，血爪及牛羊。至今沙滩上，随处皆骨肠”和“切齿东洋鬼，誓与之偕亡”②，我们对此当会形成更为鲜明的感受。所以，历史基础有欠宽广和深厚、历史认知难以融会贯通的局限，在《乙卯年雨雪》中是相当明显的。

国际互助题材抗战小说以书写历史证言的姿态，呈现的却是人文慨叹的意味，力图在世界性意义平台庄严地“述史”，实际形成的却是一种战争人性的“传奇”和国际互助的“佳话”，由此达成的审美效应也就只能是人文意义大

---

① 熊育群：《乙卯年雨雪·后记》，《乙卯年雨雪》，花城出版社2016年版，第387页。

② 田汉：《战后营田凭吊》。转引自《乙卯年雨雪·后记》，熊育群：《乙卯年雨雪》，花城出版社2016年版，第372页。

于历史意义、国际传播意义大于历史认知深度。

第二节　新移民作家抗战史叙事的伦理困境建构与文化褒贬倾向

在中国文学与文化走向全球化的历史进程中，抗战题材文学创作相应地表现出一种从民族国家本位向国际化意义诉求转换的审美意识，努力融入世界反法西斯文学话语的意义平台，成为诸多创作者迫切的心理期待。但在审美追求的过程中，也出现了某些刻意追求国际性认同、却忽视民族历史文化独特性的审美倾向。对此，很有从抗战题材文学创作国际化诉求的总体趋势中抽离出来进行专题探讨的必要。

新移民作家的抗战史叙事就较为明显地表现出这种审美倾向。新世纪以来，抗战史叙事成为新移民作家普遍关注的题材领域，而且他们的作品一经推出，往往就广受赞誉和推崇。从严歌苓的《金陵十三钗》和《小姨多鹤》、袁劲梅的《疯狂的榛子》到哈金的《南京安魂曲》、张翎的《劳燕》，都是如此。他们展开抗战史叙事的基本特点，是在一种国际化的视野中建构战争灾难叙事和人道救助话语。还普遍存在一种以伦理困境为核心、以文化与文明比较为方向的文本意义建构。审美认知的偏失就隐藏于这种选择与建构之中。

一

新移民作家抗战史叙事的题材背景，都是曾长期被遮蔽或忽略的重要史实。《南京安魂曲》和《金陵十三钗》关注南京大屠杀事件，《疯狂的榛子》探究中美联合航空军的战斗生活，《劳燕》发掘温州中美特种技术训练营的秘史，《小姨多鹤》关涉“大日本满洲开拓团”在日军战败后的结局。这些历史事件给人以耳目一新之感，也确实引起了作家历史探索的兴趣。袁劲梅创作《疯狂的榛子》之前，从飞虎队进入中缅印战区到二战结束，“看了上百本回忆

1942—1945年中国战场空中战事的书"①。哈金创作《南京安魂曲》之前，每年都去看美国的南京大屠杀纪念会，"慢慢地就成一块心病了，老想这些事"②。严歌苓也经常参加美国华人社区和中国国内的南京大屠杀事件纪念活动，"在参观一个个大屠杀刑场时，感到非得为这个历史大悲剧写一个作品"③，《金陵十三钗》由此形成。张翎创作《劳燕》时，曾专程探访温州玉壶的中美特种技术训练营，展开过深入细致的田野调查工作。④ 完全可以说，他们的创作初衷都具有精神的庄严感和对待历史的严肃性。

不过，以纪实性笔调还原鲜为人知的历史事件本身并非新移民作家的审美旨归，他们共同的审美思路，其实是以之为背景建构一个带有国际性元素、国际化色彩的传奇故事，来讲述侵略的灾难、战争的创伤和人道的光辉。在《劳燕》中，温州玉壶的"中美特种技术合作史"只是引导人物活动、推动情节建构的叙事背景，阿燕遭受日军凌辱的身心创伤及其救治与修复，才是故事情节的主要内容。《疯狂的榛子》书写了不少中美联合航空队官兵战斗、生活的场景，作品的主干情节却是中国航空兵范笳河与富家小姐舒暖因战争而分离、因政治而分手的爱情悲剧。在《小姨多鹤》中，"大日本满洲开拓团"在日军战败后的结局只是作品的序曲，故事情节的主体实为日本战争遗孤多鹤在战后中国的悲剧命运和人性表现。《南京安魂曲》既揭露南京大屠杀的历史真相，又浓墨重彩地展现了明妮、高安玲因大屠杀惨案而形成的精神创伤和心理困苦。总之，新移民作家抗战史叙事的艺术着眼点在于"反思人性，反思人造的灾难和灾难踩在人心上留下的脚印"⑤，无辜百姓如何承受战争灾难与身心创伤才是作家审美关注的焦点。

---

① 袁劲梅：《〈疯狂的榛子〉创作谈》，《南方文坛》2016年第4期。

② 朱又可：《哈金："就是把事情讲清楚"——〈南京安魂曲〉的逻辑》，《南方周末》2011年11月24日。

③ 严歌苓：《悲惨而绚烂的牺牲》，《当代·长篇小说选刊》2011年第4期。

④ 张翎：《通往玉壶的路》，《名作欣赏》2018年第1期。

⑤ 袁劲梅：《〈疯狂的榛子〉创作谈》，《南方文坛》2016年第4期。

在表现这种灾难与创伤的过程中,新移民作家普遍设计了一个跨国族的人物关系架构和人道救助故事。《南京安魂曲》以美国"慈悲女神"明妮和中国女士高安玲的人道救助故事为中心;《劳燕》中,美国牧师比利、美国军人伊恩对受辱女性阿燕的身心救助成为作品的审美重心;《金陵十三钗》描述南京大屠杀事件中妓女舍身保护女学生,也以美国神父英格曼作为参与者和见证人;《疯狂的榛子》中,则是美军的飞行员丹尼斯、怀尔特成了范笳河的战斗伙伴和精神引路人。

经过这一系列故事情节层面的审美建构,新移民作家就既建构起谴责侵略罪恶、关怀战争创伤的人道主义话语,又达成了一种国际化言说、跨国度共同见证的审美姿态。在新世纪文学语境中,这种审美思路被解读为在民族经验与国际经验相融合的视野中反思战争灾难,并作为融入"二战"世界话语格局的有效路径来加以推崇。《小姨多鹤》的封底宣传语中,称赞该作品具有"跨国作家的辽阔视野",属于"意蕴丰盛迷人、襟怀爽朗阔气的稀世之作"。[①]《人民文学》杂志发表《疯狂的榛子》时,也推崇该作品聚焦"世界情境之下的国史与人学",展现了"从国际阵营起始又到地球村渐大的历史进程","至少是具备了杰作的涵养"。[②] 于是一时之间,新移民作家的抗战史叙事似乎代表了中国抗战文学卓有发展前景的审美创造新方向。

二

我们进一步深入考察文本审美建构即可发现,新移民作家在抗战史叙事中追求国际性认同的内在意义路径,实际上是建构一种由战争灾难导致的伦理困境,进而揭示中西方文化面对这种伦理困境的不同态度和中国文化传统所导致的种种次生灾难。从理论层面看,人类的伦理文化作为处理人与人之间、人与社会和国家之间关系和行为的规范,既包括人际行为事实如何的规

① 见《小姨多鹤》封底语,严歌苓:《小姨多鹤》,作家文学出版社 2016 年版。

② 编者:《卷首》,《人民文学》2015 年第 11 期。

律、“实然状态”，又包括人际行为应该如何的规范、“应然状态”，在战争带来的灾难性后果中，正常的伦理规范和原则往往会遭到毁灭性破坏，从而导致各种“实然状态”与“应然状态”相矛盾和背离的伦理困境。揭示这种伦理困境无疑有利于深化对战争灾难的审美认知，但如何进行具体的阐释和解读所体现的，却是审美主体的思想价值观。新移民作家抗战史叙事在对伦理困境的审美解读中，通过对比性地书写中西文化与文明的不同态度而鲜明地体现出来的，其实是一种批判中国文明与文化、推崇西方文化价值观的思想倾向。

《劳燕》的审美重心，是以阿燕被日军强奸所导致的处女贞洁困境为中心而展开中西文化对比。一方面是对中国伦理传统和国民劣根性的揭露。阿燕受辱后回到村里，不少人偷偷地指指点点，半大不小的孩子们总是追着喊“脱裤子！脱裤子!”癞痢头不仅在阿燕出门砍柴时糟蹋了她，还堵着门骂“日本人做过的贱货，还装什么清白”。种种相关描写充分展示了卑劣民风对战争灾难“伤口抹盐”的后果。作品更沉痛的笔墨集中在对刘兆虎和鼻涕虫形象的描述上。曾青梅竹马的未婚夫刘兆虎接受过先进思想观念的洗礼，也能怀抱国恨家仇勇敢地投身抗日军营，却不能突破传统贞洁观念的束缚娶阿燕为妻。鼻涕虫身为“中美特种技术训练营”的学员，却怀着与癞痢头一样的心理企图强奸阿燕；在遭遇几乎被枪毙的惩罚之后，还是这个鼻涕虫，又能英勇地为国捐躯。这两个思想意识和精神品格均具可敬佩之处的人物，伦理观念却都如此地封建和愚昧，中国文化与文明的落后性就鲜明地体现出来。另一方面则是对西方宗教文化与爱情观念的认同和推崇。牧师比利在阿燕惨遭凌辱、生命垂危之际，源于基督教文化的人道精神对她进行了身心疗治，并授以医术，使阿燕走出命运深渊，获得了独立生活的勇气和技能。他对阿燕的爱恋未能言明，障碍也不在于中国人根深蒂固的处女贞洁问题，而在于人道信仰与自然欲望的矛盾，精神境界显得远比刘兆虎高贵。伊恩本是个过着轻松、快乐生活的美国青年，也有自己心爱的未婚妻。但战争强行切断了这一切，他应征入伍来到中国为另一个种族而战斗，以至未婚妻另嫁他人。当中国姑娘阿燕燃起了伊恩生命中风一样的爱恋时，他就自然而然地投入进去，给予了阿燕美好的爱情；当战争结束必须返回美国时，他在无可奈何的情况下又与阿燕自然地相忘于江湖。回到美国多年后，伊恩重新获得了与前女友结为夫妻的可能，他同样毫无障碍地付诸行动。这种潇洒的人生风度，鲜明地体现出一种文化层面的自由精神。通过这种种以阿燕处女贞洁问题为核心的对比性描述，中西文化与文明的优劣高下就有力地表现出来。

《疯狂的榛子》中范笳河与舒暖的爱情悲剧和人生命运，则属于国家伦理、战争文化规则与个人幸福、正常人性难以两全的伦理困境。作者从探寻喇叭、浪榛子等年青一代的人生创伤入手，将其源头追溯为范笳河、舒暖在现代中国的爱情悲剧和舒暖对分手原因的恐惧。舒暖与范笳河的正常人性愿望之所以得不到有力维护，根源则在于国家至上的战争伦理规范及其在和平时代的历史延续，“集体创伤以各种曲折的方式传给个体。有些个体一次又一次地承受灾难性创伤的重创”①。更值得关注之处在于，作者的这种思想发现是以西方文化为参照系而获得的。作品中存在众多体现西方文化价值特征的人物形象，包括战争年代的美军飞行员丹尼斯、怀尔特，和平年代的华裔移民、法学教授南嘉鱼，移民第二代芦笛和到中国寻找发财机会的军官生寇狄等。不仅喇叭、浪榛子等人探讨父辈人生影响的价值判断基础具有鲜明的西方文化背景，范笳河也是从美国航空兵战友朝夕相处、一言一行的熏陶中，接触到了迥异于中国传统的西方文化，才得以反思中国社会与文化的痼疾，进行抵抗人性异化、保持自我本真的自救，从而留下了展现自我精神人格另一面的《战事信札》。作者还直接以跳出中国文化拘囿的言说姿态指出，范笳河与舒暖的悲剧“不仅是一个美人落难的爱情故事，是历史，是社会，是特定社会结构制造出的人性悲剧”，这种“个人自由意志与集体冲突的传统悲剧”，“走过了三个时代和一个千年没变的社会结构”，其根源乃是中国的宗法制传统和基于

① ［德］加布丽埃·施瓦布：《文学、权利与主体》，陶家俊译，中国社会出版社 2011 年版，第 136 页。

宗法制的政治暴力,战争所起到的不过是推波助澜的作用,“战争的可怕,革命的残酷,宗法的压力,都在于:不尊重具体的人”,“保护宗族,保护等级,不保护弱小”。[①]通过这种思想逻辑层面的探寻和演绎,《疯狂的榛子》就从舒暖与范笳河的爱情悲剧出发,将个体本位的反战思维和集体主义负值批判,转化成了对中国历史上的宗法制传统、民族战争和阶级革命融为一体的全面否定,西方文化则体现出一种价值参照和意义奠基的功能。

《南京安魂曲》的后半部分,建构了一个人道救助者母亲因儿子服务于日本侵略军而面临的伦理困境。高安玲的儿子浩文留学时与日本女人结为夫妻,为维护小家庭的安全而“被强征入伍”。“对他来说,不想让亲家一家遭殃并没有错”,但“这桩婚姻似乎成了他的劫数”。[②] 也就是说,恰恰是正常伦理范畴中“善良、忠诚、平凡的天性,却注定了他的毁灭”[③],使得他“再也不能成为正常人了”[④]。甚至高安玲作为南京百姓受难的目击证人到日本战犯法庭出庭时,也不能与日本儿媳相认,因为“我现在代表全体遭到日军残害的南京妇女,根本不可能公然地对盈子和阿真认亲,那样做无异于自招大祸”[⑤]。作品追究这种民族伦理和个体血缘伦理之间对立的根源,仍然归结到中国的伦理文化,认为“什么事情一到中国就变得复杂了”[⑥]。作者还特意强化地描述出,每当高安玲痛苦、纠结而向美国基督教徒明妮倾诉时,明妮却总能表现出更体谅人性人情、更具个体自由精神的思想观念和价值立场。一种中西文化优劣对比的内在思路,由此充分表现出来。

严歌苓的《金陵十三钗》和《小姨多鹤》,实际上是将一个不属于战争直接后果的伦理困境,添加在战争灾难的叙事框架中,并以之作为情节展开的逻辑

① 袁劲梅:《〈疯狂的榛子〉创作谈》,《南方文坛》2016 年第 4 期。
② 哈金:《南京安魂曲》,江苏文艺出版社 2011 年版,第 145 页。
③ 哈金:《南京安魂曲》,江苏文艺出版社 2011 年版,第 243 页。
④ 哈金:《南京安魂曲》,江苏文艺出版社 2011 年版,第 145 页。
⑤ 哈金:《南京安魂曲》,江苏文艺出版社 2011 年版,第 294 页。
⑥ 哈金:《南京安魂曲》,江苏文艺出版社 2011 年版,第 213 页。

出发点。《金陵十三钗》将一个在战争灾难和女性凌辱面前保护弱小的事件，设计为妓女们舍身饲虎、保护一群女学生，就明显地移植、添加了一个伦理学层面的处女情结问题。《小姨多鹤》描述日本战争遗孤多鹤在中国的命运，拟构她与张俭、小环之间历时几十年都难以彻底解决的人生困境，则根本性地建立在“一夫一妻”“无后为大”等中国伦理原则的基础上。战败国日本的弱势女子被战胜国中国的强势男性所霸占，并作为实现女性生殖功能的工具来使用，创作者对中国文化与文明之落后性的内在贬斥又于此鲜明地体现出来。

通过对这种种伦理困境的建构和中西文化比较色彩鲜明的阐释，新移民作家的抗战史叙事就将叙述和谴责侵略者制造的战争灾难挪至次要地位，将揭示中国文明与文化才是战争创伤更深层的制造和推动者摆到了文本意义建构的核心位置。西方文化则不仅是中国文化落后面充分暴露的价值参照系，而且体现出战争灾难人道援助和战争创伤精神拯救的双重功能。相关作品的国际化视野和跨文化审美认同，正是建立在这种中西方文化与文明鲜明对比和强化中国文化落后性、西方文化优越感的基础之上。

三

新移民作家抗战史叙事的文化批判与文明比较话语之所以获得学术界的赞赏与推崇，关键在于从思想史线索的角度看具有五四启蒙文化的某些表面特征。但实际上，二者之间貌合神离、有着巨大的内在差异。五四启蒙话语的文化批判是为了引起疗救的注意、促进民族的自我更新；新移民作家的文化与文明比较却是为了迎合西方文化的东方想象以获得审美认同，本质上是一种借助启蒙文化逻辑的自我东方化。最为根本之处则在于，中国抗战史及其战争创伤疗治史有着不同于五四启蒙时代的历史文化特性，新移民作家并没有充分尊重和深入发掘其中的历史主流面貌和基本状况，往往只是以某个引人注目的抗战史事件为叙事因由，事实上却在以意为先地设计意义元素、选择叙事内容，来吻合启蒙话语逻辑和中西文化比较的思路。

《南京安魂曲》堪称新移民作家抗战史叙事中最具历史实感的作品。但在南京保卫战和南京大屠杀惨案中，国际人道援助不过是一种处于逼仄历史时空的个别性事件。《南京安魂曲》以此为叙事中心，核心用意在于展现屠杀的惨状和人道的光辉。其实，南京抗战史还存在着更主流的事实真相。但是，从南京保卫战始于誓死抵抗而终于被屠杀的历史演变，到守城队伍溃散后中国军人的自发抵抗和无辜平民更为复杂的生死存亡，再到那些并未被杀绝的幸存者在南京沦陷后的心灵感受和人格蜕变，所有这一切却都因观察视角的局限，而难以获得更深入的探究、更丰富的描述。所以，相对于历史事件的全局，《南京安魂曲》历史意蕴的深广、丰厚度其实是颇受局限的。

《小姨多鹤》与《劳燕》的审美建构，更明显表现出历史基础薄弱的特点。在日本全面侵略中国的 8 年时间内，几乎每一天都发生着成百上千起日军官兵强奸中国妇女的犯罪行为。在上海，仅青浦县从 1937 年 8 月至 1945 年 8 月，日军就奸污妇女 1540 人；在南京大屠杀不到 5 个星期时间内，被奸污的中国妇女就有 2 万多人；在浙江，日军 8 年间在汤溪县强奸妇女 1805 人，在龙游县强奸妇女 1820 人，在金华县仅 1942 年下半年就强奸妇女 1370 多人；在晋冀鲁豫边区，8 年间被日军强奸的中国妇女多达 36.3 万人。[①] 众多被日军凌辱而幸存下来的妇女中，绝大多数都是在民族内部的抚慰中化解伤痛、淡化屈辱。相较之下，《劳燕》将阿燕设计为受辱后被中国百姓所拒绝和继续糟践、却为美国军民所拯救，史实层面的标新立异无疑显得过于轻佻。日本战争遗孤居留中国，更多的是被老百姓作为儿女来收养，针对这种基本历史事实，《小姨多鹤》将日本女性多鹤设计为中国老百姓用作传宗接代的工具，实质上甚至隐含着某种对含悲忍辱中的中国百姓仁慈心理的亵渎。虽然创作者的审美重心不在于探究和还原历史本相，但以极具偶然性的历史边缘故事为基础，文本审美认知如何避免主观化、片面性的局限，如何具备事实依据的充分性和

① 参见卞修跃：《侵华日军反人道罪行研究》，团结出版社 2015 年版，第 94—97 页。

历史阐释的可靠性，就都不能不令人心生疑虑。

《疯狂的榛子》在揭露中国社会的宗法制传统及其弊端时，则直接表现出某种史实层面的主观随意性。作者以“范水人的‘忍’劲儿，能得诺贝尔‘忍受’奖”①，来表现中国社会种种弊端难以去除的文化心理基础，核心证据是“范水以出‘孝子’闻名”，为行“大孝”，“一家的长子要能孝到把自己的新媳妇让出去，给爹爹享用，还高高兴兴”。② 这种明显带有古希腊“初夜权”演化痕迹的宗法制陋俗，虽然在近现代的某些东南亚国家仍有遗存，但在中国到底是真实的存在还是主观的虚构，作者并无明确的界说，以之为依据来表现中国文化的落后、野蛮和悖逆人性，就难免以“伪民俗”论断文化的立论基础虚假之嫌。即使这种极端现象在20世纪中国大地的某个角落仍然存在，将其推导为中国文化的普遍特征，显然也属于以偏概全。实际上，中国民间社会普遍存在的风俗习惯，恰恰是对公公“扒灰”现象嗤之以鼻、从道德层面大加谴责的。所以，创作者的这种情节设计，明显地表现出一种为强化中国文化的落后性而罔顾历史实事、实情的主观化倾向。

甚至新移民作家作为西方文化形态来表达的某些思想观念，本身也恰是中国文化的内在精神。《南京安魂曲》的国际人道救助故事确实体现了基督教文化的人道主义光辉，但它与中国传统文化的“厚生”观念也是内在相通的。《劳燕》中的阿燕和《小姨多鹤》中的多鹤隐忍、坚强地重构自我人生，也与中国文化的“厚生”观念和“好死不如赖活着”的思想意识存在意义逻辑的一致性。《疯狂的榛子》中的喇叭、浪榛子等年青一代反思历史痛苦和文化弊端之后，认同和遵循的是一种“活着、爱着、原谅着”③的人生原则；《劳燕》中的刘兆虎在人生的后半段终于悔悟，以余生与阿燕相互守护和照应，他们之间也“活着、爱着、原谅着”，这种创伤疗治、人际关系和解的价值规范所体现的，

① 袁劲梅：《疯狂的榛子》，《人民文学》2015年第11期，第104页。

② 袁劲梅：《疯狂的榛子》，《人民文学》2015年第11期，第96页。

③ 袁劲梅：《疯狂的榛子》，《人民文学》2015年第11期，第128页。

既是西方文化的自由精神,更是中国文化"亲"和"恕"的传统价值观念。在这里,新移民作家作为西方文化观念来推崇的,其实是中国文化中同样存在的人类文化普遍精神,他们却以此为基础来批判中国文化与文明,这只能说明其自身对中国文化的隔膜和对人类文化共通性理解的欠缺,以此为基础的审美发觉,自然不可能拓展和深化对历史的认知。

四

新移民作家抗战史叙事的根本艺术目标,是融入"二战"世界话语的意义格局。但事实上,第二次世界大战的历史蕴涵有着巨大的内在差异,世界反法西斯文学的审美话语也各具特色。美国"二战"文学和前苏联卫国战争文学均享国际盛誉,相互之间就差异极大。所以,中国抗战题材文学创作获得国际性影响的根本路径,并不是与既成的世界反法西斯文学话语审美趋同,而是从"二战"历史全局的视野出发来开掘中国抗日战争的历史文化独特性,进而从历史意义逻辑的层面形成与"二战"世界话语格局的有效对话。新移民作家的审美认知,却明显存在着偏离乃至背逆中国抗战史意义线索和价值逻辑的倾向。

首先,第二次世界大战全局的根本性质,是世界性反法西斯侵略的正义战争。但在总体特征一致性的基础上,又有着巨大的内在特征差异性,并在战后世界格局的演变中清晰地体现出来。第二次世界大战分为欧洲战场、亚洲战场和太平洋战场。欧洲的"西线战场"属于欧美针对德意两国的反侵略战争,总体上是资本主义世界内部的强权较量。"二战"之后西欧资本主义国家普遍衰落,美国则一枝独秀,从而形成了以美国为首的世界资本主义阵营。欧洲东线的"苏德战场"以苏联反抗德国法西斯的侵略为主体,同时又存在着国际共产主义阵营与资本主义世界的矛盾。世界反法西斯战争的胜利,大大提高了苏联的国际地位,也促进了国际社会主义力量的发展壮大,东欧和亚洲大陆都出现了一系列共产党领导的人民民主国家,从而形成了世界社会主义阵营。

东南亚战场、太平洋各国以及参与欧洲战争的某些非洲国家，战争性质实际上是反侵略和反殖民的叠加，所以在“二战”胜利后，迅速出现了摆脱英法等老牌帝国主义统治的殖民地解放、民族国家独立的浪潮，最终导致了西方地理大发现后在全球形成的殖民地体系的彻底瓦解。总体看来，第二次世界大战的总体格局中，表现出反侵略战争话语、反殖民的民族独立话语和国际共产主义的阶级革命话语三条历史话语线索。

对比这种“二战”历史话语格局可见，新移民作家在抗战史叙事中建构伦理困境，表达人道主义和个体价值本位的战争灾难慨叹、中国文化批判，实际上是沿袭了西方文艺复兴以来的人文主义思想观念，而不是对“二战”历史底蕴本身的内在开掘，由此形成的国际化视野和跨文化认同，自然也是建立在西方人文话语观念逻辑、而非“二战”世界话语历史逻辑的基础上。所以，新移民作家抗战史叙事的伦理困境建构，更主要地是一种人文情怀的抒发，“二战”世界格局层面的历史底蕴其实是相当薄弱的。

其次，中国抗日战争的历史意义逻辑，在“二战”世界话语格局中显得尤为特殊和复杂。自1840年鸦片战争以来，中国即饱受世界列强的掠夺和侵略，不断地割地、赔款、签订不平等条约，沦为了世界列强各自划分势力范围的半殖民地。1911年辛亥革命后，清王朝统治被推翻、封建帝制被废除，但军阀混战的中国仍处于半封建制状态。日本帝国主义从东北到华北的入侵，则使半封建半殖民地状态的中国沦入了亡国灭种的危险境地。凡此种种，生成了中国抗日战争历史蕴涵的丰富、复杂性。在世界反法西斯战争的整体格局中，中国抗日战争占据着亚洲主战场的地位；从现代民族国家建构的角度看，中国抗战具有主权国家反抗侵略、救亡图存的特征；从近现代中国历史演变的视野看，其中又具有后发展国家反殖民斗争的历史内容和针对军阀统治的反封建斗争性质。随着抗日战争的胜利，英、法、德、日等国的各种对华不平等条约基本被废除，蒋家王朝也在人民革命战争中迅速被推翻，这一切正是中国抗日战争兼具反殖民、反封建意义的历史成果。所以，中国抗战话语实际上是一个多重历史线索和价值逻辑的意义综合体。

面对如此深广、复杂的中国抗战史背景，仅仅从人道灾难的视角出发去展开历史认知显然是远远不够的。如果不全局性理解、统筹兼顾历史意义逻辑的方方面面，以人道情怀为本位而形成的某些局部、个体层面的意义真实，置于历史演变全局不仅会显得内涵单薄，甚至有可能背离历史意义的基本逻辑。我们不妨以新移民作家抗战史叙事的传教士形象书写为例，来对这个问题略加分析。从人物形象个体行为的角度看，外国传教士在南京大屠杀等战争灾难中对中国百姓的救助确实体现出人性和人道的光辉，给予赞美与讴歌无可厚非；但从近现代中国历史全局的视野看，外国传教士在中国的存在本身就带有毋庸置疑的殖民主义色彩，从“天津教案”到义和团运动被中国人所理解和认识的外国传教士形象，就都是文化殖民主义的人格代表。新移民作家的抗战史叙事如果是以塑造人道慈悲的传教士形象为基础来揭示历史的复杂性，自然具有丰富历史认知的意义，但如果对其个体意义上的人道主义行为作一种文化必然性层面的概括，又刻意淡化乃至回避传教士作为殖民主义使者进入中国的历史背景，甚至还以此为基础来展开中西文化与文明优劣高下的对比，那么，文本意义建构就不可避免地带有某种曲意维护殖民文化的色彩。这与中国抗战史话语反侵略、反殖民并存的基本历史倾向无疑是背道而驰的。即此可见，新移民作家的抗战史叙事及其伦理困境建构，既存在理解近现代中国历史演变全局的欠缺，又表现出对历史与文化尊重、敬畏之心的薄弱。

第三节　抗战题材电视剧的人类命运共同体意识

习近平总书记提出的“人类命运共同体”理念既具国际政治的现实指导意义，也启示着一种以人类命运共同性为出发点的历史阐释思路。新世纪以来的抗战题材电视剧就因国际化视野的建构和人类命运共同体意识的发掘，而成功开拓出建构中国“二战”话语、塑造中国抗战形象的审美新境界，其审美意识的敏锐度甚至超越了本应更具时代思想前沿品格的抗战题材文学创作。

抗战题材电视剧以人类命运共同体意识为基础，形成了历史视野新开拓和思想蕴涵新发掘兼具的多种叙事形态。

其一，国际军事合作剧丰富多彩地展开了人类命运共同体意识所蕴含的合作精神。从叙述中美在滇缅战场军事合作的历史纪实剧《中国远征军》《远征！远征！》《二十四道拐》，到包含着国际合作元素或体现了国际联合背景的抗日谍战剧《五号特工组》《功勋》《悬崖》《胜算》，从二战整体格局视野的抗战史诗剧《东方战场》，到重温国际共产主义阵营援华人士形象的人物传记剧《诺尔曼·白求恩》，这类作品迭见精彩。创作者以各具特色的历史发掘为基础，既彰显了世界反法西斯同盟同仇敌忾、并肩战斗的国际合作精神，也程度不同地揭示了合作各方的国力基础、民族品质、人物个体特征差异和相互之间或隐或显的种种矛盾，深刻体现了崇高合作精神与复杂历史内涵并存的人类“二战”命运共同体特征。较之具有国际军事合作背景、审美重心却往往偏离到人文话语范畴的小说创作，这些电视剧其实更具历史的厚实感。

其二，战难人道救助剧充满激情地讴歌了人类命运共同体意识所推崇的人道情怀。《盖世太保枪口下的中国女人》《最后一张签证》表现远在欧洲的中国民众无私地帮助战争难民，《远东来信》叙述穷苦百姓舍命救助流落中国的犹太孤儿，《四十九日·祭》侧面表现了美国传教士救助中国南京难民的事迹。这一个个尘封已久的历史佳话，或者展现国际友好人士对中国百姓的真诚帮助，或者讴歌中国虽然贫穷落后、备受战难摧残，却并不缺乏仁爱与道义的民族国家形象。这类作品大多是以小说为基础改编而成，但展开中国与“二战”世界整体格局的紧密关联更为充实，揭示人类灾难命运共同体内部悲悯、侠义的人道互助情怀也更富有激情，从而以四两拨千斤的艺术力量，展现出人类不灭的道德文化根源之所在。

其三，战争罪责审视剧尖锐深刻地彰显了人类命运共同体意识所坚守的底线伦理。虽然第二次世界大战以侵略者失败、世界反法西斯阵营胜利而告结束，并确立了战后国际新秩序，但真正深刻而诚恳地承担战争罪责并不是一件容易的事情。战争罪责认知剧就建立在这种国际政治现实的基础上。创作者以人类共识和底线伦理为理论支撑，采用揭露与辩驳融为一体的叙事语法，强烈谴责了日本军国主义违背国际公约、践踏人类生存伦理底线的战争罪行。《江塘集中营》聚焦日军在战时环境中猖狂地违背国际公约、虐待中国战俘的罪恶历史。《记忆的证明》交叉展开对日本战时虐待俘虏、劳工和战后逃避战争罪行的叙述，深刻剖析了日本军国主义掩盖战争罪行的行为、观念和现实功利原因，并对"日本形象"的内在复杂性进行了深入的剖析。《战犯》则表现了中国抚顺战犯管理所如何以历史真相和战争正义的强大力量，从精神上折服和感化顽固坚持侵略者逻辑、"武士道"精神的日本战犯。这类作品在抗战题材小说中甚为少见，堪称是抗战题材电视剧的审美独创。

这种种叙事形态所蕴含的对人类命运共同体意识丰富而坚实的发掘，在塑造中国抗战形象、建构中国抗战话语层面显示出重要的理论和实践意义。

首先，抗战题材电视剧的人类命运共同体叙事，建构了一种能有效融入国际意义平台和"二战"话语格局的中国抗战形象。

艰苦卓绝的中国抗日战争不仅是中国人民抗击侵略、救亡图存的民族战争，还是第二次世界大战的东方主战场。在这场战争中，广大中国军民既曾在国内战场与美、苏、韩等国军民合作抗敌、人道互助，也有远赴印缅战场与英、美盟军联合作战的历史壮举，还在遥远的欧洲留下了大仁大爱、人道光辉的深深印记。但如何将中华民族的贡献、牺牲与胸襟、情怀有效地融入"二战"历史认知的世界话语格局，却是一个有待深入探讨和解决的问题。抗战题材电视剧从人类命运共同体的意义基点出发，既展示中国军民在"二战"整体格局中的贡献与牺牲，又书写中华民族在艰难困苦、生死存亡之际的大仁大爱，有力地揭示了中国在"二战"世界格局中的历史地位和精神高度。《中国远征军》充满正大之气地直书中国军人在印缅战场的抗争与牺牲，《胜算》表现中国特工挫败日军北进苏联阴谋、改变世界“二战”走向的巨大战略贡献，《盖世太保枪口下的中国女人》《最后一张签证》展现欧洲战争苦难中来自中国的“比利时母亲”“中国的辛德勒”的正义情怀和人性光辉。诸多立足“二战”整体视野来塑造抗战中国、人道中国形象的审美建构，在与国际认知格局对话、为中华民族发声的过程中显然极具历史与文化的针对性。

其次，抗战题材电视剧的人类命运共同体意识，建构了一个能有效阐释“二战”史内在复杂性与国际关联性的新型理论平台。

第二次世界大战既是全世界人民共同遭遇的灾难命运，又是世界反法西斯阵营共同参与、彰显人类命运共同体伟大力量的历史实践。但在世界反法西斯同盟内部，实际上又存在着巨大的内在差异。在这样的前提下有力地建构起休戚相关、得失与共的统一战线，更显出命运共同体作为一种价值共识是如何地深入人心，也彰显出从人类命运共同体意识出发重构“二战”认知的历史基础和话语潜力。在新世纪的抗战题材电视剧中，战争罪责审视剧以国际公约和生命至上为基点的底线伦理，战难人道救助剧以悲悯情怀和道义精神为中心的人文话语，国际军事合作剧以战争正义为根本遵循的合作共赢精神，正是从共识、共情和伦理规范底线的角度出发，对人类战争命运共同体意识的深入发掘和有力建构。

但就现有创作状况而言，抗战题材电视剧对人类命运共同体理念尚缺乏充分的理论自觉，存在着不少探索过程的局限与偏差。首先是历史视野的狭窄。创作者热衷于表现中美合作史和西方意识形态文化，却普遍忽视对中朝、中印、中苏合作抗战史的审美发掘。甚至连《诺尔曼 · 白求恩》这样的作品，也刻意淡化白求恩的共产党员身份而强化其人道主义情怀。一旦置于历史全局，其历史与观念视野的狭窄就明显暴露出来。其次是艺术想象的位移。不少作品敏锐地触及了重大历史隐秘及其深层次意义，却又往往以历史想象的传奇化、类型化替代了对历史底蕴的探究与阐发。从《五号特工组》等谍战剧的场景时尚化、情节奇观化，到《最后一张签证》等人道救助剧中的乱世男女爱情俗套，都是如此。再次是主题提炼的肤浅与散乱。不少作品或者将国际性历史元素作为叙事点缀，或者将人类命运共同体各种不同性质的问题都转化到“人道”“人性”的层面来解读，实际上妨碍了对历史底蕴、战争正义的有力揭示。

总之，抗战题材文艺创作需要更深入、系统地挖掘人类命运共同体理念博大精深的蕴涵，才能在审美运用中兼具认知深度和判断的中肯度、公正性，才能在审美创造中既敬重中华民族的苦难和牺牲，又与世界文化高峰、人类命运境界构成高起点、大气象的精神对话。也只有这样，人类命运共同体理念本身的思想魅力和理论光辉才能充分显示出来。

结　语　国家文化境界与历史题材创作的“大雅正声”品格

一

历史题材创作的自身发展与社会影响，均与时代文化环境密不可分。正因为如此，探讨当代历史题材创作的未来发展和境界提升，就需要从整个时代文化的演变趋势出发，方才有可能切中肯綮。从这样的视野来看，当代中国以国家文化安全基点的底线伦理与以国家文化境界目标的审美提升方向之间，构成了历史题材审美融合创新的内在张力。

20世纪90年代中期以来，从好莱坞大片和韩剧的“入侵”，到网络文化的种种低俗表现，诸多文化现象使得市场化、全球化的负面影响日益突出地显示出来。在这样的文化形势下，以实务部门针对个别现象采取防范、调整性措施为基础，学术界越来越明显地形成了一种着意于防范、却着眼于文化发展全局的思想趋势，从而提出了“国家文化安全”这样一个事关全局的理论命题，甚至在社会文化层面不断出现引人瞩目的相关警告与呼吁。就理论界的“国家文化安全”现有讨论看，这一命题确实触及了文化发展的部分现实，从维护国家文化主权的高度提出问题，也能确实能起到振聋发聩、引起警觉的功效，但其中的偏颇和局限也是显而易见的。

从外延覆盖面来看，“国家文化安全”作为一个完整的学术概念，应该包括国际文化竞争和国内文化不良态势所导致的文化安全问题两个方面。学术界的讨论却往往只着重关注和强调前一方面，忽略了后一方面所存在的更为深刻和复杂的问题。比如，中国文化语境存在的消费主义、享乐主义、实利主义等不良价值倾向，就给国家的文化品质和文化发展路径带来了严重影响，历史题材创作领域同样存在着状态严重的表现。对此，文化实务部门也采取了不少措施，学术界却很少从"国家文化安全"的角度来给以理论层面的认识和探讨。而且，即使从他国文化对中国文化的冲击和影响来说，外因通过内因起作用，我们也只有首先解决好"内因"的不良局面，才可能真正有力地抵抗和应对外来文化的"入侵"，单纯的防范，在全球化的时代环境中其实是难以克奏其功的。也就是说，"国家文化安全"的相关研究对国内文化态势的思考显得相当薄弱。

维护国家文化安全本身，也可以有消极防御型和积极建构型两种不同的方式和路径。消极防御型的国家文化安全观，往往采取抵制、拒绝的"敌对"式态度，把强势文化幻化为霸权文化、文化竞争转换为文化侵略、文化交往缩略为意识形态对抗。这种思路表现出明显的非此即彼、你死我活的"冷战"思维色彩。比如，如果说好莱坞大片和"韩流"冲击中国，是对中国"国家文化安全"的一种威胁，那么，中国在世界各地大办"孔子学院"又该如何解释呢？所以，这种对抗性、拒斥式的立论和立场，明显地缺乏全面、辩证的思想眼光。而且，对于积极建构型的国家文化安全观，对于国家文化的健全、良性状态到底应该怎样建构，"国家文化安全"命题的相关讨论却尚未给予充分的重视。

从形式逻辑角度看，"国家文化安全"的概念其实存在着某种以偏概全、甚至夸大其词的思想特征。从字面含义来说，"国家文化安全"应该是一个实然的全称判断，是指国家、民族的文化核心价值和基本特性已经受到了严重威胁。既然如此，那就一方面要看现有事实是否确实达到了影响中国文化"安全"的程度，另一方面要看所影响的是否确实是核心、关键的部位，以至要用"国家文化"来概括。事实并非如此。举例来说，中国文化产业发展的诸多弊端,就很难说是好莱坞大片和“韩流”的冲击所导致的;“韩剧”所利用的,还是中国传统文化的审美优势;即使像“端午节申遗”之类对中国文化构成实质性影响的问题,所涉及的也只是浩瀚的中国文化遗产的某个点。由此可见,即使采用不完全归纳法,事关全局的实然判断和全称判断也是难以构成的。虽然敏锐地从一个高度来看待个案,以带有“未来学”意味的眼光来提出问题,居安思危构筑“文化长城”,以防止“千里之堤、溃于蚁穴”,这出发点本身不无道理,但作为对事实的客观判断,在事物发展的量变和质变之间“过敏”“过度”地反映,其实是不符合辩证法的基本原则的。其实,随着中国本土文化产业的发展和文化遗产保护意识的增强,这种种现象在整个中国文化现实中所占的份额已经大为减弱了。所谓“大片”和“韩流”的冲击并未真正严重到威胁中国“文化安全”的程度,也已经是不争的事实。因此,“国家文化安全”的概念,存在着将特称判断转换为全称判断、将量变状态“过度”地分析为质变状态的思想特征。

从实践操作层面看,“国家文化安全”所指认的,主要是文化产业和大众文化领域的问题。大众文化相对于真正的创新,更倾向于提供一种重新组合的文化,这种日常生活性和文化元素组合性,决定了其文化境界以社会底线欲求为满足的“低位”状态。但是,现代社会公共领域的大众文化,又往往以弱势、“草根”的文化姿态出现,并以一定程度的异质性、多元性与创造活力,显示出一种反抗文化权力、追求文化自由的姿态。面对这种局面,我们如果仅仅以“安全”为名进行防范、堵塞式的处理,往往会陷入“一收就死、一放就乱”的局面,实际上是较难成功的。因此,即使拓展“国家文化安全”的概念范畴,将其作为现实的指导方针,也是不可取的。

实际上,人类文化之间不仅有你死我活的对立关系,还有在碰撞交融的基础上创造性发展的良性生态。中国古代灿烂辉煌的汉唐文化,就与当时的国人对属于“外国”的“胡”文化、“西域”文化等等的接纳和吸收密不可分,这种接纳的最终结果,不仅没有损伤汉唐时期的“国家文化安全”,反而大大丰富了那个时代的文化内涵，以至构成了中华民族鼎盛的“盛世文化”气象，“儒、道、佛”甚至共同构成了中国传统思想文化的核心组成部分，其中明显地表现出一种以高端境界为价值旨归海纳百川的文化胸襟与思想气度。所以，我们今天无论是思考不同文化的交流、还是探讨中国文化的发展，都需要将“国家文化安全”这样“低位思考”的防范性命题，修正为高位的对“国家文化境界”的创造与提升。从当前文化发展的现状来看，中国国家文化境界的提升，需要着重加强以下几个方面的努力。

首先，我们在丰富文化格局中的关注重心，应该由文化实务转移到对时代精神现实的关注上来。国家文化软实力绝不仅仅是文化产业的得失，更重要的是民族精神能力的盛衰。正因为中国现有的文化产品在内涵方面难如人意，才有国外文化产品的长驱直入。所以，仅仅从文化产业、文化实物本身考虑，“文化安全”的问题并不能解决，“文化境界”的提高更是一句空话。只有真正提高了时代精神产品的质量，才能对国内外的各种低端文化均具有充分的抗衡能力。

其次，我们在全球化时代的文化交流方针，应该摈弃的对立、敌视的传统“冷战思维”，树立对话、合作、双赢的价值理念。既然人类文化的发展常常是我中有你、你中有我，而不是有我无你、你死我活的关系，那么，我们就应当以充分的信任和宽容态度，通过坚持不懈的交流和理解，减少隔阂、化解矛盾，在深层次沟通的基础上，展开积极的互动与合作。对于外来文化，摒弃“匪我族类、其心必异”的心态，坚持大胆地接纳、有效地转换和自主地升华；对于国内多元文化，摆脱你蔑视我或我贬斥你的价值立场，而努力做到兼容并包、交融补充、共同发展。总之，就是要在“八面来风”的发展环境中，形成一种兼容一切良性元素、净化一切糟粕的文化发展、价值提升能力。

再次，我们的文化实践根本着力点，应该从安全防范转移到境界的创造与提升上来。当今中国的文化发展态势，主要取决于国家文化权力和资本势力之间的较量。国家文化权力一般是以战略运作的方式展开，虽然不时向某些细部出击,实际上无法完全控制和安排日常生活的细节。文化资本则往往出于功利算计,无条件地适应这些场所的自在状态,同时以从内部抵抗或顺应生活世界要求的方式,开创自己的“空间”,将其转化为文化资本的实践场所、结构范围。我们既然无法消除资本权力的作用,所谓的行政打击、“安全防范”也就只能逞一时之快,难以根本性地解决问题。只有切实促成高端文化产品的创造性,从整体上提高了民族文化的境界和品质,才能形成巨大的感召力和共鸣度,从而改变不良文化、非中国自主文化泛滥的局面。

总之,我们在国家文化发展问题上更应当加强的,是国家文化境界的提升。只有从立足这样的价值基点来认识和驾驭当今中国与世界的复杂现实,从中捕捉真正具有生机与活力的精神方向、文化境界,并以之引领时代文化的发展,我们才能更有效地提高国家文化的“软实力”,更理直气壮地对异质文化进行遏制与收编,从而在更高境界上形达成国家文化健全、和谐的发展。

二

那么,提升国家文化境界的价值理念落实到包括历史题材在内的文学创作,又应该提倡和坚持怎么的审美文化原则呢?笔者认为,最为根本的应当是建构一种与中华民族伟大复兴相适应的、时代文化“大雅正声”的审美品格。

“大雅正声”的审美原则在中国文学创作的发展历程中源远流长。中国文学的开山之作《诗经》不仅具有辉煌世的创作成就,而且建构起了中国审美文化的基本格局。其中的“风、雅、颂”不仅仅是音乐的差异和作品发源地的区别,更是一种审美原则和创作立场的标识。《毛诗序》认为,“颂者,美盛德之形容,以其成功告于神明者也”;“以一国之事,系一人之本,谓之风”。对于“颂”和“风”成为审美主导原则的时代环境,近人钱穆《读诗经》则指出:“诗之先起,本为颂美先德……及其后,时移世易,诗之所为作者变,而刺多于颂,故曰诗之变。”这就是说,“颂歌”往往是一个历史时代开创初期的审美需求,“风”“批判性审美”则多半是乱世、末世时期社会矛盾激化的产物。在《诗经》中，还有一种“雅”的审美传统。这种“雅”的传统，主要存在于漫长的历史健康发展阶段、“升平之世”。所谓“雅”，《毛诗序》云：“言天下之事，形四方之风，谓之雅。雅者，正也，言王政之所由废兴也。”郑玄注释《周礼》指出：“雅，正也，言今之正者以为后世法。”由此看来，“雅”的传统存在两个基本特征，一是要“言天下之事，形四方之风”，全面广泛地展开和表现关系国计民生的历史状态及其盛衰缘由；二是要“言今之正者以为后世法”，也就是尤其要关注和弘扬时代文明的正面成果、“正能量”。

在中华民族的历史上，始终存在这种审美文化的“大雅正声”。汉、唐“盛世文学”就存在着大量的“雅、正”之作，从而构成了雄浑壮丽、光耀千秋的“汉唐气象”。唐代李白的《古风》第一首，就直陈对于“大雅久不作”“正声何微茫”的强烈不满，表示“我志在删述，垂辉映千秋”。他的包括 59 首《古风》在内的大量诗作，都展现出“大雅正声”倡扬理想、批判现实、引人向善的审美传统，以时代史诗精神与个体自由意志高度融合的艺术创造，建构起了盛唐文学的高峰。完全可以说，如果缺乏一种基于“大雅正声”审美原则而对中国文明成果的正面积累与传承，中华文化数千年的绵延发展简直是无法想象的。

20 世纪中国长期处于内忧外患、腐败动荡、国家和人民均灾难深重的历史状态，中国作家有鉴于此，往往选择否定和揭露性的立场来从事文学创作，“刺多于颂”，由此形成了中国现代文学珍贵的战斗传统。中华人民共和国成立初期，面对“中国人民从此站起来了”的历史局面和生气勃勃的开国气象，文学创作中也自然而然地出现了大量的颂歌。对于特殊历史时期痛定思痛的批判与反思，则成为 20 世纪 80 年代文学的精神底色。21 世纪的中国，则进入了一个以建设和发展为核心的、雄健迈进而又任重道远的历史新时代。在这样的时代环境中，一方面，以揭露、批判和否定的立场为中华民族新的建设与发展扫清道路的创作固然需要，但主要任务实际上已经完成，单纯的“风”已不符合当今中国的国情；另一方面，仅仅“美盛德之形容”的“颂”，对于一个已经成立 60 年余年的国家政权来说，也难以产生促其更快前进的核心推动力。所以,当今时代所需要的,其实是及时调整价值眼光,以“言天下之事,形四方之风”的思想视野和“言今之正者”的价值立场,确立一种“大雅正声”的艺术原则和审美文化品格,从而深刻地回应走向民族伟大复兴的历史新时代。

在这样的时代环境中,无论是古代史还是现代史的文学创作,呈现审美新气象、意义新境界的关键,是要既以有效地利用多元文化优势为总体方向,又超越瑕瑜互见的大众文化层面,将文化对话精神导向丰富历史资源与时代高位文化融合的境界。只有这样,历史题材的审美活力和价值潜能才能被充分激发出来。

从新世纪文化环境和历史题材创作相互融通的整体视野来看,将丰富历史资源与时代高位文化有机融合,进而建构时代文学的“大雅正声”,存在着两条有效的审美路径。

其一,实现历史资源与新时代执政文化的“对接”。新时代的中国共产党已经实现了由革命党到执政党的历史转型,对于历史资源也就应站在时代理性的新基点。只有以当今时代的执政文化为价值基点来重新梳理历史资源,转换叙事重心、调整意义位置,历史资源的审美重构才能获得更大程度的审美共鸣效应。中国革命史审美重构的电视连续剧《沂蒙》堪称这种“对接”的成功范例。《沂蒙》本是一部色调“土气”、连编导都缺乏足够自信的作品,播出后却获得了出乎意料的收视效应和高度赞赏。其中的关键在于,作品以深厚的历史发掘和深刻的审美认知,有力地歌颂了沂蒙老区人民与共产党“水乳交融、生死与共”的密切联系,深刻揭示了隐藏于其后的民间良俗与红色文化的良性互动,从而深度触及了党和人民群众血肉联系这一共产党执政时代的重大问题,历史范畴的红色资源也就随之焕发了新的审美活力。电视剧《雍正王朝》在20世纪90年代的收视轰动效应,也与当时改革步入困境、公众心理郁闷亟待舒缓的社会文化环境密不可分。

其二,实现意识形态文化与时代学术文化的“对话”。在一个多元文化的时代,不管是封建时代的庙堂文化还是现代中国的红色资源,都不能长期“画地为牢”、自说自话，而应当与时代的思想文化、学术文化构成一种积极“对话”的状态，在吸收多元文化思想和价值优势的基础上来建构自我的文化自信，在思想的对话与交锋中来重构历史资源的价值基础。电视剧《人间正道是沧桑》以杨、瞿两家和“黄埔同学”的伦理情感关系为情节框架，以他们由信仰主导的人生道路和相互关系，来对应国共两党的复杂关系和现代中国的历史变迁，从“血浓于水”的民族伦理文化出发来建构思想视角。作品对现代中国历史的认知就超越纯粹意识形态的理解与判断，显示出一种思想文化层面的意味，也平添了许多情感的魅力和人生命运的况味。《亮剑》处理八路军将领李云龙和晋绥军将领楚云飞之间的关系，也呈现出一种将民族大义和个人魅力相结合的意义建构，显出超越意识形态纠葛的思想气象。这些成功的案例说明，红色资源与时代学术文化的深层次对话，反而更有利于深化对红色资源历史和现实价值的认知。古代史叙事如何跳出“农民起义”和“帝王将相”二元对立的审美建构和文艺批评模式，更有赖于从时代学术前沿出发形成新的认知视角和审美思路。

从审美文化创造的角度看，建构时代审美文化的“大雅正声”品格，关键在于创作主体价值方位与思想逻辑的调整。就历史题材创作而言，需要创作者在以下几方面既有立场的修正、又有思路的自信。

首先，历史题材创作应当坚守和强化对整个国家民族的文化担当意识。具体说来，就是以包罗万象、海纳百川的精神气魄和正视历史全局的思想视野，全面把握中华民族深重的历史灾难和雄健的民族步伐，并以中华民族奋力前行所包含的文化生机与精神力量为审美的基础和创作的底蕴，从而在创作中有效地避免个体感悟和单一理念为先的局限，将“形四方之风”和“言王政之所由兴废也”有机地融为一体。

其次，历史题材创作应该在展示人类历史矛盾与紧张状态的同时，以更雄强的精神能力，努力参悟矛盾的解决这一历史演变过程的更高形态。中国现当代文学史上的不少作家，都热衷于捕捉人在世界上的矛盾、紧张状态，着力强化自我与社会、时代、文化的对立关系及由此导致的精神焦虑，以作品的“震撼力”和批判性为创作旨归，却未曾或不愿走到历史哲学和精神哲学层面“和合”的形态与方向上。参悟矛盾解决的历史形态，在许多作家的创作中就往往处于被“搁置”的状态。实际上，无论从思想认识还是社会现实的角度来理解，矛盾的解决也是规律的一部分，甚至是矛盾过程的更高形态，展示矛盾与紧张的同时又呈现矛盾必将解决的方向，才是更为全面、丰满、强健的精神能力，才是作为人类发展推动力的文化创造更为核心的价值之所在。有为作家应当诚恳地认识和遵循人类文化创造的核心意义，并从历史哲学的层面进行相应的精神转换，更健全地把握精神主体与世界的关系，更着力于认同和弘扬引领人类进步、发展与和谐的精神元素。只有这样，历史题材创作才能有效地避免为秉持“风”的立场还是“颂”的态度所困惑，切实步入“大雅正声”的审美新境界。

再次，历史题材创作应该坚守提升“国家文化境界”的基本审美立场。这既是文化国别性客观存在的必然结果，也是完成中华民族伟大复兴使命的时代要求。广大作家应该以此为基点来捕捉真正具有生机与活力的、顺应国家文化价值体系的美学品质与精神境界。在这一价值基点上“言天下之事，形四方之风”的历史题材创作，才真正有可能“言今之正者”，从而“为后世法”，从而达成审美文化层面的“大雅正声”品格。

附　录　当代抗战题材小说目录

马加:《滹沱河流域》,长篇小说,1945 年《解放日报》连载,东北书店 1947 年出版。

管桦:《雨来没有死》,中篇儿童小说,1948 年《晋察冀日报》发表,建国初收入小学语文课本时更名为《小英雄雨来》。

周而复:《白求恩大夫》,长篇小说,上海知识出版社 1949 年出版。

孔厥、袁静:《新儿女英雄传》,长篇小说,1949 年 5 月 25 日起《人民日报》连载,冀南新华书店 1949 年出版。

杨朔:《红石山》,长篇小说,新华书店 1949 年出版。

周而复:《雁宿崖》,长篇小说,群益出版社 1949 年出版。

马烽、西戎:《吕梁英雄传》,长篇小说,上海新华书店 1949 年出版。

王林:《腹地》,长篇小说,上海新华书店 1950 年出版。

王林:《女村长》,中篇小说,知识书店 1950 年出版。

徐光耀:《平原烈火》,长篇小说,生活 · 读书 · 新知三联书店 1950 年出版。

赵俪生:《中条山的梦》,中篇小说,上海海燕书店 1950 年出版。

方纪:《老桑树下的故事》,长篇小说,生活 · 读书 · 新知三联书店 1950 年出版,作家出版社 1954 年出版修订本。

华山:《鸡毛信》,中篇儿童小说,工人出版社 1951 年出版。

哈华:《浅野三郎》,长篇小说,新文艺出版社 1953 年出版,上海文艺出版社 1959 年新 1 版。

李克、李微含:《地道战》,长篇小说,上海新文艺出版社 1953 年出版。

李英儒:《战斗在滹沱河上》,长篇小说,作家出版社 1954 年出版。

知侠:《铁道游击队》,长篇小说,上海新文艺出版社 1954 年出版。

周而复:《山谷里的春天》,中篇小说集,人民文学出版社 1955 年出版。

俞林:《人民在战斗》,长篇小说,作家出版社 1956 年出版。

白刃:《战斗到明天》,长篇小说,作家出版社 1956 年出版。

王林:《站起来的人民》,长篇小说,中国青年出版社 1957 年出版。

张少庭:《无声的战场》(曾用名《大青山的地下》),长篇小说,中国青年出版社 1958 年出版。

李英儒:《野火春风斗古城》,长篇小说,作家出版社 1958 年出版。

雪克:《战斗的青春》,长篇小说,作家出版社 1958 年出版。

刘流:《烈火金刚》,长篇小说,中国青年出版社 1958 年出版。

冯德英:《苦菜花》,长篇小说,解放军文艺出版社 1958 年出版。

冯志:《敌后武工队》,长篇小说,解放军文艺出版社 1958 年出版。

谷峪:《石爱妮的命运》,长篇小说,《收获》1958 年第 3 期发表,作家出版社 1958 年出版。

冯志:《保定外围神八路》,中篇小说,河北人民出版社 1958 年出版。

管桦:《辛俊地》,中篇小说,中国青年出版社 1958 年出版。

萧平:《三月雪》,短篇小说,《人民文学》1956 年第 8 期发表。

张雷:《山河志》,长篇小说,中国青年出版社 1958 年出版。

哈华:《"夜莺"部队》,长篇小说,上海文艺出版社 1958 年出版。

张雷:《变天记》,长篇小说,通俗文艺出版社 1959 年出版,人民文学出版社 1959 年出版。

李晓明、韩安庆:《平原枪声》(上、下),长篇小说,作家出版社 1959 年出版。

乌兰巴干:《草原烽火》,长篇小说,人民文学出版社 1959 年出版。

赵树理:《灵泉洞》(上部),长篇小说,作家出版社 1959 年出版。

杨大群:《西辽河传》,长篇小说,解放军文艺出版社 1959 年出版,1983 年出版第 2 版。

翟永瑚:《民兵爆炸队》,长篇小说,山东人民出版社 1961 年出版。

徐光耀:《小兵张嘎》,中篇儿童小说,中国少年儿童出版社 1962 年出版。

李心田:《两个小八路》,中篇儿童小说,中国少年儿童出版社 1962 年出版。

刘真:《长长的流水》,中篇儿童小说,《人民文学》1962 年第 10 期发表。

柳杞:《长城烟尘》,长篇小说,解放军文艺出版社 1962 年出版,2015 年新 1 版。

克扬、戈基:《连心锁》,长篇小说,山西人民出版社 1962 年出版,1973 年出版修订本。

慕湘:《晋阳秋》,长篇小说,解放军文艺出版社 1962 年出版。续作《满山红》《汾水寒》《自由花》完成,合为"新波旧澜",解放军文艺出版社 1987 年出版。

曲波:《山呼海啸》(上、下),长篇小说,1962 年《北京晚报》连载,中国青年出版社 1977 年出版。

孙犁:《风云初记》,长篇小说,作家出版社 1963 年出版。

赛时礼:《三进山城》,中篇小说,山东人民出版社 1964 年出版。

艾煊:《大江风雷》,长篇小说,人民文学出版社 1965 年出版。

曲波:《桥隆飙》,长篇小说,1963 年《山东文学》连载,人民文学出版社 1965 年出版,随即被禁止发行,人民文学出版社 1979 年再版。

勤耕:《小砍刀的故事》,长篇儿童小说,少年儿童出版社 1965 年出版。

李学诗:《矿山风云》(第一部),长篇小说,上海人民出版社 1972 年出版。

天津汉沽盐场文学创作组集体创作、崔椿蕃执篇:《盐民游击队》,长篇小说,天津人民出版社 1973 年出版。

向春:《煤城怒火》,长篇小说,山东人民出版社 1975 年出版。

牟崇光:《烽火》,长篇小说,山东人民出版社 1975 年出版。

郭澄清:《大刀记》(第一、二、三卷),长篇小说,分别于人民文学出版社 1975 年 7 月、7 月、8 月出版。

李荣德、王颖:《大雁山》,长篇小说,北京人民出版社 1975 年出版。

蔡维才:《疾风》,中篇儿童小说,湖北人民出版社 1975 年出版。

蔡维才:《小铁头夺马记》,中篇儿童小说,广东人民出版社 1975 年出版。

吴延科:《湖上小八路》,长篇儿童小说,山东人民出版社 1976 年出版。

刘云鹏:《柳河屯烽火》(上部),长篇小说,内蒙古人民出版社 1976 年出版。

马云鹏:《雁塞游击队》,长篇小说,人民文学出版社 1977 年出版。

晋庆玉:《英雄的乡土》,长篇小说,贵州人民出版社 1976 年出版。

曲波:《戎萼碑》,长篇小说,山东人民出版社 1977 年出版。

王树梁:《山林支队》(上、下),长篇小说,北京人民出版社 1977 年出版。

竹丛:《敌后战场》,长篇小说,天津人民出版社 1977 年 11 月出版。

管桦:《将军河》《深渊》《龙虎争斗》(三部曲),长篇小说,分别于 1977 年、1988 年、1993 年 1 月由中国青年出版社出版。

柳杞:《战争奇观》,长篇小说,解放军文艺出版社 1978 年出版。

李英儒:《女游击队长》(上、下),长篇小说,解放军文艺出版社 1979 年出版。

陈大远:《蟠龙山》,长篇小说,河北人民出版社 1979 年出版。

田东照、罗贤保:《龙山游击队》,长篇小说,山西人民出版社 1979 年出版。

陈立德:《长城恨》(上、下),长篇小说,百花文艺出版社 1979 年出版。

吴强:《堡垒》(上),长篇小说,上海文艺出版社 1979 年出版。

杨沫:《东方欲晓》(一),长篇小说,浙江人民出版社 1980 年出版。

李涌:《金珠和银豆》,长篇儿童小说,人民文学出版社 1980 年出版。

胡树国:《地下儿童团》,长篇儿童小说,湖北人民出版社 1980 年出版。

王一地:《少年爆炸队》(上、下),长篇儿童小说,中国少年儿童出版社 1980 年出版。

林滔:《哗变的"皇军"》,长篇小说,长江文艺出版社 1981 年出版。

李英儒:《还我河山》(上、下),长篇小说,人民文学出版社 1981 年出版。

峻青:《海啸》(上、下),长篇小说,中国青年出版社 1981 年出版。

王火:《外国八路》,长篇小说,百花文艺出版社 1981 年出版。

张孟良:《血溅津门》,长篇小说,百花文艺出版社 1981 年出版。

王火:《血染春秋——节振国传奇》,长篇小说,花山文艺出版社 1982 年出版。

陈屿:《夜幕下的哈尔滨》(上、下),长篇小说,春风文艺出版社 1982 年出版。

里汗:《新绿林传》,长篇小说,广西人民出版社 1982 年出版。

梁斌:《烽烟图》,长篇小说,中国青年出版社 1983 年出版。

马加:《北国风云录》,长篇小说,中国青年出版社 1983 年出版。

艾煊:《乡关何处》,长篇小说,上海文艺出版社 1983 年出版。

崔德祥:《齐鲁金戈》,长篇小说,湖南人民出版社 1984 年出版。

隋发升:《飞虎传》,长篇小说,山东文艺出版社 1984 年出版。

黎汝清:《生与死》,长篇小说,中国青年出版社 1984 年出版。

邱勋:《烽火三少年》,长篇儿童小说,中国少年儿童出版社 1984 年出版。

杨益言、刘德彬:《大后方》,长篇小说,中国青年出版社 1984 年出版。

张一翔:《端午》,长篇小说,山东文艺出版社 1985 年出版。

周而复:《长城万里图》,长篇小说。第一部《南京的陷落》由《当代》1985年第4、5期发表,1987年人民文学出版社出版。随后《长江还在奔流》于1988年、《逆流与暗流》于1989年、《太平洋的拂晓》于1991年、《黎明前的夜色》于1993年、《雾重庆》于1995年分别出版,人民文学出版社在1987—1994年间出齐全书。

周梅森:《庄严的毁灭》,中篇小说,载小说集《庄严的毁灭》,江苏文艺出版社1985年出版。

李英儒:《燕赵群雄》,长篇小说,解放军出版社1986年出版。

俞林:《在青山那边》,长篇小说,人民文学出版社1985年出版。

杨沫:《芳菲之歌》,长篇小说,花城出版社1986年出版。

莫言:《红高粱》,中篇小说,《人民文学》1986年第3期发表;《红高粱家族》,长篇小说,解放军文艺出版社1987年出版。

朱春雨:《橄榄》,长篇小说,《小说界》1986年第4期发表。

邓友梅:《据点》,中篇小说,《人民文学》1986年第5期发表,《小说选刊》1987年第2期发表修改版。

苗长水:《季节桥》,中篇小说,《解放军文艺》1986年第8期发表。

周梅森:《军歌》,中篇小说,《钟山》1986年第6期发表。

孔祥书、焦义来:《草莽英雄传》,长篇小说,山东文艺出版社1987年出版。

江建文:《国难》,长篇小说,江西人民出版社1987年出版。

王火:《战争和人》(三卷),长篇小说。《月落乌地霜满天》于1987年、《山在虚无缥缈间》于1989年、《枫叶荻花秋瑟瑟》于1992年,分别由人民文学出版社出版,全书于1993年以《战争和人》为总名由人民文学出版社出版。

周梅森:《冷血》,中篇小说,《花城》1987年第4期发表。

周梅森:《孤旅》,中篇小说,《花城》1987年第6期发表。

张廷竹:《酋长营》,中篇小说,《小说选刊》1987年第12期转载。

顾汶光:《江阴八十日》,中篇小说,《山花》1987 年第 12 期发表。

李克明:《博陵血》,长篇小说,花山文艺出版社 1988 年出版。

张廷竹:《落日困惑》,长篇小说,《华人世界》1988 年第 2 期发表,解放军出版社 1989 年出版。

周梅森:《国殇》,中篇小说,《花城》1988 年第 2 期发表。

苗长水:《冬天与夏天的区别》,中篇小说,《解放军文艺》1988 年第 4 期发表。

李尔重:《新战争与和平》,长篇小说,武汉出版社 1988 年开始出版第一至六部,当代中国出版社 1996 年出齐。

朱春雨:《血菩提》,长篇小说,作家出版社 1989 年出版。

宗璞:《南渡记》,长篇小说,人民文学出版社 1988 年出版。

张廷竹:《黑太阳》,长篇小说,解放军文艺出版社 1989 年出版。

刘知侠:《沂蒙飞虎》,长篇小说,中原农民出版社 1989 年出版。

田绍润:《血沃鲁西北》,长篇小说,山东文艺出版社 1989 年出版。

叶兆言:《追月楼》,中篇小说,《小说选刊》1989 年第 1 期发表。

苗长水:《染坊之子》,短篇小说,《解放军文艺》1989 年第 2 期发表。

格非:《风琴》,短篇小说,《人民文学》1989 年第 3 期。

苗长水:《犁越芳冢》,短篇小说,《十月》1989 年第 4 期发表。

周梅森:《事变》,中篇小说,《花城》1989 年第 4 期发表。

周梅森:《大捷》,中篇小说,《收获》1989 年第 5 期发表。

雪克:《无住地带》,长篇小说,花山文艺出版社 1990 年出版。

叶广芩:《战争孤儿》,长篇小说,华岳文艺出版社 1990 年出版。

马加:《血映关山——神州烽火录》,长篇小说,中国青年出版社 1990 年出版。

杨沫:《英华之歌》,长篇小说,花城出版社 1990 年出版。

周梅森:《荒天》,中篇小说,《时代文学》1990 年第 2 期发表。

周梅森:《日祭》,中篇小说,《钟山》1990 年第 3 期发表。

崔璇:“白洋淀三部曲”《芦苇萧萧》《荷叶涛涛》《蒲草青青》,长篇小说,文化艺术出版社 1991 年出版。

杨大群:《关东演义》(全 10 册),长篇小说,春风文艺出版社 1991 年出版。

刘恪:《红帆船》,中篇小说,《中篇小说选刊》1991 年第 1 期转载。

叶兆言:《日本鬼子来了》,中篇小说,《中国作家》1991 年第 4 期发表。

周大新:《左朱雀右白虎》,中篇小说,《小说月报》1991 年第 5 期发表。

池莉:《预谋杀人》,中篇小说,1991 年 11 月发表。

杨英国:《风流铁血梦》,长篇小说,北方文艺出版社 1991 年出版,2005 年再版,2015 年由 20 多万字扩充至 40 万字并更名为《铁血风流》第三次再版。

马国超:《马本斋将军》,长篇小说,中国物资出版社 1993 年 9 月出版。

刘震云:《温故 1942》,中篇小说,《作家》1993 年发表。

张廷竹:《中国无被俘空军》,短篇小说,《东海》1993 年第 10 期发表。

张廷竹:《笕桥十月》,短篇小说,《收获》1993 年第 6 期发表。

高建群:《大顺店》,中篇小说,山西人民出版社 1994 年版。

尤凤伟:《生命通道》,中篇小说,《当代》1994 年第 4 期发表。

阿成:《鬼子给你戴上一顶纸帽子》,短篇小说,《人民文学》1994 年第 10 期发表。

张抗抗:《非红》,中篇小说,《收获》1994 年第 6 期发表。

尤凤伟:《姥爷是个好鞋匠》,中篇小说,《中篇小说选刊》1994 年第 6 期转载。

黄仁柯:《东瀛喋血》,长篇小说,中国文联出版社 1994 年出版。

辛列平:《汉奸》,长篇小说,中国文联出版公司 1995 年出版。

倪景翔:《龙凤旗》,长篇小说,北京十月文艺出版社 1995 年出版。

刘金忠:《故渎》,长篇小说,中国青年出版社 1995 年出版。

杨大群:《义勇军演义》,长篇小说,春风文艺出版社 1995 年出版。

柳溪:《战争启示录》,长篇小说,北京十月文艺出版社 1995 年出版。

黎汝清:《漠野烟尘:二次大战风云录》(上、下),长篇小说,作家出版社 1993 年出版。

李克:《水上传奇》,长篇小说,贵州人民出版社 1995 年出版。

李志同、阎国瑞:《梨花魂》,长篇小说,作家出版社 1995 年出版。

周梅森:《沦陷》,长篇小说,海峡文艺出版社 1995 年出版。

孙汝春:《弹痕》(上、下),长篇小说,中国社会出版社 1995 年出版。

尤凤伟:《五月乡战》,中篇小说,《当代》1995 年第 1 期发表。

张廷竹:《幺叔的葬礼》,短篇小说,《青年文学》1995 年第 1 期发表。

尤凤伟:《远去的二姑》,短篇小说,《文学世界》1995 年第 4 期发表。

阿成:《赵一曼女士》,短篇小说,《人民文学》1995 年第 5 期发表。

李焕群:《剃刀》,短篇小说,《山东文学》1995 年第 6 期发表。

范金泉:《碧草寒烟》,短篇小说,《山东文学》1995 年第 7 期发表。

张继:《三八年鬼子占了俺峄县城》,内含《糊涂》《药规》《软玉》三个独立短篇,《山东文学》1995 年第 7 期发表。

邓友梅:《"猎户星座"行动——为纪念抗日战争胜利 50 周年而作》,中篇小说,《人民文学》1995 年第 8 期发表。

王火:《天下樱花火样红》,短篇小说,《人民文学》1995 年第 8 期发表。

魏碧海:《平型关大捷》短篇小说,《人民文学》1995 年第 8 期发表。

叶楠:《花之殇》,中篇小说,《十月》1995 年第 4 期发表。

孙少山:《要塞》,中篇小说,《中篇小说选刊》1995 年第 4 期转载。

张涛:《绝吃——伪满洲国轶事》,短篇小说,《人民文学》1995 年第 10 期发表。

李叔德:《生死套》,中篇小说,《中国作家》1995 年第 5 期发表。

冯骥才:《石头说话》,短篇小说,《十月》1995 年第 6 期发表。

莫言:《丰乳肥臀》,长篇小说,《大家》1995 年第 6 期发表,作家出版社 1996 年出版。

庄旭清:《奶奶的河》,短篇小说,《山东文学》1995 年第 5 期发表。

辛实:《雪殇》,长篇小说,中国文学出版社 1995 年出版。

李伯宁:《血染梨花红》,长篇小说,作家出版社 1996 年出版。

周梅森:《焦土》,中篇小说,《中国作家》1996 年第 1 期发表。

岳恒寿:《跪乳》,中篇小说,《中国作家》1996 年第 1 期发表。

尤凤伟:《生存》,中篇小说,《当代》1996 年第 1 期发表。

陆颖墨:《龙子龙孙加点水》,短篇小说,《青年文学》1996 年第 2 期发表。

陶少鸿:《法西斯菌》,短篇小说,《当代》1996 年第 2 期发表。

叶兆言:《1937 的爱情》,长篇小说,《收获》1996 年第 4 期发表。

白刃:《战斗到明天》续集,长篇小说,中国电影出版社 1997 年出版。

魏巍:《火凤凰》,长篇小说,人民文学出版社 1997 年出版。

张庆田:《战火纷飞的年代》(上中下),长篇小说,河北教育出版社 1997 年出版。

丁文方:《风箫上的刀痕》,长篇儿童小说,济南出版社 1998 年出版。

王旭烽:《茶人三部曲之二·不夜之侯》,长篇小说,浙江文艺出版社 1998 年出版。

沈立行:《上海特工战》,长篇小说,上海书店 2000 年出版。

徐贵祥:《历史的天空》,长篇小说,人民文学出版社 2000 年出版。

迟子建:《伪满洲国》,长篇小说,作家出版社 2000 年出版。

宗璞:《东藏记》,长篇小说,《收获》2000 年第 6 期发表。

白山:《冷月》,长篇小说,云南人民出版社 2001 年出版。

阎延文:《台湾风云》,长篇小说,广西教育出版社 2001 年出版。

朱春雨:《音乐会》,长篇小说,解放军文艺出版社 2002 年出版。

张笑天;《抗日战争》(上中下),长篇小说,吉林人民出版社 2002 年出版。

周大新:《旧世纪的疯癫》,中篇小说,在小说集《旧世纪的疯癫》,新世界出版社2002年出版。

云杉:《追我魂魄》,长篇小说,《中国作家》2003年第3期发表。

石钟山:《遍地鬼子》,长篇小说,春风文艺出版社2004年出版。

孟广顺:《河魂》,长篇小说,中国文联出版社2004年出版。

余之言:《剑走偏锋》,长篇小说,作家出版社2004年出版。

虹影:《上海之死》,长篇小说,《收获·长篇专号》2004年秋冬卷发表,江苏文艺出版社2012年出版修订本。

全勇先:《昭和十八年》,短篇小说集,作家出版社2004年出版。

张苏:《樱花公子》,长篇小说,群众出版社2005年出版。

叶广芩:《日本故事》,内含《雨》《雾》《风》《霞》《清水町》《到家了》《注意熊出没》7部中篇小说,昆仑出版社2005年出版。

阎欣宁:《中国爹娘》,长篇小说,解放军文艺出版社2005年出版。

张宏志:《血色黎明》,长篇小说,华文出版社2005年出版。

都梁:《亮剑》,长篇小说,解放军文艺出版社2005年出版。

李镜:《出关》,长篇小说,解放军文艺出版社2005年出版。

刘冰:《都来打鬼子》,长篇小说,解放军文艺出版社2005年出版。

丁旸明:《悲日》,长篇小说,济南出版社2005年出版。

李克:《燕山枪声》,长篇小说,中国文联出版公司2005年出版。

温靖邦:《虎啸八年》(六卷本),长篇小说,花城出版社2005—2011年出版。

徐贵祥:《八月桂花遍地开》,长篇小说,《长篇小说选刊》2005年第4期转载。

葛水平:《黑雪球》,中篇小说,《人民文学》2005年第8期发表。

陈昌平:《汉奸》,短篇小说,《人民文学》2005年第8期发表。

龙一:《纵欲时代》,长篇小说,《中国作家》2005年第7期发表。

石钟山:《男人的天堂》,长篇小说,《长篇小说选刊》2005 年第 2 期转载。

独孤手:《抗战狙击手》,长篇小说,团结出版社 2006 年出版。

张磊:《雪亮军刀》,长篇小说,花山文艺出版社 2006 年出版。

业余狙击手:《特战先驱》,长篇小说,大众文艺出版社 2006 年出版。

张者:《零炮楼》,长篇小说,《长篇小说选刊》2006 年第 1 期转载。

铁凝:《笨花》,长篇小说,《当代》2006 年第 1 期发表。

都梁:《狼烟北平》,长篇小说,《长篇小说选刊》2006 年第 4、5 期转载。

麦家:《风声》,长篇小说,《人民文学》2007 年第 10 期发表。

李西岳:《血色长城》,长篇小说,解放军文艺出版社 2007 年出版。

石钟山:《锄奸》,长篇小说,《十月 · 长篇小说》2007 年第 4 期发表。

王火:《东方阴影》,长篇小说,四川文艺出版社 2007 年出版。

邓晨曦:《铁甲家族》,长篇小说,海风出版社 2008 年出版。

严歌苓:《小姨多鹤》,长篇小说,《人民文学》2008 年第 8 期发表。

沙玉蓉:《井口那片天》,中篇小说,《西南军事文学》2008 年第 6 期发表。

戴雁军:《盟军战俘》,长篇小说,《十月 · 长篇小说》2008 年第 5 期发表。

憨伯:《捭阖年代》,长篇小说,《十月 · 长篇小说》2008 年第 6 期发表。

余之言:《影子战士》,长篇小说,解放军文艺出版社 2009 年出版。

薛涛:《满山打鬼子》,长篇儿童小说,春风文艺出版社 2009 年出版。

刘国强:《日本八路》,长篇小说,中国人民公安大学出版社 2009 年出版。

宗璞:《西征记》,长篇小说,《收获 · 长篇小说专号》2009 年春夏卷发表。

龙一:《接头》,长篇小说,《收获 · 长篇小说专号》2009 年秋冬卷发表。

徐贵祥:《马上天下》,长篇小说,《当代》2009 年第 6 期发表。

严歌苓:《寄居者》,长篇小说,新星出版社 2009 年出版。

李晓敏:《遍地狼烟》,长篇小说,江苏文艺出版社 2010 年出版。

全勇先:《雪狼》,长篇小说,中国文史出版社 2010 年出版。

海飞:《旗袍》,长篇小说,重庆出版社 2010 年出版。

徐晨达:《滴血的刺刀》,长篇小说,新世界出版社 2010 年出版。

麦家:《风语》,长篇小说,第一、二卷分别载于《人民文学》2010 年第 4、5、6、7 期,2011 年第 1 期。

李亚:《流芳记》,长篇小说,《长篇小说选刊》2010 年第 5 期转载。

鲍光满:《姥爷的抗战》,长篇小说,《长篇小说选刊》2010 年第 6 期转载。

路铁:《烽火嵩山》,长篇小说,大象文艺出版社 2008 年出版。

田彬:《青诀》,长篇小说,《十月 · 长篇小说》2010 年第 4 期发表。

吕运斌:《无名的名山》,长篇小说,作家出版社 2011 年出版。

裴指海:《往生》,长篇小说,解放军文艺出版社 2011 年出版。

李燕子:《咆哮的鸭绿江》,长篇小说,解放军文艺出版社 2011 年出版。

王文计《魔界》,长篇小说,作家出版社 2011 年出版。

薛涛:《情报鸟》,长篇儿童小说,安徽少儿出版社 2011 年出版。

却却:《战长沙》,长篇小说,广东人民出版社 2011 年出版。

徐纪周:《永不磨灭的番号》,长篇小说,中国三峡出版社 2011 年出版。

余之言:《一个女人的战争》,长篇小说,作家出版社 2011 年出版。

达真:《命定》,长篇小说,四川文艺出版社 2011 年出版。

何顿:《湖南骡子》,长篇小说,人民文学出版社 2011 年出版。

海飞:《向延安》,长篇小说,《人民文学》2011 年第 7 期发表,浙江文艺出版社 2011 年出版。

严歌苓:《金陵十三钗》,中篇小说,《当代 · 长篇小说选刊》2011 年第 4 期转载。

麦家:《刀尖上行走》,长篇小说,《收获》2011 年第 5、6 期发表。

哈金:《南京安魂曲》,长篇小说,《收获 · 长篇小说专号》2011 年秋冬卷发表。

张廷竹:《孤驿》,长篇小说,《十月 · 长篇小说》2011 年第 5 期发表。

冰江:《关东山复仇记》,长篇小说,贵州人民出版社 2012 年出版。

罗伟章:《太阳底下》,长篇小说,作家出版社 2012 年出版。

都梁:《大崩溃》,长篇小说,北京联合和出版公司 2012 年出版。

邓贤:《父亲的 1942》,长篇小说,《当代》2012 年第 5 期发表。

罗先明:《远东战争风云》(四卷本),长篇小说,人民出版社 2012 年出版。

王金昌:《沦陷》,长篇小说,《十月 · 长篇小说》2012 年第 6 期发表。

李西岳:《血地》,长篇小说,花山文艺出版社 2013 年出版。

冷海:《最后的战士》,长篇小说,江苏文艺出版社 2013 年出版。

曹明霞:《日落呼兰》,长篇小说,解放军文艺出版社 2013 年出版。

梁晓声:《懦者》,长篇小说,湖南文艺出版社 2013 年出版。

王金昌:《沦陷区的女人》,长篇小说,东方出版社 2013 年出版。

季桂起:《长河谣》,长篇小说,山东文艺出版社 2013 年出版。

王秀梅:《一九三八年的铁》,长篇小说,山东画报出版社 2013 年出版。

何顿:《来生再见》,长篇小说,江苏文艺出版社 2013 年出版。

张笑天:《国家阴谋》("抗日战争备忘书"第一部,后三部曾命名为《民族记忆》《时光遗迹》《时代终结》,未完成),长篇小说,北京大学出版社 2014 年出版。

咏慷:《东江剑魂》,长篇小说,解放军文艺出版社 2014 年出版。

海飞:《回家》,长篇小说,浙江文艺出版社 2014 年出版。

余之言:《旺水谣》,长篇小说,解放军文艺出版社 2014 年出版。

衣向东:《向日葵》,长篇小说,时代文艺出版社 2014 年出版。

张新科:《远东来信》,长篇小说,人民文学出版社 2014 年出版。

冷海:《英雄不死》,长篇小说,江苏文艺出版社 2014 年出版。

常芳:《第五战区》,长篇小说,解放军文艺出版社 2014 年出版。

杨树:《决战东宁》,长篇小说,延边大学出版社 2014 年出版。

海飞:《麻雀》,小说集,内收《麻雀》《捕风者》,新世界出版社 2014 年出版。

李骏虎:《中国战场之共赴国难》,长篇小说,北岳文艺出版社 2014 年出版。

叶兆言:《很久以来》,长篇小说,《长篇小说选刊》2014 年第 3 期转载。

巴陇锋:《云横秦岭》,长篇小说,西安交通大学出版社 2014 年出版。

郝岩:《王大花的革命生涯》,长篇小说,中国电影出版社 2015 年出版。

崔正来:《傅作义》,长篇小说,人民文学出版社 2015 年出版。

徐广顺、丛培申:《大遣返》,长篇小说,现代出版社 2015 年出版。

王霞:《打回老家去》,长篇小说,中国书籍出版社 2015 年出版。

余之言:《战争画廊》,长篇小说,解放军文艺出版社 2015 年出版。

林家品:“抗战三部曲”《兵贩子》《老街的生命》《雪峰山决战》,长篇小说,广东人民出版社 2015 年出版。

陈建波:《我是老枪》,长篇小说,作家出版社 2015 年出版。

朱定:《中国伞兵突击队》,长篇小说,作家出版社 2015 年出版。

鲁丁、冷杉:《剑出黄埔》,长篇小说,作家出版社 2015 年出版。

郑又晨、梁晓瑜:《愤怒的机枪》,长篇小说,作家出版社 2015 年出版。

姜燕鸣:《倾城》,长篇小说,作家出版社 2015 年出版。

张艳荣:《关东第一枪》,长篇小说,新华出版社 2015 年出版。

姝娟:《惊枝匿影》,长篇小说,作家出版社 2015 年出版。

袁雅琴:《陪楼》,长篇小说,作家出版社 2015 年出版。

李振平:《那木》,长篇小说,作家出版社 2015 年出版。

刘强、解永敏:《盘踞》,山东文艺出版社 2015 年出版。

谈歌:《大舞台》,长篇小说,江苏凤凰文艺出版社 2015 年出版。

徐卫航(汉阳造):《河山 1938—1940》,长篇小说,中国言实出版社 2015 年出版。

吕运斌:《无名的丰碑》,长篇小说,作家出版社 2015 年出版。

高正南:《决战关东》,长篇小说,作家出版社 2015 年出版。

熊明国:《重庆！重庆!》,长篇小说,天津人民出版社 2015 年出版。

王少红:《家道》,长篇小说,中国文史出版社 2015 年出版。

杨振:《龙脉》,长篇小说,中国文史出版社 2015 年出版。

刘志文:《家恨》,长篇小说,中国文史出版社 2015 年出版。

杨英国:《铁血风流》,长篇小说,中国文史出版社 2015 年出版。

张勇:《起局》,长篇小说,中国文史出版社 2015 年出版。

张勇:《双枪》,长篇小说,中国文史出版社 2015 年出版。

郝炜:《雪崩》,长篇小说,解放军文艺出版社 2015 年出版。

何顿:《黄埔四期》,长篇小说,《收获 · 长篇小说专号》2015 年春夏卷发表。

范稳:《吾血吾土》,长篇小说,《长篇小说选刊》2015 年第 2 期转载。

黄国荣:《极地天使》,长篇小说,《人民文学》2015 年第 8 期发表。

徐贵祥:《三尺布》,中篇小说,《人民文学》2015 年第 8 期发表。

温燕霞:《磷火》,中篇小说,《人民文学》2015 年第 8 期发表。

袁劲梅:《疯狂的榛子》,长篇小说,《人民文学》2015 年第 11 期发表。

史雷:《将军胡同》,长篇儿童小说,天天出版社 2015 年出版。

曹文轩:《火印》,长篇儿童小说,天天出版社 2015 年出版。

郝周:《偷剧本的学徒》,长篇儿童小说,安徽少儿出版社 2015 年出版。

张品成:《水巷口》,长篇儿童小说,长江少年儿童出版社 2015 年出版。

毛芦芦:《如菊如月》,长篇儿童小说,长江少年儿童出版社 2015 年出版。

牧玲:《少年战俘营》,长篇儿童小说,长江少年儿童出版社 2015 年出版。

肖显志:《天火》,长篇儿童小说,长江少年儿童出版社 2015 年出版。

王巨成:《看你们往哪里跑》,长篇儿童小说,长江少年儿童出版社 2015 年出版。

毛云尔:《走出野人山》,长篇儿童小说,长江少儿出版社 2015 年出版。

赵华:《魔血》,长篇儿童小说,长江少年儿童出版社 2015 年出版。

黎民泰:《川流不息》,长篇小说,四川文艺出版社2015年出版。

徐贵祥:《对阵》,长篇小说,《当代·长篇小说选刊》2016年第1期发表。

冶生福:《折花战刀》,长篇小说,青海人民出版社2016年出版。

胡学文:《血梅花》,长篇小说,山东文艺出版社2016年出版。

刘凤起:《永远的大运河》(上中下),长篇小说,九州出版社2016年出版。

葛亮:《朱雀》,长篇小说,人民文学出版社2016年出版。

葛亮:《北鸢》,长篇小说,《人民文学》2015年第12期发表,人民文学出版社2016年出版。

熊育群:《乙卯年雨雪》,长篇小说,花城出版社2016年出版。

江建文:《上海1937》,长篇小说,安徽文艺出版社2016年出版。

张新科:《鲽鱼计划》,长篇小说,《十月·长篇小说》2015年第1期发表。

倪学礼:《梅花四,红桃五》,长篇小说,《十月·长篇小说》2015年第6期发表。

叶炜:《福地》,长篇小说,青岛出版社2015年出版。

小白:《封锁》,中篇小说,《上海文学》2016年第8期发表。

傅泽刚:《东方血线》,长篇小说,作家出版社2016年出版。

范稳:《重庆之眼》,长篇小说,《人民文学》2017年第3期发表。

张翎:《劳燕》,长篇小说,《收获》2017年第2期发表。

上官鼎:《雁城谍影》,长篇小说,生活·读书·新知三联书店2017年出版。

李明忠:《安居古城》,长篇小说,重庆出版社2017年出版。

郑洪:《南京不哭》,长篇小说,译林出版社2017年出版。

赵本夫:《天漏邑》,长篇小说,人民文学出版社2017年出版。

海飞:《惊蛰》,长篇小说,《长篇小说选刊》2017年第5期转载。

刘庆:《唇典》,长篇小说,《收获》长篇专号2017年春卷发表。

王雨:《碑》,长篇小说,重庆出版社2017年出版。

董陆明、艾驰:《地坑人家》,长篇小说,中国法制出版社 2017 年出版。

修白:《金川河》,长篇小说,九州出版社 2017 年出版。

吴克敬:《长河落日》,长篇小说,陕西人民教育出版社 2017 年出版。

左眩:《纸飞机》,长篇儿童小说,新蕾出版社 2017 年出版。

海飞:《唐山海》,长篇小说,《当代》2018 年第 3 期发表。

邓一光:《人,或所有的士兵》,长篇小说,四川文艺出版社 2019 年出版。

孟宪明:《三十六声枪响》,长篇儿童小说,海燕出版社 2019 年出版。

李东华:《少年的荣耀》,长篇儿童小说,北京教育出版社 2019 年出版。

严歌苓:《666 号》,长篇小说,人民文学出版社 2020 年出版。

许敏球:《1937 少年的征途》,长篇儿童小说,天天出版社 2020 年出版。

任富亮:《暖舟》,长篇儿童小说,天天出版社 2020 年出版。

主要参考文献

茅盾:《关于历史与历史剧》,作家出版社 1962 年版。

吴秀明:《在历史与小说之间》,时代文艺出版社 1987 年版。

徐涛:《半领文学风骚——历史文学创作论》,武汉出版社 1992 年版。

吴秀明:《文学中的历史世界——历史文学论》,吉林教育出版社 1994 年版。

吴秀明:《历史的诗学》,浙江人民出版社 1994 年版。

吴秀明:《真实的构造——历史文学真实论》,春风文艺出版社 1995 年版。

李程骅:《传统向现代的嬗变:中国现代历史小说与中外文化》,广西教育出版社 1996 年版。

齐裕焜:《中国历史小说通史》,江苏教育出版社 2000 年版。

范伯群主编:《中国近现代通俗文学史》,江苏教育出版社 2000 年版。

纪德君:《明清历史小说艺术论》,北京师范大学出版社 2000 年版。

纪君德:《中国历史小说的艺术流变》,中国社会科学出版社 2002 年版。

欧阳健:《历史小说史》,浙江古籍出版社 2003 年版。

路文彬:《历史想像的现实诉求——中国当代小说历史观的承传与变革》,百花洲文艺出版社 2003 年版。

孙书磊:《中国古代历史剧研究》,南京师范大学出版社 2004 年版。

刘丽文:《历史题材剧研究》,北京广播学院出版社 2004 年版。

吴玉杰:《新历史主义与历史剧的艺术建构》,中国社会科学出版社 2005 年版。

张德礼等:《二月河历史叙事的文化审美建构》,人民出版社 2005 年版。

郑家建:《历史向自由的诗意敞开——〈故事新编〉诗学研究》,上海三联书店 2005 年版。

吴颖、吴二持:《鲁迅〈故事新编〉研究及其他》,汕头大学出版社 2005 年版。

茅盾、姚雪垠:《谈艺书简》,人民文学出版社 2006 年版。

马振方:《在历史与虚构之间》,北京大学出版社 2006 年版。

吴秀明:《中国当代长篇历史小说的文化阐释》,文化艺术出版社 2007 年版。

汤哲声:《中国当代通俗小说史论》,北京大学出版社 2007 年版。

王爱松:《政治书写与历史叙事》,中国广播电视出版社 2007 年版。

林风云:《中国帝王电视剧叙事研究》,中国电影出版社 2008 年版。

邵明:《文学棱镜中的历史景观——世纪之交历史叙事的文化研究》,安徽大学出版社 2009 年版。

詹玲:《被规训的历史想象:论长篇历史小说〈李自成〉》,人民文学出版社 2009 年版。

闫立飞:《历史的诗意言说——中国现代历史小说文体研究》,天津社会科学院出版社 2010 年版。

王俊秋:《当代影视剧中的"清宫戏"研究》,光明日报出版社 2010 年版。

李衍柱:《〈大秦帝国〉论稿》,河南文艺出版社 2011 年版。

吴秀明主编:《当代历史文学生产体制和历史观问题研究》,中国社会科学出版社 2011 年版。

李茂民:《历史题材电视剧与当代文化价值观建构》,人民出版社 2013 年版。

陶冶:《历史题材电视剧与国家形象建构研究》,中国社会科学出版社 2014 年版。

毕文君:《史传传统与中国当代长篇小说》,中国社会科学出版社 2014 年版。

吴秀明、刘起林主编:《中国当代历史文学的创造与重构》,北京师范大学出版社 2014 年版。

温潘亚:《象征行为与民族寓言:十七年历史剧创作话语形态论》,生活·读书·新知三联书店 2015 年版。

戏剧报编辑部编:《历史剧论集》(第一集),上海文艺出版社 1962 年版。

武汉师院中文系主编:《〈李自成〉评论集》,湖北人民出版社 1978 年版。

上海文艺出版社编:《关于长篇历史小说〈李自成〉》,上海文艺出版社 1979 年版。

吴秀明选编:《历史小说评论选》,湖南人民出版社 1983 年版。

陈捷先等编辑:《海峡两岸清史文学研讨会论文集》,台湾历史文学学会 1998 年版。

黄霖、韩同文选注:《中国历代小说论著选》,江西人民出版社 2000 年版。

广东文艺批评家协会编:《名家评说〈白门柳〉》,广东教育出版社 2000 年版。

吴秀明、夏烈:《隔海的缪斯——高阳历史小说综论》,百花洲文艺出版社 2000 年版。

北京作家协会编:《生命承受之重——凌力历史小说评论集》,北京十月文艺出版社 2001 年版。

冯兴阁、梁桦、刘文平主编:《聚焦"皇帝作家"二月河》,广东人民出版社 2003 年版。

吴秀明主编:《中国历史文学的世纪之旅——现当代历史题材创作国际研讨会论文集》,春风文艺出版社 2004 年版。

湖北省作家协会、华中师范大学文学批评学研究中心编:《〈张居正〉评论集》,长江文艺出版社 2004 年版。

王维玲:《四十二年磨一剑——姚雪垠与〈李自成〉》,中国青年出版社 2010 年版。

姚雪垠研究会编:《百年雪垠》,中国青年出版社 2010 年版。

刘起林主编:《文学"马拉松"——〈李自成〉研究五十年文选》,中国青年出版社 2013 年版。

华中师范学院中国语言文学系:《中国当代文学史稿》,科学出版社 1962 年版。

刘再复:《论中国文学》,作家出版社 1988 年版。

陈平原:《中国小说叙事模式的转变》,上海人民出版社 1988 年版。

陈思和:《陈思和自选集》,广西师范大学出版社 1997 年版。

黄修己主编:《20 世纪中国文学史》,中山大学出版社 1998 年版。

陈思和主编:《中国当代文学史教程》,复旦大学出版社 1999 年版。

房福贤:《中国抗日战争小说史论》,黄河出版社 1999 年版。

唐小兵:《英雄与凡人的时代:解读 20 世纪》,上海文艺出版社 2001 年版。

黄子平:《"灰阑"中的叙述》,上海文艺出版社 2001 年版。

程光炜:《文学想象与文学国家——中国当代文学研究(1949—1976)》,河南大学出版社 2005 年版。

皇甫宜川:《中国战争电影史》,中国电影出版社 2005 年版。

雷达、赵学勇、程金城主编:《中国现当代文学通史》,甘肃人民出版社 2006 年版。

洪子诚:《中国当代文学史》(修订版),北京大学出版社 2007 年版。

唐小兵主编《再解读:大众文艺与意识形态》(修订版),北京大学出版社 2007 年版。

王本朝:《中国当代文学制度研究(1949—1976)》,新星出版社 2007 年版。

朱向前主编:《中国军旅文学 50 年(1949—1999)》,解放军文艺出版社 2007 年版。

董之林:《热风时节:当代中国“十七年”小说史论(1949—1966)》,上海书店 2008 年版。

姚丹:《“革命中国”的通俗表征与主体建构——〈林海雪原〉及其衍生文本考察》,北京大学出版社 2011 年版。

钱振文:《〈红岩〉是怎样炼成的——国家文学的生产和消费》,北京大学出版社 2011 年版。

张均:《中国当代文学制度研究(1949—1966)》,北京大学出版社 2011 年版。

房福贤:《中国抗战文学新论》,中国社会科学出版社 2012 年版。

边国立:《中国军事电影史(1905—2001)》,中国电影出版社 2012 年版。

龚奎林:《“故事”的多重讲述与文艺大众化——“十七年”长篇战争小说的文本发生学现象》,社会科学文献出版社 2013 年版。

孙斐娟:《后革命氛围中的革命历史再叙事——1990 年以来小说中革命历史叙事的文化取向和书写方式》,湖北人民出版社 2013 年版。

李陀:《1985》,《雪崩何处》,中信出版社 2015 年版。

谢保杰:《主体、想象与表达——1949—1966 年工农兵写作的历史考察》,北京大学出版社 2015 年版。

房伟:《二十世纪九十年代历史小说叙事思潮》,人民出版社 2016 年版。

朱向前主编:《新世纪军旅文学概观(2000—2010)》,解放军文艺出版社 2017 年版。

贺绍俊:《当代文学新空间》,中国社会科学出版社 2017 年版。

白烨:《文坛新观察》,作家出版社 2017 年版。

李杨:《50—70 年代中国文学经典再解读》,北京大学出版社 2018 年版。

贺桂梅:《书写中国气派:当代文学与民族形式建构》,北京大学出版社 2020 年版。

赵家璧主编:《中国新文学大系(1927—1937)》(文学理论集一),上海文艺出版社 1987 年版。

丁景唐主编:《中国新文学大系(1949—1976)》(史料·索引卷),上海文艺出版社 1997 年版。

王晓明主编:《二十世纪中国文学史论》,东方出版中心 1997 年版。

王晓明主编:《批评空间的开创:二十世纪中国文学研究》,东方出版中心 1998 年版。

李陀编选:《昨天的故事:关于重写文学史》,生活·读书·新知三联书店 2011 年版。

温儒敏主编:《当前社会“文学生活”调查研究》,江苏凤凰教育出版社 2017 年版。

罗岗、孙晓忠主编:《重返“人民文艺”》,上海人民出版社 2019 年版。

文天祥:《文文山全集》,世界书局 1936 年版。

毛泽东:《毛泽东选集》,人民出版社 1953 年版。

郭化若编译:《孙子兵法》,中华书局 1962 年版。

北京大学中文系文艺理论教研室编:《马克思恩格斯列宁斯大林论文艺》,人民文学出版社 1980 年版。

冯友兰:《中国哲学史新编》,人民出版社 1985 年版。

杨柳桥:《荀子诂译》,齐鲁书社 1985 年版。

焦循:《孟子正义》,河北人民出版社 1986 年版。

毛泽东:《建国以来毛泽东文稿》,中央文献出版社 1990 年版。

李零译注:《司马法译注》,河北人民出版社 1992 年版。

毛泽东:《毛泽东文集》,人民出版社 1993 年版。

李泽厚:《中国古代思想史论》,安徽文艺出版社 1994 年版。

李泽厚:《美的历程》,安徽文艺出版社 1994 年版。

鲁迅:《鲁迅全集》,人民文学出版社 1995 年版。

王蒙:《王蒙学术文化随笔》,中国青年出版社 1996 年版。

陆毅主编:《韩光党史工作文集》,中央文献出版社 1997 年版。

孟悦:《历史与叙述》,陕西人民教育出版社 1998 年版。

王一川:《后殖民主义与新历史主义》,山东教育出版社 1999 年版。

刘小枫:《沉重的肉身——现代性伦理的叙事纬语》,上海人民出版社 1999 年版。

翦伯赞:《史学理念》,重庆出版社 2001 年版。

刘再复、林岗:《传统与中国人》,安徽文艺出版社 2001 年版。

葛兆光:《中国思想史》,复旦大学出版社 2001 年版。

张进:《新历史主义与历史诗学》,中国社会科学出版社 2004 年版。

梁启超:《中国历史研究法(外二种)》,河北教育出版社 2003 年版。

余英时:《中国思想传统的现代诠释》,江苏人民出版社 2006 年版。

孔庆东:《超越雅俗》,重庆出版社 2009 年版。

费孝通、吴晗:《皇权与绅权》,岳麓书社 2012 年版。

宋云海:《中国皇权文化》,上海三联书店 2014 年版。

何晓明:《中国皇权史》,武汉大学出版社 2015 年版。

卞修跃:《侵华日军反人道罪行研究》,团结出版社 2015 年版。

[德]黑格尔:《美学》,朱光潜译,商务印书馆 1981 年版。

[德]黑格尔:《历史哲学》,王造时译,上海人民出版社 1999 年版。

[瑞士]皮亚杰:《发生认识论原理》,王宪佃等译,商务印书馆 1981 年版。

[意]克罗齐:《历史学的理论和实践》,傅任敢译,商务印书馆 1982 年版。

[英]克莱夫·贝尔:《艺术》,周金环、马钟元译,中国文艺联合出版公司 1984 年版。

[美]苏珊·朗格:《情感与形式》,刘大基、傅志强、周发祥译,中国社会科学出版社 1986 年版。

[美]林毓生:《中国传统的创造性转化》,生活·读书·新知三联书店 1988 年版。

[匈]卢卡契:《历史与阶级意识》,杜章智、任立、燕宏远译,商务印书馆 1992 年版。

[瑞士]荣格:《分析心理学》,罗志野译,上海译文出版社 1992 年版。

[美]黄仁宇:《万历十五年》,生活·读书·新知三联书店 1992 年版。

[瑞士]荣格:《荣格文集》,冯川译,改革出版社 1997 年版。

[法]丹纳:《艺术哲学》,傅雷译,人民文学出版社 1997 年版。

[美]王德威:《想象中国的方法——历史小说叙事》,生活·读书·新知三联书店 1998 年版。

[英]罗素:《论历史》,何兆武、肖巍、张文杰译,广西师范大学出版社 2001 年版。

[英]沃尔什:《历史哲学导论》,何兆武、张文杰译,广西师范大学出版社 2001 年版。

[俄]别尔嘉耶夫:《历史的意义》,张雅平译,学林出版社 2002 年版。

[美]海登·怀特:《后现代历史叙事学》,陈永国、张万娟译,中国社会科学出版社 2003 年版。

[美]孙隆基:《中国文化的深层结构》,广西师范大学出版社 2004 年版。

[英]柯林伍德:《历史的观念》(增补版),何兆武、张文杰、陈新译,北京大学出版社 2010 年版。

[美]阿里夫·德里克:《革命与历史:中国马克思主义列宁主义历史学的起源(1917—1937)》,翁贺凯译,江苏人民出版社 2010 年版。

[英]汤因比:《历史研究》,郭小凌、王皖强译,上海人民出版社 2010 年版。

[德]加布丽埃·施瓦布:《文学、权利与主体》,陶家俊译,中国社会出版社 2011 年版。

[法]朱莉娅·克里斯蒂娃:《符号学:符义分析探索集》,史忠义等译,复旦大学出版社 2015 年版。

纯粹的学问与适意的人生(代跋)

刘再华

差不多有一年半时间没有与起林见面了。毕竟不在同一个省份,偶尔通个电话,发条短信,问个平安,实际的交往很少。眼下的刘起林会是个什么样子呢?我逐渐感到有点陌生了。前些日子听朋友说,他去北京开会时碰到刘起林,几个人一起小聚,起林的话虽然多,谈锋也很健,但既不喝酒又不抽烟,好像变了一个人。我听了后大吃一惊。这还是刘起林吗?我心中的刘起林,那就是一位云雾中的神仙!最经典的印象定格就是他左手夹着一支烟,偶尔端起酒杯喝一口,带着些许酒意,在吞云吐雾中放言高论,肆无忌惮地点评当前文学发展的短长得失。

刘起林喜欢抽烟也爱喝点酒,圈内的朋友都知道。抽烟不论好坏,是烟就行。喝酒不管是白酒红酒黄酒啤酒,混着喝也可以。平时聚会,烟与酒总是交叉进行,可多可少,不论贵贱,但绝对不能没有。我一时确实想象不出,没有了烟的熏烤、酒精的激发过滤,起林谈论起文学来,思想还会那样敏捷、机锋还会一如既往的锐利吗?

我和起林认识是在 1999 年。那一年我假装到复旦访学,其实是想去完成考博士的夙愿。起林刚好也在复旦访学,我们住在一层楼,就这样认识了。因为是老乡,免不了走得近些。那时的他在湖南文学界已颇有点名气,不时有湖南作家给他寄书过来,希望得到他的批评。据刘起林自己说,他的出名得益于唐浩明先生的提携,只能算是“附骥尾”。唐先生的《曾国藩》出版后,海峡两岸一片叫好声,刘起林那时还在读硕士,初生牛犊不怕虎,就按照自己的理解写了一篇评论,批评唐浩明先生的创作思想存在偏失,并忐忑不安地在研讨会上作了发言。没想到浩明先生听了后不仅没有生气,反而称赞他“说得好!入木三分骂亦精!”从此他们就成了朋友。

从此刘起林就走上了文学批评的道路。我们在复旦读博士的时候,经常有作家给他寄书,他看完后觉得好,不仅自己写评论,有时还召集玩得好的博士生们一起讨论。如果感觉写得不好,他就默不作声,实在推脱不了,就独自写一篇短短的东西去搪塞。当时学校要求博士生毕业前必须发两篇核心刊物的文章,好些人就因为这个机缘完成了学校规定的任务。也是这个原因,让刘起林成了我们那一届博士生中的名人,不仅本人文章发得多,得了“汪氏文科奖学金”,还常常帮助别人发稿子。我记得唐浩明先生的《张之洞》出版后,人民文学出版社和文汇报社在上海组织了一个小型座谈会,刘起林应邀出席。回来后他就吆喝着找了一些朋友来讨论。当时有学者批评唐浩明,认为《张之洞》与《曾国藩》相比,艺术上差了很多,有位专家甚至建议唐浩明“金盆洗手”,不要再写小说了。刘起林对此持不同意见。几经斟酌,他最后以《正史之笔　廊庙之音》为题写了篇评论,充分肯定《张之洞》对历史题材的处理方式及其艺术风格。按照他的看法,《张之洞》是以功名文化人格在中华民族大变局中的历史形态及其悲剧性命运为关注重点,运“正史之笔”,述“廊庙之音”,明显地体现出从国家、民族的高度考察历史文化、评判人生世事的庙堂文化立场。因为作者站得高,整部小说显得大气磅礴,审美与文化价值都不容忽略。数年之后,唐浩明在《曾国藩》已经得过奖的前提下,又以《张之洞》获得第二届“姚雪垠长篇历史小说奖”,事实证明了刘起林对《张之洞》审美价值判断的准确性。

类似的情形还有关于长篇小说《沧浪之水》的评论。《沧浪之水》问世后,阎真先生曾到过复旦。刘起林照例召集几位文朋酒友坐在一起评点漫话。有人批评小说的题材类型、情节架构、人物形象设计都与王跃文的《国画》存在明显的“范式同一性”。主人公池大为与《国画》中的朱怀镜一样,历经官场沉浮,由官场失意直到最终平步青云,大权在握;两人都有公开的妻子和隐蔽的情人,周围都聚集着一批帮闲人物和社会混混,以及诸如此类的情节设置,没有摆脱官场小说“灰色叙事”的俗套。刘起林对此没有否认,但是他认为,《国画》主要是从日常生活习性的层面体察和透视官场人生,《沧浪之水》则着重从心灵感受和生命意义的层面进行品味和慨叹,二者的精神理路存在着巨大的差异,因而两部作品最终同而不同、犯而不犯,能给人以不同的审美感受。《沧浪之水》十余年来的持续影响力,充分显示出这种理解的合理性。

在中国当下的文学批评中,评论家和作家之间相互吹捧、阿谀奉承者不在少数,敢于伸出舌苔讲真话的人不是太多。刘起林的作家作品评论,因碍于面子而遣词委婉、敷衍搪塞的现象不能说完全没有,但是在我的印象里,他从来没有曲意奉迎某个作家。唐浩明、阎真是他尊敬的师长,然而对于他们小说创作的艺术得失,刘起林常常一针见血,丝毫不隐瞒真实的想法。这些都有已经公开发表的文章为证。

由具体作家作品扩大到对整个文学与文化发展状况的评价,刘起林对许多流行的文学现象都有自己独特的看法,也敢于在原则问题上表明自己的立场。20 世纪 90 年代以来,历史文学创作持续走热,以汉武大帝、康熙、雍正、乾隆、张居正等帝王将相为叙事核心的历史小说和电视剧如雨后春笋般涌出,构成文学界一道最靓丽的风景。刘起林却发表了多篇学术论文对此进行审视与剖析。他认为,历史文学热只是一种“文化转型期意义尴尬的辉煌”。时下中国的历史文学创作普遍地存在着一种“盛世情结”。作家们或者热衷于以历史学判断的“盛世”为题材进行“盛世叙事”,并对这“盛世”的主宰者给以全方位的价值与心理认同;或者认同以治国、执政文化开创“盛世”的价值取向,在作品中呈现出一种“盛世”“乱世”“末世”的审美思维视野。刘起林认为,历史文学"盛世情结"的形成既有时代的必然性与价值的合理性,也存在着诸多的思想偏失,其负面影响不容忽视。由于"盛世情结"类历史叙事属于典型的"宏大叙事",创作者在致力于展示宏大历史画面、再现纷繁复杂的历史进程的时候,常常站在庙堂文化的强势立场,以事功伦理评判代替历史文化评判,以社会体制理性代替人本理性,以功业追求排斥人性人情,以文化人格压抑自然人性,并将历史人物应对各种"潜规则"所施展的手腕、权谋转化为具有认识价值的历史智慧,对这些手腕与权谋所包含的道德杂质和人性负值却相对忽略。典型的例证就是电视剧《雍正王朝》对雍正形象的塑造。历史上的雍正为人刻薄,猜忌多疑,心狠手辣。电视剧却将雍正写成了一个勤政爱民、无私无畏的皇帝,对其剪除异已、杀戮群臣的行为则给予充分的体谅。这对于那些屈死于雍正之手的冤魂们,是多么的不公正!

与历史文学热同时,官场小说、余秋雨式的文化散文在世纪之交流行一时,也受到图书市场的追捧。刘起林对此颇不以为然。在他看来,官场小说的价值追求存在着缺失;"余秋雨现象"不过是一场"焦躁乏力的文化攀登";新世纪文学更是存在着一种"病态审美气象"。这些话听起来让人有些丧气,有人甚至会认为这是在故作惊人之语。但起林作出这种种论断,绝不是故作大言以哗众取宠、沽名钓誉,他对自己所谈论的每一个问题都作出了详尽的论证和有力的思辨,从中可充分感受到一个有良知和责任感的知识分子面对诸多文化发展弊病时内心的焦灼。有一次我与他一块散步,谈及当前电视剧存在着底层意识严重匮乏的现象:主人公大多是帅哥美女,片中影像除了美丽的山川风光田园景色,室内情节多在宽敞的客厅里展开,厅内摆放着豪华的沙发,家具或现代或古典,极尽奢华,男女主人公身着亮丽的衣裳,一派小资情调。刘起林认为这是"跨世纪文学"在思想意识和社会文化立场层面的重大缺陷。为此,他在 2002 年"底层文学""底层写作"还远未成为文坛热点之时,专门写了一篇文章对这种现象提出尖锐的批评。且看他的论述:

占据当今荧屏主流画面的多半是漂亮却千篇一律的都市现实生活和

腐朽而堂皇的古代宫廷生活。缺乏底蕴的外在的漂亮构成了当今影视剧流行的美学品格。“不上镜”的底层特别是农村生活画面则处于被摒弃之列。

这种现象甚至构成了一种强势的时代精神趋势,不仅遮蔽了中国社会的内在真相,而且正培养着一个时代的审美风尚。由于商业文化运作规律的支配,这种种作品又出现了大量的复制与再生产。于是,一方面感慨不断出现的文学作品缺乏从社会深层锤炼出的思想与审美的震撼力,另一方面却又无法也无人愿意逃脱既定话语模式的束缚去另辟新路,就成为了我们时代特有的畸形现象。

这段话可以见出刘起林批评文字的基本风格,冷峻瘦硬,充满理性,又贯注着批评家满腔的热情。就像许多抱有济世情怀的古代读书人一样,起林时刻在关注着现实,并试图通过寻找甚至求证现存文明的缺陷来唤起人们的自觉和反省。批评家的责任和价值不就在于此吗?人文学者的关怀与担当、视野与识见,也正可以由此呈现。

刘起林真正用心的,是学术研究、文学批评。抽烟喝酒其实只是他开展批评时放飞思想的一种媒介。除了批评,我不知道他还有什么别的爱好。从这个意义上说,起林是一个纯粹的人。纯粹得有点单调,有点枯燥。文学批评之于他,既是一种职业,也是一种生活。直率的批评风格延伸到生活领域,圈外人可能觉得他迂腐,不明世务,圈子里的朋友却常常折服于他的单纯以及他机敏的文思。这方面我有亲身的感触。由于时代的隔膜,我总是弄不太懂平仄,但览物生情,偶尔也按照古诗的样子拼凑几句诗,或者拟两句联语之类的东西以志心中的感慨。这些东西当然难入行家的法眼,但在起林面前有时也不隐瞒。2012 年他来长沙开会,我们一起散步,漫无边际地瞎侃。我对他说,我与朋友游洞庭湖时曾经到过杨幺水寨。水寨在一个小岛上,现在也只有几间房子,异常的冷清。面对洞庭湖的浩渺烟波,想象当年牛皋率大军镇压杨幺起义的情景,当时我很想写一副对联。上联:贫富难均泽国梦;下联:忠义长存岳王坟。起林听后哈哈一笑,说“有点意思”。紧接着说:“不对,你的立场有问题。岳飞的忠义长存绝不是因为镇压杨幺起义。杨幺造反是被逼的,难道就违背了忠义之道?你的这幅联语杨幺水寨不可能接受。”经他这么一说,我恰如醍醐灌顶,一下子意识到自己这样写不仅对杨幺不公平,而且极容易造成历史是非的模糊。

或许是活得单纯的缘故,起林过得很快乐。他的经历其实不顺利,我却很少看到他发愁或苦闷。前些年他到大连参加学术会议,晚上十点钟了给我发短信:“我在祖国的大地上散步!”我想起他走路的样子,回了两个字:“潇洒”。他接着问我在干嘛?我说:“正烦着呢,在做作业。”“做作业”是我们的行话。我们在高校工作,除了上课,还要写论文,做课题,这就是我们的作业,不做不行,不做就评不上教授。现在的教授都是写出来的,不是讲出来的。个中的艰苦、无奈,起林自然明白,不过他总是乐在其中。他这时就对我说:“该做的孽(业)还是要做的。不要总以为生活在别处。麓山上的鸟,湘江里的鱼,各适其意罢。”是的,各适其意罢。生活的快乐就在于简单,适意就好!一旦搞复杂了,人就快乐不起来了。起林骨子里自然怀抱着济世用世的理想,但是在生活中,他是一个适意主义者。

刘起林不喝酒了,也不抽烟了,开始时我有点不相信,冷静一想,这也在情理之中。毕竟是奔五的人了,生活由狂禅走向净土不失为一种理性的回归。多年来积气以为文,为文耗气。现在应该学习如何以文养心了,养心以养生。人生的容量是有限的,就像一壶水,一杯酒,一缸米,吃完了喝完了就没有了。

起林,我们得悠着点。

后　记

因为攻读硕士时评论《曾国藩》、分析“长篇历史小说热”产生较大影响，我曾长期被视为传统历史文学研究“专家”。后来因获得国家社科基金课题立项，我又进行了较长时间的革命历史文艺研究。在梳理古代历史题材和现代历史题材两类创作的过程中，我深感二者之间虽然有明显差异，却也存在着未曾被充分揭示的、更深层次的审美共通性。从基本理论层面看，“历史真实与艺术真实”的创作原则、“古为今用”的价值宗旨、“一切历史都是当代史”的思想立场，通用于两类题材的创作与研究。从创作实践层面看，两类题材从创作思潮、审美意识到文本意义建构都有着相互呼应的关系。从文化基础层面看，两类题材创作都处于20世纪中国的文化关系格局之中，都体现出当代中国主流意识形态由革命文化到执政文化的历史变迁。有鉴于此，我在将个人研究成果系统化的过程中，就将其纳入统一的学术视野，并提炼出审美意识与文化精神这条内在线索，来建构一种具有贯通性的研究思路和阐释框架。

实际上，我以往的研究也致力于打破既有壁垒、重构阐释思路。在2013年出版的专著《胜景与歧途：跨世纪文学的多维审视》中，我以整个社会文化由“革命文化”向“建设文化”转型的客观实际为历史与理论基础，探索20世纪90年代与新世纪前10年中国文学的内在联系与历史逻辑统一性，突破既成的研究框架和学术概括，形成了“跨世纪文学”的文学史阶段划分构想。我在 2017 年出版的专著《“文学湘军”的跨世纪转型》，则是从“跨世纪文学”学术视野出发所展开的个案研究。在 2015 年出版的专著《红色记忆的审美流变与叙事境界》中，我根据“记忆”内容由共时性向历时性、由现实向历史不断转换的总体特征，以“红色记忆”概念的内涵与外延都处于不断更新和发展的动态历史过程作为思维基点，着力展开“红色”题材创作跨时代、跨文体甚至跨思想立场的审美丰富性，来反证“红色记忆”异常丰厚的资源价值。《胜景与歧途：跨世纪文学的多维审视》和《“文学湘军”的跨世纪转型》分别获得中国当代文学研究会的第 14、16 届“中国当代文学研究优秀成果奖”，《红色记忆的审美流变与叙事境界》同时获得第 15 届“中国当代文学研究优秀成果奖”和中国评论家协会的“啄木鸟杯 2016 年度中国文艺评论优秀作品”著作奖，从某种程度上体现出学界对这种视野与思路的认可。现在，我将这种获得认可的思路和方法用于研究当代历史题材创作，因此，本书既是我在耕耘已久的学术领域中的收获和总结，也是我个人学术兴趣和视野的延续与发展。

本书各章节的内容，曾先后发表于《湖南大学学报》《湖南工业大学学报》《山东师范大学学报》《宁波大学学报》《江汉论坛》《湖南社会科学》《理论与创作》《创作与评论》《当代文坛》《小说评论》《文艺评论》《新文学评论》《湖南文学》《文学界》《当代电视》《人民日报》等报刊。部分论文发表后，曾被《新华文摘》《中国社会科学文摘》和人大复印资料的《中国现代、当代文学研究》等全文转载或论点摘编。还有些论文曾入选《中文文艺论文年度文摘》《中国历史文学的世纪之旅》《“十七年”文学历史评价与人文阐释》《名家评点<白门柳>》等选本。在此我对相关报刊与选本的那些相识和不相识的编辑们，一并表示衷心的感谢！我也要感谢华南理工大学社科处的李石勇和蓝满榆两位好友，本书的出版也离不开他们的大力支持和帮助。

本书还有一个特殊的安排，就是将好友刘再华为我撰写的一篇学术印象记作为代跋。我和再华相识于复旦大学读博期间，后来他在湖南大学文学院当教授、做院长，我到华南理工大学工作，又转徙北方的河北大学，地理距离渐远，但友情长植于我们的心间。这篇印象记是湖南省作协的《文学界》杂志给我做专辑时邀请再华撰文，一看就是与我学术相得、生活相知之人所写，内容也颇多涉及我研究历史文学的渊源。惜乎再华英年早逝，生命停止于“知天命之年”的起点，令我长生伤感与怀想。现将这篇印象记收入本书，以表达对昔日挚友的深切怀念。

最后要感谢我的妻子颜浩。从作为硕士同学相识于湖南师大，到如今转眼已有20多年。我们在沧桑岁月中以学术为舟，倒也颇有“任凭风浪起，稳坐钓鱼船”的自在悠然之感。研究中的相互启发我们已习以为常，本书就有不少内容融入了颜浩的具体学术思考。我和颜浩的父母对我们的生活与工作都给予了毫无保留的关爱和支持。俗话说“家有一老，如有一宝”，我们父母双全，四位老人都健在，是我们内心最宝贵、最珍视的财富。我也借此机会，衷心地祝福老人们健康长寿，乐享遐龄！

刘起林

2022年6月25日

责任编辑:刘　畅
封面设计:姚　菲

图书在版编目(CIP)数据

当代历史题材创作的审美意识与文化精神/刘起林 著.—北京:人民出版社,
2022.6
ISBN 978－7－01－024162－3

Ⅰ.①当…　Ⅱ.①刘…　Ⅲ.①中国文学-当代文学-文学创作研究
Ⅳ.①I206.7

中国版本图书馆 CIP 数据核字(2012)第 246343 号

当代历史题材创作的审美意识与文化精神

DANGDAI LISHI TICAI CHUANGZUO DE SHENMEI YISHI YU WENHUA JINGSHEN

刘起林　著

人民出版社 出版发行
(100706　北京市东城区隆福寺街 99 号)

北京九州迅驰传媒文化有限公司印刷　新华书店经销

2022 年 6 月第 1 版　2022 年 6 月北京第 1 次印刷
开本:710 毫米×1000 毫米 1/16　印张:21.75
字数:298 千字

ISBN 978－7－01－024162－3　定价:88.00 元

邮购地址 100706　北京市东城区隆福寺街 99 号
人民东方图书销售中心　电话 (010)65250042　65289539